国家出版基金项目
NATIONAL PUBLICATION FOUNDATION

沈德潛全集

②

（清）沈德潛 編著

賀嚴 整理

鳳凰出版社

本册目録

一一齋詩卷二庚辰

竹嘯軒詩鈔

竹嘯軒詩鈔卷三

竹嘯軒詩鈔卷四

竹嘯軒詩鈔卷五……一八三

竹嘯軒詩鈔卷八

竹嘯軒詩鈔卷十二……二六五

竹嘯軒詩鈔卷十三……二七五

竹嘯軒詩鈔卷十四

竹嘯軒詩鈔卷十八 癸卯

矢音集

矢音集卷三 …… 三九一

矢音集卷四……四一〇

歸田集

歸田投贈……四七四

黄山遊草

台山遊草

南巡詩

歸愚詩餘

附録

八秩壽詩

九秩壽詩

一一齋詩

序

人但知作詩本性情，不知作詩全在眼界。眼界不能別是非、審雅俗，出入於源流正變而得其宗，雖有成就，烏足以言詩？確士向刻《留飯草》，此確士於今人中闢門仞處，今刻《一一齋詩》，此確士於古人中闢門仞處。昔歐公六一齋，以齋中五物並己爲六，今確士之齋，一物都無，惟具隻眼，屋一人一，故云『一一齋詩』。讀之可以得確士人與詩之概矣。

横山葉燮題

序

余交確士垂二十年，中間每一相聚，或縱談古今，或分題角藝，流連文酒外，無事也。余於確士爲舊交，爲同道，故知之最深。確士長於古歌詩，每一篇就，呈横山先生，先生輒曰：『工夫到，才力大。』先生不肯苟有推許，而傾倒如是，則確士之詩可知矣。先生嘗以及門詩稟數種郵寄新城尚書，後新城復書，余及永夫弟辱承獎許，而於確士首歎其烹煉之功已至，何與横山先生言若合符節也！確士偕余論詩，謂詩無問工拙，要得古風人比興之義，自人雕刻曼辭，視爲嘲風雪弄花草之具，而詩漸亡，甚者淫哇雜響，豔詞側出，而六義盡刓無餘矣。

吾於唐人中首取陳正字、杜拾遺，陳如《感遇》三十章，杜如『三吏』、『三别』、《奉先詠懷》、《北征》等章，足以洩道人情，補察時政，其上也；又如白傅諷喻，風格少頽，然才麗之中，實含美刺，即其次也。吾所取法，必詩外有事在者。今讀確士《一一齋詩》，雖宗不一家，家不一格，而於比興爲工，中有擬古、寒夜述懷諸作，尤爲魁壘傑出，因信工夫果在詩外，而非尋常拈髭弄墨者比也。由是益涵養性情，浸淫學術，不違於衆論，不牽於毁譽，其所造更有超群軼倫者，又何以量吾確士耶？

余與確士交最久，知最深，故能言其生平所得力與作詩大旨如此。若夫伐材之富，遣言之工，及源流升降之故，識者能喻之，且論確士詩已爲第二義，故不復序次云。

同學弟張景崧頓首撰

一一齋詩卷一 己卯

升天行

人世不可居，所思在帝鄉。身騎白玉龍，雲端駭超驤。乘風遊絳闕，弭節叩天閶。羽旄紛紜至，玉女歡相迎。摳衣朝法陛，矯首瞻雲房。雙闕秩方位，太微表中央。白榆夾道生，紫鳳聲嬌儜。仙人共遊戲，齊吹紫鸞笙。瓊瑶爲環佩，素霓爲衣裳。授我保真訣，傳我延年方。奇文奥難讀，長跪求其詳。靈芝粲五色，服食生霞光。凝神遊邃始，年命永無疆。

慈烏嘆

慈烏復慈烏，慈烏撫雛聲嗚嗚。朝爲雛呼，暮爲雛呼。一巢育三雛，慈烏棄雛先自殂。一雛雖長惸然孤，未能返哺聲淚枯。

靈巖雜咏

館娃宫

秋氣慘梧宫，宫中散歌舞。英雄與兒女，寂寞俱黄土。高臺歇鳴弦，香逕凋蘭杜。一聽山寺鐘，色相空千古。

琴臺

月出斷崖口，人寂山蒼然。獨坐盤石頂，調琴憶當年。寒松響蕭颯，磵水流潺湲。髣髴哀絃聲，棲烏驚不眠。

吴王井

雙井傍崖石，石闌委荒梗。寒泉何泠泠，曾照宫娥影。山齋灌菜圃，時來下修綆。千載鑑亡國，還思景陽井。

研　池

山骨巧斲破，一泓貯清泠。塔影卧金碧，天光倒空青。相傳古研池，科斗常從横。醉後欲濡毫，要令風雨驚。

采香逕

美人朝采芳，衣裳濕輕露。采采携筐歸，蜂蝶繞紈素。君王迷不醒，香氣濃於霧。同時種葛女，采葛忘日暮。

新柳

西川舊種已成行，萬縷千絲惹恨長。往日寒煙疏客舍，衹今宿雨滿回塘。靈和殿裏休回首，烏夜邨邊欲斷腸。愁殺離亭分袂處，數聲風笛韻悠揚。

又與東風埽路塵，輕黄滿眼色初勻。樹從少日栽時老，枝向前年折處新。南内無人還拂檻，永豐有種乍開春。丰姿濯濯今誰似，認取身披鶴氅人。

杏花江店欲開時，瞥眼長條踠地垂。竟日酒旗空蕩揚，有時燕羽更差池。依樓自覺春光好，本梁元帝句。拂馬堪憐歸信遲。本張正見句。最是深閨情惋悒，陌頭烟雨不勝思。

葉葉風開染黛螺，麴塵如縷蘸清波。初烘薄日春還淺，才對離筵恨已多。汴水昔年人在否，金城往事感如何？不堪更咏鵝毛句，愁絶江南庾信歌。

齋居雜興

生平不求榮，吾榮誰當辱。苟能免饑寒，私志亦已足。况荷高厚恩，歲歲稱大熟。聊爲甽畝民，不用詹尹卜。

園中半畦菜，一雨青芃芃。熟之佐饔飧，感彼造化功。勿言滋味淡，報汝實已豐。何不食肉糜？哀哉真愚蒙。

去聖日以遠，經學棄之地。枚馬揚其波，沿流更多僞。排偶聲律中，寧有聖賢意。治水鑿龍門，唯當窮所自。

爲學戒欲速，此如栽木然。但培其本根，歲久能參天。六經聖賢梯，守此可老焉。華詞期掃盡，慎勿窮雕鐫。

聲名爾何物，疑是瓦溝霜。大本苟不立，虚譽安足揚。美玉既玷缺，誰以千金償。今人之所艷，古人之所傷。

達士遐不作，冲穆日以遠。才高何足矜，而乃自驕蹇。物理滿則傾，改圖或未晚。道要在損抑，吾師孟子反。

東家懸金魚，西家乘高車。下士守寒賤，兒童每軒渠。兒童勿軒渠，煙水樂有餘。長鬚刺輕篙，一葦縱所如。

君子不在貌，所貴知其心。尺寸不敢越，置身貴球琳。俁俁豪華子，躍冶誇良金。有懷誰與言？空山自鳴琴。

訪沈莊懷

不見竹堂叟，朝來已匝旬。因過青草渡，走訪白頭人。木石爲三益，風花結四鄰。留賓秖黄獨，應歎阮家貧。

題莊懷吴淞江竹堂

風泉響枕蓆，茅堂景無限。吴淞當吾目，不用并州剪。有時白雲來，度江自舒卷。宴坐修竹中，林光淡將晚。

村居

三面臨流架短椽，蘆簾土銼景翛然。門前已種先生柳，郭外曾無季子田。采藥春移花下屐，釣魚秋泛月中船。村南也有桃源路，吾愛吾廬自一天。

窄徑疏籬曲水東，柳梢常掛月如弓。三家村口少人過，獨木橋邊有路通。農父短蓑紅蓼雨，漁郎小艇白蘋風。身閑何事煩經畫，學種南園蹋地菘。

揖青亭觀禾志喜，和尤西堂太史韵

揖青亭上開軒望，阡陌油然羡耦耕。跳躍不煩秧馬力，轆轤希聽水車聲。已傳擊壤歌時若，更值斸租罷取盈。伫立賞心忘日暮，隔城遥見淡山横。

題烏目山人九華山圖

略展生綃第一重，眼前朵朵削芙蓉。此生可遂青鞋興，先向豪端認九峰。

渡　江

八月十八風色逆，燕子磯泊船千檣。鉄索繫岸勢掀舞，青山與船相低昂。舟人發願禱水府，鳴金邀福屠猪羊。五更索索旗脚轉，開頭捩柁帆齊張。江豘避日水底伏，神鴉迎棹空中翔。中流不須呪浪婆，龍驤穩似馳康莊。助以長笛撾鼉鼓，艣竿十丈風飄揚。放歌大笑差快意，破浪直欲窮八荒。鍾山相失只片刻，金山一塔船頭長。轉眼直抵潤城下，鼻邊時撲吴粳香。星飛電掣二百里，疑有神物來匡襄。望中烟鬟十數點，皎若曉鏡開新妝。笑指昨日繫舟處，白雲杳靄天蒼茫。

樵

趫捷類猿公，峭壁斫枯樹。黄葉擔上秋，白雲山下路。

牧

耕壟驅之勞，飲溪予以逸。如何牧牛者，翻解牧民術。

送友

君去我送去，我歸誰送歸。帆遠不能見，江水空寒暉。

秋日

淅瀝金飈裏，蕭然獨掩扉。迎霜孤雁叫，帶雨一螢飛。夜午蕉心卷，天陰菜甲肥。棲遲身漸壯，底事不知非。

吐棄勞生事，疏鐘入座聞。墻低通夕靄，衣冷撲晴雲。紅豆風前摘，黃花霜後分。幾行寒雁過，觸緒嘆離群。

秋夜吟

長夜偏無寐，匡牀孤枕橫。罏疏殘月入，壁破亂蛩鳴。布被生寒意，綈袍感世情。獨憐歸夢遠，轉側怯深更。

秋晚書見歸飲張氏場圃

秋思蒼涼映布袍，數聲哀雁過江皋。帆從綠水飛來遠，天到青山盡處高。有客東籬同采菊，無人九日補題糕。時重陽後一日。歸家場圃憑泥飲，爛醉狂歌足自豪。

懷王千里

長天望不極，杳杳隔關河。既嘆友生少，又傷離別多。霜清吴苑冷，木落洞庭波。時千里客楚。應有歸來夢，楓林月黑過。

漁　父

長江無徭役，托命烟波裏。網罟作田園，魚蝦滿秋水。婦娶漁家女，女嫁漁家子。得魚换村酒，歸來滿船喜。酌以老瓦杯，佐以鱸四腮。數枝紅蓼花，零亂當船開。簌簌蘆葉響，月上潮初來。波濤非云險，夢寐無驚猜。何事獨醒人？澤畔吟聲哀。

簡張嶽維

檢點行藏種種非，吾儕合守釣魚磯。桂枝高處蟾空老，竹實凋時鳳亦饑。箏笛自來輕雅奏，綺紈從古笑深衣。須知也有窮居樂，鷄語鷗盟願未違。

連雨走訪莊懷

離居此日覺寥寂，又逢連綿風雨寒。正當涼風懷李白，且復微雨過蘇端。百年意氣可傾盡，三朝走訪非野干。感君飲食多厚道，何以報之青琅玕？

冬夜不寐志感

夜長酒醒不成眠，寒氣侵衾透木棉。落葉一庭霜滿地，清砧四野月當天。漫思羽翼摶羊角，莫把工夫種石田。賈誼少年真傑士，治安曾策至尊前。

不寐中宵百感興，肉生髀裏歲華增。劍埋古獄光常燦，驥困鹽車志欲騰。曠野短衣聊射虎，高臺長嘯漫呼鷹。此身貧賤須豪縱，年少從來羡五陵。

題畫梅

露沁寒英參色相，風含翠篠會聲聞。静中認得春來路，一片青山萬壑雲。

美人照鏡圖

青銅鏡，背盤龍，面如滿月昇秋空。美人空房照顏色，宛然映水雙芙蓉。照罷長嘆息，花開能幾時？明年鏡中面，不復舊丰姿。賤妾顔衰那足惜？遥憶征夫已頭白。

長干曲

家住長干里，作客寄襄陽。雖添新迷迭，那不思故香？

賦得紫騮馬送人從軍

匹馬邊州路，驊騮迥出羣。此行須努力，壯士正從軍。接戰穿殘壘，追奔躡亂雲。驍騰馳萬里，仗爾策殊勳。

題鉏茅圖

荒穢滿天地，吾鉏安所施？日出荷鉏出，日暮荷鉏歸。時還把詩卷，百世尋吾師。

武夷曲送客

武夷高峰三十六，峰峰白雲晝棲宿。清溪九曲似明鏡，倒影芙蓉浸寒玉。騎鶴仙翁去已遥，山人策杖來遊遨。昇真洞口拾瑶草，禮斗壇前吹玉簫。崚嶒石色倚天紫，仙船隱現山巖裏。時聞水樂奏高空，金石鏗鏘入雙耳。幔亭曲罷寂無聞，何日虹梁度彩雲？仙籍倘書予姓字，齋心同謁武夷君。

夏仲昭墨竹

太常墨竹誰與匹？湖州以後稱勁敵。胸中肝肺忽槎枒，吐此夭矯蒼虬骨。一叢直幹凌青空，上有霜籜飛天風。一叢石畔忽斜出，竹梢俯地煙濛濛。兩枝枯幹頭且童，勁節中斷如截葱。

乃知腕底有成竹，化工入手天無功。太常草書體奔放，時爲君王寫屏障。歷永樂至天順，俱以善書受知。六書之法通畫竹，絶技縱横出天匠。披圖忽聽風雨聲，把玩人人共惆悵。畫竹儼同真竹真，此中妙理能入神。吾生粗識畫中趣，幸免見與兒童鄰。挂向空堂雪色壁，學掃寒梢一千尺。

一一齋詩卷二 庚辰

鷄鳴曲

鷄初鳴，霜滿屋，征夫束裝整長轂。别婦牽袂雙泪垂，嗚咽不敢高聲悲。出門登車天欲旦，車聲杳杳鷄聲亂。願郎到處聞鷄鳴，便憶此時離别情。

擬新樂府七首

賣花翁

賣花翁，春來賣花到城中。城中豪家愛穠艷，金錢换取金碧叢。買花更得種花訣，能使造化無全功。主人招客花正穠，座中紅袖拈金鍾，朝絃暮管醉春風。年來山花更多態，山翁擔到城中賣。往來不見買花人，怪殺豪家竟何在？不如瓦盆濁酒村農家，年年隴頭看菜花。

草玄客

草玄客，撑腸拄腹千卷書。不向公卿作長揖，可憐寒不能衣，饑不能食，窮年矻矻頭欲白。誰家男兒氣高張？有眼不識漢與唐。連雲甲第遥相望，夜光明珠動斗量。房中金釵十二行，秦箏羌笛奏兩旁。朝朝暮暮樂未央，君不見南濠商。

田家女

田家女嫁田家郎，布裙荆釵住江鄉。春蠶夏餉秋紡織，白頭相看足衣食。君不見豪家女嫁京華，顔色灼灼如桃花。京華貴人情惡薄，昨日花開今日落。

踏車謡

朝踏車，暮踏車，力疲財竭聲咨嗟。田中黄秧半枯瘁，千里赤日無雲遮。晚炊缺食兒童譁，明朝斗米何處賒？踏車歸來正欲睡，虎吏鋃鐺鎖教去。使君夜飲酣有餘，堂上笑聽肉鼓吹。

織婦嘆

促織復促織，織婦聞之重太息。當窗曉織到日黑，千縷萬縷織成疋。公家催新租，私家責舊逋。公家私家兩交迫，慚無尺寸奉老姑。妾身無衣不足憫，老姑無衣那禦冷？君不見優伶近日擬王公，遍身盡服穿雲龍。

鴨媒飛

鴨媒飛，飛且鳴，呼群引類如有情。鴨群聯翩下田野，羅家張羅一齊打。一齊打，一齊賣，得錢買食飼鴨媒。喜汝近來添狡獪，羅家喜，過客傷。依傍門户食人食，設引機械傾同行。中山之狼當道走，區區鴨媒復何有。

五絃琴

五絃琴，中含太初音。一揮殊覺宫商邈，忽寫山高忽水深。曲終天地清沉沉，高堂倏如坐空林。太初元音淡無味，四座不語皆灰心。枯桐那復徽黄金，冰根零落塵埃侵。鍾期既死聽不出，捽却絃琴换羌笛。

和張永夫咏桃

芳姿曾與夢魂通，半醉酡顔倚晚風。恰似微之舊遊處，竹叢斜露亞枝紅。
穠華倒底萎芳塵，膩靨嫣然數日新。惆悵五更風雨後，鏡中誰覓李夫人。

春山蚤遊

春山淡濛濛，朝徑頗敻寂。尋幽不暇嬾，恐作蹉跎客。深林墜濃露，幽花艷堪摘。山半生白雲，披雲緣石壁。更有蚤來人，淋漓留墨迹。

春日村行

果腹竟何事？蕭然曳屐行。閑共白雲往，步尋流水聲。墟煙凝雨重，耕犢負犂輕。獨立板橋望，春山面面横。

寄張永夫

不隨短夢入槐安，物態從君静裏看。衆草蒙茸欺蕙弱，小桃爛熳笑梅殘。鷄蟲舊案何須較？花鳥良盟未許寒。雨帽風巾隨處好，横塘佳景日盤桓。

書與和尤滄湄宫贊韵

竹枕藤牀静可眠，披衿遥寄晚涼天。論詩有格分唐宋，置酒無心計聖賢。鳥破夕烟飛雨後，蟬移高柳響風前。幽齋喜與塵埃隔，茶夢常令白足圓。

閲元祐黨籍碑

黨籍碑，高崔嵬。朝臣一百有二十，司馬相公稱巨魁。以忠爲奸狂作聖，司空敢持太阿柄。詔令州縣齊刻石，長安石工泪雙迸。黄門何用來毁碑？蓋棺身後論乃定。吾觀墨刻神飛揚，中天列宿垂寒芒。潭州儋州永遺臭，黨人名氏常流芳。青蠅白黑總難變，所惜宗社罹其殃。堂堂中原竟淪没，小人秉國謀非臧。崇寧覆轍起紹述，令人千載譏舒王。

言詩

五采紛紜各鬭奇，朱弦三嘆此聲希。性情流露無今古，門户争衡有是非。强韵若爲歌競病，樂章誰肯學妃豨。最憐撼樹蚍蜉輩，强襲虞山漫刺譏。時多尊宋黜唐者，故云。

覯獵

鷙鷹横掠地，驕馬怒嘶風。一箭穿雲去，雙雕落草中。

南池納涼

獨坐面曲沼，避炎兼避喧。心將止水静，堪與幽人言。芰荷送遠香，竹樹蔭清源。適意欲歸去，涼風開南軒。

悼翁國坊

父母哀號割寸腸，誰能此際悟彭殤？他人力戰文場日，哭送君棺返故鄉。卒於玉峰旅寓。

霜信摧殘玉樹枝，招魂爲讀楚些辭。暗風驟雨三更火，想見伊吾未了時。

讀殘書卷雜灰埃，孤榻風迴繐帳開。一領青袍穿未就，桂枝休向墓門栽。

秋興

十日陰風萬木呼，連綿飛雨泣天吴。青山處處雲舒卷，黄葉年年樹有無。韓愈上書丞相日，禰衡投刺建安初。功名半屈蛟龍志，莫怪荆卿善狗屠。

本意

仲蔚蓬蒿徑，誰人共往還。世情輕白面，吾道獨青山。園果風前落，畦蔬雨後删。閉門何所事？贏得此身閑。

過朝天湖之獨墅村朱氏

短席張風趁晚霞，漁歌處處起謳啞。蘆飛斷渚千重雪，浪打危灘萬點花。湖號朝天真曠闊，村名獨墅少喧譁。舟人爲指前途近，一縷炊烟是我家。

見荒村逃民家

安土人皆願，胡爲遠遁逃。村童抱茅去，餓犬向空嗥。此地不能住，異方聞更勞。還期官長好，都肯惜民膏。

舟過陽城湖訪王千里

蘆花迎短棹，過眼景萋迷。風急水增險，雲垂天欲低。轉帆遥見樹，入港漸聞鷄。爲訪同懷子，相逢索舊題。

丹青引贈李芥軒

江南是處多花草，天爲畫工留本藁。芥軒老子善丹青，筆尖工巧奪大造。有時密處交枝横，花花葉葉披精英。有時只寫半幅絹。三朵四朵神如生。點綴竹石更蒼秀，雜以蟲鳥能飛鳴。平生佩服楊補之，徐熙雙鈎吾所師。黄荃錢選名亦盛，略嫌方板無神姿。當今花卉誰第一？南田惲叟聲籍籍。長安卿相盡傾倒，千金爲壽索真跡。君今實同名不同，老向吴門作羈客。酒酣耳熱忽大叫，放眼看天墮巾幘。君不見曹霸當年畫入神，終日坎壈纏其身。折枝神藝真無敵，知我他年自有人。

詠雪次韵

長天羃羃凍雲遮，是處齊開頃刻花。密灑寒燈欺静夜，亂侵遠浦長平沙。要同孤鶴論心地，還與愁人賭鬢華。隨馬點衣非我事，占來三白喜農家。

詠雪

欲下殊多態，風回散碧寥。色從空際得，花向雨中消。度嶺迷樵徑，緣溪失板橋。乾坤還太古，著意最難描。

觀梅

啁啾寒雀噅高枝，籬落春回野客知。風雪一天驢背穩，段家橋畔獨吟詩。

銅雀伎

銅臺漳水湄，玉座動悲思。君王遺命日，賤妾斷腸時。煖香飄繐帳，舊履罥蛛絲。西陵常眺望，魂魄未應知。

題王廉州畫

朔風呼號雪滿山，天地疑在虛無間。遣童修琴出山路，抱琴歸來迷故步。

一一齋詩卷三 辛巳

早過朝天湖

月落湖尚黑，霽色昧毫末。篙師識港汊，放歌信前達。殘夢詎能續，鄰橈暗驚聒。推篷看天宇，上下未軒豁。日出宇宙開，俄辨涯岸闊。霞氣紅欲浮，嵐光翠如潑。沙鷺立連拳，驚魚跳潑剌。風高帆腹滿，舟疾同箭筈。兩岸瀉奔湍，耳畔鳴活活。極目杳莫窮，遥村煙一抹。

題顧無外別墅次原韻

石瘦松寒處，清流遶澗迴。閒門明月下，芳草故人來。朝飲山花笑，春眠野鳥催。興高懷古跡，爲訪讀書堆。顧野王古跡。

題友人野居

只與鷗分席，仍留鶴護關。白圍三面水，青露一痕山。梅實酸童齒，桑柔礙女鬟。客來愁失路，記取釣魚灣。

寓園即事

長日人初集，溪園夏亦芳。桐陰低户碧，梅子壓枝黄。誼熟忘賓主，朋高雜狷狂。醉餘磅礴甚，濯足向滄浪。

采蓮曲

新妝采蓮女，小艇淩波急。貪摘並頭花，不管紅裙濕。

夏日水亭即事

在水中央歎水哉，小亭四面洞然開。半池蓮葉有魚戲，六月柳陰無暑來。檢帙静翻青玉案，洗盆熟煮紫雲堆。晚凉好詣華胥國，便是人間小劫灰。

自遣和尤滄湄宫贊韻

揖青亭子傍溪隈，問字賓朋日往回。半壁夕陽山雨歇，一池新漲水禽來。枯棋留客消殘局，濁酒招鄰泛滿杯。會得主人心賞處，畦丁時報好花開。

題畫村居圖

一樹野花誰是主？三家茅屋不成村。此間竟日少人過，啄木數聲疑打門。
蘆葉青青兩岸新，釣船寂寞繫江濱。緑蓑青笠玄真子，不解逢迎絶可人。

讀杜集偶題

國士每難遇，斯人老鶡冠。饑寒依舊友，諫諍失微官。久歷秦關苦，還經蜀道難。篇篇見忠孝，謾作咏吟看。

野　泊

舟行怯遲暮，野泊就寒塘。小市酒無味，遠村燈有光。浪翻千片月，人卧一船霜。鄉思憑宵夢，蒼茫歸路長。

除　架

豆架高于屋，垂藤滿院陰。清霜欺太早，弱蔓力難禁。自識榮衰理，元無愛惡心。呼童執斤斧，斫取一沉吟。

田家二首爲竹堂叟賦

爭利必在市，爭名必于朝。吁嗟利與名，得失隨所遭。何如竹堂叟，終身臥林皋。及時事隴畝，錢鎛躬常操。四體良已勤，意適忘其勞。不稼而取禾，羞爲達者嘲。悠悠汩溺心，千載如相招。

行役既非願，委身寄田廬。榆柳覆茅屋，緑陰映前除。閒引月下泉，灌我畦中蔬。葵藿冀一飽，意足不願餘。行看松嶺雲，倦枕藜牀書。優哉復遊哉，不樂將何如。

金山行 橫山先生以拙詠呈京江相公，承索近詩，因賦此篇

長江天塹何其雄，岷山發源流向東。浴日沐月浩無際，地紐鎖閟天吴宫。大塊調刁發噫氣，銀潮素練飛長空。巨鎮贔屭作砥柱，中流削出金芙蓉。高巔髣髴承帝座，呼吸直與銀河通。其上谽谺宿牛斗，其下窟宅蟠蛟龍。觸石雲興作霖雨，能蘇衆稾占年豐。時時祥光絢百道，硨磲瑪瑙珊瑚重。流丹積翠耀金碧，青鸞絳節棲仙蹤。直西眼落蟠雪嶺，虞淵銜霓千玲瓏。萬川億派競奔赴，驪騰鵬運齊朝宗。巨靈十指擘二氣，真境遥接蓬萊峰。乾坤留此萬古色，想見混沌開鴻蒙。吴頭楚尾攬襟帶，帝心特爲名賢鍾。扶輿孕毓誕名世，金提力牧肩摩同。南軒理學穀城略，

文經武緯安寰中。聖朝明良遇非偶，欣傳丹鳳棲梧桐。匡時才大心轉小，夙夜競業懷虛公。濟濟門墻盛桃李，森森庭砌皆勳庸。先憂後樂遂素志，兒童走卒知公忠。翠華三度幸南服，億兆稽首瞻重瞳。相君獨侍心齋邀，弘化寅亮襄天工。至尊微笑問元老，民風熙皞無疲癃。陰陽不沴四時序，大地草木沾春融。蔭松天語下霄漢，內官奉出褒和衷。仁者樂山自得壽，錫公純嘏無終窮。日星川岳鎮常在，君恩相業彌蒼穹。憶昔曾登妙高頂，夜闌滄溟波滐滐。流輝倏忽奪雙目，金柱璀璨春霞紅。宇宙忽開萬象顯，俄然六合光曈曨。老僧爲言日初出，決眥蕩我平生胸。安得身生怒鵬翼？飛騰暘谷乘長風。五雲高處金門側，迴翔下上隨鵷鴻。只今復睹山巀嶭，躋堂更謁皋夔容。始知河嶽有真氣，自慚久滯蓬蒿叢。

贈山中叟

山牀壓清酒，滴作磵泉聲。日夕無妨飲，松風爲解醒。

宿張氏草堂枕上口占

醉向空堂臥，三更夢始回。江聲並急雨，同到枕邊來。

曉發梁溪懷故人華摩赤

露華滿地景萋迷，野店遥聞唱曉鷄。乍卷孤篷認前路，一鈎殘月過梁溪。
不堪聞笛過山陽，舊恨悠悠江水長。遥憶九龍山色裏，白雲空鎖釀花莊。

登君山作

貼空天水映層臺，千里微茫眼界開。白日西飛忙似客，怒濤東下疾于雷。風高鴻雁寒相語，
秋老魚龍夜自哀。楚相秖餘抔土在，樵蘇誰禁此間來？

集浮遠堂同雲間金沙諸友

層巖突兀俯神州，几席涵空萬象收。酌取深杯邀落日，慢教江水向東流。亂山放眼雲煙合，
野客狂歌天地秋。莫怪酒人今落魄，由來吾黨半離憂。

北固山懷古

拔地危崖枕碧流，如羊狠石跡還留。百年戎馬三分國，萬古江山一倚樓。鐵甕日沉殘角起，海門月上暮潮收。故宫廢壘今安在，極目蒼涼蘆荻秋。

賦得香徑泥銷露玉釵

艷質煙消付劫灰，斷鴛零鳳葬塵埃。春耕芳隴曾犂破，夜雨荒原爲洗開。應共玉魚從地出，非關白燕自天來。梧宫秋氣堪惆悵，極目蒼涼問弩臺。

送汪小有遊泰嶽

有客手持蒼精龍，告我遠遊登岱宗。岱宗根蟠八百里，勢壓九服何其雄。秦時登封漢時禪，金泥玉笥秘難見。日觀遥臨碣石津，天門直對蓬萊殿。君從絶頂觀滄海，播撼乾坤心目駴。貝闕龍堂想象間，秦皇漢武今安在？丈夫所志在四方，安能跼蹐籠中藏？羨君一身行萬里，五岳之遊自兹始。

鑿冰行

月寒霜清水生骨，夜半膠黏厚盈尺。鳴金四野集壯丁，侵曉打冰雙足赤。白棓亂下河腹開，一片玻瓈細分坼。大聲蒼崖崩巨石，小聲戈矛互舂擊。水深没髁衣露肘，手足綻裂無人色。千筐萬筥來河干，納於淩去陰成冰山。瑣碎琮琤響寒玉，白龍鱗甲池中蟠。窨户點查犒酒米，藏冰家名窨户。鵠面鳩形走如市。争誇明歲多海鮮，堆積金錢等丘壘。晚天颯颯號霜風，朝來凍合馮夷宫。

一一齋詩卷四 壬午

石鼓歌

陳倉石鼓最奇閟，一往踪跡沉蒿萊。上從蒼姬歷唐李，尋原溯本其誰哉？白日慘澹鬼夜哭，神物未顯天公哀。鄭向好古勤搜討，韓愈作歌窮垠涯。車攻馬同建旐旟，宣王獵碣談非詼。諸侯會同講威武，玁狁北伐徐方來。共和秉政佐太平，中興鴻烈高崔巍。龍文螭篆史籀筆，雕鏤刻劃回雲雷。鄭樵程琳及董逌，議論龐雜多疑猜。歐陽疑信各參半，蘇子始服韓公才。字傳四百七十一，二千餘載閉蒼苔。後賢寶護置太學，迄今焜燿黄金臺。當時不遇昌黎伯，鳳翔冷落空山隈。我從搨本細把玩，殘章斷句如瓊瑰。詰曲跟肘辨一二，目瞠口合那敢開？鸞翱鳳翥虎豹攫，金繩横鎖雙黄能乃平聲。李斯陽冰不足數，上追軒頡爲同儕。更傳岣嶁山頂碑，紅文緑字鉅以魁。事嚴跡秘神鬼駭，蟲書一一天工裁。周宣神武夏禹智，兩君功德超九垓。安得同載置一處，臯益申吕親追陪。古今不朽賴明聖，石刻豈得常昭回。始皇登陟鄒嶧巔，銘功作頌何焞焞。照天野火燒白石，轉瞬不覺隨寒灰。

燈　讌

百尺華堂錦作筵，枝枝玉樹暖生煙。燈開吴下無雙市，月選元宵第一圓。幕裏佳人憐紫玉，座中學士重青蓮。誰知陋巷焚膏客，半盞熒熒照草玄。

看菜花偶題

數畝蕪菁傍水漥，深長滋味屬吾家。遊人盡愛新桃李，誰向荒郊看菜花？

題山齋

萬山爭入牖，落翠供晨餐。不斷三秋色，能先六月寒。石曾邀米拜，松不受秦官。爲踐遠公約，穿雲到講壇。

舟中曉發

不辨夜何許，鷄鳴第一聲。客隨途共遠，船與月同行。情話懷親串，狂歌和友生。披衣豁雙眼，一笑大江橫。

雨花臺

紺宇琳琅佛子家，青山迴合大堤斜。似將高座臺邊雨，散做長干市裹花。樹杪一江鋪瀲灩，城壕萬舸走風沙。可憐赤族忠臣墓方正學先生，寂寂松楸起暮鴉。

同徐龍友登報恩塔

出城見浮圖，漸近首頻仰。日光耀金碧，璀璨非一狀。偕侶盤雲梯，力疲藉笻杖。不知身忽高，已到飛鳥上。遥山如龍蟠，隱見疊屏障。江流亂山中，百折瀉滉瀁。一髪青濛濛，齊楚疑可望。呼吸通帝闕，日月掛檐向。雲煙護昏朝，頃刻變形相。久困藩籠中，今識天宇曠。昔年登臨人，回首半淪喪。胡爲名利場，紛沓逐諸妄。把袂語同遊，出院聽梵放。丙子歲來遊者四人，今半化爲異物矣。

月夜汲中泠泉

浮玉山頭月光起，金波鱗鱗漾千里。江風不動水無聲，一棹直入冰壺裏。此中有泉名中泠，千層濁浪分渭涇。素綆上牽波細細，銅瓶下墜深冥冥。名泉出自蛟龍窟，乳泛珠跳勢蓬勃。歸拾松枝活火煎，旋渦翻舞江中月。

金　山

中流削出玉崚嶒，倒影芙蓉似鏡澄。孤塔鐘聲沉鐵甕，遠天帆影向金陵。松陰宛積空江雨，雲氣如封一寺僧。隔岸小舟疑畫裏，故乘風浪放魚罾。

百丈長廊繞寺周，此間奇勝冠中州。半空日月當窗過，無地樓臺出水浮。歷亂帆檣京口暮，微茫煙樹海門秋。振衣直上留雲處，不盡江天一望收。

留雲亭

曲欄高棟峙山巔，俯瞰洪流浴遠天。亭本留雲更留客，夜深好擁白雲眠。

登妙高臺

第一名山第一臺，憑空百尺面江開。纔從玉帶橋邊過，又踏金鰲脊上來。江合萬流趨溟渤，地蟠孤柱接杓魁。最高頂上呼張祜，誰是當年壓衆才。

古鏡

玉匣盤螭土蝕紅，開驚滿月吐秋空。不須浪把妍媸別，冰雪肝腸一照中。

豈乏屠龍手，誰傳相馬經。乾坤雙眼白，風雨一燈青。人世隨荒梗，吾生寄草亭。閒居何所事，頌酒學劉伶。

書悶

過張彙征齋用杜工部《雨過蘇端》韻

愛此風土厚，人好村亦好。我來天已明，到岸日光早。乃知長風便，倏忽如電掃。主人喜客至，披衣輒顛倒。東家買魚蝦，西家覓梨棗。坐無拘忌客，談笑開懷抱。輕蘿摇清風，秋霜换春草。物情有盛衰，人生豈不老。羡子正少年，学術慎自保。勿作噉名人，索米長安道。

送朱悔人明府用李翰林寄崔員外宗之韻

遠道陟吴會，時序當杪秋。偕行有仙侶，揭𠫤山，李郭嘗同舟。詩派出新城，玉瓚盛黄流。篋藏京華詠，雅正含清幽。承命宰石泉，晴川去悠悠。陽春原有脚，到處蘇窮愁。清江飲君馬，送君出芳洲。佇立望不見，日暮增離憂。

鷄聲

唱落曉星天欲曙，喚回殘夢客初醒。遥憐遠戍沙場卒，滿地霜華馬上聽。

行路難

婚姻本有時，貧家失其常。蹇脩雖已通，百兩未及將。父母昔教誨，禮義能自防。當春三月時，養蠶勤采桑。行行至陌上，使君車馬何輝光。使君謂妾顔如花，殷勤願贈明月璫。妾身自有夫，愆期焉敢忘？歸來淚滂沱，月出照空房。姊妹不同心，各炫嫁時裳。姊妹且如此，何怪行路狂。

客歌長歌聲亦長，客歌短歌聲亦短。成名須當少年時，毋令秋霜鏡中滿。昔爲《明堂詩》，亦擬《長楊賦》。賦剪秋空雲，詩浥金莖露。巧手織成錦繡段，三年空挂珊瑚樹。出門偶逢鄉里兒，金多位高志氣舒。歸家便欲焚筆硯，還聞武帝慕相如。詞賦爛漫復何益？致君更有萬言書。可憐不逢楊得意，白首下帷空躊躇。

贈李芥軒兼訂明歲看花之約

短後常穿舊布袍，眼分青白是吾曹。五湖宅在無三畝，萬里身歸有二毛。月下舉杯傾竹葉，風前出網亂銀刀。明年好赴看花約，楊柳春塘繫小舠。

送芥軒歸鵝湖

斟酌橋頭促解維，數行衰柳望參差。看君此日歸帆急，正值斜風細雨時。

題徐俟齋先生西山圖

誰寫西山景，西山老逸民。井中元有史，畫裏竟無人。

題荒江聽雨圖

雲氣擁孤棹，繫纜江之溆。高浪没遠天，哀鴻静相語。掩篷不成寐，獨聽荒江雨。

題陸研北湖村漁子圖

鬇翁豈爲食無魚，占斷湖村學老漁。也似當年侯叔起，背將溟渤向沮洳。

書感

底須辛苦歎勞薪，只合蓬藁老此身。八駿骨存誰問價，五羊皮棄不干人。慣看鷗鳥眠閒地，怕見軒車走要津。相約風流二三子，青鞋休踏軟紅塵。

搔首無端感慨多，浮雲變態問如何。填池蝌蚪魚龍戲，得雨鵂鶹鼓吹過。酒渴澆胸消塊壘，燈殘顧影見蹉跎。龍淵挂壁塵封久，斫地還能起浩歌。

廢寺

古寺今隤壞，曾爲選佛場。雨添空鉢水，草續瓦鑪香。白日停齋鼓，名山廢講堂。老僧無別事，捫虱話斜陽。

大雪用蘇東坡《聚星堂雪》韻

夜深地爐煨落葉，庭隅暗堆盈尺雪。推窗一片光糢糊，割面清寒正愁絶。侵曉放眼失舊觀，竹枝倒地松枝折。獨木橋畔人跡稀，三家村中爨煙滅。野田無粟雀苦饑，江波不澌鯨易掣。丘陵浮動坑谷滿，天地虚無留點纈。清飈颯颯刮庭户，灑袍入袖飄回屑。已看積霰迷昏朝，不比風花才一瞥。書生凍吟有律令，撒鹽飛絮恥勦説。詩成飲酒破嚴寒，夜臥不怕衾如鐵。

二一齋詩卷五 癸未

朱隱君江上草堂

江上雙峰一草堂，風光想象雪堆莊。不容人到花垂地，偶卷簾高燕在梁。遶砌野泉清見底，拂檐斜竹緑成行。主人竟日閒無事，數卷殘書對夕陽。

飲斜川書屋

野性從吾嬾，交情見汝真。墻頭堪送酒，童子解留賓。語鳥窺吟管，飛花點漉巾。春疇消息動，農事漸關身。

牡　丹

不關朱門五邑霞，空庭乍見一枝斜。南朝零落徐熙墨，誰寫風枝幾朵花？

詠一朵牡丹

名華次第委芳塵，一朵腥紅照暮春。應是館娃香散後，五湖留得泛舟人。

古風三章上宋大中丞商丘先生

梧桐高百尺，斫爲焦尾琴。臨風寄遐想，揮弄發古音。峨峨蒼山高，悠悠湘水深。此調苦寂寞，誰爲識幽沉。唯感曠與夔，聞絃知寸心。

爲政戒煩苛，綜理善經略。清静治有餘，閭閻盡康樂。訪古探名山，問奇尋幽壑。兵衛列畫戟，名流互酬酢。餘閒事吟詠，注意恤民瘼。讀公《覽風》篇，豈讓《春陵》作。

大雅日荒邈，僞體常流沿。公獨溯原本，高論排雲天。聳峙俯衆岳，沆漭歸大川。風雅供吐納，萬象供雕鎸。騷壇有宗主，末學思執鞭。願公勤清誨，俾得探真詮。

題畫

嵐氣轉蒼翠，殘陽靄餘明。白雲不可攬，山鳥時一鳴。中有忘機者，遲遲南磵行。

看更夫

七十老翁百病作，天寒風冷少衣著。身充更夫夜敲柝，東街西市時草竊。紅帕裹首露霜鍔，縛送官衙受鞭扑，老病何堪傷肌骨。每思絶命葬溝壑。吾有一言語老翁，從來捕賊官吏同。我家世居葑水東，去年十月風雪中。三更火光燭天紅，暴客入户持刀弓。鷄犬飛走婦孺遁，青氊不留四壁空。苦無長鬚代下狀，身訴官府誅窮凶。縣官責里正，里正責比鄰。比鄰鬻販俱窮民，公庭撻辱最横厲。悍吏誅索時怒瞋，鄰人竄匿肆勾取。縣符迭下時糾紛，盗賊未獲鄰里困。吁嗟此恨何由陳。一家被盗數家破，看更老翁何足云。君不見緑林跖蹻夜出入，縣官已奏龔黄績。

贈友人移居

昔住平江里，高亭碧水涯。今移女兒浦，獨樹野人家。涼月歸樵擔，清風放釣槎。村民共淳樸，遠近種桑麻。

嬉春絶句

到手須傾金屈巵，莫教錯過艷陽時。旗亭况有如花女，解唱黄河遠上詞。
桃花李花半紅白，被花懊惱殊顛狂。春光如此不遊冶，爲問汝曹有底忙。
吴王墓頭草色新，女墳湖邊水粼粼。英雄兒女一抔土，忍放香醪不入脣。

送春日惜陰軒小飲限惜陰二字

點點飄落花，離離秀新麥。冉冉春光去，忽忽成陳跡。人生正如此，寓形等覊客。今我不爲樂，撫景空惋惜。

開軒坐南榮，庭樹多清陰。微風尋户入，泠泠吹衣襟。急觴蕩幽懷，滿飲須再斟。日夕群鳥歸，圓景吐遥林。屢醒復屢醉，不知夜將深。

贈學圃野人

籬門傍岸斜，學圃野人家。錦里先生芋，青門處士瓜。性情關草木，事業寄煙霞。抱甕吾生事，無煩製水車。

水亭

磵水合衆派，亭隅瀉潺湲。水石本無聲，相觸偶成喧。清泠契真性，靜聽欲忘言。因思洗耳翁，猶厭瓢聲煩。

題歸帆圖

夕陽水上浮，斷岸起煙霧。何處遠歸人，孤帆望中度。

過舊送别處

拂水拖煙柳萬條，晴雲一抹鎖山腰。古人此地曾分手，長短亭前舊板橋。

憶張氏務畦草堂

一灣流水兩橋通，簾卷波光入座中。遶砌亂翻紅芍藥，沿籬細長緑芎藭。飯牛人起茅堂月，放鴨船歸荻浦風。别後五年勞夢寐，雪泥留爪感飛鴻。

舟往西山遇大風雨不得上崖而返

十年不踏西山路，載酒呼朋擬勝遊。何事天公故相惱，滿江風雨促歸舟。
南山雲生北山雨，雲雨濛濛擁髻鬟。分明一幅米顛畫，不是將軍著色山。
薄暮濃陰掃不開，狂風卷浪雪成堆。何曾略識青山面，空載一船煙雨回。

初夏即事

劇憐春已去，扶病啓柴關。放眼看新緑，隔江逢遠山。草長風自動，花落夢俱閒。物我渾無忌，沙鷗好往還。

怪松行

巉巖石劍攢青空，窔豁幽谷生孤松。一枝倒掛直裂峰，蜿蜿蟠屈形虬龍。鱗甲剥落髯蓬鬆，埋頭卧角號雷風。崖西俯跨連崖東，蝡蜷下照雙石谼。盤空欲横忽復從，交枝散作千璁瓏。問松何年出谽谾，托根太始開鴻濛。鑱天絶嶺稀人蹤，鑿雲披霧徑偶通。工人度材棄不容，曰醜貌類南方榕。磥砢臃腫難雕攻，少見多怪世眼矇。造物雨露施頗公，土脈磽确滋培豐。始信人棄非天窮。根如頑石枝青銅，武侯廟柏千秋同，不羨岱頂秦皇封。

玉峰旅寓雜詠

文筆峰連一線天，猿猱輕體許攀緣。生平事事居人後，只有遊山欲占先。

山頭飛泉落磵隈，山下忽起雲濤堆。主人偶有會心處，獨向江頭歎水哉。爲旅寓主人題畫。

四起笙歌衮衮塵，歸來竹石避閒身。一瓢一枕悠然坐，也是人間看月人。

夜長不寐開竹扉，露珠滴瀝寒侵衣。三更野鳥不肯宿，水灘覓魚來往飛。

扶摇未得摶雲上，魂夢猶能貼月飛。醒後不知天欲曉，涓涓涼露濕秋衣。

送友之陝西幕

此去秦中路，千山與萬山。雲開看少室，月落度函關。幕府功名遠，書生鬢髮斑。閨中應有約，計日望刀鐶。

擬謝康樂遊山

閒居感心跡，結念在林壑。值兹芳春好，豈爲微官縛。出門望遥岑，青翠叠巘崿。尋山不厭深，野逕行屢錯。遶磵弄清流，捫壁采靈藥。麻源路疑斷，石門勢欲削。哀狖嘯巒端，天雞響林薄。雲屯巖光暗，風過山花落。良知幸相從，同調雅有托。葆真意自足，適己物共樂。誓將老巖阿，終然遠繒繳。

贈趙西園公子

聲華不數富平侯，豪氣真堪隘九州。柳陌横馳金腰裹，蘭堂迴繞玉雕鎪。賭詩有客嬴錢起，講易聞君慕薛收。自怪野人偏冷落，西園池館未遨遊。

文選樓懷古

監撫餘閒事校讎，於今遺跡傍邗溝。行人誰問華林館，詞客還尋文選樓。廢院塵封鼯鼬嘯，荒臺雨過蔚蒿秋。蕭梁代遠才華在，洵是江湖萬古流。

晚渡朝天湖觀刈稻書感

一帆暝色渡湖船，高浪茫茫欲拍天。寒雁立殘沙岸雨，昏鴉銜斷遠村煙。歲收未足中人賦，奢望虚占大有年。觸目蕭條風景異，蘆花如雪覆平田。

同張嶽維宿九龍塢安偏人齋

酒醒更闌夢不成，草堂燈火話平生。拂檐半是青松樹，一夜風聲認雨聲。

獨釣

水清魚可數，投竿意悠然。魚驚釣絲影，散處蓮葉間。終日閒我釣，静對溪南山。僧來施魚食，祝魚避深淵。感此多惻隱，罷釣行歌還。

徐昭法先生畫芝

壘坷叢生筆墨奇，西山芝似首陽薇。笑他四皓非真隱，也向商顔覓療饑。

家嚴畫夜泊圖命題絶句

淡雲疏雨過芳洲，簇簇蘆花覆釣舟。夜半夢回明月上，白魚飛破一江秋。

村行書興

東阡連北陌，總屬野人家。農健場先築，年豐酒易賒。蘆洲堆白雪，楓岸簇丹霞。極目滄江遠，雙鳧落淺沙。

歸鴉

物性亦知返，群飛趁夕陽。棲遲誰得所，鳴噪自相商。木落曉驚月，臺寒夜有霜。遥憐碧紗裏，咿軋織流黄。

張損持太史屬題雪霽南轅圖

燕京十月天飛雪，黄金臺畔行人絶。短轅何事獨南行，望裏銀沙半明滅。昨日丹黄校石渠，今朝周到覺倭遲。君恩浩蕩無由報，細訪民風好采詩。

一一齋詩卷六 甲申

古風

南山在何許？遠望煙雲深。中有静者流，結廬東崖岑。微言自剖析，妙理常搜尋。寥寥千載後，獨契黄虞心。

蒼蒼陵上松，下有千歲苓。采之欲相贈，爲君延修齡。道遠不可致，物薄誰爲珍？臨風空佇立，歎息此微誠。

天豈欲人老，親豈欲子貧。二者命限之，屈伸每平分。有命不自安，畢生俱苦辛。縛柴以爲門，熟菜以爲飧。種田原野間，釣魚江水濱。委順俟物化，陶然見天真。

君子能善始，尤貴善其終。勛名一何高，峨峨齊華嵩。末路不自振，蹉跌竟無功。小人伺間隙，衆口交相訌。知止乃不殆，懷古欽高風。見首不見尾，千古稱神龍。

西山有高士，志節師伯夷。武周本聖人，而敢傲睨之。薜荔煖吾寒，白石飽吾饑。時携山陰叟，巖谷共采芝。斯人既淪喪，山水無清輝。搔首懷美人，清風有餘思。

文章本天成，所貴在自然。奈何矜小智，而日窮雕鐫。言語非不工，性情何有焉。此如隋宫花，翦彩鬭春妍。著述逾百家，紛然散雲煙。相期當世士，努力探真詮。

吾讀陶韋詩，展卷見面目。天然謝雕繢，泠泠叩冰玉。二公豈詩人，要是至性足。誦之心骨清，聞韶可忘肉。何爲時世粧，紛紜衒紅緑。季札不復生，誰能識雅曲？

兔絲附喬木，引蔓參天長。羞與衆草伍，勢分有低昂。喬木忽摧折，兔絲亦被傷。誰人仰首看，蹂躪棄道旁。物生貴自立，扳援謀匪臧。幽蘭生空谷，是名王者香。無人采而佩，臨風抱孤芳。君看達節士，固窮以自藏。

前有車馬客，呵殿道途中。車前列旗旐，馬後隨刀弓。行人不敢視，望塵拜下風。前途遇耕農，容貌如龐公。相遇不回首，行歌曲未終。

珪組何足榮，既貴重行義。不能蘇民瘼，所學者何事。廣厦千萬間，要當存此志。夷甫尚清談，居官等兒戲。

古人亦有言，生年不滿百。半爲身家營，半爲子孫役。德業了不聞，擾擾頭已白。鄙哉王濬沖，猶然鑽李核。

房琯隱終南，令名遍寰區。天下爲己任，談論頗有餘。一朝將重兵，車戰任竪儒。同時四萬人，陳濤喪其軀。督戰誠有罪，琯也亦自愚。名士苦無用，憑弔爲嗟吁。有愧諸葛君，不輕出茅廬。

齊有黃公女，婉孌儷且嫿。公欲掩其美，謙言女陋粧。醜聲謬傳聞，六禮誰爲將。東郭無鹽女，衒嫁心彷徨。奇醜不自醜，叩閽訴君王。一言立爲后，妍媸反其常。歎彼黃公女，皓首守空房。

鸛鸛共飛飛，飛飛求其巢。或則棲杏粱，或則棲蓬茅。從此不相見，忘爲舊時交。偶然出銜泥，復見古原上。時命苟不同，意氣分卑亢。卑者斂羽歸，亢者淩風颺。對面分秦越，觸目起怊悵。

好女秉貞性，幽閒比芳蘭。翠袖倚修竹，天風生暮寒。吴姬臉如霞，夫婿爲大官。專寵益嬌態，稱體輕羅紈。世事看轉燭，尺水愁波瀾。夏日芙蓉花，秋日傷衰殘。空房明月夜，獨抱琵琶彈。

尺地能生草，寸燭能照人。丈夫既富貴，奈何利一身。膏腴連萬頃，甲第通青雲。骨肉等行路，誰念病與貧。所親尚如此，功名焉足論?

人生如春花，開者行當掃。更如霜中葉，外綺内已槁。君子疾無聞，聲譽亦忌早。隆隆遍京雒，中懷未聞道。華實不相符，折減同腐草。爲語好名人，韜光以爲寶。

孔子惡驕吝，老氏戒睢盱。世棼日熠熠，至道歸沖虚。諒哉古人心，澹泊足自娱。安得脱塵網，去與木石居。

請君看撲滿，多藏身必碎。請君看圓月，既望還復晦。滿盈不可居，榮華豈常在？蒿萊有隱者，稟性嗜恬退。青山我友朋，白雲静相對。委心遊天和，通塞兩無礙。

前不見古人，後不見來者。此身何悠悠，同調實已寡。獨抱三尺琴，寸心向誰寫？矌望鍾子期，愴然泪盈把。

新嫁娘

未熟姑心性，但聞姑最賢。愛姑如愛母，妾自得姑憐。

王明君

天賦殊尤質，翻爲異域人。君王不好色，遣妾去和親。

登垂虹橋望太湖謁三高士祠放歌

吾聞垂虹橋，七十二洪鎮驚湍。十年夢想今始到，使君叫絶開心顔。東西蜿蜒跨千丈，寶帶連綿未堪狀。橋心百尺撐高亭，開牖遠納寒山青。玉盤螺髻紛在眼，洞庭微茫山點點。望中濤頭駕銀屋，鯨魚跋浪老蛟伏。陰壑澒洞，煙波溟濛。噴薄日月，不知西東。餘瀾轟輵怒未已，聲勢猶震天吴宫。礟車雲起驚風旋，飛廉賈勇來九天。峨峨大艑不敢前，失勢恐墜獰蛟涎。今時之險且如此，何況震澤未定洪荒先。橋下有古祠，合祀名三高。弓藏鳥盡避鳥喙，蒪鱸味美歸東曹。石欄養鴨鴨能語，筆牀茶竈長遊遨。吾生後千載，懷古空蕭騷。願得割取三高祠畔一片石，相携同志操漁舠。晝向橋上行，暮向船中宿。沽酒烹鱖魚，敲火然枯竹。欸乃歌聲斷還續，五湖月上光團團，蓬窗坐照鬢眉緑。

獨步尋花

竹静江喧處，行吟步淺沙。無人能作伴，有興獨看花。細雨幾枝濕，微風數點斜。意闌思駐足，前路兩三家。

旋螺頂

螺頂搆丈室，開牖納莽蒼。空谷山鳥哢，曲磵春雨響。枯禪多道心，無生莫能奬。聞有抱琴人，蘿徑夜來往。

蓮花峰

峰勢斜仄生，直下過百丈。大石刀劍形，小石牙齒狀。同行五六人，三四未敢上。陟險貴輕捷，安用九節杖。攀葛如挂猿，手足勞俯仰。倏造峰之巔，始識天宇曠。茫茫見震澤，環混無歸向。崑虞兩小山，蟻壤遠可望。脚底起松濤，天風時振蕩。獨立久躊躇，隔巖送樵唱。

過彌勒嶺

竹兜曉向山背行，南山北山雲氣生。昨宵三更雷雨急，山坳處處聞泉聲。

龍　門

斗峭疑鬼工，分劈兩崖對。路窄攀垂藤，着脚亂石礙。行人屢迴步，險若蛇倒退峽路地名。前山急雨過，雷霆聲在内。群峰列眉低，俯見飛鳥背。吾生好探奇，登陟今已再。行當巢石屋，眠雲謝時輩。

白雲泉

乳泉常在山，白雲常在天。泉氣成白雲，翕然赴奔川。老僧嵌巖居，竟日看雲眠。白雲許供客，酌此池中泉。岩頂垂緑篠，娟娟媚淪漣。微風遞清磬，泠然煩慮捐。徘徊日欲暮，萬樹生寒煙。

之浴凫涇舟行紀事

吹面東風緊，天陰叫鵓鴣。江流樹裏斷，山色雨中無。水荇隨船采，村醪傍岸沽。浴凫涇到未，前路問漁夫。

舟行紀事

短帆風力淺，迤邐過新堤。菱葉淨如拭，桑陰碧欲齊。寺傳林外磬，店唱午前雞。爲訪玄真子，横塘古渡西。時往九龍塢訪張山人。

田家雜興

家計依田疇，播種毋敢慢。貧賤寡嗜欲，飽腹仰藜莧。但須風雨時，滿望在歲晏。豐歉鄰里知，勤苦一家慣。所期丁男長，娶婦禮粗辦。子孫世爲農，吾族自無患。

好雨應時至，夜來春水生。原野土膏動，及時事躬耕。荷鋤出東皋，布穀已有聲。道逢植杖翁，言語多樸誠。謂言少種秫，充腹宜香秔。雨暘雖不定，造物殊分明。四體勿偷惰，努力觀西成。

村墟起暝色，牛羊各來歸。田家晚炊罷，猶自開柴扉。鄰里夜相過，團坐情依依。共誇麥苗盛，共憂桑葉稀。兒女齊長大，所需食與衣。地遠人俗淳，言語心無機。秪談農家事，焉知誰是非。

農父緑蓑衣，農婦白苧裙。冒暑事田作，日午天無雲。汗流不暇揮，禾盛多蝱蚊。唱歌慰勞苦，酬答皆同群。夕陽未歸山，且與窮餘曛。

翁老不紀年，古樹共寒暑。次男已頭白，長孫早嫁女。閑行看隴頭，油油好禾黍。中情忽多感，歸向兒孫語。有年勿好奢，須憶無年苦。儉樸人共誚，吾意獨有取。

白雲護山村，紅葉隱茅屋。門前跨板橋，户後羅修竹。牛閑繫道旁，磨礱向古木。是時秋氣高，霜重秔稻熟。老農顔色喜，蚤晚食新穀。惟苦欠文墨，未便通尺牘。今年幸有秋，送子入里塾。

過二棄草堂悼横山先生

草堂名二棄，結搆傍湖濱。花月常爲主，歌吟老此身。催租無俗吏，載酒有門人。此日添榛莽，悲風起白蘋。

長物都無有，荒凉數畝園。古藤纏怪石，野竹穴隤垣。地僻稀鄰里，家寒仗子孫。青山日落後，酹酒爲招魂。

題秋亭羽士照

石磴倚古松，蒼然捎天碧。白鶴表孤步，閒雲卷無跡。道人讀《黄庭》。掩卷日將夕。

題陸叔平畫晚景三首

靄靄殘陽飛，蒼蒼遠山暮。何處漁師歸？自認門前樹。

依微島外山，迢遞煙中驛。日暮何所之？愁絶舟行客。

放舟乘晚涼，陰沉四山静。水容如鏡磨，照見歸禽影。

抄唐宋人詩稾數種，偶題絶句

感遇傷時陳子昂，獨抒情性變齊梁。後來韶濩雲山曲，一片風流屬漫郎。

才氣縱横蜀道難，斂才須就五言看。古風最得風人意，莫怪胸中薄建安。

掣得東溟掉尾鯨，盤空硬語浩縱横。紛紛西抹東塗手，請讀南山與北征。

水窮雲起天然句，疏雨微雲正頡頏。此是五言真絶調，長城何獨號文房。

韋柳詩篇味無味，元音好向此中求。後人多事輕軒輊，千古蘇州並柳州。東坡謂韋不如柳，後人俱謂柳不如韋。

諷喻千篇翻水成，元和風格見高情。如何原上離離草？偏向尋常句得名。逋翁賞『野火燒不盡』二句，樂天因此得名。

奉禮當年運意微，女蘿山鬼是吾師。時人不識風騷體，只賞天驚石破詩。

共傳獺祭驅材富，更説西崑體製卑。錦瑟無題添註脚，眼中曾否見韓碑。

浩氣孤行見性情，儋州歸後更澄泓。無端滄海横流句，卻怪遺山也浪評。

全楚堂堂納漢江，劇憐曹檜不成邦。四靈氣象真衰颯，卻對歐梅不肯降。

出師二表平生志，光景流連偶自嬉。歎息后村粗作序，未曾解讀渭南詩。

谷音一卷千秋業，思逐精靈入窈冥。字字遺民雙眼淚，如聞麥飯哭冬青。《谷音》皆宋遺民詩。

秋陰訪馮文子先輩

陰雨匝旬日，鄰園望眼賒。今朝動吟興，着屐過西家。曲水爛荷葉，空林落桂花。清言詩思足，吾道在《蒹葭》。

九日舟中作

澹臺湖口放短棹，長風送客如飛梭。一枝兩枝寒菊少，十里五里雲山多。尋魚白鷺立斷岸，負霜黃葉辭高柯。鄰舟狂殺少年子，醉酒聽唱玲瓏歌。

秋日過浴鳧涇田舍

溪流遶村落，草屋亂西東。菱渚半邊白，楓林一片紅。摘葵清露下，撲棗夕陽中。村社吾常與，鄉音喜漸通。

同常州楊臨皋李尚白集江干古寺

江天漠漠蕩秋陰，崖畔精藍載酒臨。數載重聯湖海客，一尊欵語薜蘿心。沙寒鷗鷺閒相並，水闊蛟龍晚自吟。判袂預愁歸路遠，相思回首暮雲深。

登江陰古瑞光寺浮圖絶頂

興劇攀登最上頭，聳身雲表豁雙眸。百年戰伐山河壯，萬里風霜草木秋。匝地蒼蠅鳴市井，滔天白馬走波流見大江。老僧指點春申墓，衰草斜陽土一丘。

君山浮遠堂

萬千氣象盪心胸，浮遠堂高眼界空。鵝鼻一罾張木末，馬駝孤塔出沙中。拍天浪湧山根動，翻雪潮迴閘口通。日晚寒原勤練卒，角聲慘澹戰旗紅。時李帥練兵防江。

雙廟詩

城烏夜啼延秋門，范陽反寇顛乾坤。潼關戰骨積丘阜，公卿屠戮如鷄豚。真源忠臣哭祖廟，討賊獨繼顔平原。鬚髯張肩髮倒竪，義斬六將披忠肝。睢陽圍城勢岌岌，千鈞一髮當空懸。更樓聞笛氣慘慄，兵疲食盡危難存。刀鬻僕妾給壯士，日嚼血肉爲饔飧。陣雲壓城悲風起，白日黤慘天俱昏。臨淮太守日晏樂，擁兵坐鎮冷眼觀。霽雲告急斷手指，矢恨箭着浮圖甎。主將西向哭且拜，高祖太宗神聽旃。萬死無以報天子，願作厲鬼誅其元。城亡兩公共致命，頸血化碧中心丹。援兵獨遲三日至，天付大節俾公完。向使當日棄城走，身或倖脱江淮殘。一城敢爲天下障，力延唐祚當艱難。汾陽功成睢陽敗，成敗大數皆由天。千古汴徐祀雙廟，靈旗半卷風飄翻。兩旁南雷森劍戟，階下鑄鐵斫賀蘭。丹墀再拜酹尊酒，仰視神怒餘桓桓。

一一齋詩卷七 乙酉

擬梁武帝逸民詩

香餌雖美，蛟龍深藏。罻羅雖巧，鸞鳳高翔。爵禄雖貴，巢許徜徉。修身潔行，千載垂光。

行路難

君不見井上有轆轤，中夜雖停晨復轉。君不見架上有羅衣，夏時暫著冬仍卷。人生貴賤自有時，貴者勿炫耀，賤者休嗟咨。昔時東陵侯，今日種瓜傍青門。昔時刀筆吏，今爲漢相稱功人。爲雄爲雌偶然耳，世俗歎羡何紛紜。丈夫得失豈在貴與賤？戚戚毋乃傷其神。不如醉鄉之中聊駐足，與人無榮亦無辱。

久别離

春光昨夜至，楊柳齊青青。青青弄影空閨裏，宕子之婦難爲情。憶昔君别時，春風江上生。手折堤畔柳，送君此遠征。何爲十年無尺素？望君迢迢，有如隔蓬瀛。不能身爲楊柳花，隨風東西南北同君行。妾心如磐石，君身豈浮萍？東風兮東風，爲我吹君返行旌。

雪後過龍井庵

衝寒過野塘，到寺足方歇。齋廚動微煙，冬青落殘雪。欲共枯禪語，相對無言説。

靈　巖

琴臺獨上俯嶙峋，吴越興亡總劫塵。香草自荒麛鹿徑，空山曾識苧蘿人。雲迷石磴疑無路，花放禪房别有春。極目煙波堪一葦，浮家應問五湖濱。

西湖泛舟至孤山，用東坡《臘日遊孤山訪惠勤惠思》韻

山外山，湖外湖，六橋名勝人間無。沿堤桃柳競芳艷，黄鶯並坐聲相呼。此間久住忘妻孥，中流蕩槳時嬉娱。鎖瀾壓堤互鈎帶，山迴水折何盤紆。寶雲山前處士廬，種梅高風千載孤。閒經段橋訪古寺，僧房小憩依團蒲。促我歸駕惟僕夫，清晨出遊日欲晡。迴船踏浪弄倒影，樓臺明滅儼畫圖。樂哉此遊興有餘，歸來清宵夢蘧蘧。夢中恍惚逢林逋，瞭然瞳子形難摹。東坡《書林逋詩後》云：『我不識君曾夢見，瞳子瞭然光可燭。』

登吴山絶頂觀錢塘江潮

白雲護芒屩，送我登山巔。大觀亭臺高百尺，飛甍畫棟相鈎連。紫陽插高峰，峨峨勢鑱天。此間可以豁遠目，下界一覽心茫然。西子湖波等明鏡，紅桃緑柳晨妝靚。人民城郭列畫屏，水光山色相輝映。大江動我前，雲煙杳濛濛。蕩摇生萬象，環混迷西東。海門濤頭一綫起，銀山欻忽排長空。奔騰轟輵車萬兩，聲勢直撼黿鼉宫。冰夷擊鼓靈怪集，疑震霹靂鞭群龍。蒼崖飛走浪花内，衆口鼓噪讙吴儂。惜無三千强弩射潮手，水次酣戰爭驍雄。溪盈壑滿怒方止，餘瀾隆隆殷

雙耳。水兕神蛟伏江底，天淡波澄静如綺。我當擊劒發浩歌，壯哉偉觀天下無。東坡十月見海市，伸眉一笑掀髯鬚。我來江潮忽湧見，神豈有意娱狂夫。狂夫興酣恣豪宕，披襟獨立層臺上。天風吹落嘯歌聲，山下行人矯首望。

種菜

小園纔一畝，更與鄰共之。無心蒔花藥，種菜分所宜。始覺荷鉏倦，既久亦忘疲。編籬限鷄犬，壅土發華滋。勿憂愆雨澤，灌溉有清池。旬日青覆土，發生亦不遲。窮人如意少，對此色自怡。可代飯之半，禦冬良在兹。勞力不我負，此計未全非。

雁字

一行鳥跡破秋旻，陣影横斜體勢分。偶到華山應落筆華頂有落雁峰，若過衡岳亦迴文衡州有迴雁峰。大招寫就飛湘水，天問摹成叫楚雲。爲語清真王逸少，莫將此幅换鵞群。

泊奔牛鎮

日晚奔牛鎮，維舟傍寺門。夕風生古渡，疏雨過荒村。白浪高翻影，青山遠抹痕。呂蒙城在望，燈火欲黄昏。

登木末亭舊址

遠山青未了，縱目上層嵬。木末亭何在？天風響正哀。松杉悲古墓有方、景二先生墓，花雨憶經臺。歸路斜陽下，行吟首重迴。

旅寓偶作

大功坊右清溪北，寓傍花宫面雉壕。城角獨鳴殘月白，塔鈴相語晚風高。敝衣正合歌商頌，濁酒還堪讀楚騷。卻笑王維空學道，功名一曲鬱輪袍。

秦淮雜詩

臨春結綺散如煙，夢醒南朝事惘然。燕子但知春色好，銜泥飛過内橋邊。

千株緑柳總垂絲，長板橋南插酒旗。何許關情最深處，烏啼憶得五更時。

賜第中山寵舊勳，于今華屋亦埃塵。西園邸第無人到，惟有流鶯怨晚春。

不數迴風唱麗娟，新詞爭説阮家編。兵戈滿眼渾閒事，但進吴綾燕子箋。

七曲闌干水一泓，馬湘蘭院舊留名。而今禪榻茶煙畔，可有鸚哥唤客聲。

長干姊妹重佳期，剪燭西窗夜語遲。憐殺小姑無伴侣，丹心寸意竟誰知？

日晚淮樓弄管絃，遊人猶蕩木蘭船。分明一樣江城月，卻到秦淮十倍圓。

莫愁湖畔酒帘斜，度曲鶯聲隔淺紗。六代興亡誰解惜？斷無人唱《後庭花》。

潤州懷古

第一江山古潤州，吴琚題天下第一江山。岷濤千里望中收。干戈百戰餘軍壘，花柳三春憶酒樓。黄鶴山頭煙霧暝，真珠泉畔荻蘆秋。風高城上鳴殘角，入夜嗚嗚動客愁。

吴江道中

煙裏鳴柔櫓，舟行趁早潮。湖寬雲作岸，邑小市依橋。野鴈藏蘆葉，溪魚上柳條。那堪霜降後，楓落正蕭蕭。

金石行贈徐龍友

尋山必望嶽，學海當窮源。誰言篆刻等小道，不追秦漢何足觀。南州徐生劇好古，神往陳倉摹石鼓。翔鸞舞鳳騰龍螭，珊瑚碧樹横交枝。上溯斯籀至軒頡，二篆鳥跡恣搜抉。下降六朝遞元明，鞭策驅使通幽靈。鷺鷀膏瑩金錯利，鑿鏤璆瑑别同異。方折而陰，圓折而陽。瘠文曲直，急就從横。盤虯蝌股及蠆尾，金石纍纍同琳琅。開囊假我試檢看，象緯羅列森光芒。博士文壽承，王孫趙子昂。君也奄有鼎足稱，同行惠而能。好我爲我鎸名字，置之几案同拱璧，日夕摩挲不忍棄。我友老手文章雄，賦詩正變差能窮。獨將餘事擅絶技，龍猶真復其猶龍（亦字龍猶）。更聞友朋貴砥礪，有善必勸過必攻。願君以我爲頑石，遇瑕疵處須磨礱。昌黎韓子昔有語，終始相合如駏蛩。偶出金石譜，早晚令我歌。因兹三歎君才俊，龍猶龍猶奈爾何？

擬古八首

陳正字子昂感遇

靈景欻以逝，六龍杳難攀。人生不好道，處世真等閒。富貴傷局促，孔翠羈籠間。朝菌瘁陽林，蟪蛄傷天寒。何當卻世累，韜精保朱顏。大道貴淪冥，絶粒歸空山。

李翰林白飲酒

山花爲我開，園林盡芳菲。流鶯語花底，明月照花枝。有酒須痛飲，莫待花飛時。斗石不必計，酩酊我素期。蕩滌萬斛愁，堆阜俱坦夷。富貴有何慕？神仙寧足祈。狂歌花月下，醉臥已忘機。忘機自我忘，形骸豈所知？

王右丞維 飯僧

晚歲思繕性，方外亦吾徒。深山有高僧，心清與道俱。昨日訂晨齋，今蚤過吾廬。便設脱粟飯，兼摘園中蔬。既飽念衆生，糧粒不願餘。散之飼鳥雀，亦復施遊魚。感此惻隱性，自顧愛物疏。日晚送君還，悵望雲山居。

孟山人浩然 待友

靄靄山景夕，歸鳥棲林藪。萬籟正寂然，月吐斷崖口。置酒攜古琴，待我山中友。夜琴亦已終，華月升高柳。之子不我過，獨酌盈尊酒。

儲侍御光義 雜興

賣薪不嫌賤，買牛不嫌老。山野多樸誠，平生守直道。子弟善力作，無煩藉庸保。種藥鉏自携，灌畦瓮能抱。閒行過古墳，墓門半荒草。及時須作達，豈必長壽考？歸來飲美酒，暫令容顔好。

王龍標昌齡塞上

健兒提輕刀，快馬如電掣。跳蹬穿敵陣，左右肆馳突。斬馘懸馬首，貂裘濺猩血。歸來塞垣黑，浮天卷飛雪。未禽吐谷渾，雄心徒鬱結。微功何足論？奮勇勉同列。

韋左司應物寄舊

郡齋冬日冷，密雪灑深竹。念兹山居友，抱獨卧空谷。杖策擬過從，草堂夜同宿。積雪山路平，天寒斷樵牧。

柳員外宗元溪上

清溪雨後佳，坐此溪邊石。風和野花開，池静啼禽寂。觀妙愛澄境，栖閒絶塵役。意適獨歸來，楚天淡將夕。

懷友

林端木葉下，蕭條秋氣深。巖岫起寒色，風雨激清音。高齋寂無事，當窗彈素琴。一彈清商曲，再彈遊子吟。遊子今不歸，故人勞此心。願爲黄鵠舉，高飛遠相尋。涼風吹我牖，明月燭我牀。空庭鳴絡緯，破壁啼寒蛩。愁思不能寐，耿耿夜未央。眷我同懷友，淹留寄他鄉。他鄉雖云好，故鄉安可忘。故鄉不可忘，故人念彌長。良會在何時？悢悢中情傷。

《長洲曲》送吴少璞明府，次張日容先輩韻

輕裝乍别古長洲，霜冷楓林水淺流。萬里長天慢移棹，吴山雲樹半勾留。
暮雨蕭蕭落葉紛，長洲回首隔曾雲。吴儂别後多情思，團扇殷勤畫使君。
千頃波光一抹山，横塘短棹載書還。長洲舊苑風流宰，合在元之夢得閒。

飲朱若思舊燕居

城頭烏尾翻清光，曉霞散綺明林塘。舊燕主人早招飲，短箋一幅書幾行。中言相約素心友。今日置酒南園莊。披衣走往意飛動，起過巷北同張郎永夫。主人閒園盛秋色，雲錦爛熳天孫裳。菊英浥露發奇秀，瓦盆朵朵添幽香。蕉花傍石落紅雪，芙蓉近水迎初陽。聯翩賓客半裙屐，繞花爲坐依長廊。膾飛金盤鯖鮓剉，翠甆瀉酒嘗鵝黄。藏鉤卷波取笑樂，興到分韻搜詩腸。主人新詞擅清絶，鉏茅永夫詩名《耡茅集》。勁句音鏗鏘。愧余才窘思澀縮，未敢鼎足分雄疆。憶昔横山執牛耳，閩越上客來登堂。張超然、馮文子。韓門籍湜數陳葉玉文世南，蘇氏秦晁推朱張。若思、嶽維、永夫。霸才縱横押强韻，金薤萬本垂琳琅。一棄堂空墓宿草，文星入夜收寒芒。可憐蚍蜉撼大樹，群愚矢口肆謗傷。風流雲散忽三載，往往花月無歡場。即今良會偶然耳，朋輩聚首難爲常。萬事撥棄不擬道，爲君盡量傾壺觴。

豐草亭詩爲徐虹亭太史作

垂虹亭下水泠泠，菜圃新開豐草亭。長日煎茶深竹裏，拾薪恰喜有樵青。

寒塘風静晚蕭疏，一水迴環竹石居。新乞頭銜五湖長，月明短棹釣鱸魚。

隱囊烏帽狎眠鷗，直是風流第一流。竹屋青燈留客夜，空亭黄葉著書秋。

送張嶽維公車

寒風摧萬木，霰雪紛未已。不知黄河間，層冰厚幾許。君當從此過，辛苦載行李。轉瞬陽和動，杏花開帝里。看花長安城，勿同孟郊喜。前脩正無窮，努力慎自矢。

神龍致雲雨，能令百物滋。丈夫庇四海，利澤當乘時。受知未易償，何暇營其私。功名吾固有，要令德業垂。贈君以自愛，同心永爲期。

寒夜述懷七百字

曠野鳴悲風，夜寒斷人跡。呼童掩荆扉，然燈照虚室。飲酒勸孤影，數盞雙耳熱。酒薄醉易醒，百感中夜發。自念樗櫟姿，散漫故無匹。方輪不可運，磐石不可掇。世途逐圓轉，我自迂且拙。年華不少留，一去如電掣。老大終無成，貧賤猶布褐。憂來無如何，引手搔短髮。憶昔五六齡，嬉戲覓紙筆。先祖教誦讀，慈愛免嗔喝。顧謂此兒慧，書香可繼述。七歲誦典謨，章句能熟悉。八歲讀雅頌，大義粗講説。先祖忽棄世，家道遂蕩潏。歲凶值饑饉，糧粒早晚缺。親戚不踵門，誰肯相顧恤？嚴父持家政，研田作生活。家貧父爲師，督責始迫切。十三課古文，十四學帖刮。大故遭失恃，天何忽降割。自傷無母兒，中宵淚成血。裋褋無完衣，頭葆脚不韤。于今一回想，衷懷自淒洌。十七就外傅，文藝嚴紀律。學業苦疏莽，萬分略窺一。廿一遊膠庠，厠身群英末。秋風白門棹，文戰傷屢蹶。亦知無媒客，每爲當塗黜。謹守父師訓，獨恥尚干謁。男兒生世間，出處不可忽。始進苟不正，萬事恐瓦裂。當今休明世，鼓吹藉經術。文章堪報主，要須勵清節。未聞卑屈身，可希稷與契。事君重行義，亦以愛民物。奈何權貴門，朘民營兔窟。南金等瓦礫，甲第高嵂嵲。女樂奏絲竹，笙歌雜清瑟。下箸駝蹄羹，送酒雲罍凸。寒披貂鼠裘，春服魚子纈。此物何自有？閭閈之所出。取之無慚恧，乃復恣鞭撻。詎知茅屋底，民窮但存骨。願君一動念，毋爲視如蔑。名節人網維，于今笑迂闊。出入金張門，首俯膝可屈。小人自齪齪，金多頗驕黠。同類日相索，勢利易親暱。吾吴禮義鄉，胡爲漸淪没。賤子蓬蒿人，窮居抱孤孑。梅花種屋後，溪流遶蓬蓽。鍵户閱圖史，喜無雜亂聒。惟期同志士，遠來解饑渴。賦詩宗騷雅，體裁貴區别。清談轉娓娓，幽味共怡悦。但恐流放曠，蹤跡類任達。白首不聞道，虚生等夭札。深愧匏落軀，筋骸自閒佚。壯歲無令名，憂心時惙惙。所願勤樸學，棄華勵其實。勿言基址淺，層累或有日。不見樊敬侯，種樹待成漆。苟慰祖父志，家聲庶無失。萬事集長夜，迴腸如寸結。北風吹窗紙，短檠半明滅。暖酒再斟酌，稍敵寒凛慄。酒盡詩亦成，慷慨意激烈。何處遠鷄聲，荒村叫殘月。

讀磨崖碑

有客新自荆湘歸，千里傳示浯溪碑。滿堂賓客歎奇絶，賞玩不啻紙尾鷖。道州刺史作歌頌，平原腕力千鈞揮。落落三百有餘字，備紀始末關興衰。緬昔天寶失政柄，禄兒毒亂同貙羆。君王倉卒幸西蜀，唐家宗社累卵危。朔方節度奪忠勇，成王蕩攘張軍威。妖氛浄掃兩京復，風驅雷動神扶持。臣結竊忝雅頌手，歌詠德業臣職司。古來紀功務夸誕，嶧山刻石多侈辭。燕然勒銘頌車騎，文人末路堪詆嗤。豈如此碑語典質，直追江漢常武詩。又聞峭壁插溪水，千仞矗立難攀躋。磨崖揮灑字如斗，施以鐫鑿留嶮巇。俯臨煙雨接霄漢，蒼蘚剥蝕紛陸離。高崖萬古字永壽，流傳世世無窮期。但恨此邦未親歷，局束故國如羈羈。何時聚糧適遠道，泛舟直詣湘江西。平生涉險仗忠信，憑空上躡青雲梯。決眥摩挲三太息，放歌更吐胸中奇。

一一齋詩卷八 丙戌

悲歌

莫以瑚璉器，持問田家叟。莫以宫中妝，誇示下里婦。瑟不如竽，抱此焉徂？仰天而歌，其聲烏烏。歌聲烏烏何太悲？烈士壯年日就衰。

送别家春庵後有作

會面真難事，分張更奈何。遥憐風雪裏，乘醉渡黄河。獻策千言少，隨身一劍多。此行須努力，吾道豈蹉跎。

春日虎丘即事

春漲生鱗碧草齊，畫船雙槳白公堤。人家臨水花爲市，僧舍沿山石作梯。舞愛手垂分大小，酒憑耳熱勸東西酒杯有玉東西。女墳湖北紅闌畔，手卷湘簾認舊題。

遊天平山

群峭摩高青，覓境度叢薄。山轉覺路仄，磴滑嫌足弱。入眼漸驚怖，怪石互拏攫。劈空雙門開，直下鬼斧削。懸崖勢中斷，終古歁欲落。摇摇鳳折膝，觝觝牛礪角。夭矯疑飛龍，突兀儼立鶚。萬笏稱名同，千峰肖形各。石竇滴鍾乳，清泉洗靈藥。古藤纏老松，山花媚幽壑。欲窮最上巔，登頓陟齟齬。攀緣高送眼，嶔崟危着脚。巖腹穿古洞，化工巧鐫鑿。洞口封閒雲，空壁就捫摸。石牀眠老僧，狀貌瘦於鶴。十年不下山，團瓢此棲托。我生實鈍根，蹤跡判清濁。對兹愧塵勞，蠶絲自纏縛。何當移家來，偕隱把鉏钁。

繫馬臺 忠獻王元璙舊跡

五代干戈際，元璙此地來。當年曾繫馬，千古剩荒臺。霸業真徒爾，英名亦壯哉。至今風雨夜，鐵騎響山隈。

野王墓

古墓留名氏，南朝舊侍郎。博聞通物理，作史發幽光。石逕埋春草，殘碑臥夕陽。讀書堆畔路，約略共荒涼。

照山

腰脚猶强健，攀躋最上峯。斗然豁雙眼，遥見山横縱。得意因題石，忘言更聽松。白雲深塢裏，杳杳遞疏鐘。

藏兵處

伍相藏兵處，山川久寂寥。水犀終解散，衆豕共宣驕。見《越絶書》。事業雲煙盡，岡巒草木凋。無窮家國恨，千載問江潮。

白雲塢

我遊白雲塢，身在白雲中。雲合山村失，雲開天地空。重巖望超越，古洞訝瓏瓏。更約餐霞客，相於守桂叢。五塢中有芳桂塢。

越來溪

溪上青山色，曾逢越甲來。至今碧溪水，嗚咽有餘哀。日暖鳧鷖集，風清菡萏開。微波流不息，晝夜遶蘇臺。

小赤壁有吕仙閣

五塢山邊路，何來赤壁名？孤峰懸崒嵂，野水浩縱橫。絶頂魚龍氣，層崖笑語聲。仙翁吹鐵笛，月夜最淒清。

題文南雲先生畫

有明畫史誰軼群？文品卓絶沈與文。石田子孫竟無聞，待詔以後今南雲。南雲下筆有神助，氣韻幽閒總天趣。山沓水合坡壟隔，莽莽雲煙自回互。木葉半脱波微寒，下有漁舟繫古渡。幽人獨坐静無事，終日忘機狎鷗鷺。展畫儼逢隱者流，竹塢高風緬如故。先生隱居竹塢。先生文肅之裔孫，世有節義留清門。瞥眼滄桑變朝市，閑雲孤鶴歸山村。蕭然白髮被兩耳，常同野老談開元。閒驅造物入毫楮，鄭老倪迂共儔伍。雲林竹石寂無人，思肖幽蘭少塵土。南雲畫異意則同，此心貞白常千古。山蒼蒼兮水潺潺，作者通神識者難。更寫羊裘釣煙水，於今猶有富春山。

贈畫史張子

昔人作畫重工意，今人作畫重工似。模形寫態稱仿佛，區區之見兒童耳。君家寫生手，流輩難抗衡。巧搜造物秘，意匠通幽靈。花花葉葉帶生氣，蟲羽點綴能飛鳴。有時興到更畫竹，淡煙微雨枝縱橫。乃知工意不工似，意所欲到神先行。惜無鉅公精賞鑒，無由使子傳聲名。從來繪事匪曲藝，畫史正須含諷議。表揚六籍在丹青，露葉風枝總遊戲。當今正值全盛年，廟堂夙夜求民瘼。煩君聊試通神技，細繪豳風《七月》篇。

渡江

破浪乘風去，無邊接混茫。魚龍尊窟宅，天地入舟航。巒翠三山秀，濤聲萬里長。壯心聊一快，漫用憶垂堂。

舟行作

放棹大江中，乘流正向東。前途風浪惡，莫使滿帆風。

山步

路盡更逢路，山迴別有山。白雲歸洞口，黄葉下溪灣。

鐘聲

扁舟夜泊就荒城，蘆荻花殘旅雁鳴。倦臥蓬窗歸思動，隔江風送晚鐘聲。

題袁顩尊印譜

葑溪之東水一曲，風俗荒涼業農圃。繄余嗜古寡徒侶，闔扉終日守蓬户。邇來賢哲耽寂寞，卜鄰買宅聚村塢。袁生少年吾畏友，英英玉立軒眉宇。室中蕭然無長物，祇榻岣嶁與石鼓。下法陽冰上斯籀，從流溯源進皇古。妙手刻成秦漢章，方折員折中規矩。瘠文急就呈腕力，蝌尾蟠蚪運靈府。案頭羅列玉筋紋，紙上拗折金釵股。良工心苦轉忘倦，歲久功深彙成譜。我來開卷一展玩，目眩生花手畫肚。當今篆刻推顧苓，幽人雲逝埋尺土。陽山陳炳實虎賁，貌似中郎亦可取。餘工嫵媚悅時眼，紛紛鹵莽安足數。君才揮霍擅文學，會見雕龍兼繡虎。時將餘技工鐫鑿，願與古人共儔伍。更聞藝事準以道，聖賢名跡堪規撫。忠直不收鄒嶧文，正誼更棄五熟釜。唯有延陵十字碑，生平景仰在尼父。與君考古坐草堂，訂正豕魚辨亥魯。援筆作歌爲君歌，金石淵淵出環堵。

秋日同張岳未偕行朱若思謁橫山先生祠，感懷有作

斜風急雨橫塘路，一葉扁舟任掀簸。淅瀝不敢開蓬窗，促膝同人共低坐。到岸縛船枯柳椿，叩門 泥濘深没髁。荒祠粉壁漸剥落，鼠跡蟲絲遍塵涴。小山叢桂故依然，仍有珠龕擁高座。再拜空堂薦椒酒，擬作大招歌楚些。卻憶先生壯盛年，富貴浮雲輕涕唾。拂衣快作五嶽遊，閩粤荆吴等旋磨。歸來講學荒山麓，老筆高文振衰懦。金鐘大鏞憑考擊，吟壇遠近聲華播。鯫生自愧才力鈍，敢以頑礦煩切磋。胡然奄忽墓草宿，雲散風流瞥眼過。或托侯門忝賓佐，或走風塵耐堀堁。逃儒歸墨更紛紛，生死不渝能幾箇。鍜亭苦學始摘髭，春闈按劍遭跌蹉。永夫儼亭抱宿學，長門賦就憑誰貨。嗟予賦命最窮薄，十載青衫悲轗軻。還期白首訂素交，整頓詞場理詩課。年年寒食風花時，展拜空山勿辭癉。悲歌感慨真無那，寒林淅淅風威大。迴船風卷晚雲開，新月纖纖憐半破。

秦鏡詞

驪山掘地得寶鏡，剥蝕沙土光華泠。毋乃金人十二餘，鑄出蛟龍抱珠影。深宫貯藏燕趙女，夜半卷衣玉牀裏。明星齊出曉熒熒，粧鏡初開照彼美。求仙直欲訪蓬萊，徐市樓船竟不回。鮑魚臭亂祖龍死，咸陽宫闕成灰埃。金棺千載埋枯骨，此鏡猶能辨毫髮。拂拭盤龍置玉臺，疑是秦時舊明月。

友人遊晋歸喜晤

陡覺形容老，真成汗漫遊。狂歌返吴會，斗酒話并州。未買三間屋，還穿百結裘。五湖蝦菜好，相約泛扁舟。

贈尤滄湄宫贊

言歸遂初服，逍遥卧園林。良朋日還往，美酒時獻斟。長廊俯流水，空亭望遥岑。把卷托古契，談理清道心。風月亮無邊，孔顏樂可尋。懷哉寄遐想，揮弄風中琴。

昔爲侍從臣，校書天禄閣。禁庭賦紫薇，直廬詠紅藥。乞歸盡子職，詎戀江湖樂。色養蒙君恩，十年謝珪爵。回首懷修門，紅雲隔蓬弱。蒼生久繫望，慎勿淹林壑。

訪如來庵

寒雲護山頂，斷續最高峰。遂造林中寺，微聞午後鐘。窗明半嶺雪，門掩斷崖松。分院平生願，從誰話箭鋒。

旅寓逢荻樵話舊

裋褐棲遲野水濱，相逢俱是可憐人。門經積雪寒猶在，酒出村家味亦醇。學劍學書君少賤，種瓜種豆我長貧。此心炯炯應須識，聊爲高歌動鬼神。

旅寓至日作示學徒

霜重玉峰城，西風老屋鳴。旅中逢至日，斗覺客心驚。冰雪皆生意，乾坤重晚成。幽貞吾自慰，慎勿噉虚名。

歲暮雜詠八首

一番嚴風啓破扉，朝陽頓覺減清暉。菜生荒圃根俱瘦，雀啅空倉聲帶饑。身賤衹堪供馬磨，夜寒還自臥牛衣。前程何處容投足？只埽當門舊釣磯。

納納乾坤抱影孤，半生蹤跡守菰蘆。春風不長鈎衣棘，夜月常嘑返哺烏。檢點病軀宜藥否，支吾家計有錐無。桓譚雖未忘西笑，那轉方輪走遠塗。

伴我寒宵一短檠，檢書如見古人情。巢由稷契無高下，廊廟江湖有重輕。自昔文詞妨至理，於今標榜占虚聲。粗材殊愧才華斂，敢向時賢説善鳴。

城樓日晚咽悲笳，泠巷泥塗客到家。喜張偕行至。舊雨乍來霜後屐，朔風恰值雪初花。文章境老看飛動，朋好情深謫過差。埽地焚香閒裏事，更教爛醉是生涯。

形容豈是列仙癯，迂腐終成章句儒。玄未就時應笑白，梟當呼處不成盧。聲名漫逐年華減，身世還同谿谷愚。衮衮諸公俱不賤，衡門端合著吾徒。

臘酒如油瀉瓦盆，田家作社賽鷄豚。白雲掩冉清江路，黄葉蕭疏莫雨村。無力活人增愧恧，有心買犢費評論。年豐自是天公賜，茅屋何愁夜打門。

事到窮冬多潦草，心事闌珊歲暮時，流年幸未及霜髭。杯鐺點綴皆堪畫，風雨淒清亦入詩。

人來村舍每倭遲。山童忽報梅花發，聊爲巡檐覓舊枝。

香炧燈昏此昔中，賣癡迎喜逐兒童。狂奴對酒輕餘子，俗物催詩混乃公大除有督作應酬詩者。

冷淡古梅經積雪，凋殘官柳待春風。縛船載糗真兒戲，何法商量好送窮。

一一齋詩卷九 丁亥

雜詩八首

吾生後古人，願與古人友。世務百無能，一編差自守。蓬户春盎然，何嫌室如斗。彈琴而詠風，編蒲更緝柳。讀書偕友朋，精義賴分剖。用以昜明德，驅彼外物誘。虛名等浮雲，一吷復何有？

雅鄭久不辨，正聲日以微。靡靡逐時好，一唱而百隨。下里悦衆耳，古調知音稀。繄予尚華縟，用意空爾爲。剪刻徒自苦，既久稍知非。辟如失路人，中道方能歸。相期激頹波，風雅良可師。

草堂釀村酒，乍熟味清洌。唤婦治盤飧，餖飣亦芳潔。藉以奉親娱，几案肆羅列。小女覓果栗，盛之用衣襭。得意誦詩句，朗然聲可悦。融融家庭間，至樂忘言説。

羸體素多病，藥餌難療治。初春卧牀第，三旬猶食糜。陋巷少車轍，况當風雨時。無人慰寂寞，誰與披襟期？諸病從心生，清静庶可醫。縱心入廖廓，冥懷付希夷。

春雨百物生，小草敷華滋。野人耽野趣，物性辨所宜。馬蘭抽新叢，杞苗榮故枝。楚葵兼蕪菁，碧葉紛葳蕤。此物人共賤，食之可療饑。幸無園官守，采摘盈筐歸。烹芼佐饔飧，式食聊庶幾。固窮吾道在，况味宜共知。

群動日紛擾，吾廬幸幽寂。翛然數束書，此外無一物。暇日常獨憩，空齋抱虚白。静觀草木性，閒知魚鳥逸。自諧塵外蹤，可作忘機客。望雲還遠山，徘徊終日夕。

郊原花爛熳，共識風光好。冉冉春已莫，桃李同桑棗。人生不作達，百年真草草。百年能幾何？轉瞬如電埽。不如且飲酒，暫令開襟抱。

淵明昔有言，孤雲獨無依。空山一貧士，孑立何所歸。勵節三十年，量力守布衣。朝飲磵中水，莫采山上薇。天寒水成凍，歲晚薇亦稀。行吟山澤中，浩歌聲已希。世無帶索翁，斯意誰人知？

姑蘇懷古三首

霸業初成國旋亡，山川物態總凄凉。采香何處雲迷逕，步屧無人月滿廊。已見酒城緐杜若見杜荀鶴酒城詩，更堪春殿種丁香見李建勳長洲懷古詩。吴宮花草千年恨，寂寞荒臺倚夕陽。

吴宮秋氣最堪悲，漫説郊臺僭祀時。遺俗至今歌白紵，居人終古恨黄池。出亡有兆符占夢，破國無端爲獻楣。太息荆榛叢舊苑，野烏啼斷伍員祠。

今古英雄東逝波，張吴事業竟如何。淮民至今猶稱張王。未能請吏同錢俶，漫欲稱尊比趙佗。北面慶雲天子氣，西風黄葉小兒歌。故宫回首閑憑弔，陂隴荒凉蔓草多。

題黄宣畫魚障子 萬曆時人

黄宣畫魚得名勝國時，于今猶傳畫魚障。尋尺之間分島嶼，滚滚波濤起寒漲，千魚萬魚集堂上。小魚游泳隨風浪，大魚獨立勢倔強。想當經營時，天趣妙入神。走筆埽絹素，欻忽開金鱗。亦復工遠勢，沙平雲淡纖毫分。漁翁小艇楚江岸，美人竹竿淇水濱。又疑積石既鑿龍門通，水勢直趨滄海東。赤鯉已趁洪濤風，震電燁燁行虚空，騰身直上成飛龍。古來屈伸變化數伊吕，莘渭奮跡還相同。人生局束良可恥，汩没泥沙爲貪餌。縱遊宜入滄波中，勿復噞喁戀沼沚。收圖忽卷雲濤堆，匹綃隱隱生風雷。

遊西山雜詩八首

乍入西山路，憑高望遠峰。陂横惟見石，徑轉始聞鐘。古寺松杉繞，虚堂霧靄封。支公曾放鶴，千載訪遺蹤。

山人偕隱處趙凡夫，寥落剩隤垣。暗水流盤石，飛花點墓門。吟魂依佛地，遺澤寄雲根凡夫有鑿石處。太息梅村句，名山即子孫。

磵泉飛白雪，巖翠結青螺。野鷴初將子，新篁已養科。林端高閣迥，窗外亂山多。隔寺傳青磬，泠泠出薜蘿。

意行無遠近，芒屩恣幽尋。一徑入花塢，衆溪藏竹陰。斷橋蒼蘚積，古洞白雲深。静對空潭水，悠然清道心。

萬笏摩雲闕，峰峰翠作堆。不須九節杖，直上望湖臺天平山絶頂。石屋天工鑿，龍門鬼斧開。生平吟力健，覓句佇層嵬。

華山行漸近，迤邐入烟叢。湖影長松杪，經聲密竹中。客兼飛鳥上，逕逐野樵通。隨意山房坐，清香泛遠空。

天池才一到，不見青蓮花。相傳天池開青蓮花，服之羽化。羽化應無分，吾生真有涯。石坡閒采藥，僧舍細評茶。歸路斜陽下，空林噪晚鴉。

閒雲還遠岫，吾亦宿溪南。佛火伴岑寂，一燈明小庵宿空谷。幽禽啼静夜，初月挂煙嵐。即此多禪味，中心飽自諳。

接渡橋張氏牡丹花歌花係前明宫詹項氏舊物

張家園中牡丹花，一本兩本枝交加。幹多年歲老成樹，花開閃爍疑流霞。入門刺眼多異態，蓬窗頓覺生光華。奇花卻從何處得？幾載工夫費培植。主人細説先朝事，四座静聽聲默默。先朝舊例重詞臣，天子隆恩賜顔色。甲第豪華擅里閭，名園結構傷財力。疊石成山遍種花，買花卻用千金直。此花昔在叢臺中，錦幙常遮一捻紅。竟日尊罍留上客，終朝絃管醉春風。日烘露染花常盛，勢往時移事不同。鼎湖龍去烏號在，歎息山河一朝改。地下攀髯愧老臣，遊移匍伏多愆悔。薤露旋歌事已空，空園荆棘埋芳茝。屋後梧桐僧舍移，堦前花藥山人買。兩本買來六十年，託根茅舍竹籬邊。西子何堪泛湖去？要令寂寞全其天。三春惟有漁樵至，數載從無貴介看。我聞君語再三歎，相對石闌細娛玩。不知此地百年餘，能保名花無變換。世事繁華有幾時？古今惟許達人知。年年願得携良友，穀雨來看爛熳枝。

登縹緲峰

一峰七十二峰尊，直上真堪叫帝閽。杖底白雲千疊起，袖邊紅日一丸奔。點空晴嶼分高下，翻雪驚濤互吐吞。回首包山山畔路，銀房石室至今存。

風雨

風雨送殘春，春光别病身。含桃飼歌鳥，飛絮逐遊塵。山色青依舊，天涯緑又新。誰家畫樓上？猶有曉妝人。

挽船夫

縣符紛然下，役夫出民田。十畝雇一夫，十夫挽一船。挽船勞力聲邪許，趕船船户猛於虎。例錢緩送即嗔喝，似役牛羊肆鞭楚。昨宵聞説江之濱，役夫中有横死人。里正點查收槀葬，同行掩淚傷心魂。即今水深泥滑行不得，身遭撻辱潛悲辛。不知誰人歸吾骨，拼將軀命隨埃塵。茫茫前路從此去，泊船今夜在何處？

王侯伶

梨園傳自天寶年，于今餘燄還復然。束裝傅粉矜爪觜，參軍老鶻不知恥。當筵奏技起清歌，未盡一聲衆心死。先王分四民，術業各有常。吴儂貪利重聲伎，生兒少小登排場。一朝藝成鄰里賀，父母挾之走四方。近聞王侯門，此輩日接跡。一劇千金等閒擲，千金一擲真可惜。優伶得計竟何益？不救荒郊餓死骨。

憂旱三首

《春秋》特書六月雨，六月不雨真天災。况今五月至六月，千里赤地人民哀。版田确确苗不活，租牛戽水牛蹄脱。溝渠熯乾河底裂，農夫盡叫人力竭。

冥冥曉霧迷高空，氛靄如同月逢晦。倏忽驕陽勢炎赫，雲師雨師竟何在。有司祈禱心勞攘，火焚蜥蜴同暴尪。誰能精誠格昊蒼，甘霖大沛歌時康。

富家遏糴閉倉困，愚民不靖聲喧呼。傳聞越邦亦亢旱，民情物力同艱虞。賤子三旬九得食，無田轉復憂稼穡。憂時爲歌雲漢詩，仰天歌罷長太息。

夏夜歎

酷熱不成寐，中宵坐前庭。四野停風威，河漢湛虚明。流汗揮不息，噆膚遶飛蝱。入耳何所有？桔槔多遠聲。水涸人力盡，老幼時哀鳴。我心既焦慄，聞此難爲情。以我閒佚軀，愧彼疲勞氓。閒佚猶苦熱，疲勞何以勝？拊膺起長歎，獨坐至晨興。

牛車水行

水牛角灣環，旱田土犖确。驅牛上車盤，兩手挽牛角。土堅日燥牛吒吒，滿地血流蹄趵趵。揮鞭打牛牛行遲，車輪亦坏難轉移。日晚田中無滴水，人飢牛亦同時飢。牽牛歸來向牛道，憐女力疲筋骨老。好待明年風雨時，從女安眠食青草。

寄史漢公

青山自署老遺民，往事茫茫付劫塵。湖海飄零一杯酒，漁樵收拾百年身。閑中筆削修山史，靜裏工夫養谷神。西照頭陀戴南枝今物化，傭書誰給庾郎貧。南枝傭書給徐侯齋先生，節餘以給漢公。

挽曹微公

薄俗輕貧賤，艱難已歷更。世人惟躁進，之子不求名。數載離方藥，終朝判死生。微公素無病，後得暴疾驟卒。遺文收拾在，稍慰九原情。

木訥宜多壽，而胡不永年？如君今若此，我道合潸然。妻子慚家食，親朋送紙錢。牛眠雖有地，無力起新阡。

夜起詠懷

清宵常起立，渺渺獨愁予。梧葉因風下，松窗得月虛。長貧時俗賤，失學老成疏。農圃吾家事，荒郊合荷鉏。

題曾葉生扇頭雜花二首

過墻梅

縞袂何來叩竹扉，春風漏洩最高枝。遥憐瘦影横陳夜，正是西墻月上時。

菊　花

金風薄木葉書丹，老圃秋花耐晚寒。不許俗人輕玩狎，祇緣曾見晋衣冠。

齊雲樓基晚眺

衰草茫茫問故宫，郊原暮景已冥濛。驚風疾卷平沙暗，落日遥憐野燒紅。墻角青燐新鬼魅，岡頭白骨舊英雄。野人感慨前朝事，猶説徐常百戰功。

干將墩

鑄劍初成竟殺身，句吴霸業旋沉淪。始知神武威强敵，不用兵戈擾四鄰。白骨已消歸下土，青蛇時出恐耕人。莫邪應亦同埋此，恨血千年碧草春。

和張永夫《歸村雜咏》

松杉徑

愛此松杉徑，天寒晚行藥。四顧寂無言，空林殘雪落。

芙容岸

别浦開芙容，盈盈一水隔。欲采無輕舟，夕陽空佇立。

南　湖

侵晨泛南湖，湖光漾寒碧。漁船正早炊，微煙起蘆荻。

北垞

白雲生高原，忽渡南湖去。遥知隔溪人，應與雲相遇。

竹亭

翠靄晚欲滴，微風清幽林。美人瀟湘來，空亭彈素琴。

浴鷺溪

鷺鷥愛修潔，飛來浴溪水。溪翁無機心，相對澹如此。

和馮文子先輩葑園八詠

藤蘿徑

藤蘿垂檐端，晴天亦疑雨。雜花艷疏籬，灌木交禽語。中有林臥人，開徑傍孤墅。客來少迎送，不知誰賓主。獨坐清陰中，輕風澹容與。

叢桂巖

壘石成空巖，桂樹植巖頂。青圓儼成蓋，香氣散幽静。尋香卻無處，默臭還自領。留客坐談詩，花下陳果茗。

清快坪

鷩禽翻樹起，皎月昇天東。涼宵不成寐，獨立閒園中。片石可眺覽，萬象歸虚空。曲池響流泉，古寺鳴疏鐘。此境吾自領，此意誰能同？

綠漾亭

寒泉流堦下，風吹亦成浪。倒影射空亭，波光自揺漾。亭隅少閒憩，静觀得清曠。時逢鄰僧來，臨流把筇杖。

洗硯池

古潭渟清流，上有藤蘿陰。主人來洗硯，愛此清且深。洗硯亦偶爾，時爲洗其心。幽意誰復會？白鷗是賞音。

觀稼軒

開軒面緣野，四望皆原田。清風動禾黍，油油被高阡。三時良已勤，粒食無匃顔。盡力給徭役，歲晚始欣然。觀稼識此意，致我心悁悁。深愧不耕者，飽食常晏眠。

北垞

卷幔開北窗，愜此塵外賞。高丘峙湖濱，空林發清響。下見漁樵人，渡頭時一雨。盈盈一水隔，望望不能往。惟有白雲來，慰我林壑想。

東墅

林花洗微雨，芳翠入幽磵。此中佳境多，丘壑分背面。孤墅本相通，東西限庭院。暇日常過從，探幽每忘倦。東風川上來，入林落花片。

一一齋詩卷十 戊子

琵琶引贈仇青蒼

古來琵琶妙手誰第一？段師壓伏康崑崙。杜彬皮絃亦絶技，對山慷慨稱入神。又聞樂工查八十，縵纓黄袴遊侯門。二百年來無繼起？仇生青蒼今快士。興酣振袖撥檀槽，一曲清音動人耳。棖棖忽奏陳隋聲，聲聲脆滑春鶯鳴。乍如十三女兒調俊舌，又疑明珠萬顆迸出玻璃瓶。急絃幽咽音迫促，緩絃掩抑更相續。宫中恍奏《後庭花》，馬上疑彈《夜遊曲》。移宫换羽調忽高，絃危音切何嘈嘈。將軍臨陣驄馬驕，縱錚鐵騎揮短刀。途窮矢盡皷聲死，啾啾新鬼啼荒郊。劃然一響收捍撥，豪情十丈胸中發。自言壯歲嘗從軍，瀚海長驅肆馳突。劍鍔分開漠北雲，馬蹄蹋破陰山雪。邊關曲調醉中彈，萬里征人暗流血。歸來被褐老江干，零落棲遲二十年。常對西風搔短髮，更思射虎向藍田。鬱輪袍曲君休製，世上功名好是閑。

韓園看梅

的皪清冰散滿枝，寒香浥浥出疏籬。夕陽野水煙中路，記取籃輿獨到時。

愁霖歎

陰氣凝結鵂鶹鳴，連旬霪雨如盆傾。河渠泛溢決隄岸，平疇新秧没强半。吴民比歲罹天灾，叩頭神座聲悲哀，仰視不見癡雲開。或詫郊原兩龍鬬，鍊石誰能補天漏？八荒四野無陽曦，乘船便可行中逵。富家米貴漸遏糴，窮簷瘦男多菜色，濕雲壓甑斷朝食。

過伯牙鼓琴處在毘陵郡西二十里

昔讀《水仙操》，尋師之海上。今來鼓琴處，高躅緬遐想。空山無人蹤，碧澗有餘響。妙理呈當前，誰人寄幽賞？

北極閣

傑閣高無際，凌空得大觀。皇州憑一望，龍氣有千盤。海日當窓湧，天風徹座寒。淒凉舊宫殿，碧瓦半摧殘。

金陵詠古

石頭如虎踞巖疆，鼎足三分此一方。但恃江流横鐵索，不知名將下龍驤。紫髯空自爭荆楚，青蓋旋看入洛陽。太息雄圖消歇盡，霸才終古説周郎。

琅琊踐位仰龍孫，破碎山河半壁存。擊楫渡江惟祖逖，枕戈待旦有劉琨。乍聞虎旅收雍阪，又見豺聲據白門。至竟偏安成底事，神州淹没不堪論。

閲武堂前楊柳新，至尊稗販媚妃嬪。作宫爲讀《西京賦》，種樹能回六月春。刀敕家家齊設宴，金蓮步步不生塵。吹笙未歇雲龍破，枉祀鍾山蔣帝神。

臨平湖草忽然開，手掌河山釀禍胎。玉樹新聲終夜奏，黄龍巨艦蔽江來。泉枯宫井生秋草，響絶殘鐘付劫灰。爲問江郎入隋去，擘牋容費舊時才。

鴛鴦寺主惜華年，貯得春光錦洞天。妙舞凌波移素韈，寶珠不夜燭芳筵。碧收天水真堪笑，曲念家山亦可憐。最是汴京歸命後，傷心重撥琵琶絃。

真人濠泗起干戈，直取金陵作帝都。姑孰乍收籌滅漢，豫章才下遣平吴。熊羆此日弛荒寢，圭璧當年遍海隅。宋祖唐宗難並駕，千秋赤帝許同符。

逐燕高飛起戰爭，帝星偏傍冀方明。書生枉自謀人國，豎子何堪典重兵？浪説神龍潛草野，誰迎老佛返燕京？更憐瓜蔓誅夷地，碧血凝成草不生。

江山半壁尚堪支，何事君臣逐晏娭？玉殿選聲朝中酒，吴綾蘸筆夜填詞。北來共説神兵下，南渡俄看舊鼎移。開府廣陵空有恨，寒潮嗚咽至今悲。

過鍾山

跋馬鍾山路，經過舊御溝。空聞抱龍虎，唯見牧羊牛。衰草欷翁仲，西風賽蔣侯。不堪頻眺覽，從古帝王州。

燕子磯

千尺危磯據上遊，谽谺巧骨鬼工鏤。登崖四顧風雲壯，俯壁深窺洞壑幽。吴楚微茫山自遠，齊梁興廢水空流。傷心舊日南朝地，夜夜潮聲打石頭。

觀音閣

㕒巘峭壁聳雲端，高閣千尋枕激湍。隔岸潮聲凭檻聽，過江山色卷簾看。鵰盤寥廓秋風急，帆入空濛夕照殘。極目長天杳無際，楚雲漠漠不勝寒。

渡江

中流劈箭下危磯，望裏遥山入翠微。颿影猶龍衝浪出，水聲疑雨挾舟飛。一葉輕船趁好風，金焦雙峙亂流中。船頭不怕蛟龍窟，貪看鯨波浴日紅。

金山

千古南徐鎮，孤峰亦壯哉。天風翔鸛鶴，海月上樓臺。船趁沙洲泊，人聽粥鼓來。夜深龍入座，江面挾潮迴。

京口

今古稱雄鎮，三山勢屹然。城垣嚴鎖鑰，士卒整戈鋋。月臥千檣影，風低萬井煙。茫茫南北限，漫説可投鞭。

山頭甘露寺，江畔佛貍城。爲憶南朝事，因談北府兵。天空寒雁落，人靜晚潮生。鄰舫聞吹篴，偏傷旅客情。

分賦古鼎詩三十韻

龍文燭晃朗，雲氣覆霮䨴。丈室神彩凝，高座古鼎在。肅穆儼介珪，鄭重埒鼐鼒。蟠螭足参立，貫索耳雙對。無色不駁犖，有狀悉萃薈。藏伏饕餮魂，追取贔屭態。鬃鬣天马羣，腓尻鼫鼠輩。上鏤雷回文，下鑄乾艮卦。鼻鄉別俯仰，窺輒誌腹背。字類鄒嶧碑，銘非考父誡。跟肘細分析，詰曲空抑噫。初疑周虎彝，亦異虞瓦泰。比紀甗增價，並石鼓稱最。腹儉失名號，口呿詫靈怪。康瓠俗情閟，玉鉉庸耳聵。常然鸞易熟，函牛汁堪啜。取郜魯非禮，售贋宋竟昧。染指嗤子公，覆餗訕元載。滋味仗調燮，法物諒珍愛。器列禋祀時，用昭廟堂內。正直形不頗，靜虛量匪隘。吐景成晶瑩，歊雲散埃壒。烹煎明作離，灌溉澤資兌。實黃流在中，席文茵于外。左陳伯索盂，右置師[illegible]敦。塵劫逾千秋，神遊歷三代。相對共捫摸，襆坐勤盼睞。扶風傳瑰奇，彌明謾狡獪。博物蒐典籍，琢句恧曹鄶。世寶垂億年，作歌期保艾。

贈顧澗西山居

山人愛山住，得意卻忘山。盡日無儔侶，白雲時往還。野狙分果樹，馴鶴守花關。不作塵勞客，從教禮數刪。

晞髮青林外，疏狂道自尊。新詩誰和汝，老樹久成村。托業憑長鑱，經行任短轅。巖棲吾有願，把臂許同論。

秋懷

泬寥秋氣衆芳摧，候雁嗈嗈塞北回。楊柳蕭疏霜後老，芙蓉寂寞雨中開。吾生自托鑱爲命，佚女何勞鴆做媒。歲晏華予空想望，采將三秀入巖隈。

身在琴南研北間，感時憀慄思無端。涼風漢苑悲團扇，夜月湘皋泣畹蘭。美玉出山終自炫，明珠抵雀亦空彈。海翁心事君知否，一與鷗盟更不寒。

烏鵲空依月下枝，窮廬抱影不勝悲。菊芳蘭秀知秋序，露白葭蒼憶水湄。庾信離愁枯樹賦，少陵幽怨杜鵑詩。感時最是縈懷抱，一夜清霜染鬢絲。

苦霧愁煙四野昏，秋風秋雨滿江村。波浮衰草遥知岸，船過疏林逕入門。蓬户半椽堆几席，田家八口雜鷄豚。子桑卧病經旬久，裹飯誰令古道存。

清秋天地景蒼涼，黄葉千村一夕霜。但做探丸分黑白，不聞刈稻咏倉箱。西風餓犬嗥空巷，落月寒鷄叫隔墻。寄語龔黄勞補救，可容閭井有流亡。

酒竭長瓶百感興，夜長挑盡短檠燈。風高舊苑思調馬，草殺荒原想按鷹。已作空囊狂趙壹，漫誇豪氣老陳登。悲歌擊筑平生事，燕市遨遊媿未能。

席門久矣斷軒車，茶竈琴牀伴索居。向日襟期慕麟鳳，近來蹤跡狎樵漁。浩歌白石羞逢世，高枕青山好讀書。把酒忽興廣武歎，醉餘狂疾未全除。

花月歡塲事已非，故交别後雁書稀。鄉園秋老霜華冷，關塞風寒木葉飛。幕府談兵增意氣，侯門投策傲輕肥。杜陵也有安危志，老大悲傷尚布衣。

繅就文章門色絲，朱弦疏越是吾師。争誇丹雘涂施日，便覺風騷歇絶時。帝子嬋娟懷杜若，美人遲暮詠江籬。劇憐韶濩雲山曲，卻被巴人漫點嗤。

蕉萃渾如霜後蓬，驚心節序轉頭空。百年身世悲雙鬢，六代江山詠故宫同人分賦金陵詠古。人事變遷看枳橘，物情得失感鷄蟲。胸懷悵觸難消盡，總付烏烏拊缶中。

題邵僧彌畫

松風響高空，飛流掛遥巘。道人抱琴來，心與孤雲遠。

村晚即目

山低去鳥外，人立晚霞邊。深巷牛羊下，村村起暮煙。

觀打魚行

鱄鮮門外稱水鄉，今年水漲流湯湯。田疇漂没水畜盛，多魚何必占豐穰。漁舟連翩破空入，喧聒聲如亂鵝鴨。四圍設網中鳴榔，挺叉齊向船頭立。江湖有路難潛逃，羣鱗未死神暗泣。須臾收網動盈萬，萬人鼓舞千人看。輕舠滿載堆如銀，雪白花光雙目眩。近來魚價如泥賤，洲渚團聚來稗販。剖魚納鹽入魚腹，血色殷紅染沙岸。中有金鯉魚，尾赤雷火燒。失水偶遭罟罶制，厥勢猶欲興波濤。雖未成龍有神氣，勸君莫漫揮霜刀。將錢買魚付湍瀨，潎波如風去何快。前途祝汝慎出入，禍患更須防意外。過河從古泣枯魚，威鳳祥麟盡可虞。危機到處皆磋俎，愁煞神龍遇豫且。

竹嘯軒詩鈔

序

稱詩於近代，言人人殊。尚規格者，祖構雷同；主靈異者，鑿空無朕。二者交譏，大約取其辭，不惟其情；攷諸聲，不衷諸道。古人所謂『言志』『永言』之義，闕焉無聞。辟玉巵無當，雖美何觀矣？

吴門沈子碻士，物疏道親，獨工綴述。其於詩也，若車然，扶輪而遠也；若川然，印浦而大也。然猶悔其少作，卷帙所存，率皆立年以後。或正辭諷諭，或主文譎諫。比興，則虬龍雲霓之意也；物色，則秋蘭紫莖之遺也。追述在昔，宗經正緯，雕玉以作器也；羌無故實，非傍詩史，匠心以連斤也。雖準之前古，不無離合，然窮其吐納，會其委源，敦厚統夫關鍵，辭華管夫樞機。意窺象先，韵流文外，亦彬彬尔雅者已。

顧予往來吴中，吴人稱碻士詩者未既其寔。甚或絃絶調高，受嗤拙目，猶見橐駝言馬腫背，山中人不信魚大如木，海土人不信木大如魚，從古然也。且夫左思《三都》，價增士安；劉勰《雕龍》，聲騰家令。求之今日，罕遇其人，西施雖美，能見重於鬻薪之日哉？雖然，良玉之

貴，詎由荆廷；良驥之貴，詎由千金？非必國門爲傳，而名山爲湮也。悠悠無窮，有知子雲者！寧都魏世傚序。〔一〕

校記

〔一〕此版本封面原手寫題『竹嘯軒詩鈔卷一之五』，序僅此一篇。

竹嘯軒詩鈔卷一

長洲沈德潛碻士

遠遊篇 庚辰

遠遊遍四海，曠焉思帝鄉。身騎白玉龍，雲端駭超驤。乘風遊絳闕，弭節叩天閶。羽旄紛紜至，玉女歡相迎。摳衣朝法陛，矯首瞻雲房。雙闕秩方位，太微表中央。白榆夾道生，紫鳳聲嬌儜。仙人共遊戲，齊吹紫鸞笙。瓊瑶爲環佩，素霓爲衣裳。授我保真訣，傳我延年方。奇文奥難讀，長跪求其詳。靈芝粲五色，服食生霞光。凝神遊邃始，年命永無疆。

塘上行 四解

蒲生水中央，托根難久長。君情如膠漆，中路遽参商。

自怨蛾眉長，不怨衆女妒。行止由他人，棄置那復顧。
故交雖難忘，不如新相知。敝屨雖難棄，不如新履綦。
霾曀有時散，陽光有時臨。願得陽光臨，照見葵藿心。

隴頭流水 三解

辭家赴隴頭，隴水東西逝。流作嗚咽聲，中有征人淚。
隴水鳴濺濺，隴阪高入天。驅馬登隴阪，不敢望秦川。
朝過飲馬窟，夜經古戰場。天寒枕刀卧，驚魂不還鄉。

久别離

春光昨夜至，楊柳齊青青。青青弄影空閨裏，蕩子之婦難爲情。憶昔君别時，春風江上生。手折堤畔柳，送君此遠征。何爲十年無尺素，望君迢迢有如隔蓬瀛！不能身爲楊柳花，隨風東西南北同君行。妾心如磐石，君身豈浮萍？東風兮東風，爲我吹君返行旌。

孟門行

素絲成羅襦，温潤稱玉體。一朝愛新制，棄捐笥篋裏。君家玉堂在孟門，蘭橑桂棟高清旻。豪華少年滿堂坐，主人何心憐故人。美酒酌以金叵羅，奉君歡晏爲君歌。主人飲此壽無算，年年歲歲樂如何。雲際飛來雙白鵠，無端彈射遭君逐。梁燕難忘舊日恩，籲口還思補君屋。

塞下曲

駕鵞聲急半空哀，風旋龍沙欲起堆。飲罷酪漿天色暮，月明獨上李陵臺。敕勒川頭練甲兵，黄羊谷口竪干旌。雲昏萬馬難分色，雪急三軍不辨營。

悲　歌

莫以瑚璉器，持問田家叟。莫以宫中妝，誇示下里婦。瑟不如竽，抱此焉徂？仰天而歌，其聲烏烏。歌聲烏烏何太悲，烈士壯年日就衰！

慈烏歎

慈烏復慈烏，慈烏擁雛聲嗚嗚。朝爲雛呼，暮爲雛呼。一巢育三雛，慈烏棄雛先自殂。一雛雖長悍然孤，未能返哺聲淚枯！

擬逸民詩

香餌雖美，蛟龍深藏。罻羅雖巧，鸞鳳高翔。爵禄雖貴，巢許徜徉。修身潔行，千載垂光。

種　菜

小園才一畝，更與鄰共之。無心蒔花藥，種菜分所宜。始覺荷鉏倦，既久亦忘疲。編籬限雞犬，壅土發華滋。勿憂愆雨澤，灌溉有清池。旬日青覆土，發生亦不遲。貧家寡所欲，對此色自怡。可代飯之半，禦冬良在兹。勞力不我負，此計未全非。

過白石翁隱居處

長湖浩烟波，遥郃隱雲樹。扁舟獨溯洄，繫纜清溪渡。荒岡既盤紆，畝丘亦回互。緬懷古逸民，言尋棲隱處。子孫秉先訓，累葉事農務。遺安人所難，世遠見貞素。松楸鬱茫茫，清風來古墓。

擬古四首 辛巳

王右丞維 飯僧

晚歲思繕性，方外亦吾徒。深山有高僧，心清與道俱。昨日訂晨齋，今蚤過吾廬。便設脱粟飯，兼摘園中蔬。既飽念衆生，糧粒不願餘。散之飼鳥雀，亦復施遊魚。感此惻隱性，自顧愛物疏。日晚送君還，悵望雲山居。

孟山人浩然待友

靄靄山景夕，歸鳥棲林藪。萬籟正寂然，月吐斷崖口。置酒攜古琴，待我山中友。夜琴亦已終，華月升高柳。之子不我過，獨酌盈尊酒。

韋左司應物寄舊

郡齋苦天寒，密雪灑深竹。念兹山居友，抱獨卧空谷。杖策擬過從，草堂夜同宿。積雪山路平，川原斷樵牧。

柳員外宗元溪上

清谿雨後佳，坐此溪邊石。風和野花開，池静啼禽寂。觀妙愛澄境，棲閑絶塵役。意適獨歸來，楚天淡將夕。

樵

趫捷類猿公，峭壁斫枯樹。黄葉身上秋，白雲山下路。

贈山中叟

山牀壓清酒，滴作磵泉聲。日夕無妨飲，松風爲解酲。

宿張氏草堂

醉向空堂卧，三更夢始回。江聲並急雨，同到枕邊來。

訪如來庵

寒雲護山頂，隱見最高峰。遂造林中寺，纔聞午後鐘。牕明半嶺雪，門掩斷崖松。分院平生顑，從誰話箭鋒。

春日郊行

果腹竟何事？蕭然曳屐行。閑共白雲往，步尋流水聲。墟煙凝雨重，耕犢負犂輕。獨立板橋望，春山面面橫。

琵琶引贈仇青蒼 壬午

古來琵琶妙手誰第一？段師壓伏康崑崙。杜彬皮絃亦絶技，對山慷慨稱入神。又聞樂工查八十，縵纓黄袴遊侯門。二百年來誰繼起？仇生青蒼今快士。興酣振袖撥檀槽，一曲清音動人耳。棖棖忽奏陳隋聲，聲聲脆滑春鶯鳴。乍如十三女兒調俊舌，又疑明珠萬顆迸出玻瓈瓶。急絃幽咽音迫促，緩絃掩抑更相續。宫中恍奏《後庭花》，馬上疑彈《夜遊曲》。停聲轉軸調忽高，絃危語切何嘈嘈。將軍臨陣驄馬驕，鏦錚鐵騎揮短刀。途窮矢盡鼓聲死，啾啾新鬼啼荒郊。劃然一響收捍撥，豪情十丈胸中發。自言壯歲嘗從軍，瀚海長驅肆馳突。劍鍔分開漠北雲，馬啼蹋破陰山雪。邊關曲調醉中彈，萬里征人暗流血。歸來被褐老江干，零落棲遲二十年。常對西風搔短髮，更思射虎向藍田。鬱輪袍曲君休製，世上功名好是閑。

過伯牙鼓琴處在毘陵郡西二十里

昔讀《水仙操》，尋師之海上。今來鼓琴處，高躅緬遐想。空山無人蹤，碧澗有餘響。妙理在目前，誰人寄幽賞。

舟中曉發

不辨夜何許，雞鳴第一聲。客隨途共遠，船與月同行。情話懷親串，狂歌和友生。披衣豁雙眼，一笑大江橫。

北固山懷古

突兀層崖枕碧流，如羊狠石跡還留。百年戎馬三分國，萬古江山一倚樓。鐵甕日沉殘角起，海門月暗暮潮收。憑高酹酒悲天塹，吴楚蒼茫荻葦秋。

過真州

揚州西去真州路，萬樹垂楊繞岸栽。野店酒香帆盡落，寒塘漁散鷺初回。曉風殘月屯田墓，零露浮雲魏帝臺。此夕臨江動離思，白沙亭畔笛聲哀。

北極閣

傑閣高無際，凌空得大觀。皇州憑一望，龍氣有千盤。海日當牕湧，天風入座寒。淒涼舊宫殿，碧瓦半摧殘。

金陵咏古

石頭如虎踞巖疆，鼎足三分此一方。但恃江流横鐵索，不知名將下龍驤。紫髯空自争荆楚，青蓋旋看入洛陽。太息雄圖消歇盡，霸才終古憶周郎。

瑯琊踐位仰龍孫，破碎山河半壁存。擊楫渡江惟祖逖，枕戈待旦有劉琨。乍聞決策收河朔，又見稱兵犯白門。至竟偏安成底事，神州淹没不堪論。

天心久矣去彭城，五載荒王召寇兵。左衛重臣方伺釁，官家小袴尚微行。穿鍼帳殿星河晚，露刃宫門玉座傾。從此石頭城下過，民間羞説褚淵生。

閲武堂前楊柳新，至尊稗販媚妃嬪。作宫爲讀《西京賦》，種樹能回六月春。刀敕家家齊設宴，金蓮步步不生塵。吹笙未歇雲龍破，枉祀鍾山蔣帝神。

朱雀航南奮戰功，金甌無缺霸圖雄。如何泱堰長淮日，正值談經同泰中。白馬青絲謡已驗，黄龍紫氣語成空。多情猶有臺城柳，烟雨年年繞故宫。

臨平湖草忽然開，手掌河山釀禍胎。玉樹新聲終夜奏，黄龍巨艦蔽江來。胭脂宫井身俱辱，麋鹿姑蘇語更哀。爲問江郎入隋去，孽殘容費舊時才。

鴛鴦寺主重華年，無限風光錦洞天。妙舞凌波移素韈，寶珠不夜燭芳筵。碧收天水真堪笑，曲念家山亦可憐。最是舒州徐騎省，傷心故主作降殘。

真人濠泗起干戈，直取金陵作帝都。姑孰乍收籌滅漢，豫章才下遣平吴。熊羆此日弛荒寢，圭璧當年遍海隅。宋祖唐宗難並駕，千秋赤帝許同符。

逐燕高飛起戰争，帝星偏傍冀方明。書生枉自謀人國，竪子何堪典重兵。浪説潛龍蟠大澤，誰迎老佛返神京。更憐瓜蔓誅夷地，碧血凝成草不生。

江山半壁尚堪支，何事君臣逐晏娭。玉殿選聲朝中酒，吴綾蘸筆夜填詞。北來共説神兵下，南渡俄看舊鼎移。開府廣陵空有恨，寒潮嗚咽至今悲。

過鍾山

跋馬鍾山路，經過舊御溝。空聞抱龍虎，唯見牧羊牛。衰草眠翁仲，西風賽蔣侯。不堪頻眺覽，從古帝王州。

景陽鐘歌

老龍矞矞蟠秋草，草根蟪蛄吊昏曉。摩挲猶識永明年，銀泥幾見乾坤老。端門鼓漏隔宫闈，夢暖香濃曉不知。殿角星殘聲乍響，景陽樓上畫眉時。雲龍門開移廟主，從此蒲牢卧紺宇。何似銅仙辭漢宫，迴望咸陽淚如雨。

燕子磯

千尺危磯據上遊，谽谺巧骨鬼工鏤。登崖四顧風雲壯，俯壁深窺洞壑幽。吴楚微茫山自遠，齊梁興廢水空流。傷心舊日南朝地，夜夜潮聲打石頭。

觀音閣

厜㕒峭壁聳雲端，高閣千尋俯激湍。隔岸潮聲憑檻聽，過江山色卷簾看。雕盤寥廓秋風急，帆入空濛夕照殘。極目長天杳無際，楚雲漠漠不勝寒。

渡　江

中流劈箭下危磯，望裏遥山入翠微。颿影猶龍衝浪出，水聲疑雨挾舟飛。
一葉輕船趁好風，金焦雙峙亂流中。船頭不怕蛟龍窟，貪看鯨波浴日紅。

泊舟千畝潭懷陳樹滋

悠悠棹扁舟，泛泛清溪曲。夕陽淡平林，長空下孤鶩。邨遠斷人烟，言就蘆洲宿。遥憶忍饑人，日晚餐杞菊。

竹嘯軒詩鈔卷二

長洲沈德潛碻士

古風 癸未

南山望不極，終古烟雲深。中有静者流，結廬山之岑。微言自剖析，妙理常搜尋。寥寥千載下，如見軒虞心。

青青百尺松，下有千歲苓。采之欲相贈，爲君延修齡。遠道不可致，物薄世所輕。臨風空佇立，歎息此微誠。

昔人重行義，今人重禄仕。道德一無成，屈身取青紫。高爵人共欽，失己良可恥。君子獨不然，流行與坎止。

君子能善始，尤貴善其終。勳名一何高，峩峩齊華嵩。末路不自振，蹉跌竟無功。小人伺間隙，衆口交相訌。知止乃不殆，懷古欽高風。見首不見尾，千古稱神龍。

南國有遺老，志節師伯夷。武周本聖人，而敢傲睨之。薜荔煖吾寒，白石飽吾饑。時攜同志士，巖谷采紫芝。斯人既淪喪，山水無清輝。搔首懷古歡，清風有餘思。

文章本天成，所貴在自然。奈何矜小智，而日窮雕鐫。言語非不工，性情何有焉。著述逾百家，紛然散雲烟。何如務樸學，努力探真詮。

鸞鶴翔九天，燕雀賀廣厦。螻蟻營一穴，神龍澤天下。品類萬相殊，局量不相假。彼誠足矜憐，卑鄙何爲者。

山間何所有，縱目皆墳塋。四野起悲風，但聞松柏聲。感彼泉下客，長寐何日醒。想見在世時，勞苦度此生。有樂不願取，奄忽歸榛荆。惟餘冢邊草，每歲常青青。

傳聞惡年少，發冢向北邙。死者誠可欺，焉論公與王。石槨一朝啓，遊魂散何鄉？冢中玉蟾蜍，狼藉委道旁。榮華禍所基，轉覺可憐傷。何如羸葬者，寂寞安歸藏。

前有車馬客，呵殿道途中。車前列旗旐，馬後隨刀弓。行人不敢視，望塵趨下風。途間有耕農，容貌如龐公。相遇不迴首，行歌曲未終。

鳳鳥備文藻，高集青梧枝。衆人共驚怪，見者實已希。鴟鴞得腐鼠，笑汝常苦饑。引頸望八極，何處可奮飛。謀食非所難，此志不願違。

長松挺層岡，幽蘭秀巖穴。以此君子心，當彼高士節。不求美人采，豈願工師伐。畢生老根株，悠然守孤潔。

鸛鸛共飛飛，飛飛求其巢。或則棲杏梁，或則棲蓬茅。從此不相見，忘爲舊時交。偶然出銜泥，復見古原上。時命苟不同，意氣分卑亢。卑者斂羽歸，亢者凌風颺。對面分秦越，觸目起怊悵。

尺地能生草，寸燭能照人。丈夫既富貴，奈何利一身。良田連萬頃，甲第通青雲。骨肉等行路，誰念病與貧。所親尚如此，功名焉足論。

人生如春花，開者行當埽。更如霜中葉，外綺内已槁。君子疾無聞，盛名亦忌早。隆隆遍京雒，中懷未聞道。華實不相符，流譽空美好。寄言同門友，韜光以爲寶。

登高發遐想，天地何浩渺。白日無時閑，過眼疾於鳥。雕琢喪本真，少壯忽醜老。歸根在虚無，名位焉足寶。所以古達人，逍遥出塵表。

佳人坐高樓，高入青雲端。手撫孤桐琴，當户發清彈。按節碧空裏，揚音采霞間。令顔世罕觀，想象同芳蘭。聽曲各言好，幽意誰人傳。持以寫懷抱，豈歎知音難。

猛虎行 三解

猛虎食人，不能出山林；蝮蛇毒螫，不能升雲岑。吁嗟機械之巧，無如人心！

渭水雖清，灌溉之利不如濁涇；狐裘徂暑，不如絺綌纖輕。君子在下位，雖有藴蓄，何從施行？

騏驥一日千里，躑躅隴阪，幸遇伯樂長鳴；純鈎雖利，不遇薛燭，孰知其名？寧戚飯牛車下，不遇齊桓，難致公卿！

行路難

客歌長歌聲亦長；客歌短歌聲亦短。成名須當少年時，毋令秋霜鏡中滿。昔爲《明堂詩》，亦擬《長楊賦》。賦剪秋空雲，詩浥金莖露。巧手織成錦綉段，三年空掛珊瑚樹。出門偶逢鄉里兒，金多位高志氣舒。歸家便欲焚筆硯，還聞武帝慕相如。詞賦爛漫復何益，致君更有萬言書。可憐不逢楊得意，白首下帷空躊躇。

王明君

天賦殊尤質，翻爲異域人。君王不好色，遣妾去和親。

新嫁孃

未熟姑心性，但聞姑最賢。愛姑如愛母，妾自得姑憐。

雞鳴曲

雞初鳴，霜滿屋，征夫束裝整長轂。别婦牽袂雙淚垂，嗚咽不敢高聲悲。出門登車天欲旦，車聲杳杳雞聲亂。願郎到處聞雞鳴，便憶此時離别情。

晚過龍井庵

衝寒過野塘，到寺日將没。齋厨動微煙，高松落殘雪。欲共枯禪語，相對無言説。

題　畫

嵐氣轉蒼翠，殘陽靄餘明。白雲不可攬，山鳥時一鳴。中有忘機者，遲遲南磵行。

水亭

碉水合衆派，亭隅瀉潺湲。水石本無聲，相觸偶成喧。清泠契真性，静聽欲忘言。因思洗耳翁，猶厭瓢聲煩。

春柳

西川舊種已成行，萬縷千絲惹恨長。往歲寒煙疏客舍，祇今宿雨滿迴塘。靈和殿裏頻回首，烏夜邨邊欲斷腸。愁殺離亭分袂處，風條盡日自飄揚。

又與東風埽路塵，柔條踠地縷初匀。樹從少日栽時老，枝向前年折處新。南内無人還拂檻，永豐留種乍開春。玉關那有青青色，長笛吹殘爲損神。

蓮華峰

峰勢斜仄生，騰躑怒相向。大石刀劒形，小石牙齒狀。同行五六人，三四不敢上。陟險貴輕捷，安用九節杖。攀葛如掛猿，手足勞俯仰。倏造峰之巔，始識天宇曠。茫茫見震澤，環混無歸向。崑虞兩小山，蟻壤遠可望。下界起松濤，天風時振蕩。獨立久躊躇，隔巖送樵唱。

龍門

斗峭疑鬼工，分劈兩崖對。中有飛龍形，爪角露奇怪。路窄攀垂藤，險若蛇倒退。峽，路名。前山急雨過，雷霆聲在内。遠望已夕陽，雲氣此冥晦。努力陟巔頂，氣象更什倍。羣峰列眉低，俯見飛鳥背。長嘯青雲梯，一洗胸次隘。

吴江道中甲申

煙裏鳴柔櫓，舟行趁蚤潮。湖寬雲作岸，邑小市依橋。野鴈藏蘆葉，溪魚上柳條。那堪霜降後，楓落正蕭蕭。

登垂虹亭，望太湖，謁三高士祠，放歌

吾聞垂虹橋，七十二洪鎮鶩湍。十年夢想今始到，使吾叫絶開心顔。東西蜿蜒跨千丈，寶帶

連緜未堪狀。橋心突兀撑高亭，開牖遠納寒山青。玉盤螺髻紛在眼，洞庭微茫山點點。望中濤頭駕銀屋，鯨魚跋浪天吴伏。陰壑澒洞，烟波溟濛。噴薄日月，不知西東。餘瀾轟輵怒未已，聲勢猶震黿鼉宫。礟車雲起驚風旋，飛廉賈勇來九淵。峩峩大艑不敢前，失勢恐墜獰蛟涎。今時之險且如此，何况洪荒之世憂滔天！橋下有古祠，合祀名三高。弓藏鳥盡避烏喙，蓴鱸味美歸東曹。石闌養鴨鴨能語，筆床茶竈長遨遊。吾生後千載，懷古空蕭騷。願得割取三高祠畔一片石，相攜同志操漁舠。晝向橋上行，暮向船中宿。沽酒烹鱖魚，敲火然枯竹。欸乃歌聲斷還續，五湖月上光團團，篷窗坐照鬚眉緑。

金山行京江相國索近詩，因呈此篇

長江天塹何其雄？岷山發源流向東。浴日沐月浩無際，地紐鎖閟天吴宫。巨鎮贔屭作砥柱，中流削出金芙蓉。其上谽谺宿牛斗，其下窟宅蟠蛟龍。觸石雲興作霖雨，能蘇衆彙占年豐。流丹積翠耀金碧，青鸞絳節棲仙蹤。直西眼落蟠雪嶺，虞淵銜霓千玲瓏。乾坤留此萬古色，想見混沌開鴻蒙。吴頭楚尾攬襟帶，帝心特爲名賢鍾。扶輿孕毓誕名世，文經武緯安寰中。聖朝明良遇非偶，丹山鳳羽棲梧桐。匡時才大心轉小，夙夜兢業懷虚公。翠華三度幸南服，億兆稽首瞻重瞳。相君獨侍日裏贊，迴斡元氣彌蒼穹。至尊謂汝實左右，民風熙皞無疲癃。陰陽不沴四時序，大地草木沾春融。御書松蔭下霄漢，内官奉出褒和衷。仁者樂山自得壽，錫公純嘏無終窮。憶昔曾登妙高頂，夜闌滄溟波濛濛。流輝倏忽奪雙目，金柱璀璨春霞紅。宇宙忽開萬象顯，俄然六合光曈曨。老僧爲言日初出，決眥蕩我平生胸。安得身生怒鵬翼，飛騰暘谷乘長風。五雲高處金門側，迴翔下上隨鵷鴻。只今復覩山巀嵲，躋堂更謁皋夔容。始知河岳有真氣，自慚久滯蓬蒿叢。

謁韋刺史祠

昔賢曾典郡，千古剩荒祠。性嬾常參佛，官閑日詠詩。几筵留鼠跡，帷幔罥蛛絲。後學空瞻拜，宗風媿左司。

藏兵處

伍相藏兵處，山川久寂寥。水犀終解散，衆豕共宣驕。見《越絶書》。事業雲烟盡，岡巒草木凋。無窮家國恨，千載問江潮。

野王墓

古墓留名氏，南朝舊侍郎。博聞通物理，作史發幽光。石逕埋春草，殘碑卧夕陽。讀書堆畔路，約略共荒涼。

題黄宣畫魚障子萬曆時人

黄宣畫魚得名勝國時，于今猶傳畫魚障。尋尺之間分島嶼，滚滚波濤起寒漲。千魚萬魚集堂上，小魚遊泳隨風浪，大魚獨立勢倔强。想當經營時，天趣妙入神。走筆埽絹素，欻忽開金鱗。亦復工遠勢，沙平雲淡纖毫分。漁翁小艇楚江岸，美人竹竿淇水濱。又疑積石既鑿龍門通，水勢直趨滄海東。赤鯉已趁洪濤風，震電燁燁行虚空，騰身直上成飛龍。古來屈伸變化數伊吕，莘渭奮跡還相同。人生局束良可恥，汩没泥沙爲貪餌。縱遊宜入滄波中，勿復喚喁戀沼沚。收圖忽卷雲濤堆，匹綃隱隱生風雷。

詠鶴

毛羽皤皤白雪輕，傳書天外度滄瀛。山頭月曉常留影，秋夜露寒時有聲。閬苑好尋新去路，溪塘下慰故交情。知君不是乘軒者，萬壑松風入夢清。

詠塵

軟土茫茫埽不開，九州下視等浮埃。麻姑東海經三見，王導西風障幾回。金谷乍疑床上迹，昆明須認劫餘灰。飛揚獨避清閑地，不到文中注易臺。

野馬絪緼隙影過，拂梁爲起魯人歌。史雲甑内生常滿，虞愿床頭積幾多。九斛清涼輸野叟，六根變滅問禪那。笑佗但識東華路，撲面狂飈奈爾何！

竹嘯軒詩鈔卷三

長洲沈德潛碻士

履霜操 乙酉

琴操有《履霜》，原詞實多怨懟，非以教孝也，予特擬其辭云。

晨興履霜，兒足已寒，兒腹已饑，兒衣已單。父兮母兮，兒故多愆。兒不承順，父實我天。兒不承順，母實我憐。呼號旻天，不如泣父母前。

神龍篇 二解

神龍失淵，不如鯈魚。鴻鵠鎩翮，不如鶇鶋。瑾瑜不售，不如珉璅。聖哲不用，不如庸愚。

周公居攝，管蔡謗之。展禽直道，三黜士師。顏淵拾塵，迹涉嫌疑。讒毁之來，孰知是非。

送春日惜陰軒小飲 限惜、陰二字

點點飄落花，離離秀新麥。冉冉春光去，忽忽成陳迹。人生正如此，寓形等羈客。今我不爲樂，撫景空惋惜。

開軒坐南榮，庭樹多清陰。微風尋户入，泠泠吹衣襟。急觴盪幽懷，滿飲須再斟。日夕羣鳥歸，圓景吐遥林。屢醒復屢醉，不知夜將深。

韓忠武王墓

佐命豐碑在，鴻文勒戰功。錦衣堪服敵，金册竟和戎。驢背懷諸將，尊前慟兩宫。千年埋骨地，松柏起悲風。

靈巖

琴臺獨上俯嶙峋，吴越興亡總劫塵。香草自荒麛鹿徑，空山曾識苧蘿人。雲迷石磴疑無路，花放禪房别有春。極目煙波堪一葦，浮家應問五湖濱。

干將墩

鑄劒初成竟殺身，句吴霸業旋沉淪。始知神武威强敵，不用兵戈擾四鄰。白骨已消歸下土，青蛇時出恐耕人。莫邪應亦同埋此，恨血千年碧草春。

田家雜興

家計依田疇，播種毋敢慢。貧賤寡所欲，飽腹仰藜莧。但須風雨時，滿望在歲晏。豐歉鄰里知，勤苦一家慣。所期丁男長，娶婦禮粗辦。子孫世爲農，吾族自無患。

賣薪不嫌賤，買牛不嫌老。山野多樸誠，平生守直道。子弟善力作，無煩藉庸保。種藥鉏自攜，灌畦甕能抱。閒行過古墳，墓門半荒草。及時須作達，豈必長壽考。歸來飲美酒，暫令容顔好。

邨墟起暝色，牛羊各來歸。田家晚炊罷，猶自開柴扉。鄰里夜相過，團坐情依依。共誇麥苗盛，共憂桑葉稀。兒女齊長大，所需食與衣。地遠人俗淳，言語心無機。祇談農家事，焉知誰是非。

農父緑蓑衣，農婦白苧裙。冒暑事田作，日午天無雲。汗流不暇揮，禾盛多蝨蚊。唱歌慰勞苦，酬答皆同羣。夕陽未歸山，且與窮餘曛。

翁老不紀年，古樹共寒暑。次男已頭白，長孫早嫁女。閒行看隴頭，油油好禾黍。中情忽多感，歸向兒孫語。有年勿好奢，須憶無年苦。儉樸人共誚，吾意獨有取。白雲護山邨，紅葉隱茅屋。門前跨板橋，户後羅修竹。牛閑繫道旁，磨礱向古木。是時秋氣高，霜重秔稻熟。老農顏色喜，早晚食新穀。惟苦欠文墨，舉動成鄙俗。今年幸有秋，送子入里塾。

曉發梁谿懷故人華摩赤

露華滿地景萋迷，野店遥聞唱曉雞。乍卷孤篷認前路，一鈎殘月過梁谿。
不堪聞篴過山陽，舊恨悠悠江水長。遥憶九龍山色裏，白雲空鎖釀花莊。摩赤隱居處。

潤州

第一江山古潤州，驚濤千里望中收。干戈百戰餘軍壘，花柳三春憶酒樓。黄鶴山頭煙霧暝，真珠泉畔荻蘆秋。風高戍卒嗚殘角，入夜嗚嗚動客愁。

金山

四顧臨無地，孤峰亦壯哉。天風盤鸛鶴，海月上樓臺。鐘梵從空落，江山入座來。雲堂龍聽法，深夜挾潮迴。

阻風上多景樓

甘露寺前雲作門，多景樓下雲爲屯。天風欲摇嵐嶺動，山勢疑逐波濤奔。瓜步帆檣沙際泊，蕪城煙樹望中昏。鄉關咫尺阻歸路，寂莫寒江斷客魂。

贈顧澗西山居

山人愛山住，得意却忘山。盡日無儔侶，白雲時往還。野狙分果樹，馴鶴守花關。不作塵勞客，從教禮數删。

晞髪青林外，疏狂道自尊。新詩誰和汝，老樹久成邨。託業憑良耜，經行任短轅。巖棲吾有願，把臂許同論。

貧　士

梁燕欣有託，孤鶴無因依。空山一貧士，子立何所歸。勵節三十年，量力守布衣。朝飲磵中水，莫采山上薇。天寒水成凍，歲晚薇亦稀。行吟山澤中，浩歌聲已希。世無帶索翁，斯意誰人知。

賦得紫騮馬送人從軍

匹馬邊州路，驊騮迥出羣。此行須努力，壯士正從軍。接戰穿殘壘，追奔躡亂雲。驍騰馳萬里，仗爾策殊勳。

秋日過浴鳧涇

田家無面勢，草屋亂西東。菱渚半邊白，楓林兩岸紅。摘葵清露下，撲棗夕陽中。邨社吾常與，鄉音喜漸通。

題羽士照

石磴倚古松，蒼然捎天碧。白鶴表孤步，閒雲卷無迹。道人讀黄庭，掩卷日將夕。

題陸叔平畫晚景

依微鳥外山，迢遞煙中驛。日暮何所之，愁絶舟行客。

濟南雙忠祠 祀巡按御史長洲宋公、歷下知縣韓公

大軍向南下，屯聚攻危城。雲梯攀躡争先登，陣雲壓城城欲崩。御史率縣令，奮義抗强敵。殺馬食民，民不忍食。裹瘡吮血列防衛，援絶兵殘勢危急。是時日色無晶光，天地黯慘飛嚴霜。御史登城望闕拜，稱臣萬死無以報陛下，一身誓與城俱亡。須臾城隅陷，被執志不屈。大聲呵叱如震霆，面受刀傷漬殷血。沖天烈燄骸骼銷，原軫歸元竟空説。兩公同日死，騎箕遊昊穹。握拳透爪追英風，邦人立廟崇雙忠。神之來兮雲旗紅，嗚呼，千秋享祀歷城下，以媿爲人臣而懷二心者。

看梅丙戌

的皪清冰散滿枝，寒香浥浥出疏籬。夕陽野水煙邨路，記取籃輿獨到時。

題畫

淡雲疏雨過芳洲，簇簇蘆花覆釣舟。夜半夢回明月上，白魚飛破一江秋。

賦得嚴陵釣臺送友之蘭溪

新安江清清見底，富春山高枕江水。嚴陵曾此把釣竿，荒臺寂莫雲煙裏。猿驚鶴怨已千秋，瀨水潺湲日夜流。征帆晚過桐廬下，應有清風送客舟。

賦得八詠樓再送

羣峰合沓雲巖幽，中有家令吟詩樓。千古精靈未消歇，至今山瘦多奇骨。君家結習愛聲詩，遠道尋山任所之。樓前蒼翠應無恙，遲爾憑闌點筆時。

意行

意行無遠近，芒屩恣幽尋。一徑入花塢，衆溪藏竹陰。斷橋蒼蘚積，古洞白雲深。静向山房坐，悠然清道心。

閱三朝要典

熹廟御極頹乾綱，疏遠保傅親貂璫。茄花委鬼互糾結，薰天勢燄何披猖。守原之問史貶斥，況令婦寺紊朝常。顧命老臣半誅戮，朝衣血裹投圜墻。清流白馬禍更慘，一網盡矣空巖廊。顛倒是非著穢史，手翻三案詞侜張。詞云挺擊陷國戚，追論可灼誣先皇。移宮曦鸞肆迫脅，康妃八姝奔蒼皇。更云筆削繼孔聖，大書特書明王章。永爲人臣不忠戒，冠以御製文煌煌。黨與秉筆亂忠佞，顧秉謙、黄立極等。霾閉日月無精光。同文館獄書黨籍，元祐君子流炎荒。此書千古同繆戾，力鉏忠耿扶姦殭。從來事往有定論，青蠅白璧終顯彰。刑餘死骨斲身後，正士祀典修烝嘗。所惜國本既剥喪，再傳宗社旋淪亡。小人勿用著聖訓，承家開國須周防。

張鐵橋畫鷹

鐵橋道人性疾惡，慣寫蒼鷹露奇狀。金眸閃爍爪拳鐵，猛氣稜稜出紙上。空堂孑立形軒然，百鳥驚飛不敢颺。陰山九月天雨雪，林木槎枒凍欲折。此時翻空入雲去，萬里高天灑毛血。胡爲斂翼棲枯枝，掉頸獨刷毛羽奇。從知畫師有深意，要令鷙鳥藏霜威。草間狐兔不足擊，健翮且漫横空馳。君不見，鵂鶹梟鳥多惡聲，封狼破鏡時從横。會須使汝食其肉，一洗宇宙歸澄清，坐看麒麟鸞鳳來明廷。

七夕詞

金風驅暑停紈扇，皓月舒波淡銀漢。聞説天家好别離，雙星此夕才相見。誰家新婦駐華軒，珠幰遥從隔巷看。誰家少婦嬌夫婿，綵縷縈鍼帶月穿。曝衣樓畔螢光濕，漏轉更深月華没。漫喜蜘蛛與巧絲，還憐烏鵲通靈匹。别有秦川竇氏妻，秋宵織錦坐蘭閨。三更無寐看牛女，腸斷空房烏夜啼。

懷　友

林端木葉下，蕭條秋氣深。巖岫起寒色，風雨激清音。高齋寂無事，當牕彈素琴。一彈清商曲，再彈遊子吟。遊子今不歸，故人勞此心。願爲黄鵠舉，高飛遠相尋。涼風吹我牖，明月燭我牀。空庭鳴絡緯，破壁啼寒蛩。愁思不能寐，耿耿夜未央。眷我同懷友，淹留寄他鄉。他鄉雖云好，故鄉安可忘？故鄉不可忘，故人念彌長。良會在何時，惻惻中情傷。

寄史漢公

青山自署老遺民，往事茫茫付劫塵。湖海飄零一杯酒，漁樵收拾百年身。閒中筆削修山史，静裏工夫養谷神。西照頭陀戴南枝。今物化，傭書誰給庾郎貧。

和張永夫歸郙雜咏

松杉徑

愛此松杉徑，天寒晚行藥。四顧寂無言，空林殘雪落。

芙容岸

別浦開芙容，盈盈一水隔。欲采無輕舟，夕陽空佇立。

南　湖

侵晨泛南湖，湖光漾寒碧。漁船正早炊，微煙起蘆荻。

北垞

白雲生高原，忽渡南湖去。遥知隔溪人，應與雲相遇。

竹亭

翠靄晚欲滴，微風清幽林。美人瀟湘來，空亭彈素琴。

浴鷺溪

鷺鷀愛修潔，飛來浴溪水。溪翁無機心，相對澹如此。

馮文子先輩屬題觀稼軒

開軒面緑野，四望皆原田。清風動禾黍，油油被高阡。三時良已勤，粒食無惡顔。盡力給傜役，歲晚始欣然。觀稼識此意，致我心悁悁。深媿不耕者，飽食常晏眠。

竹嘯軒詩鈔卷四

長洲沈德潛碻士

靈巖雜咏丁亥

館娃宫

秋氣慘梧宫，宫中散歌舞。英雄與兒女，寂寞俱黄土。高臺歇鳴絃，香逕凋蘭杜。一聽山寺鐘，色相空千古。

琴　臺

月出斷崖口，人寂山蒼然。獨坐盤石頂，調琴憶當年。寒松響蕭颯，礀水流潺湲。髣髴哀絃聲，棲烏驚不眠。

響屧廊

吴王貯越女，結構起軒敞。白紵舞初停，步屧傳纖響。離宫竟安在，蕭條但榛莽。空廊照斜月，樵叟獨還往。

涵空閣

高閣瞰湖影，萬頃吞遥空。放眼送去鳥，拂袖招天風。層嵐繞座浮，隱見如羣龍。禹書渺難讀，悵望靈威宫。

吴王井

雙井傍崖石，石闌委荒梗。寒泉何泠泠，曾照宫娥影。山齋灌菜圃，時來下修綆。千載鑑亡國，還思景陽井。

研池

山骨巧斲破，一泓貯清泠。塔影卧金碧，天光倒空青。相傳古研池，科斗常從横。醉後欲濡毫，堪令風雨驚。

采香逕

美人朝采芳，衣裳濕輕露。采采攜筐歸，蜂蝶繞紈素。君王迷不醒，香氣濃於霧。同時種葛女，采葛忘日暮。

翫花池

宮娃種花處，餘香散川谷。寶靨照芳叢，盡日看不足。紅顔逐花落，野水餘寒渌。白鳥破煙飛，時下波心浴。

過二棄草堂悼横山先生

往歲談經處，風流不可親。珠龕猶在座，講席已凝塵。落日語山鬼，空堂薦渚蘋。招魂歌楚些，目極重傷春。

身後竟何有，荒凉數畝園。古藤纏怪石，野竹穴隤垣。卜壤虚堂斧，承家望子孫。平泉餘草木，應憶衛公言。

張氏牡丹花歌 花係前明宮詹項氏舊物

張家園中牡丹花，一本兩本枝交加。榦多年歲老成樹，花開閃爍疑流霞。入門刺眼多異態，蓬窗頓覺生光華。奇花却從何處得，幾載工夫費培植。主人細説先朝事，四座静聽聲默默。先朝舊例重詞臣，天子隆恩賜顔色。甲第豪華擅里閭，名園結構傷財力。疊石成山遍種花，買花却用千金直。此花昔在叢臺中，錦幕常遮一捻紅。竟日尊罍留上客，終朝絃管醉春風。日烘露染花常盛，勢往時移事不同。鼎湖龍去烏號在，歎息山河一朝改。地下攀髯媿老臣，遊移匍伏多愆悔。薤露旋歌事已空，空園荆棘埋芳茝。屋後梧桐僧舍移，堦前花藥山人買。兩本買來六十年，托根茅舍竹籬邊。西子何堪泛湖去，要令寂寞全其天。三春惟有漁樵至，數載從無貴介看。我聞君語再三歎，相對石闌細娛玩。不知此地百年餘，能保名花無變換。世事繁華有幾時，古今惟許達人知。年年願得攜良友，穀雨來看爛漫枝。

田家

農夫非高尚，養拙依田廬。榆柳覆茅屋，緑陰映前除。閑引月下泉，灌我畦中蔬。葵藿冀一飽，意足不願餘。何須解文翰，聊看農家書。即此百年内，身心常晏如。

風雨

風雨送殘春，春光別病身。含桃飼歌鳥，飛絮逐遊塵。山色青依舊，天涯緑又新。誰家畫樓上，猶有曉妝人。

挽船夫

縣符紛然下，役夫出民田。十畝僱一夫，十夫挽一船。挽船勞力聲邪許，趕船之吏猛於虎。例錢緩送即嗔喝，似役牛羊肆鞭楚。昨宵聞説江之濱，役夫中有横死人。里正點查收藁葬，同行掩淚傷心魂。即今水深泥滑行不得，身遭撻辱潛悲辛。不知誰人歸吾骨，拚將軀命隨埃塵。茫茫前路從此去，泊船今夜在何處。

憂旱

《春秋》特書六月雨，六月不雨真天災。況今五月至六月，千里赤地人民哀。版田确确苗不活，租牛戽水牛蹄脱。溝渠熯乾河底裂，農夫盡叫人力竭。

冥冥曉霧迷高空，氛霾如同月逢晦。倏忽驕陽勢炎赫，雲師雨師竟何在？有司祈禱心勞攘，火焚蜥蜴同暴尫。誰能精誠格昊蒼，甘霖大沛歌時康。

富家遏糴閉倉囷，愚民不靖聲喧呼。傳聞越邦亦亢旱，民情物力同艱虞。賤子三旬九得食，無田轉復憂稼穡。憂時爲歌《雲漢詩》，仰天歌罷長太息。

登江陰興國寺浮圖

興劇攀登最上頭，聳身雲表豁雙眸。百年戰伐山河壯，萬里風霜草木秋。匝地蒼蠅喧短巷，滔天白馬走中流。老僧指點春申墓，衰草斜陽土一丘。

平雲閣觀朱壁畫《天神像》歌

古來人物畫手誰最優？後有道子前虎頭。世間紛紛傳贋本，變眩今古唯朱繇。崑山朱壁繼吴顧，能工帝釋天人流。嘗從傑閣畫神象，墨䵡粉黕窮雕鎪。森羅布散滿墻壁，長廊黯慘風飀飀。衣裳肅穆拱玉簡，冠冕秀發垂珠旒。或挾長矢挽銅弩，或披重鎧操蛇矛。或穿旁脇撑六臂，或裂手掌開雙眸。驅使罔象，鞭策虎彪。左驂文貍，右騎青虬。飛龍�肥遺同遊。風馬隆隆，雲旗悠悠。䱍䱍鬣鬣，扶輪挾輈。别隊簇擁千貔貅，考録鬼魅聲喧啾。腰間纍纍懸髑髏，變態什伯從冥搜。或云有客來嵩丘，坐卧三日觀不休。臨摹十幅筆力遒，倏忽四合陰雲稠。雷轟電掣神鬼愁，天公下取人難收。從知不許傳佗州，嶲然畫壁神彩留。世遠永無剥蝕憂，六丁呵護司諸幽，畫與高閣同千秋。

題文南雲畫 戊子

有明畫史誰軼羣？文品卓絶沈與文。石田子孫竟無聞，待詔以後今南雲。南雲下筆有神助，氣韻幽閒總天趣。山沓水合坡隴隔，莽莽雲煙自回互。木葉半脱波微寒，下有漁舟繫古渡。幽人獨坐静無事，終日忘機狎鷗鷺。展畫儼逢隱者流，竹塢高風緬如故。南雲隱居竹塢。先生文肅之裔孫，世有節義留清門。瞥眼滄桑變朝市，閒雲孤鶴歸山邨。蕭然白髮被兩耳，常同野老談開元。閒驅造物入毫楮，鄭老倪迂共儔伍。雲林竹石寂無人，思肖幽蘭少塵土。南雲畫異意則同，此心貞白常千古。山蒼蒼兮水潺潺，作者通神識者難。更寫羊裘釣煙水，於今猶有富春山。

題顧且菴畫竹

且菴畫竹枝，見竹不見畫。淇園千畝藏胸中，揮埽但覺腕底快。沈生展畫圖，見畫如見竹。虚中强項故依然，對此可以療吾俗。滿堂蕭颯枝從横，葉葉盡帶風雨聲。知君久通篆籀法，不向尺寸摹其形。時無巨眼精賞識，十年浪走名難成。寫將幾幅鵝溪絹，付與時人論重輕。

愁霖歎

陰氣凝結鵂鶹鳴，連旬霪雨如盆傾。河渠泛溢决隄岸，平疇新秧没强半。吴民比歲罹天灾，叩頭神座聲悲哀，仰視不見癡雲開。

聞説郊原兩龍鬭，鍊石誰能補天漏？八荒四野無陽曦，乘船便可行中逵。富家米貴漸遏糴，窮簷瘦男多菜色，濕雲壓甑斷朝食。

分賦《古鼎詩》三十韻

龍文燭晃朗，雲氣覆靁罍。丈室神彩凝，高座古鼎在。肅穆儼介珪，鄭重埒鼐鼒。蟠螭足參立，貫索耳雙對。無色不駮犖，有狀悉萃薈。藏伏饕餮魂，追取贔屭態。鬖鬣天馬羣，脽尻鼫鼠輩。上鏤雷回文，下鑄乾艮卦。卉緲別俯仰，窺軿誌腹背。字類鄒嶧碑，銘非考父誡。跟肘細分析，詰曲空抑噫。初疑周虎彝，亦異虞瓦泰。比紀甗增價，並石鼓稱最。腹儉失名號，口呿詫靈怪。康瓠俗情閟，玉鉉庸耳聵。常然爨易熟，函牛汁堪嘬。取郜魯非禮，售贗宋竟昧。染指嗤子公，覆餗訕元載。滋味仗調燮，法物諒珍愛。器列禋祀時，用昭廟堂内。正直形不頗，静虚量匪隘。吐景成晶瑩，歊雲散埃壒。烹煎明作離，灌溉澤資兑。實黄流在中，席文茵於外。左陳伯索盂，右置師㿂敦。塵劫逾千秋，神遊歷三代。相對供捫摸，雜坐勤盼睞。扶風傳瑰奇，彌明謾狡獪。博物蒐典籍，琢句悪曹鄶。世寶垂億年，作歌期保艾。

次京口作

山頭甘露寺，江畔潤州城。爲憶南朝事，因談北府兵。天空寒鴈落，人静晚潮生。鄰舫聞吹篴，偏傷旅客情。

秋　懷

烏鵲空依月下枝，窮廬抱影不勝悲。菊芳蘭秀知秋序，露白葭蒼憶水湄。庾信離愁《枯樹賦》，少陵幽怨《杜鵑詩》。感時最是縈懷抱，一夜清霜染鬢絲。

清秋天地景蒼涼，黄葉千邨一夕霜。但儆探丸分黑白，不聞刈稻咏倉箱。西風餓犬嘷空巷，落月寒雞叫隔墻。寄語龔黄勤補救，可容閭井有流亡。

席門久矣斷軒車，茶竈琴牀伴索居。向日襟期慕麟鳳，近來蹤跡狎樵漁。浩歌白石羞逢世，高枕青山好讀書。把酒忽興廣武歎，醉餘狂疾未全除。酒竭長瓶百感興，夜長挑盡草堂燈。風高舊苑思調馬，霜落荒原想按鷹。已作空囊窮趙壹，還誇豪氣老陳登。悲歌擊築平生事，燕市遨遊媿未能。花月歡場事已非，故交別後鴈書稀。鄉園秋老霜華冷，關塞風寒木葉飛。幕府談兵增意氣，侯門投策傲輕肥。杜陵也有安危志，老大悲傷尚布衣。

使者

使者南來密網羅，楚囚嚴譴荷殳戈。健兒已入回中籍，少婦新成塞下歌。木葉山高人罕到，松花江遠鳥難過。遥知鄉隴關心處，目斷吴天奈爾何。

題邵僧彌畫

松風響高空，飛流掛遥巘。道人抱琴來，心與孤雲遠。

觀打魚行

鱄鮬門外稱水鄉，今年水漲流湯湯。田疇漂没水畜盛，多魚何必占豐穰。漁舟連翩破空入，喧聒聲如亂鵝鴨。四圍設網中鳴榔，挺叉齊向船頭立。江湖有路難潛逃，羣鱗未死神暗泣。須臾收網動盈萬，萬人鼓舞千人看。輕舠滿載堆如銀，雪白花光雙目眩。近來魚價如泥賤，洲渚團聚來稗販。剖魚納鹽入魚腹，血色殷紅染沙岸。中有金鯉魚，尾赤雷火燒。失水偶遭罟罶制，厥勢猶欲興波濤。雖未成龍有神氣，勸君莫漫揮霜刀。將錢買魚付湍瀨，澈波如風去何快！前途祝汝慎出入，禍患更須防意外。過河從古泣枯魚，威鳳祥麟盡可虞。危機到處皆碪俎，愁煞神龍遇豫且。

竹嘯軒詩鈔卷五

長洲沈德潛碻士

詠史己丑

鄙人謀一身，達士爲當世。君看魏帝秦，何與魯連事？先生獨俶儻，慨然決大義。白日走秦兵，危邦受其賜。功成不受賞，長揖從此逝。悵望東海濱，高風渺難繼。

白起阬趙卒，身首亦分離。蒙恬制險塞，兄弟遭誅夷。王翦滅六國，三世禍隨之。此曹殉功名，斬刈無不爲。功名雖幸成，天道詎可欺？積凶有餘殃，古聖秉良規。殺人實自殺，推刃復何悲！

子房欲報韓，椎秦中副車。後人共惋惜，此見猶拘墟。當日祖龍死，神器歸扶蘇。劉項雖蹙秦，未易遽翦除。蒼蒼有深意，秦社應榛蕪。毋議狙擊者，而謂智術疏。

漢兵敗沮水，俎上置而翁。向非侯公言，已入鼎烹中。天子幸有父，此實誰之功！區區蕭與曹，何足比勳庸。置酒未央日，奈何忘侯公。功大不見酬，爵賞真懵懵。嗟哉紀信死，殁世無褒封。

風林無静羽，急湍多躁鱗。漢武用酷吏，欲以禁姦民。蒼鷹與乳虎，擊斷稱能臣。禁姦姦日起，草竊晝夜聞。君看龔渤海，治民貴拊循。盜賊化良善，千古頌深仁。

熱官真爛熟，既久恐無味。二疏昔在漢，爵位並師傅。天子加隆禮，儲君屢眷注。超然黄鵠舉，歎息動行路。非秖懼傾覆，功成自當去。君思飲醇酒，半醉有歡趣。君思遊名山，半路有餘慕。

行路有時渴，不飲盜泉水。立身有時貧，不爲亂賊仕。堂堂七尺軀，道義足自砥。失身取高位，爵禄反爲恥。出門慎其隨，大易著名理。何爲荀文若，屈身昧知止。末路終見疑，身死名亦毁。緬懷管幼安，徵辟終不起。

孫郎年十七，霸圖起江東。唐宗亦弱齡，仗義圖關中。二公洵人豪，慷慨還相同。一則成帝業，一則遭凶終。天苟助伯符，並魏除姦凶。成敗論古人，陋識殊未公。鄙哉孫仲謀，降曹拜下風。彼亦豚犬流，烏足稱英雄。

機雲山川秀，讀書平原邨。高臺發清響，才華吐奇芬。盛名重江左，卓犖冠衆羣。一從入洛後，白雲扃其門。纍葉將家子，甘受仇邦恩。亂世不自戢，用兵慕高勳。多才秖自累，誰爲賦《招魂》？唯有華亭鶴，清唳空山聞。

雨後上青之山

白雲承雙足，送我山之巔。昨宵春雨急，樹杪懸飛泉。滴瀝深澗中，聲向遥空傳。俯首眺平楚，四野山蒼然。不見梅花林，繞隖生寒煙。

遊五雲洞

山齋飯初罷，步入空巖裏。來尋五雲洞，雲根露齒齒。寒泉清道心，松風滌塵耳。老僧木石年，坐閲人代駛。僧具五識，曾大父。相對不説法，頗得清静理。石牀難久留，寒光逼衣履。晚鐘送歸客，遥林夕陽紫。

詩人墓

墓在潭山麓，碑云：『詩人俞嶺雲墓。』

古墓梅叢裏，寒花點曲池。吟魂日落後，應唱鮑家詩。

遊南山石壁

石壁插湖口，礫裂具萬狀。蛟龍拔古湫，陰崖閟靈藏。亂掛猢猻藤，樵人不敢上。湖波齧山足，衝激聲愈壯。取徑入巖腹，路危藉筇杖。放眼眺震澤，莽瀁失歸向。衝漫與白浮，三山名。左右列屏障。遠峰吐青螺，點點貯盤盎。生平山水胸，及兹始一放。天風吹衣裳，撲面濺寒浪。悄然覓歸路，沙磧行可傍。落日不逢人，林端起樵唱。

自米堆山過錢家磡，取道至漁洋灣，入曇花菴作

米堆下林麓，舉眼納莽蒼。上。漁洋卧湖波，遠望平於掌。言經上陽邨，微徑穿榛莽。籬落午雞鳴，煙叢人語響。居民傍蘆洲，家家業漁網。逶迤之漁洋，山坳路紆枉。具區覽全勝，背面俱漭泱。曇花隱蒼翠，行客斷還往。枯禪禮佛餘，清磬出方丈。晤彼静者樂，頓作遺世想。他年擬誅茆，聊此息塵坱。

馬家山看梅

昔年夢羅浮，曾入梅花邨。身墮幽香中，冰雪清心魂。今來馬家山，小憩依雲根。遥邨堆冷豔，萬樹明朝暾。微微送香氣，浥浥飄清尊。花光接湖影，疑逐烟雲奔。徘徊目成久，心醉欲忘言。何當坐月夜，仰見參横昏。

鬼車

夜寒慘澹陰風呼，長天呷嘎疑訓狐。乍東乍西無定響，倏斷倏續行空虚。一聲初起衆聲應，似有萬鬼同悲歔。家人聞聲滅燈火，掩耳且勿驚童雛。蠻奴拍手嗾犬吠，羣犬狂叫奔街衢。或云妖鳥鬼部領，滿車載鬼雲端趨。車中鬼眼運鬼手，下瞰雞鶩殘其軀。或云此物最荒怪，兩翼十首形容殊。當年天狗斷一首，至今頸血猶模糊。淋漓一滴濺華屋，高門大宅應焚如。世間無物比陰毒，但所過處思驅除。吾生疾惡性最猛，擬抽砮矢彎雕弧。玄雲漫天暗如漆，何從覓影行誅鉏。夜深飛鳴勢轉盛，欲挾鬼族遊清都。妖麼莫漫矜得意，東方會見升金烏。

春日卧病草堂，喜友人攜酒來看

春風動江臯，天桃半零落。嗟予膺煩痾，經旬斷杯酌。空廬抱孤影，魂夢成寂莫。之子枉相存，攜尊越阡陌。兹晨稍强健，花下共酬酢。畦桑已抽條，園笋初含籜。芳樹聽鳴聲，草際覘泉脉。滌蕩散鬱抱，佳賓勝良藥。妙理費搜尋，選言恣吟噱。願言數來過，共此文酒樂。

夏日述感七首

旱潦頻仍後，三吴風景殊。民貧輕揖讓，力盡畏征輸。瘠土農皆散，平田麥已蕪。吾生慙俯仰，觸目總艱虞。

糠籺聊充腹，遷延及草根。長官齊設粥，黎庶最銜恩。奔走誰家子，哀鳴到處邨。吏胥休蠹食，國法至公存。

癘疫連三月，災荒歷二年。空邨多鬼語，茅屋少炊煙。乞命崇淫祀，招魂赴野田。四方俱掩骼，感此意茫然。

豪家閉倉廩，米價日頻加。世事已如此，吾飢豈有涯。爲儒唯飲水，學道媿餐霞。但冀泛舟役，湘潭到客艖。

三尺森然在，無良尚有徒。探丸分黑白，劫客隱萑苻。聖主時蠲賦，賢臣欲繪圖。爾曹須向善，回首免刑誅。

身世空搔首，茫茫總不堪。多金高甲第，無食賤丁男。救弊須良策，哀時敢戲談。傳聞鴻鴈羽，肅肅去淮南。時淮民多就食四方。

五行多錯迕，恒雨又恒暘。乍看修堤急，旋聞戽水忙。憂時勞丙吉，占策問京房。玉燭資調燮，還期格昊蒼。

謁文信國祠

先生今不死，萬古仰完人。興喪由天命，安危仗此身。匡山俱赴難，燕市獨成仁。遺廟平江路，輝煌俎豆新。

故君淪漠北，幼主立中朝。家國存餘燼，風霜識後凋。臣心指南録，天意浙江潮。此日羞蘋藻，誰人賦《大招》。

一旅圖興復，孤臣立國難。俘囚歸北地，生死著南冠。正氣千秋在，丹心後代看。先生有《丹心集》。西臺舊賓客，慟哭淚汍瀾。

旌節臨吴地，今傳信國祠。蛟龍蟠古柏，風雨卷靈旗。高棟巍峩日，忠魂陟降時。朔方起鞏谷，寂莫幾人知。

題于清端公《紀績圖》

羅城距合州，相隔數千里。長官赴王命，刻期擔行李。猺民遮道留，慟哭各自歸。惟有一瞽者，日夕相追隨。長官問瞽者：『爾來何所求？』瞽者語長官，官能知我不？合州最遥遠，有如上天去。官橐無一錢，那能達前路？愚民業賣卦，得錢助長官。長官不我嗔，送官到雙關。從此二月餘，方入合州城。便辭長官去。遠道孤身行，長官不言清。瞽者不言德，迄今公傳中，居然瞽者在。

右義瞽資行

大江東來鼓餘怒，舊是周郎用兵處。我公校武坐廣場，士卒鐃歌咏朱鷺。兩手滿月開雕弧，黄閒三發中百步。分曹決勝氣概雄，掀髯一飲金罍空。吏民觀者争踴躍，公乎毋乃天神同！時平尚且講威武，况復滇海交傳烽。不似詞人酹江月，一尊看卷千堆雪。

右赤壁校射

金陵帝王州，繁華甲諸郡。莠民雜其間，姦宄日豪横。長官唯營私，有罪何暇問。公來迅疾行雷霆，强梁惡少難藏形。巨魁投竄餘譴責，兒童婦女稱神明。公從何處得踪跡，傳説市肆常微行。戟門晨開喧角吹，驄馬行來衆人避。愚民争看真青天，咄咄如聞詫奇事。白鬚赬顔一老翁，前宵共飲屠沽中。

右市肆微行

送魏昭士還寧都

畊廡子，乃居金精之山、翠微之峰。吾聞高峰可望不可到，天半削出青芙蓉。前朝闔室避寇亂，鑿雲披霧家其中。神州沉淪亂梟鏡，獨有此地無兵戎。伯叔季子文章伯，稽古窮年抱遺册。置身萬仞蒼山巔，放眼還嫌九州窄。鶴書徵召不肯來，南山之南北山北。歲在龍蛇喪老成，後賢繼起今耆碩。畊廡子，乃從金精之山、翠微之峰，入吴市。當時曾寓闔閭城，兩鬢枯蓬一彈指。文社詩壇半已荒，酒徒畫史還餘幾。末路相知托少年，輸心傾倒竟誰是？余本江湖漫浪人，相逢握手專諸里。酒酣爲爾歌窮途，聞者掉頭都不語。九月霜露降，河橋官柳疏。征車落莫歸寧都，故山猿鶴相吟呼。磨丹漬墨傳家學，高卧雲峰好著書。

樾亭上人見示《九秋新咏》

感秋時得句，句句作秋聲。自足烟霞氣，能輕島可名？道心枯木静，幽思石泉清。媿乏江淹筆，從君擬未成。

結　交

少年重意氣，結交浮華子。久要如弟兄，盟言指白水。中路各東西，窮通分彼此。恩情日以輕，對面隔千里。窮通尚復然，何暇計生死！乃知擇交難，須自知人始。莫棄孤生松，而種桃與李。

暨陽翁静子枉過草堂

風竹蕭蕭晝掩門，久無筇屐破苔痕。忽傳江上青衫客，來訪溪南黄葉邨。千里相思勞仲悌，一人知己感虞翻。文章自是吾生事，試與高賢對榻論。

梅花

野外寒梅發，清香獨返魂。風吹殘雪樹，煙動夕陽邨。流盼坐磐石，忘言倚蓽門。霜天聞曉角，幽意與誰論。

竹嘯軒詩鈔卷六

長洲沈德潛碻士

鶯脰湖詞 庚寅

湖波起縠晚風餘，一抹殘霞畫不如。傍岸漁家盡收網，緑楊深處賣銀魚。

岳鄂王墓

今古含冤地，孤臣舊死忠。已成三字獄，竟廢十年功。匡復憑諸將，沉淪念故宫。六陵殘毁後，泉壤泣英雄。

大將迴戈日，中原陷敵時。朝廷輸幣帛，父老望威儀。天意竟如此，神靈儼在兹。千秋見孤憤，認取向南枝。

于忠肅公墓

宰木豐碑拱墓門，旌功祠畔禮忠魂。孤臣決策安中國，羣小訛傳召外藩。共信玉符存内府，空教熱血灑荒原。隔湖相望栖鴉嶺，岳墓。兩地深沉萬古寃。

西湖雜句

六橋楊柳罥輕煙，細雨絲絲汎畫船。乍識澹妝西子面，亂頭粗服更天然。

意行初過望湖亭，教伎樓邊步暫停。禪榻鬢絲空學道，閒情猶問舊西泠。

女伴閑行過浄慈，金錢暗擲卜歸期。鷲峰尚有飛來日，不信狂夫愛别離。

南渡江山入眼明，荷香桂子若爲情。却憐一片臨安月，同照龍沙五國城。

葛翁嶺對萬松岡，秋壑堂前御墨光。今日寒煙籠蟋蟀，路人猶説賈平章。賈似道鬭蟋蟀處。

湖光宜雨最宜晴，好景偏憐夜色清。十里畫船歌舞歇，月明徐聽按箏聲。

晚風颯颯林端生，雷峰塔前夕照明。南屏鐘動鳥飛絶，人在亂山缺處行。

數聲柔櫓劃波還，暮色蒼然滿四山。勘破西湖塵土夢，夜涼月白話禪關。

玉泉觀魚

石甃紅泉畔，遨遊金碧魚。聽經朝誦候，得食午齋餘。罛罶從無患，江湖或不如。衆生通佛性，爲傍化人居。

靈隱寺贈諦暉上人

慧祖開山處，禪關澗壑深。雲生牕户裏，泉響竹松陰。齋盋空羣味，蒲團長道心。相逢老尊宿，閒話去來今。

冷泉亭

怪峰迴合處，一水鑑虚明。不記何年冷，能令萬古清。涵空天倒映，穿石磵常鳴。静向亭隅坐，泠然滌性情。

韶光寺

松寒泉冷處，石磴上千重。江湧牕前水，雲移杖底峰。香臺惟葉聚，藥竈有塵封。此地人蹤少，屧屨到處逢。

訪倚石庵

雲外聞鐘聲，林中尋古寺。山花點布袍，落葉響芒屨。失路不逢人，還依蘿逕去。

飛來峰

入眼忽驚怖，高峰最奇特。空巖訝玲瓏，絶磴歎偪仄。石角利劒形，峭壁古鐵色。無須五丁鑿，豈仗巨靈擘。恍疑靈鷲峰，來從化人國。樹木不著土，長根走危石。飛泉激山足，鍾乳滴巖隙。跼步入空洞，側身探昏黑。灣環得古湫，神龍此窟宅。俯瞰裂坤軸，杳冥不可測。陰風襲衣裾，毛骨俱悚惕。當年西域僧，楊璉真伽。佛像肆鐫刻。變相逾百千，成功祇一昔。宋陵既遭毁，名山亦罹厄。我欲施鑱鑿，鏟平千仞壁。有志竟未能，對此空歎息。

吴山懷古

大觀亭榭俯丹梯，千尺峰巔一杖藜。孤嶺界分城内外，長江劃破浙東西。潮頭如馬當空立，山勢猶龍入望低。吴越興亡總陳迹，伍胥祠畔草萋迷。

手持强弩捍錢塘，賜券分茅異姓王。五季代傳唐土地，百年廟受宋蒸嘗。林柯曾寵將軍號，溪谷還沾錦繡光。今日吴山遠凝睇，表忠舊觀久淒涼。

夫差曾報闔閭仇，宋室南遷事竟休。和議有人增歲幣，偏安無詔復神州。中朝已灑萇弘血，塞北空聞杜宇愁。莫上鳳凰山頂望，冬青誰認舊陵丘。

襄樊失守勢飄摇，半壁河山付北朝。餘燼但依新會水，無情深恨浙江潮。君臣俘馘歸沙漠，宫殿荒涼遍黍苗。唯有青山終古在，夕陽回首客魂消。

錢武肅王鐵券歌

錢塘錢氏王家孫，忠懿以後爲齊民。家藏乾寧舊鐵券，精采敓目光彌新。自言先世曾避賊，亂離棄擲江之濆。漁人網魚得古鐵，有如周鼎出泗濱。裔孫換歸十斛米，世世什襲稱家珍。文云皇帝嘉賚汝，官汝太尉兼諸軍。誅宏殺昌蕩渠寇，捍衛王室崇殊勳。恕汝九死子三死，長河泰華國永存。欽哉汝繆其敬聽，頒示天下文云云。從來事往祇陳迹，唐家事業同烟雲。吴越四傳旋納土，至今臨安宫闕皆成塵。我來浙西訪古迹，錢王寂莫留荒墳。昔聞山林裏錦繡，今見壞道眠麒麟。表忠舊觀亦頹廢，斷碣剥蝕叢荆榛。隆隆霸業竟何在，惟有銘功鏤版傳千春。子孫奕世念祖德，無忝忠孝承清門。

度白沙嶺

柳栗穿雲路，芒鞵度石城。斗然一峰上，盡見衆山横。怪鳥時聞語，幽花不識名。五雲低首望，隱隱晚鐘聲。雲栖寺在五雲山下。

遊雲栖寺

長松萬壑蛟龍吟，引我入山深復深。老僧修行唯贊佛，客子訪道還洗心。巖前白雲有來去，池裏青蓮無古今。誰能此地結茆屋，壁觀峰頂常幽尋。

刈麥行

前年麥田三尺水，去年麥田半枯死。今年二麥俱有秋，高下黄雲遍千里。磨鐮霍霍割上場，婦子打晒田家忙。紛紛落磑白於雪，瓦甑時聞餅餌香。老農食罷吞聲哭，三年乍見今年熟。

折楊柳歌詞

折柳送征夫，青青不忍折。春風知我意，長條自吹折。
兒時聞燕京，説在天盡頭。郎今遠行邁，恰向燕京遊。
贈郎楊柳枝，與郎作馬鞭。柳枝憔悴日，驅馬返故園。

《雞樹歌》爲顧嗣宗賦

陶齋坐我雞樹下，擘牋命作《雞樹歌》。横空無力盤硬語，敢繼北海銘娑羅。君家何年有此樹，詢諸故老歲已多。老人大父孩幼日，已見合抱迴交柯。託根相傳炎宋代，屢遭兵燹神搗訶。

直枝糸天接雲霧，樛榦俯地緣煙蘿。童童青蓋蔭數畝，空際不見行羲娥。耳邊時聞雷雨作，樹外仍覺天晴和。花開遠近透香氣，恍疑天畔飛曼陀。纍纍結實供采摘，手潔乍喜新揉搓。孫枝於今亦拔地，蘢蔥密葉縈前坡。主人齋閣構其下，盤桓髣髴軸與薖。時招賓朋共觴酌，飣餖鮭菜烹桑鵝。軒牕陰沉醉朝雨，濃緑掩映朱顏酡。千年之樹吾所羨，坐閲時世驚流波。摩挲老榦三太息，此身自訝同蓬科。

和尤滄湄宫贊書輿

歸田久已補南陔，時向閑園步屧回。半壁夕陽山雨歇，一池新漲水禽來。烟霞好語傳賓座，鸞鳳清音上嘯臺。莫問錢王舊亭榭，荒原處處有蒿萊。

觀丁將軍佩劒

空堂歘忽生雷電，開鞘驚蛇吐光燄。狂生決眼三婆挲，知是將軍舊時劒。將軍拜命領專城，一劒横馳十萬兵。八桂林邊芟猛虎，皖公江畔戮長鯨。時平邊塞無烽火，脱劒韜戈偃威武。功勒旂常老將亡，空餘佩劒懸梁柱。孫子騰驤汗血騮，興酣把酒看吴鈎。縱談先世專征事，猶有寒芒燭斗牛。

獨釣

水清魚可數，投竿意悠然。魚驚釣絲影，散處蓮葉間。終日閒我鈎，静對溪南山。僧來施魚食，祝魚避深淵。感此多惻隱，罷釣行歌還。

家人生日

廿年負戴久相依，恰值黔婁生計非。顧我無才勞馬磨，憐君有淚灑牛衣。青裙縞袂風常在，錦幞香車願已違。不用鹿門方避跡，前程共指釣魚磯。

嬾性相將竹石居，批風抹雪半生餘。曉寒龜手親提甕，永夜篝燈伴著書。出塞未須愁失馬，過河曾爲泣枯魚。野蔬充膳尋常事，元相家風在我廬。

南轅北轍總難行，之子相邀變姓名。不厭蓬藁知有命，偶談梵貝證無生。年光荏苒當迎亥，斗柄昏黄看指庚。四十窮愁真負汝，他家夫壻已專城。

古詩三章贈施覺菴考功

鸞鳳儀明庭，一鶴翔碧虛。雅志慕張邴，遺榮賦《遂初》。築室廉讓間，宛然隱者廬。歸岫望閒雲，縱壑觀遊魚。妙善慮長冥，達生理無餘。雲卧晝寂莫，鍵户時著書。抱膝懷古賢，千秋見軒虞。

雲烟落几上，花竹秀階下。中有林卧人，昕夕究風雅。文府盈珪璧，宫懸響韶夏。晤言坐空亭，清風自瀟灑。片語示機理，萬物歸陶冶。苦心知者希，因憐嗣音寡。偃仰林園中，慨焉俟來者。

霜露肅萬象，秋氣日以深。寒菊秀籬落，幽蘭歇芳林。哲匠撫時序，發興成閑吟。招集文翰友，淹留松桂陰。清言遺世慮，急觴蕩幽襟。登高送遠目，觀水清道心。懷抱欲抒寫，一鼓風中琴。

簡楊大瓢

遼左歸來後，蕭然鬢有霜。書宗王大令，碑陋段文昌。濯足清溪裏，浮瓢滄海傍。有《濯足》

《大瓠》二圖。樓頭每搔首，鄉思正茫茫。

偶成

繅就文章鬭色絲，朱絃疏越是吾師。争誇丹雘塗施日，應是風騷歇絶時。帝子嬋娟懷杜若，美人遲暮咏江蘺。劇憐韶濩雲山曲，却被巴人漫點嗤。

懷友十二章

髭鬢白盡眼還明，彌勒同龕寄此生。曾憶往年豪興在，夜闌燒燭共談兵。竹堂沈莊懷。

囊中小筆通靈畫，篋裏清詞正始音。數載相思不相見，鵝湖真與别情深。梁谿李芥軒。

故人久侍金鑾直，門下齊歸供奉班。垂老一官羈鄮縣，天教看遍會稽山。錢唐馮文子。

荻溪樵叟侯門客，疏放還餘舊性情。君過南朝故宫闕，斷腸應共沈初明。荻溪王千里。

二陸臺邊日把鉏，側身天地一農夫。遠遊忽過九疑去，細雨黄陵聽鷓鴣。雲間顧鶣洲。

黄河遶舍走奔渾，留滯曹南秋復春。赤芾麻衣休共處，故園杞菊待歸人。甫里陳樹滋。

決計入山深復深，女蘿山鬼發清吟。高歌一聲振林樾，舉世無人知此心。研山張永夫。

脱帽歌呼號酒狂，吴門煙月薊門霜。知君廣武山邊過，匹馬寒風吊戰場。薊門馬寓公。

草草相逢旋離羣，孤舟日暮雨紛紛。此行遥入黄山路，三十六峰眠白雲。暨陽翁静子。

廿載才名滯海隅，冷官依舊守菰蘆。乞氣錢那有蘇司業，射雉虚傳賈大夫。張歗竹。

草堂蹋雪遠相尋，二妙分題漢上衿。真箇把君詩過日，秋蘭芳杜美人心。甫里周允武欽萊。

千年古木不生枝，此意惟應野衲知。遥憶雲堂夜深坐，五言清誦孟公詩。柏堂樾亭上人。

古琴

寶鼎犧尊畔，時横雷氏琴。斷文傳雅製，妙理寄元音。寂寞幽人耳，高寒太始心。巖栖誰古處，抱爾入林深。

竹嘯軒詩鈔卷七

長洲沈德潛碻士

擬録别詩辛卯

朔雲蔽曠野，白日慘不明。徒御列前導，班馬聲悲鳴。念此萬里别，能不叙平生。執手臨路隅，惻惻動吾情。恐傷離人懷，攬涕不敢零。君其慎自愛，黽勉崇修名。

雜興

雅鄭久不辨，正聲日以微。靡靡逐時好，一唱而百隨。下里悦衆耳，古調知音稀。緊予尚華縟，用意空爾爲。剪刻徒自苦，既久稍知非。辟如失路人，中道方能歸。相期激頹波，風雅良可師。

羸體素多病，藥餌難療治。初春卧牀笫，三旬猶食糜。陋巷少車轍，況當風雨時。無人慰寂莫，誰與披襟期？諸病從心生，清静庶可醫。縱心入寥廓，冥懷付希夷。

春雨百物生，小草敷華滋。野人耽野趣，物性辨所宜。馬蘭抽新叢，杞苗榮故枝。楚葵兼蕪菁，碧葉紛葳蕤。此物人共賤，食之可療飢。幸無園官守，采摘盈筐歸。烹芼佐饔飧，式食聊庶幾。固窮吾道在，況味宜共知。

羣動日紛擾，吾廬幸幽寂。倏然數束書，此外無一物。暇日常獨憩，空齋抱虚白。静觀草木性，閑知魚鳥逸。自諧塵外蹤，可作忘機客。白雲不還山，徘徊終日夕。

曉起

疏星澹已無，纖月猶木杪。天末明霞生，煙中散羣鳥。

王新城尚書寄書尤滄湄宫贊，書中垂問鄙人，云『横山門下尚有詩人』，不勝今昔之感！末並述去官之由，云『與横山同受某公中傷』，此新城病中口授語也。感賦四章，末章兼誌哀輓

三百年來久，《風》《騷》讓此賢。虀無水曹句，辱荷尚書憐。采折瓊枝贈，封題尺素傳。野夫承下訊，惆悵倚江天。

横山全盛日，請業遍門墻。一老嗟淪没，羣愚故謗傷。閒雲封講席，古柳卧書堂。故友悲今昔，青青墓草荒。

虎豹天關踞，雲房未許窺。漫教尤衆女，只自怨娥眉。歷下揮談麈，汾湖把釣絲。後先同放棄，恰遂白雲期。

又見文星闇，緣知歲在辰。濟南無作者，海内失詩人。虚附青雲士，難賡白雪春。虞翻同感泣，此意向誰陳。

初霽

朝來破重陰，林間乾雀語。淡日半池塘，茅檐滴殘雨。

夜起閒步池上

夜涼不暇寐，步遶池上月。露荷傾微風，清響瀉還歇。

焦山古鼎歌

焦山如嬴江面屯，浮玉對峙疑弟昆。浮玉千尋富樓觀，此間寶氣光乾坤。瘞鶴舊銘就磨滅，周宣古鼎今完存。枯木堂前古松下，遥見高座巍然蹲。刻劃贔屭夔魖態，藏伏饕餮蚩尤魂。雷回雲紘互鎔鑄，古篆倒掛釵脚痕。中云錫廷臣世惠，餘字撟舌喑難言。先王法物起恭敬，那敢漫用指掌捫。老僧爲予説軼事，袁江嚴相。勢燄傾崑崙。金玉錦綺不足貴，載將彝器歸私門。神物不受權相辱，光氣黯慘雲渾渾。冰山摧崩目轉睫，此鼎仍復來祇園。永歸禪窟閲人世，鐘魚貝梵同曉昏。聞言稔知象教力，權奸赫奕何足論！是時夕陽落江面，江光烟霧相摩吞。驚風呼號神鬼怒，駴浪迅疾雷霆奔。回看寶鼎發光怪，歊雲直上騰天閽。

聞鴈

耿耿星河夜半横，南來哀鴈叫殘更。月寒荻浦波光白，霜綴楓林秋氣清。萬里蕭條竟何往？數聲幽怨且長征。家園聞爾增愁緒，况復天涯羈旅情。

問渡

斜日晚悠悠，寒江古渡頭。隔溪人不見，獨立蓼花洲。

鑿冰行

月寒霜清水生骨，夜半膠黏厚盈尺。鳴金四野鳩壯丁，侵曉打冰雙足赤。白棓亂下河腹開，一片玻瓈細分拆。大聲蒼崖崩巨石，小聲戈矛互舂擊。水深没髁衣露肘，手足皴裂無人色。千筐萬筥來河干，納於凌去陰成高山。瑣碎琮琤響寒玉，白龍鱗甲池中蟠。臘月上弦逢甲子，明年海物填街市。共指冰山十丈餘，金錢堆積應相似。晚天颯颯號霜風，朝來凍合馮夷宫。

樾亭上人柏堂將母圖 壬辰

柏堂晝森沉，中有無家客。常展寸草心，將母共禪寂。齋厨斷炊煙，勸餐乏糧粒。昨夜春雨生，畦蔬正堪摘。

梅花

殘雪初消欲暝天，幾枝冷豔破春妍。山邊郵落澗邊路，籬外幽香竹外煙。自我相思經一載，與君偕隱已多年。惜花兼怕催人老，扶杖更深看不眠。

漫與

見説岐山鳳，和鳴及盛時。羊腸千折險，虎口一生危。直節風霜鍊，清名草木知。重華真至聖，款款許陳詞。

荃蕙成蕭艾，芳馨忽變更。申申詈正則，下下考陽城。擊斷憑卿貳，寬仁仰聖明。猶存三代直，野老有公評。

熙朝多盛事，傳説及耕農。乍見收楊惲，終須赦蔡邕。求材麻葦遍，枚卜筮龜從。賈傅虚流涕，無煩達九重。

沴疫

沴疫遍孤邨，人家半掩門。鴞鳴欺白晝，鬼語聚黄昏。巫祝頻祈禳，親朋少慰存。病多聞脈理，方藥許同論。

采蓮曲

閘上采蓮船，學唱《采蓮曲》。桂檝輕摇蕩，鴛鴦映花宿。横塘香水流，流遶白蘋洲。搴折並頭花，女伴皆迴眸。沙頭日晚櫂船歸，采得芙容欲遺誰？蕩子天涯尚飄泊，風前孤負最長絲。

鬻女

薄俗重生女，不教習女紅。桃花顚兒面，祝兒好姿容。十三弄脂粉，十四學圍棋。十五教歌曲，十六調琴絲。父母顧之喜，真復千金姿。有客日邊來，車馬駐吴閶。聞有此好女，願以千金償。上客自登門，家庭亦輝光。女出拜見客，媒嫗相扶將。臉如櫻桃花，手如削葱根。身上繡羅襦，腰下百練裙。弓足襯絲履，蟬鬢垂玄雲。對客試技藝，精妙無比倫。千金入門來，好女出門去。離别在頃刻，牽袂各垂淚。媒嫗告父母，垂淚亦多事。東鄰昔嫁女，生兒已寵貴；西鄰昔嫁女，榮華及門第。父母破涕笑，斯言良有因。生男未必富，生女未必貧。回頭看少女，亦復當青春。

優人

吴中禮讓俗，教化被四民。不知何年時，舉國重優人。生兒甫孩提，便教習梨園。醜者爲老鶻，秀者爲參軍。新妝傅脂粉，面目失其真。歌板間笙笛，各各妙入神。當場度清曲，行人盡消魂。方耕輟耒耜，當食忘饔飧。精藝冠吴下，聲名盛侯門。一朝離平地，梯空入清旻。光潤沾雨露，呼吸生風雲。奴著貂鼠裘，馬被黄金鞍。當路動顔色，世俗輕衣冠。汝曹竟如此，一笑復何言。

結婚

昔人結婚姻，今人結婚姻。昔論才與德，今論富與貧。上者仕宦室，次者多田翁。花花與葉葉，相對復相同。媒妁告女家，送聘千金資。釵釧伯什對，錦繡十倍之。此是大家子，那肯儉樸爲？媒妁告壻家，贈送千百箱。南海文犀簪，大秦明月璫。珊瑚鴉鶻石，可動升斗量。良田供脂粉，侍女列成行。新婦乍入門，翁媪動歡顔。夫婿承謦咳，舉動不敢專。亦有貧家女，嫁作貧家婦。進退無顔儀，辛勤操井臼。富女輕夫主，貧女持家門。結婚論貧富，俗見徒云云。

事鬼

愚民好事鬼，性命託女巫。女巫昏夜至，披髮當筵趨。神絃奏神鼓，吞刀復吐火。紙錢窸窣鳴，旋風入牕户。巫言神君來，絳纛驂赤貍。巫言將軍來，髑髏懸纍纍。巫言夫人來，冠帔紛陸離。山魈寒狐輩，鮍鮍軒車隨。澆酒薦血肉，滿案堆如山。遥見雲霧中，隱隱歆杯盤。巫傳衆神命，帝君大歡喜。報汝殽俎豐，福汝而祐汝。豈獨疾病消，吉慶更無比。女巫饜錢帛，笑語乍出門。女巫乍出門，剪紙歌招魂。

客談燒山事甚詳，詩以紀之

叢山合沓藏於菟，目睒舌磔常負隅。封狼猰貐連玄狐，醜類朋比甘爲奴。食人白骨堆霜顱，下及麇鹿牛羊豬。倀魂蚩蚩効前驅，獵人蹶張墮雕弧。時當臘月風割膚，蕭蕭苦竹鳴黃蘆。四山草木僵不蘇，壯夫憤激忘其軀。火攻巢穴良可夫，始焉數點疑火珠。乍隱乍現光模糊，忽看烈燄漫空虛。炎炎照耀千里餘，林神社鬼來獻諛。返風滅火大雨濡，山君咆哮走郊墟。血人於牙肆吞屠，上帝赫怒行天誅。祝融經天色純朱，彤旛赤纛翩絳旟。火龍蜿蜒火馬俱，巖焦谷爛驚斯須。榛莽灌櫟遭焚如，山精木魅潛逃逋。炮燖猛獸熻厥徒，存者竄伏黨與孤。兒童伸手編其鬚，往時狰獰安在乎？開闢險徑爲坦塗，遠近寧貼無驚呼。除妖降祥理則符，麒麟騶虞世豈無？嗚呼，麒麟騶虞世豈無！

聞詔二首

忽傳渙汗出深宮，婦孺歡娛四國同。明主自知張子孝，何人不證魏元忠。已無雄虺吞靈魄，那許浮雲障碧空。回斡化工應此日，東南萬户待春風。

當年温旨罷桁楊，《詠檜》詩成更中傷。水面射工能伺影，天邊麗日正重光。一錢久已知劉寵，滿篋何妨謗樂羊。漫説湘潭歸去好，君恩未許老畊桑。

客中生日

滿庭黄葉滿牀塵，紅燭青尊夜欲分。真覺光陰如過客，可堪四十竟無聞。中宵孤館聽殘雨，遠道佳人合暮雲。遥憶故園茅屋裏，焚香爲禮玉晨君。

後鑿冰行

海氛既息海鮮盛，洋客販鮮輕性命。舳艫載冰入滄海，冰賈如金未能平去。吴中窨户慣射利，歲歲藏冰互相慶。每當臘月河流堅，水面削平似明鏡。五更號令鳩窮民，赤脚層冰立難定。衝寒掊擊裂十指，入水支撑割雙脛。大聲驚破天吴宫，百丈鱗鱗河腹迸。岸旁觀者誰氏子？錦服狐裘氣豪横。歡呼拍手詫奇絶，水戰水嬉無此勝。吁嗟觀者何不仁？令我轉益憂心怲。半死换得青銅錢，忘軀謀食豈天性！至今窮民多夭札，存者紛紛軟脚病。民生所天重籽粒，海物何堪勞餖飣。安得百室歌阜成，小户家家飯盈甑。時開茅宇迎冬暄，不向冰淵陷泥濘。藏冰有制掌淩去人，調燮陰陽準月令。

歲暮行

歲云暮矣增百憂，跳丸轉轂日月遒。終年學道成鹵莽，終歲著書俱謬悠。年過四十不得志，開口且莫談封侯。曾參殺人市有虎，聞者那復窮根由？射工伺影人所畏，他山攻玉吾何尤！丈夫懷抱在遠大，肯取將相酬恩讐。不然閑閑卧窮谷，春來黽勉攜耝耰。

竹嘯軒詩鈔卷八

長洲沈德潛碻士

湧塔菴守歲癸巳

静坐欲深更，虚堂氣象清。怕看新曆日，閑對古先生。齋粥殘年味，邨雞改歲聲。朝來鬢邊雪，又見幾多莖。

青暘鎮

彌望修竹林，人家住叢緑。日午炊煙生，雞聲出茅屋。

句曲招鶴樓同朱恭季作學使署中

高棟平臨蒼翠間，春風與客共躋攀。浮空影動龍江水，入座雲分地肺山。把酒晴牕官舍静，抄書永日小胥閑。疏簾清簟無人到，萬里寥天一鶴還。

遊良常山

齋心遊地肺，高步躡雲關。塵跡不能到，仙真時往還。風雷生絶壑，猿鳥響空山。百折丹臺水，潺湲出世間。茅君餐朮處，古洞號華陽。天際雲軿下，林端白鵠翔。煙霞封石竈，龍虎卧丹房。更渡桃花崦，松風碉壑涼。我來朱陽館，不見陶通明。想象碧桃下，悠然吹玉笙。琅函藏虎峪，遺蜕記雷平。是處堪怡悦，白雲無限情。

遊崇禧觀贈李律師

排空鐵鎖入高旻，雞犬無聲隔世塵。古屋雲深藏劍舄，平壇月上禮星辰。金羊石虎堦前獸，琪草神芝洞口春。徐甲不須求去切，故應常御出關人。

江上聞笛歌送友

江波茫茫江月白，萬壑松風響絶壁。忽聞水面蒼龍吟，鄰舫何人夜吹笛。隨風飄散入青冥，孤客中宵動别情。朝來更弄《武溪曲》，便當《陽關三疊》聲。

銀山守風

礮車雲起風威急，江聲號鳴江水立。打頭十丈浪花麤，倒激蒼崖半崖濕。颿檣争向銀山泊，獨上層嵐望寥廓。長江如龍互屈盤，金焦挺然列雙角。沙洲一抹晴雲横，蘆中何處炊煙生。天寒日落不成寐，卧聽金山粥鼓聲。

吕城道中

初罷丹陽酒，輕帆下亂流。雲山皆客路，風雪獨歸舟。水次招漁父，煙中飯柁樓。勞生緣底事，安穩愧沙鷗。

有感

天上風雷過，人間氣象新。狐羣竟濡尾，象齒足焚身。虚負文章伯，誰爲社稷臣。爾曹堪一笑，回首等埃塵。

箜篌引

公乎公乎，黄河怒濤高蹴天，九龍奪珠戰深淵，狂蛟鋸齒垂饞涎。公乎公乎頭欲白，輕將性命託河伯，河伯邀汝遊鬼國。公乎公乎，中流失足悔已遲，旁人垂戒妻哭之，箜篌坎坎聲何悲！

登穹窿絶頂望震澤

三峰疑連鼇，力盡上鼇背。岌嶪倚天半，仿象登地肺。足踔目亦眩，萬狀露奇怪。聳身千仞巔，放眼五湖界。驚濤白茫茫，吴越勢交匯。波間峰疑笠，澤畔洲如芥。長空混瀾汗，元氣流沆瀣。山水浩古今，登陟此一快。何當從仙靈，采藥出塵外。

春日白公隄雜興

闔閭墳頭草如煙，貞娘墓上花芊綿。英雄兒女一抔土，何處春光不可憐。

芳草長堤滿緑雲，棗花簾卷日初曛。誰人唱出《吴娘曲》，暮雨瀟瀟不忍聞。

月屋看牡丹

一抹檀心照眼明，風前露下態娉婷。生來不是姚黄種，寂莫無人進内庭。

洛下名花爛漫開，包山種出白雲隈。洞天自有仙官護，不到揚州西苑來。近日以吴中包山種爲上。

詠一朵牡丹

名花是處委芳塵，一朵腥紅照暮春。應是館娃香散後，五湖留得泛舟人。

趙忠毅公名南星鐵如意歌爲蔣半關賦

蔣侯購得鐵如意，銀絲鏤飾存款識。額圖太極八卦形，背列天垣斗星位。銘辭無多語詰屈，廉而不劌君子器銘詞。流傳知自忠毅公，年月日與姓名備。維公生值桓靈朝，婦寺秉政同宣驕。紛紜鉤黨禍正慘，孟博繫獄悲咎繇。城狐社鼠不易去，悲歌擊節心憂焦。上方請劍空有志，唾壺敲缺真無聊。賢臣從古一網盡，遣禦魑魅投邊郊。邊草荒荒斷行跡，邊風蕭條邊月白。尚書振臂忽起舞，手持故物還拂拭。一揮天地欲低昂，想見鬚髯立如戟。賜環無詔來邊庭，萬里忠魂歸不得。陵谷變換廟鼎遷，尚書手澤今依然。光彩爛爛照四筵，鬼膽震慴那敢前。珊瑚二尺不足擊，指揮並勿談枯禪。蔣侯蔣侯，知爾所寶在人不在物，要令忠義之氣垂千年。

贈畫師黃遵古

掉頭不肯住京國，飄然一笠雙芒屐。峨眉太華巢其巔，手弄烟霞度晨夕。孤客初從萬里歸，胸中丘壑吐離奇。荆關董巨總陳迹，大地山川是吾師。

答施貫齋

鶩羽顧曲枝，蹶者悔驅馳。少歲重意氣，遇客喜論詩。邇來殊畏人，捫舌亦已遲。之子素歡愛，緘示瓊琚詞。朗朗唱高言，法曲方自兹。元音陋絃匏，至味輕醇醨。謂我素直諒，願分純與疵。我本失業徒，末由效箴規。君如患消渴，却令文園醫。我如迷方客，勸人從此歸。今我異故我，廢學扶鉏犁。感君多厚意，自慙術業非。君今飽朝餐，曷以知我饑。倘能問治田，相與耕東菑。

明瑟園雜題

軒前雞栖樹，貌古閱人代。白日不到地，空庭起煙靄。皂莢庭。

逶迤度芳林，曲闌翠欲滴。萬籟寂不聞，花蕚暗中坼。曲录闌。

追涼坐石徛，酌此池上月。水月湛空明，心跡兩清絶。坦坦徛。
花木羅亭前，清流繞亭下。不見高隱人，吴江徐介白棲隱處。浩歌懷昔者。介白亭。
小樓坐明月，形影成賓主。風泉和松鳴，疑送蕭蕭雨。聽雨樓。
南郈多素心，比鄰往來熟。溪行人不知，埜橋夾修竹。望三益蹊。
塘水涵虚明，所得在清曠。文魚吹弱波，影動空齋上。小波塘。
高岡徧叢篁，逶迤赴幽壑。林際清風生，紛紛下疏籜。摘籟岡。
羞歌白石爛，扶犂老巖壑。夜半起飯牛，茆亭月初落。飯牛宫。

賦得海上生明月

天水相連處，煙消浴太陰。潛龍驚夜静，老兔上波心。明滅三山遠，蒼茫一氣深。何人弄横笛，遷客欲沾襟。

墨驢行贈朱玉田

玉田畫驢工意不工似，筆所欲到神先行。史猶急就張旭草，腕下頃刻寒風生。四蹄特特聳長耳，仰首欲向長空鳴。荒邨蹴踘殘月白，一鞭指點遥山横。吾聞玉田素得酒中趣，醉後揮毫有神助。邇來無處索酒嘗，貌出蹇驢非健步。昨朝醉酒寫作圖，淋漓潑墨還如故。君不見，杜陵旅食京華春，騎驢每叩富兒門。詩人潦倒有如此，畫師沈淪何復云。願君勿畫千里馬，悠悠誰是知馬者？

九日

風雨俄驚物候催，荒邨寂莫長蒿萊。碧雲斷處暮山見，紅葉落時寒鴈來。秋序風光俱慘淡，中年眺覽足悲哀。茂陵猶唱横汾曲，笑口何人得好開。

贈朱原博兼送之曹南

兩地衡茆隔澗阿，雞鳴風雨數相過。身當薄俗文章賤，人到貧交氣誼多。寒月辭鄉逢白鴈，曹州作客渡黄河。赤符遺廟今還在，酹酒荒天起浩歌。

姑蘇懷古

己辰門外吊荒基，空憶郊臺僭祀時。遺俗至今歌《白紵》，居人終古恨黄池。出亡有兆符占夢，破國無端爲獻椙。至竟荆榛叢舊苑，野烏啼斷伍胥祠。

今古英雄東逝波，張吴事業竟如何。未能請吏同錢俶，漫欲稱尊比趙佗。北面慶雲天子氣，西風黄葉小兒歌。故宫回首閑憑弔，陂隴荒凉蔓草多。

黄山松歌 爲翁霽堂作

古盎倏見盤虬龍，鱗甲剥落蒼苔封。蟉枝偃伏三尺許，豈是峨嵋頂上萬年不長孤生松？問松托根來何從？乃在黄山六六之奇峰。黄山山高接霄漢，古松連蜷挂巖畔。怒裂石罅斷土膏，日月光華潤枝榦。工人善鎚鑿，長絙繫其軀。下縋俯絶澗，萬丈懸空虚。磊砢山骨巧斲破，一卷怪石連根株。遠從洞府最深處，千里移置幽人廬。空堂時有煙靄起，天都雲氣髣髴來庭隅。我對黄山松，想象黄山巔。浮丘與容成，雲際時往還。安得身騎白鹿蒼崖間，松肪食罷體輕舉，抗手羣峰迎列仙。

贈張樸邨

水周堂下樹成陰，中有幽人抱膝吟。池畔鳥栖荒院午，林間葉落短垣深。東方車騎思同學，南宋文章見道心。時輯南宋人文集。何幸忘年呼小友，朱絃三歎聽遺音。

過徐元歎落木菴

朝市滄桑後，孤身老蓽門。斯人不可作，空憶舊吟魂。大地留詩卷，香林代子孫。因知落木意，萬物在歸根。譚友夏送元歎歸吴，曰：『子今落木歸根矣！』

送家脊菴北上時遠道初歸

會面真難事，分張更奈何。風塵欺白首，雨雪渡黄河。獻策千言少，隨身一劒多。公孫初薦達，六十未蹉跎。

題楊大瓢《黄冠圖》

絶塞歸來萬里身，黄冠欲作老閑民。四明湖畔如相遇，髣髴山陰賀季真。齋心擬謁武夷君，瓢笠何妨伴水雲。自寫道經能入妙，不教逸少籠鵝羣。

讀摩崖碑聯句 徐夔龍友、沈德潛碻士

有客贈古碑夔，攜來湘江澤。跋涉路四千潛，光芒字三百。道州燦高文夔，平原壽真跡。佶屈媲周誥潛，典麗並鄒嶧。瞥眼威鳳騫夔，驚心瘦蛟蟄。搨從青雲梯潛，挂向雪色壁。羲娥中天明夔，魑魅四郊匿。真本今古垂潛，正氣頑懦激。誦讀起恭敬夔，憑弔增歎息。有唐天寶年潛，王綱久淪溺。金刀逞姦回夔，黄蚓肆蝨賊。喧闐漁陽鼙潛，倉皇馬嵬驛。幸蜀棄宗廟夔，誓師整兵革。成王握中權潛，郭相策羣力。風旗卷空翻夔，雷鼓轟耳疾。獮猢紛駬駃潛，鴻蒙劃開闢。舊物收兩京夔，中興光四極。功勳扇巍巍潛，都邑表翼翼。時危亟征討夔，世亂重社稷。大孝匪温凊潛，即位豈篡逆。扶持神人合夔，禪受父子得。所惜末路乖潛，遺恨慚咎職。制腹心良娣夔，掣肘腋輔國。筆削定功罪潛，前後判曲直。儒生闇時勢夔，議論逞凌轢。祇因南内舛潛，並

刺靈武逼。斷獄失平情變，讀史欠卓識。碑文祇褒頌潛，老手無掎摭。騰歡驗衆口變，至難顯成跡。頌云：『事有至難，宗社再安，萬姓騰歡。』涪翁以至難爲深文，頗失其旨。勿以片語疑潛，頓起千載惑。他年過浯溪變，附詩勒崖石潛。

竹嘯軒詩鈔卷九

長洲沈德潛碻士

張中丞廟甲午

雲旗髣髴下江濱，猶見危城百戰身。忍使河山無扞衛，要令寇賊識君臣。魂歸朱鳥天常黯，血葬萇弘草不春。萬古南雷同廟食，陣雲邊月想威神。

過江陰吴氏山莊

山行不厭深，曲折屢迷誤。繞岸隨遺薪，聞雞得前路。遂造隱者廬，晤言《考槃》處。輕陰潤花藥，和風疏竹樹。道以閑居高，賞因清景悟。對爾無悶人，自慙勞智慮。留賓且莫還，看予理瓜芋。

《西洲曲》題如皋姜自芸《西洲繫柳圖》

春風楊柳花，君從江北住。秋風楊柳黄，君下西洲路。妾家桃葉渡，年少慣乘潮。送君出西洲，同上木蘭橈。蘭橈復蘭槳，風輕任摇蕩。兩兩紫鴛鴦，往來緑波上。波上守紅花，水底同心藕。郎君不肯留，枉種相思柳。相看南浦雲，淚下霑羅裙。衰柳不堪折，哀歌那忍聞。三春白門柳，八月廣陵濤。因風將遠夢，珍重到江皋。

古銅章歌爲施一山考功賦

一室寶氣相騰旋，疑有鼎光高燭天。主人開囊出示古銅印，知自秦漢之世留人間。螭頭龜紐色斑駮，土蝕苔侵半欲落。小篆秦相文，破體垂垂挂。叙脚急就漢人製，馬上從横偶然作。風迴鸞鳳體軒翥，劒斫蛟鼉勢騰躍。别有紅文緑字形模糊，如鐫非鐫鑿非鑿。上自公侯印，下及行軍符。牙門部曲别騎將，蠻夷邑長家丞俱。私家小印著名氏，星羅棋布人人殊。嬴顛劉蹶幾興敗，廟社鐘鏞竟安在！雲煙過眼十七朝，此印蒼涼閱人代。應有精靈永護持，歷遭塵劫常不壞。先生博物窮討蒐，嗜古以外無營求。静坐齋閣觀衆妙，蒼然古色盈雙眸。左陳犧尊右敦牟，更列瓦泰連彛舟。閑將金薤細摩弄，留侯馬遷皆我儔。中有留侯、太史公二印。鴻文高隱師往哲，人與古印同千秋。

送檖亭上人遊五臺

已作無家客，空囊任遠遊。七斤攜布衲，萬里向并州。虎穴身堪宿，人煙飯許投。曇鸞遺跡在，巖下訪前修。

五臺高崒嵂，六月斷炎蒸。壁射黄河影，崖藏太古冰。半空開寶筏，直上把金繩。參罷文殊法，歸燃智者燈。

蔡將軍歌

名人龍，吴縣人。天啓壬戌進士，仕潯州守備。遇猺民亂，力戰，死。子至中召死士，入藤峽，俘其魁，縱火焚之，藤峽平。詔贈人龍遊擊將軍。

蔡侯人世飛將軍，身長九尺勇絶倫。左射右射開六鈞，上馬下馬舉百斤。生兒更似李亞子，一門驍勇非常人。時逢猺獞反藤峽，草木爲屋山爲門。猿猱出没肆攫奪，青天白日誅平民。將軍奉詔入重地，膽大直欲通於身。十蕩十決勢莫敵，生鶻横入烏鴉羣。峽深路險援兵絶，漫山賊衆如蜂屯。將軍願死不願生，呼聲動天雙目瞋。伏劍血流體僵立，義憤上訴天爲昏。郎君慟哭召死士，拔刀誓衆風雷奔。前驅遇賊氣欲吞，殺賊不異屠雞豚。深入巢穴縛渠寇，揮刃抴膾何紛綸。餘黨拘攣夾碪斧，一火木石俱遭焚。埽清藤峽只旦夕，報主差足酬先臣。當年平播砥朝棟，史書劉綎昭殊勳。楊應龍反播州，將軍劉綎討平之。朝棟，應龍子也。將軍父子闕紀録，雖經贈爵終沈淪。敢告史右秉特筆，臣忠子孝光乾坤。

和許丹臣感舊詩

玉山池館相逢處，彈指年華逝水波。白首何戡重會面，丁寧休唱《渭城歌》。

題友人照

老樹郉邊，野叟櫆頭，船裏人家。載却筆床茶竈，來尋流水桃花。

題濯足圖

巔崖嵌傾勢欲落，蒼藤古松互纏縛。石門一道寒泉流，白晝風雷下絶壑。幽人晞髮山之阿，興來濯足向清波。煙雲欲斷不斷處，疑有漁人鼓枻歌。

簡宋南園銓部

參選聲名久，賢勞見匪躬。未能交七貴，何必作三公。道直休明際，恩深退老中。故山高臥穩，桂樹已成叢。

南園成小築，閒却宰官身。哲匠文章老，通儒學術醇。世情流水澹，吾道白雲貧。好事今還有，時聞載酒人。

雨中過李芥軒郝莊，流連旬日，感舊述懷，成詩五章，示主人，與林石文山共和之

茅涇雲水路，百里入空濛。人隔寒林外，舟行暮靄中。到門三徑雨，對榻一簾風。共覺年華

晚，燈前感鬢蓬。

鮓水耕田父，梁溪把釣翁。同爲無患子，那作可憐蟲。酒學劉伶《頌》，途傷阮籍窮。謂王子千里。江湖滿繒繳，吾道在冥鴻。

海内逃名者，如君有幾人？野雲殊澹蕩，老鶴倍精神。善卷耽高隱，榮公分食貧。白頭懷舊友，慟哭古遺民。戴南枝隱士。

羣彦當時會，過從意氣豪。雲龍並韓孟，酒筑合荆高。别後關河隔，相思夢寐勞。更憐泉下客，古墓滿蓬蒿。湖邨陸子物故十餘年矣！

風雨連緜日，林園寂莫時。相邀二三子，同此話心期。鄰叟今詞伯，華林石。門生老畫師，程文山。留予江上棹，未忍采將離。

函硯歌爲李鳴古作係趙凡夫硯，後歸李生者

媧皇補天餘，遺下五色石。一團蒼赤雲，千古萬古落山澤。摩刀割雲雲爲開，神物乍顯生風雷。寒山山人埽絹素，饑蛟掉尾空中來。地老天荒骨欲朽，石函更落他人手。李生李生，百年珍重墨花春，看爾從横筆陣追前人。

宋脢窩遊天台山歸，酒間出尋山諸詠見示，歌以紀之

脢窩主人罷行役，讌客置酒城南園。酒酣堆阜起方寸，袖中忽出天台山。赤城霞氣散几席，南巖瀑布懸楹軒。瓊臺髣髴峙絶壁，楢溪想像成奔湍。炎天倏忽見冰雪，滿堂賓客俱森寒。追新鑿空出奇境，神秀一一窮毫端。主人素具煙霞癖，有脚唯堪蹋泉石。探幽遍訪靈越區，遠寄冥搜向山澤。我生夙慕孫興公，夢魂時到神仙宫。酒闌讀君紀遊作，遺世翫道真無窮。他日從君入山去，石梁深處巢雲松。

熱

毒熱今年甚，三旬此亢暘。有風偏助暑，近水不生涼。土燥牛蹄裂，山焦木葉黄。朱門正娱客，乘月引清商。

旱

奸宄方潛跡，驕陽又告災。萬山争出火，六月不聞雷。血向焦禾滴，心因竭澤灰。昊天須感

格，尚及免蒿萊。

卞忠貞公祠

祠宇荒凉傍石城，摩挲斷碣識忠貞。不容達士傷名教，曾慮强臣擁重兵。力戰負創天欲怒，握拳透爪賊還驚。青溪一水流遺恨，風雨寒潮氣未平。

黄侍中祠

金川失守竟難支，羅刹磯頭空誓師。杜宇無歸憐蜀帝，江魚有腹葬湘纍。哀詞自昔遺良史，血影於今認斷碑。一曲《神絃》魂欲返，荒祠落日卷靈旗。

月夜渡江

萬里金波照眼明，布帆十幅破空行。微茫欲没三山影，浩蕩還流六代聲。水底魚龍驚静夜，天邊牛斗轉深更。長風瞬息過京口，楚尾吴頭無限情。

華陽令沈公殉節詩

公諱雲祚，太倉人。崇禎庚辰進士，授華陽令。張獻忠陷成都，罵賊，死。王師平蜀後，幼子荀蔚作《蜀難紀略》，上當事，備史官采擇。後奉俞旨，公得崇祀云。

風塵暗王室，梟鏡戕蜀川。夔門已下如破竹，成都一髮千鈞懸。縣令告内江，内江王係蜀王弟。内江告蜀府。散金百萬，感激軍伍。忘身殺賊報天子，在天之靈仰列祖。不然疆埸豕突玉石焚，爲賊守財徒自苦。徙薪曲突謀不庸，賊兵蜂屯蟻聚來環攻。礮車奮擊摧崇墉，守陴奔竄四門陷，遠近烈燄天俱紅。是時京邑適殘破，灰燼廟社移鐘鏞。兩地生靈盡塗炭，蜀都千里萬里不欲留兒童。血人於牙談笑殺戮吾，生爾生，族爾族。幽囚臣僚列枷杻，脅以刀鋸誘以禄。赫赫華陽公，嚙齒裂兩目。有口吞賊輩，豈肯食賊粟！呼聲未絶身首分，此日何人收骨肉？錦江之水帶血流，白日猶聞鬼神哭。彼蒼回殺氣，應運生聖人。命將斬旄頭，一劒清妖氛。兩川坦道無荆榛，破巢幸有完卵存。陳情當事達九閽，天子曰：俞命爾史臣表忠烈，大書特書，日月照耀懸高旻。嗚呼，千秋可配睢陽之齒常山舌，嗟爾降賊諸人草間活！

芥軒行樂圖

雲開天地空，雲歸溪谷窅。客至迷行蹤，欲待呼童埽。埽雲。

飛流挂絶壑，萬丈與石鬭。道人斷聞根，終年坐虛竇。觀瀑。

十里五里花，千堆萬堆雪。緩拖藤杖行，清香散林樾。探梅。

萬古有此月，百年無此身。舉杯邀月飲，同爾謫仙人。對月。

入奏行送秦生

秦生草莽臣，夙抱救時具。上書千言奏天子，欲爲蘇松減浮賦。厥田下下賦上上，一郡二百四十五萬餘。八閩稅斂未足敵，徵比搒掠民肌膚。前朝仇民增重耗，恭逢盛代宜減租。頻頒恩詔格浮議，康熙元年、十九年，聖諭議減蘇松浮糧，部議未果。萬姓待澤東南隅。小臣稽首頓首昧死上，爲民請命忘其愚。隆冬凛冽霜風寒，一葦初發河之干。此行挾策朝金鑾，廟堂夙昔籌民艱。草茅入奏勿瞻顧，聖主從來受直言。

寄江陰王韓起

河橋把袂燕飛初，又值霜林萬木疏。往日聲華應更好，比來眠食竟何如？白雲古寺還聽講，黄葉閑門想著書。臘盡江頭冰欲解，故人正好遺雙魚。〔一〕

校記

〔一〕『門想著書。臘盡江頭冰欲解，故人正好遺雙魚』句原稾本缺，據他本補。

竹嘯軒詩鈔卷十

題湯式九畫像光啓　乙未

遁軒豪蕩才不羈，唾棄珪組輕如泥。酒酣淋灕拔劍舞，四座閃爍生虹霓。中年作畫窮物態，花竹翎毛壓儕輩。生動還令西爽驚，童西爽，雲間人。蕭疏欲接南田派。惲南田，毗陵人。權門屏幛苦難求，貧士綃縑不辭繪。從此得名四十年，年光冉冉近華顛。盛名終古遭坎壈，卜居無室囊無錢。高人寂寞徒爲樂，豪士顦唐亦可憐。披圖彷佛見顏色，白眼看天岸巾幘。當時〔一〕激壯故依然，驥馬長鳴悲伏櫪。酒仙劍俠老畫師，後世聲名有人識。

校記

〔一〕卷帙、《題湯式九畫像》詩題及詩文從開頭至『當時』，原槧本缺，據他本補。

贈陸繩武同學兼送之入都省覲

數年聞君名，五年識君面。玉壺清冰珠樹鶴，晤對始快平生願。雲龍相逐韓孟交，角藝論文共談讌。有口不讀《貨殖傳》，有足不入金張門。烏衣子弟寒餓士，閉户著述無冬春。宫懸六代溯韶頀，河源萬里窮崑崙。省門屢蹋遭屏黜，風漢終古同劉蕡。年來詩筆追正始，願補《南陔》與《華黍》。白雲北望黯傷神，親闈遠隔三千里。雜花開樹羣鶯鳴，柳條動色齊青青。短衣匹馬之神京，融融樂事在鯉庭。壽觴初舉親顏懌，寸草春暉無限情。

淫潦二首

淫潦逾旬月，沉災倍往年。茭葑攢古路，濤浪蹴平田。穀貴難論價，人饑仰食鮮。窮檐生計少，灑淚向高天。

水光百里合，雲氣萬家昏。牛馬色難辨，龍蛇勢自尊。窮民稀作市，儉歲早關門。爲語龔黄輩，探丸今尚存。

復雨

新晴餘黤黮，極目正汪洋。何事復陰雨，終然蔽太陽。鵂鶹鳴古屋，鼉黽上高堂。無路排閶闔，天心豈渺茫。

雨不止

虹見偏催雨，雲晴忽送雷。二儀無闔闢，萬井有汙萊。螺蛤難爲命，蒼黎且莫哀。發倉聞減價，稍喜補沉災。

舊邊詩九首有序

我國家内外一統，萬方寧謐。揆文奮武，無遠弗届矣。閲《明史》，見季年屯政不修，邊事日壞，民生凋蔽，因作《舊邊九首》，述往事，益以慶太平也。

憑關俯海舊邊疆，一線迢遥指薊方。外國梯航通貢賦，高麗貢道。中邦門户重隄防。渾河冰合勞飛輓，長白霜清冷戰場。誰識天心正東眷，鬱葱王氣在遼陽。

右遼東

漁陽重地衛幽燕，倒馬飛狐路幾千。自徙寧藩無外鎮，遂令古北急防邊。初以大寧爲外邊。永樂間，寧王内徙，而薊始重内邊矣。牧人度阪時驅馬，名將當關日控弦。幸有築城楊御史，不教羽檄達甘泉。都御史楊博修邊墻，設防禦，敵患少却。

右薊鎮

大寧棄後守開平，又見倉皇失重城。土木變後，開平、興和，亦不能守。正憶文皇犂絶塞，翻憐英廟誤親征。風旗蔽野晨挑戰，雪帳連山夜斫營。設險正須防上谷，安邊總爲翼神京。

右宣府

代北燒荒草木空，防秋從古重雲中。二關形勝環寧武，三面烽煙繞大同。俺答内侵邊柝苦，吉囊遠寇陣雲紅。行間欲問平戎策，魏尚當年有戰功。

右大同

蘇武城頭落日低，明妃冢畔暮雲迷。重臣逐寇籌方略，都御史何喬新逐寇於灰溝，設善後六策。遺孽操戈釀禍梯。吉囊。疲馬帶瘡馳代北，土兵枵腹守山西。不聞仁愿防邊日，張仁願。歲歲荒原動鼓鼙。

右山西

榆林遠過皋狼鎮，洪武新兵設備多。末季無人恢套口，中朝有恨棄魚河。正統時所棄。三更急雪還傳箭，萬竈饑軍且枕戈。能向延綏勤挽粟，馬騰士飽定如何？

右榆林

賀蘭層嶂入雲霄，五衛蒼茫殺氣遥。冰結黄河飛敵騎，風高紅寺落盤鵰。牛羊野老常驅隴，弓箭遊軍各在腰。共識靈洲沃衍地，蒿萊滿目莽蕭條。

右寧夏

鎮連八郡咽喉地，戍鼓邊笳晝夜聞。鞏鳳徵兵須轉餉，每歲調臨鞏西鳳兵防守，芻糧在本軍額内支給，非策也。甘蘭失勢莫移軍。移甘蘭軍獨駐花馬池，亦非策之上者。霜嚴萬堡停樵爨，雲暗千山亂馬羣。倚劒儻能籌勝算，獨教虞詡立殊勳。詡守階州，開漕道、招流亡，羌人慴服。

右固原

平羌斥堠界山丹，白草黄沙没馬鞍。萬里洗兵西水弱，三軍鳴劒黑風寒。永寧地險周防急，哈密鞭長戍守難。欲慰廟堂勤遠意，留屯邊境起凋殘。

右甘肅

題漚也兄畫蘭卷後

墨花零亂湘江浦，葉葉從橫帶風雨。睇視全無點筆痕，吾兄能事師前古。中鋒獨運殊有神，所南松雪傳其真。不須接葉取嫵媚，世間畫手空紛紜。當年過我留筆跡，頃刻煙雲滿堂集。日月崩波十數年，淋漓墨氣今猶濕。秋蘭近日委蓬蒿，何事荃蘅更化茅。此意今人誰共語？與君痛飲讀《離騷》。

蟬鳴高樹間

野樹濛濛合，涼蟬嘒嘒吟。高枝無俗韻，清夜有遺音。喧覺寒塘静，晴添素月陰。風疏聲欲斷，煙重響逾深。遠舉非吾分，無求共此心。因懷傅休弈，幽興滿園林。

孤雲帶鴈來

向夜孤雲動，清秋朔鴈哀。半空兼影度，一片逐聲來。舒卷行疑斷，虛無翮並開。相將經絳闕，依約過霜臺。潤物應無迹，同羣自不猜。遥知寓直者，天漢仰昭回。

簡朱元博

貧作諸侯士，黄河古岸邊。高才且留滯，吾道合屯邅。波浪愁孤客，文章屬晚年。清詞儻能寄，應爲故人傳。

吴天三月雨，無麥漸無禾。故國不堪命，異方愁若何。熊羆屯絶塞，鸞鳳入虞羅。知爾百端集，臨風寄慨多。

晚　眺

遠山飛鳥外，古渡落霞邊。暮景忽如此，美人殊自憐。牛羊下平阪，鳧鴈聚原田。何處傳樵唱，聲聲度暝煙。

勺湖雜詠

尺水塵埃外，煙波遶座隅。千秋同旦晝，一勺亦江湖。菱荇時供饌，魚鰕足市租。經年頻坐臥，宛似住菰蘆。

楊柳蕭疏老，芙蓉寂莫開。林園滿秋氣，高興上亭臺。竹影團書幌，山雲入酒杯。閉門無俗客，野鶴自能來。

人世傍風塵，吾徒老澗濱。閑知魚鳥樂，嬾覺性情真。兄弟皆詞伯，朋儕半酒人。三瀧時入夢，知憶故園春。

軒前交罨畫，竹柏已成林。欲取不材木，還留楮樹陰。軒名楮蔭。主人静無事，永日此彈琴。唯有白鷗鳥，悠悠共素心。

暮天微雨歇，片月浸湖波。樹色過橋暗，秋聲入夜多。濕螢依水草，山鬼語煙蘿。不寐空搔首，亭隅坐放歌。

即目

白雲孤客路，黄葉夕陽邨。煙際寒流響，林間墮鳥喧。釣查維古柳，樵擔返閑門。不遇狂歌者，心期誰與論。

理秋花

羣族俱有動，孤懷豈無營？閑居偶蓺植，繁花遶柴荆。人事既已齊，雨露方滋榮。秋深顔色好，時至發精英。開謝亦偶然，卉木自忘情。忘情同卉木，庶以養吾生。

送范一元秀才從軍甘肅

蘇臺置尊酒，送客此從征。霜林楓欲丹，秋動千山聲。吴山木葉向人落，邊境此時風雪惡。雪填阬谷馬不行，風割肌膚陣難斫。萬里之行君莫辭，將軍奉命西出師。燉煌嘉峪久屯戍，要需賓佐參戎機。銅籠伐鼓祈連下，旌旂飄翻蔽原野。軍中齊把緑沉槍，帳下争騎珠勒馬。誰人抵掌共談兵，知是吴中一儒者。王師指日靖烽煙，備取長繩縛左賢。煩君奏捷草露布，佇看三日達甘泉。城南少婦心傷止，還役應歌《杕杜篇》。

孫書年供奉從狩烏城，憶故鄉春月景，作畫，寄吴中友人，因題二斷句

烏城已歷風沙景，白首猶歸供奉班。寫出江南春草緑，故鄉原有好湖山。

花明柳暗離鄉土，水涸冰堅上塞垣。忽見孤鴻向南度，雲天何處是中原。

胥江懷古

八月胥江浪起堆，忠魂千古有餘哀。築臺已兆吴城破，抉目還看越甲來。身逐鴟夷浮水去，歌傳小海弄潮回。卑猶山名，一名秦餘。誰吊公孫聖，落日荒原遍草萊。

舟發蓉湖過史漢公墓

十里蓉湖路，鄉音此地分。野塘孤客棹，衰草故人墳。遺稿沈智井，閑門鎖亂雲。黎花寒食候，誰爲薦夫君。

題朱月石隱君遺照

天荒地老丁陽九，零落餘生付杯酒。萬里歸來一事無，閉門老去詩千首。閑披遺像見前民，科頭跣足眠煙雲。松風萬壑吹衣巾，一聲鶴唳山月曉。嗒然似欲忘其身，笑看天地成埃塵。

題尤東軒照

霜意滿秋林，煙中見紅樹。眷言步巖壑，果愜泉石趣。境寂得真賞，心空息浮慕。木葉下寒流，知君多静悟。

爲樾亭上人賦古柏

老僧師祖日，樹萎百餘年。忽挺一枝秀，青青歷四傳。風雷神獨守，龍虎骨逾堅。試問閉關者，能參柏子禪。

竹嘯軒詩鈔卷十一

長洲沈德潛碻士

題《繁川春遠圖》送費滋衡歸蜀省墓丙申

春雲渺渺繁川路，萬里歸人此中去。澄江巴字向天迴，約略雲安郭邊樹。淮海飄零五十年，故鄉城邑尚依然。知君瞻拜松楸道，落日空山聞杜鵑。

歸鴈和方東華

萬族迎春氣，征鴻返朔方。此行慎辛苦，邊塞尚冰霜。久客憐摧羽，長天恐斷行。南中風物好，曾否憶沅湘。

物性偏知候，歸飛向遠天。一聲辭澤國，萬里破春煙。前路臨關近，鄉心較客先。莫過張掖郡，諸將正防邊。

送趙飲谷之揚州

江頭楊柳青，送客揚州去。離思逐楊花，繚繞雷塘路。不入五侯家，偏尋酒人飲。醉卧平山堂，青山即高枕。

張蓀九采芝圖

愛兹三秀草，言入采樵路。崖畔送風泉，筐中濕煙霧。非直爲療飢，要得尋幽趣。時有靈苗香，仙源在何處。

短歌行

宇宙浩浩，古今茫茫。俛仰忼慨，憂來無方。我欲上天，誰徹其梯？增城遥遥，困於濁泥。愁難寄天，憂難埋地。羨彼木石，何營何慮！南鄰椎牛，北鄰負薪。虞卿窮愁，鄧禹笑人。同心離居，哀傷不已。同居離心，一席千里。鳳鸞有聲，鴟鴞怪之。汝則我怪，我聲不移。人生瀛海，飛矢斯亟。新故循環，三命有極。拂袖起舞，對酒高歌。人不作達，將如之何？

種瓜篇

陳思王《種葛》《蒲生行》《浮萍》等篇，文藻有餘，而怨懟或甚，似非風人之旨，因擬是篇。

種瓜東園中，蔓緣高樹枝。年少爲君婦，瓜葛相因依。恪勤事君子，舉動循禮儀。蒙君丘山惠，終始無猜疑。豈知生不辰，中道忽乖違。乖違夫如何？棄置諒所宜。自惟多諐尤，恃愛不能知。丈夫秉高節，豈爲顏色衰。昔爲磐石固，今若浮萍移。願君諒微誠，萱蒯終可治。陽曦有晚照，行雲有還期。請看園中瓜，交結不相離。

美女篇

洛陽二三月，遊女出采芳。並軫大堤上，聯袂蘭皋傍。幽閒誰氏子？城南獨條桑。素手勞采摘，枝葉低以昂。微風動輕裾，明霞照晨妝。顧瞻道傍女，各各生輝光。或隨執金吾，或嫁侍中郎。就中最貴顯，蚤侍瑯琊王。而我處盛年，百兩何時將？貴賤各相匹，禮義慎周防。廣川自有舟，明河自有梁。失時秖自惜，失身賤無方。三復《行露》詩，浩歎處空房。

將進酒

華月滿筵，清尊在手。世間萬事吾不知，此中唯可飲美酒。考鐘鼓，吹笙竽。擁衆嫭，披羅襦。今我不樂，不樂將何須！古來但聞醉者有時醒，不聞醒者千秋萬歲常歡娱。登高而望，望彼四域。纍纍丘墳，鬱鬱松柏。求爲仙人安可得？求爲酒人，酒人良可求。暮與俠客飲，朝隨狗屠遊。

吴趨行

吴趨美風土，靈秀天所鍾。尼父未及遊，讓德舊已崇。文章實淵藪，豈唯財賦雄？而何民俗移，奓忲頹古風。江河日滔滔，莫挽波流東。不思開國初，感歎將焉窮？

石鼓歌

九天星精化爲石，墜落平地三千霜。纍纍十鼓重琬琰，迄今太學森寒芒。籒文蝌蚪形髣髴，强尋跟肘推偏傍。車攻馬同建旄旐，東都氣象何焜煌！蛟龍鬋鬋牙角厲，羣靈荒忽驂鸞凰。字傳三百三十四，其餘齾缺難推詳。始從陳倉歷鳳翔，輦來燕京由靖康。飄零遷徙閱兵火，石刻直欲關興亡。周秦真蹟多漫滅，穋滿馬磴傳荒唐。嶧山之碑遭野火，之罘片石付渺茫。岐西獵碣獨無恙，成周昭代遥相望。神明鬼物永呵護，天應眷念中興王。聖賢法物理不朽，豈以世遠淪滄桑。傳聞禹碑在岣嶁，紅文緑字垂琳琅。昌黎搜索不相遇，咨嗟涕淚流滂滂。後人尋山得踪跡，恍惚雲際摩青蒼。安得移載置一處，皋益申甫陪同堂。方今聖皇崇道術，辟雍鐘鼓紛趨蹌。圜橋聽講日千計，何止觀者如堵墻。討蒐遺文補殘缺，駿驥趯趚煩校量，長楊從獵撰詞賦，敷陳功德追岐陽。自慚貧賤伏草莽，仰望無路排天閶。

曉經平江路

曉經平江路，相遇逃亡民。非人復非鬼，匍匐泥塗間。老翁拄竹杖，老妻相牽攀。病婦布裹頭，雙足赤不纏。兒女盛竹筐，其父擔道邊。行李蘆葉席，坐卧無冬春。十十與五五，鄰里兼姻親。問從何方來？云是衢州人。比年遭大水，畎畝連通津。秋成乏籽粒，正課不得完。天高官長酷，已令骨髓乾。苟能免征求，豈辭行路難！去住總一死，寧作他鄉魂。聞之黯然悲，此邦亦無年。昨者罹水灾，蔀屋少炊煙。强梁肆攫奪，禮讓徒云云。今歲滋多雨，復恐傷平田。公門貴仁恕，扑抶豈所先？勿使懷鄉民，胥傚輕轉遷。此意竟誰陳？氣結不能言。

遊婁東王氏樂郊園

園林不厭深，佳境在無窮。緣山將數轉，屈折迷西東。忽然度迴溪，仍與前山通。古樹挺磥砢，諸峰鬱巃嵸。木石互盤結，高下紛蒙茸。亦知布置力，歲久疑天工。山鳥時一鳴，宛在深谷中。名理隨境足，興趣因人濃。未知來遊者，所得與我同。緬懷名園主，久離桂樹叢。何時一歸來，受此林間風。

翳昔奉常公，結隱軸與薖。珪組不復緤，所獲良已多。况有同志士，遠道相經過。華亭擅書名，董玄宰。絹素走龍蛇。廉州山水胸，王玄照。腕底浩烟波。山人亦肯從，李長蘅、唐叔達。清辭吐春華。出處雖不同，道合不我遐。名賢經潤色，草木增紛葩。迄今百餘年，佳話留山阿。想見明盛風，樂志匪蹉跎。搔首懷古人，臨風起高歌。

後愁霖歎

前年赤地千餘里，去年三吴逢大水。今年霪雨仍不休，波濤滚滚通平疇，魚鼈出没蛟龍遊。田家有麥刈不得，對此嗷嗷歎無食。

吾家老屋墻垣圮，堂堦泥深没屐齒。中宵檐溜鳴奔湍，床床屋漏無時乾，風吹燈昏四壁寒。曉聞鄰家壓茆屋，風雨聲中一家哭。

比歲柴荒賈無比，況今菜麥淹欲死。百斤三百青銅錢，鄉邨日高無爨煙。窮民忍饑伐林木，帶雨擔向豪家鬻。鬻之豪家爛魚肉。

狂歌行贈金藴亭移居

丈夫不能馳騁疆場間，博取狀貌圖凌煙。便當雲卧避塵世，安能逐逐城市，終日不得開心顔？之子少負封侯相，置身宛在青雲上。西之秦晉北幽燕，挾策常思干伯王。功名蹭蹬無所成，冷落微官氣凋喪。朝泛宛溪水，暮宿敬亭雲。乞錢不遇蘇司業，糴米誰過鄭廣文？歸來依舊棲吴門，日飲美酒顔微醺。耳語欲鄙程不識，射虎自詑飛將軍。酒酣耳熱吐高論，謬悠荒怪不顧驚人羣。年來每遭俗眼白，途窮四顧乾坤窄。大鵬甘與鷦鷯伍，騄駬翻隨駑駘迹。塵埃擾擾上鬢眉，壯志消磨竟何益！幡然便欲辭喧囂，卜宅江邨弄泉石。白雲最深處，高卧林塘幽。垂綸釣魴鯉，荷笠騎畊牛。偶然興到著篇翰，寓言髣髴《逍遥遊》。雲霄萬里無夢寐，閒身分作坳堂舟。翳予僻處鮮水頭，東西相隔路阻修。望而不見心懷愁，何當訪爾隨白鷗？相逢命酒但痛飲，狂歌直欲尋丹丘，握手一笑三千秋。

同許雪邨滄浪亭迎秋次原韻

暮天雨散暑初收，展席空亭俯碧流。吾鄰才華文酒合，古人名字播遷留。風翻荷氣消殘醉，露濕蟬聲報早秋。入夜不妨歸棹緩，亂螢相送過溪頭。

詠　蟬

抱葉一身輕，乘時亦善鳴。迎風添遠韻，移樹帶殘聲。轉化慙吾拙，無求見汝清。夕陽疏雨後，相對若爲情。

送劉東郊之閩中

節序逢摇落，况當君遠行！難爲今日别，並見古人情。客路千江雨，秋心萬木聲。蔗洲如已過，應近越王城。

四海爲家客，閩中又此回。不須行旅斷，已是夜猿哀。馬甲隨潮入，鮫宫向月開。知君重懷古，獨上釣龍臺。

秋日得方舟兄塞外書，悉風土物産之異，同方萁朔東華、孫定叔作

霜落南中日，鴻傳遠客書。一身經絶塞，萬里話離居。卉木張騫失，蟲魚《爾雅》疏。見聞馳域外，爲我破拘墟。

有酒行 懷宋介軒在曹縣，陳樹滋在端州

有酒且欲歌今夕，明月入户光華白。同向天涯照故人，把酒依稀見顔色。故人作客之何

介軒才調驚吾吳，豪興直欲傾江湖。名場潦倒兩君子，當年意氣俱飛揚。方？近者曹南遠炎荒。青丘陳生吾畏友，胸中雕鎪萬象怒真宰，要令片語人間無。相逢坐上每痛飲，酒酣拍手歌烏烏。壯心未落筆能争造化功，巨靈神斧媧皇手。雲夢吞八九。狂來脱帽向諸侯，萬歲千秋一杯酒。老大天邊作隋珠棄擲賤魚目，霜蹄蹩躠駑駘。肯開蒿萊，跋履同上昭王臺，會看訣蕩天門開。羈客，世人齪齪安得知其才？思君願君歸去來，何須橐筆隨鄒枚？此中唯可飲美酒，虚名於我何有哉！君不見，李杜文章足千古，世間富貴俱塵埃。何當與爾坐明月，一曲狂歌酒百杯。

神君曲

荒祠入夜神鼓鳴，神君騎馬空中行，神馬降處霜花青。女巫通神作神語，鸞車今夜迎神女。祀神不虔衆當死，我爲汝祈神恕汝。神帷開處歆蒸肴，陰氣著人森寒毛，雄雞一聲天欲高。旋風吹馬上神樹，老鵶啞啞銜肉去。

贈金海翁太史

古來直道去官多，天與南園足放歌。達士卷中唯頌酒，寓公門外已張羅。柯亭劉井前塵斷，荔浦珠江短夢過。散髮佯狂吾自得，老年誰遣慎風波。

贈方舟兄

嶺海宗工後，梁葯亭、屈翁山、陳元孝三先生。吾兄此代興。風雲悲絶塞，禾黍感荒陵。足跡天邊到，才名域外騰。老來心力健，猶似脱韝鷹。

闤闠持《風》《雅》，王公詢見聞。人生有如此，富貴復何云？願息燕山駕，歸眠秀水雲。近來多問字，時與客論文。

葦花居詩爲李雲和賦

空濛雲水間，伊人棲隱處。葦花何蕭疏？隱見郵邊路。樂志養慈親，饑來驅不去。勸餐乏膏薌，小艇持漁具。一曲歌滄浪，月滿清溪渡。

某太守屬題《三峽圖》

三峽高懸萬仞流，三聲猿嘯萬重愁。憑君唱徹《公無渡》，灩滪何曾斷客舟？

送馮文子宰禮縣舊名漢陽

聞説漢陽路，高高欲上天。不辭風雪苦，萬里赴祁連。儉歲方艱食，屯軍正控弦。勸農兼草檄，待爾長官賢。

老去始爲郎，西行入鞏昌。山川過雍隴，民物襍氐羌。救俗惟寬賦，籌邊在墾荒。從知官閣裏，不暇夢錢唐。

竹嘯軒詩鈔卷十二

長洲沈德潛碻士

贈梁孝穉兼送歸南海丁酉

鳳鳥備五色，文章耀南土。鳳雛非凡質，天生好毛羽。毛羽亦已成，引吭亦已鳴。飛鳴不言瘁，萬里事遠征。東吳有梧桐，翩然下雲中。尊人藥亭太史。

知交在氣誼，豈論故與新？君從南海來，遠道展殷勤。殷勤結古懽，含情多所申。媿我無持贈，相期師古人。古人不在言，所貴唯立身。黽勉守良璞，以爲天下珍。

濮上競繁響，正始誰爲聽？之子守家學，雅鄭能分明。詩篇不在多，風格臻老成。孤鶴空中鳴，燕雀失其聲。待君賡猗那，相與掞天庭。

廩秋適茲土，倏忽春林芳。鴻鴈俱已歸，能不懷故鄉？故鄉不可見，浮雲浩茫茫。輕帆從此去，前期指炎方。後晤豈無時？所愁鬢毛蒼。三江與五嶺，脈脈遥相望。

送王殷亦南歸

鶴瘦骨逾清，無心向俗鳴。登高懷粵秀，山名。揮手出吴城。芳草天涯色，空江歸客情。聞猿知不恨，爲是故鄉聲。

報宋端齋太守二斷句

遠分清俸自炎方，折取瓊枝寄草堂。却笑江州王太守，但聞送酒到柴桑。
伐薪抱甕自年年，長日柴門減爨煙。不是指囷高誼在，閒庭空有沈郎錢。

寄陳樹滋

天遣辭人住粵東，山川麗藻兩争雄。扶胥萬里風濤闊，盡卷波瀾入句中。
夢想羅浮欲往從，雲煙千疊路千重。輸君乘興騎胡蝶，遊遍天南四百峰。

氿泉爲戈石樓賦

石泉因仄出，君子錫嘉名。性静能常止，中虚自不盈。涵空孤月冷，鑑影野猿驚。知爾歸家去，蕭然相對清。

山塘竹枝詞

白公隄邊柳千枝，柳下酒家颺酒旗。旗亭爲問如花女，解唱『黄河遠上』辭。
花市家家草木酣，朱朱白白映疏簾。看花劣有童心在，折取繁枝插帽檐。
鴨頭新水半塘生，魚尾明霞弄晚晴。七里人家畫中住，雨餘無處不啼鶯。
吴孃初唱《妹相思》，吴郎舊詞歌《竹枝》。聲聲相答似相怨，正是離人腸斷時。《妹相思》起于潯州女子，今吴中多歌此曲。
斟酌橋邊頻醉月，真孃墓畔日看花。兒家花月叢中過，不知人世有桑麻。

贈真崖大兄三章

棘猴終難成，木鳶終難飛。讀書不務寔，智巧將何爲？吾兄綴道論，奮焉埽浮辭。成敗昭史筆，微妙涵聖涯。邊笥無不有，任用羣兒譏。羣兒尚華縟，用爲青紫梯。青紫非不好，朝榮夕已萎。

生平倦趨走，遊山獨飛揚。吴越明秀區，遠道時裹糧。林屋既恍惚，娃宫亦荒涼。西湖十里間，明鏡涵清光。想登紫陽峰，放眼觀錢唐。日月翻頹波，雲山空青蒼。英雄竟何在？江潮浩茫茫。恨未岳頂遊，直上排天昌。行當朝玉皇，天闕驂龍翔。

名士如名山，夙昔所欣愛。來登羣賢堂，交遊及冠蓋。中年忽有得，吾道在韜晦。外飾華易消，内腴理常在。灌畦明月中，晞髮白雲外。客來勸著書，含笑嘗不對。悠然面西山，爽氣襲襟帶。

擬古

杖策臨中田，故人遠來顧。殷勤相勞苦，握手披情愫。爲陳離别來，幾見歲華莫。日月不暫閒，新者倏成故。聞有列仙人，乃在名山住。願言往從之，迢迢隔雲路。

白榆光歷歷，節序屆廩秋。淡淡明河間，盈盈今古愁。天人苟無情，靈匹何相求？緘情託青雀，永言結綢繆。

團團古時月，清光下中庭。虚檐交微風，絡緯風前鳴。一與清景遇，慨焉念平生。古人對月時，亦似今人情。我欲往問之，世遠其冥冥。

悲風號庭柯，鳥巢欲傾危。慈烏敝毛羽，辛苦哺其兒。哺兒兒長成，長成能奮飛。雖則能奮飛，戀母不忍離。感此心怦怦，淚下如流澌。

蓬蒿有一士，所憂匪饑寒。偃仰陋室中，心已周人寰。本非忘世人，不願輕飛摶。有鳥名鳳皇，棲息崑崙巔。一鳴來虞廷，載鳴來岐山。乘時展羽翮，網羅良已難。

纖手理素絲，素絲潔且治。札札弄鳴機，終日忘勞瘁。上織連理枝，下織雙翡翠。裁以金剪刀，縫成合歡被。予美在遠道，千里遥相寄。願言附玉體，時得充君御。物微意或深，相期勿捐棄。

形影不相離，處暗有時歇。與君非一身，安得不仳別。仳别路日遠，時序忽已晚。君車無停軸，妾念車輪轉。車輪有還時，形影終追隨。但恐秋林花，摇落無光輝。

涼月照空閨，清光淒錦衾。蟋蟀怨長夜，入户多哀吟。思婦不能寐，當窗横素琴。横琴不復彈，百念集寸心。俯視惜流景，仰盼悲横參。徬徨欲何言？露下沾衣襟。

悽悽復切切，念君當離别。别離行萬里，萬里從此始。送君南陌頭，僕夫戒行軥。惜此須臾景，岐路少遲留。遲留各解散，飛鳥東西遠。霜風變寒林，遊子腸欲斷。良玉終出山，潛虯終躍淵。君子重令德，離合何足歎？願君崇修名，及兹壯盛年。

吾友抱忼慨，立志期千秋。仗劒辭家去，駕言薊門遊。薊門聲華地，藹藹皆王侯。冠蓋如浮雲，日夕紛相求。丈夫有本性，安能曲如鉤。放情飲美酒，弔古登荒丘。冉冉冬復春，遇合竟何由？

飄風吹微雲，舒此皎月光。銀漢澹無波，列宿正從横。徘徊仰高天，惋彼參與商。吾有同袍友，燕好情無方。展翰升雲路，佇足瑶臺傍。處高視聽易，得意故情忘。瓠瓜難薦客，織女不成章。

凌苕附高樹，儵忽百餘尺。憑空何葱蒨，過者望顔色。高樹忽摧伐，凌苕亦狼籍。柔蔓委道旁，末路依荆棘。此時蘭蕙花，幽香散中澤。

驅車東城路，彌望多蒿萊。廣廣阡術間，中有池與臺。傳是公侯第，樓閣與雲齊。美人在天半，素手攀虹蜺。四序倏徂謝，榮盛等灰埃。歌梁緬遺音，飛鳥猶徘徊。嬋娟空復情，主人安在哉？今古盡如此，且息雍門哀。

南海有故人，棲止羅浮下。遺我枯桐枝，云自靈洲野。斲爲文軫琴，其音何大雅！初彈《懷湘吟》，寥寥嗣音寡。再彈《文王操》，時俗誰知者？悵望南雲端，愴焉涕盈把。

寄宋南園文選

乍得田園樂，幡然重策勳。平羌方用武，參選亦從軍。輸輓征途慣，勤勞聖主聞。傳來消息苦，風雪入羊羣。

三載留邊地，遥聞鬢欲皤。轅門森號令，賓佐理干戈。策馬黄雲亂，燒荒白草多。聖皇今赫怒，不許郅支和。

夙昔工詩筆，聲名二宋齊。令兄介軒。如何文苑客，久落大荒西？坐卧憑戎馬，晨昏厭鼓鼙。籌邊聊得暇，儻寄數行題。

芙容映水歌和蓂朔

江潭一夜飛清霜，芙容寂漠開寒塘。宛如美人對明鏡，碧空影裏涵紅妝。誰家少女搴湘芷，見此躊躇暮愁起。遥天瑟瑟鯉魚風，剪斷紅芳落秋水。

九日飲南園詩屋 時南園文選從軍塞外

風雨朝來物候催，故人招飲當登臺。山容隱隱城邊出，鴈語聲聲塞上來。四海喜逢朋輩在，百年敢負菊花開。遥憐此日陽關客，萬里浮雲首重回。

西極

西極未歸化，王師議取殘。丁男徵六郡，甲士重三韓。青海天將盡，陰山火亦寒。誰同傅介子，談笑斬樓蘭。

少年行

少年氣敵富平侯，白馬金羈到處遊。醉卧倡樓歌古曲，伊州才罷又甘州。

幽并俠客氣如龍，會合河橋酒正濃。飲罷各留名姓在，他年江海儻重逢。

戰城南

戰城南，苦寒月。刀聲過處紅雨飛，一片黄沙堆白骨。戰罷飛狐西，又戰金河東。今日壯士死，他日將軍功。軍中夜宴撾鼉鼓，錦帳妖姬對歌舞。殘兵僵卧風雪中，鬼馬相隨鬼妾語。鬼妾語，鬼馬號，雄雞剪夢天不高。羽書曉過陰山麓，十萬髑髏作人哭。

山人勸酒

山人在山住，土木爲同身。醉酒復高歌，一曲空山春。巢由愛名不足道，何况爾輩商山人？舉觴酬綺皓，願君且飲酒。酒中有味君自知，世事紛紜莫開口。漢王意叵測，誰能顧虚聲？區區四老翁，漫云羽翼成。勿爲子房誤，兼喪身與名。子房一身懼莫保，辟穀尋仙苦不早。何如翩然隨我歸去來，山中飲酒日日桃花開。

苦寒行

窮冬天地閉，兼旬斷白日。悲風振林壑，朔氣砭肌骨。居人猶苦寒，行子更慘慄。行路既已難，何況遠戍卒？傳聞燉煌郡，八月即飛雪。驕馬行不前，筋竿凍欲折。鐵衣冷難挂，征夫淚成血。倦投羊羣卧，饑取冰漿啜。倚劒臨大荒，萬里陰雲結。寧不懷室家？强寇猶未滅。念彼防邊人，慨焉心斷絶。

塞下曲

屯兵絶域出伊甘，白鴈金笳聽不堪。二十萬人回首望，河源翻在大荒南。

安西過後覺天低，萬里黄沙入馬蹄。倚劒戍樓遥指點，此間西去恐無西。去千餘里入地。

千重砂磧萬重山，三載燒荒未擬還。流盡征夫眼中血，誰人月下唱《陽關》？

提封遠到海西頭，吹角能防塞外秋。却笑唐家邊境小，但教諸將取涼州。

企喻歌

前隊彎硬弓，後隊把長槍。男兒相結伴，不必在同鄉。

瘦馬啖黄葉，肥馬啖黄禾。馬上有錢人，馬足風雲多。

蒼鷹摩高天，不爲燕與雀。壯夫出塞行，不爲珪與爵。

竹嘯軒詩鈔卷十三

長洲沈德潛碻士

人日同方東華、陸龍光、樾亭上人集杜雲川太史半樓，即以『人』『日』二字爲韻戊戌

懷人及人日，遠道訪故人。來登百尺樓，俯身瞰城闉。一角露西山，濛濛護煙雲。主人愛良晤，情盼展殷勤。瀟灑遺世慮，談諧見天真。出處雖異途，道合乃比鄰。遠聽春鳥鳴，喈喈索其羣。相與期久要，敦此平生親。

涣涣冰初解，拂拂風應律。寒梅吐欲半，蓂莢開已七。吾生知幾何？四紀逢此日。川水逝不停，鳥影過逾疾。未能學無生，媿爾依古佛。所欣聚朋好，兩地得儔匹。儒墨調頗同，新舊情自一。無煩寄草堂，題詩共促膝。

石林精舍晤天鈞上人

尋山不厭誤，紆迴入精廬。寒潭映古佛，山禽窺梵書。道人野鶴瘦，晤言静有餘。觀空本無相，涉想皆成虚。自慙形跡累，身世未捐除。

貫華閣晚眺

晚霽上高閣，身出雲物表。倚檻流遠目，下界見微渺。葉葉天際帆，點點煙中鳥。有動自應息，無生庶能了。清磬送客歸，夕陽挂木杪。

太湖春興

烟波花月吾生事，一片春帆入五湖。初暖魚龍騰浪出，將歸鴻鴈帶雲呼。筆床茶竈人來往，玉柱銀房境有無。此日季鷹堪寄興，豈須秋序憶蓴鱸。

今日行 集李實君玉洲草堂

今日何日會良友，玉洲草堂具區口。灘頭雪浪走垂虹，庭際春風動高柳。眼前俱是我輩客，跌宕情懷付杯酒。興酣豪翰飛不停，片語驚人壓曹偶。回思往事二十年，吴中哲匠推横山。鴛湖先生於越至，招引文士登詞壇。霸才從横押强韻，紛披金薤垂琅玕。兩賢先後墓草宿，文星掩却光芒寒。風流雲散歘轉睫，往往花月顔無歡。于今兩鬢星星出，豈意相逢復此日？前輩敦槃如夢寐，後生文雅堪追述。健筆疑揮巨靈斧，清泠似奏湘妃瑟。所憐蕉萃百不如，江湖索莫多愁疾。肘閒係印輸達官，塞外立功慙戍卒。男兒半屬可憐人，雌伏雄飛竟難必。當筵月出流清光，春雲淡蕩隨風揚。中宵欲别不忍别，前路彼此愁茫茫。由來良會偶然耳，朋輩聚首難爲常。萬事撥棄不儗道，爲君泥飲傾壺觴。

春日陪魏觀察懷舫遊明瑟園

政簡有餘暇，幽尋到澗阿。地殊金谷麗，客並鄴園多。野鳥調新語，文魚唸細波。知公非獨樂，隴畔聽謳歌。

載酒過花墅，招邀集野亭。玉盤池外洗，金勒柳邊停。藉草裀俱軟，看山眼倍青。寄言猿鶴侣，不用避沉冥。

何地無丘壑？名園此獨幽。羣峰争入坐，高樹俯藏樓。既接《風》《騷》席，還隨嵇阮流。不須絲與竹，翻似永和遊。

水次時傳翰，花間每送觴。情懷容跌蕩，言論任疏狂。嘉會遲清晝，歸驂戀夕陽。遥知鈴閣静，幽夢寄松篁。

顧秀野太史招集妙巖亭 立夏前一日

妙巖亭子與僧鄰，清磬聲中坐衆賓。隔岸野花飛著水，傍欄幽鳥語留春。器之有約應燒筍，張翰初歸合煑蒓。時煑蓴羹供客。醉後高歌頻斫地，不辭披豁見天真。

姓名自昔滿清都，歸卧青山號醉愚。仕宦憑渠爲令僕，文章從古屬江湖。坐間那可無豪士，世上何妨重酒徒。後晤更期花墅宿，秋風不遣月明孤。

次京口

日晚南徐鎮，重關勢屹然。黿鼉衝浪出，鼓角遍營傳。月偃千檣影，風低萬井煙。茫茫南北限，漫説可投鞭。

有懷勺湖諸子

頹日有餘曜，圓景吐遥岑。静坐無一事，微風吹我衿。側聞孤飛羽，啁啾起哀音。哀音久徘徊，隱隱投空林。物類傷獨處，而况離人心？仰首望明河，慨焉辰與參。

勺湖風日佳，三歲久棲託。心閒玩魚鳥，時至理花藥。主賓良宴會，文酒展戲謔。談藝溯墳典，考古訂金石。如何賦《遠遊》，形影成寂莫。交因契闊深，境緣道里隔。迴首闔閭城，雲煙紛漠漠。

懷李實君

浮玉洲前共一卮，别來三月費尋思。高情珍重分襟語，好事流傳雅集詩。蟋蟀乍吟秋尚早，鴈鴻未到信偏遲。西津古渡千枝柳，正是天涯憶汝時。

七夕

天下相思夜，風光已入秋。露䨓乞巧席，月照故鄉樓。砧杵千家動，雲山兩地愁。遥知小兒女，不獨看牽牛。

久不得劉東郊消息

去年六月火雲赤，送君去作燕京客。經今朔鴈兩回飛，怪底南天斷消息。自昔長安不易居，近來羈客更何如？平津閣裏誰招士？光範門前空上書。遥憶能詩杜陵老，朝朝暮暮正騎驢。

魏傅巖畫墨竹歌

郚南公子髯如戟，眼中無物氣無敵。醉餘揮筆埽竹枝，倏忽琅玕勢千尺。一叢新長成籜龍，亭亭直上摇青空。一叢磵畔忽斜出，寒梢俯地煙濛濛。一叢偃蹇穿石罅，蕭疏鳳尾摇清風。兩枝枯幹頭且童，勁節中斷如截葱。其後崇岡怪石各異態，千梢萬纛隨横從。乃知成竹在胸次，元氣入手人無功。自言北地寒威酷，只有黄沙少修竹。平生愛竹如性命，借此豪端洗塵俗。披圖涼氣來滿堂，觀者動色神蒼茫。恍惚風雨黄陵鷓鴣語，令人咫尺遊瀟湘。

大風行 七月二十日

黑雲如潑墨，欻忽漫蒼穹。鬼神慘澹行虚空，天乃大雷電以風。狂風度江勢逾急，吹動江水江起立。長鯨老蛟神暗泣，須臾驟雨如盆傾。雨師風伯縱復横，齊軍萬弩射馬陵。屋瓦大震昆陽城，二儀清濁那能辨？羲娥停足不敢東西行。華屋傾，大木拔。城垣崩，帆檣折。沙户居民盡奔竄，頃刻性命隨魚鼈。我時寄迹江之皋，遠聽風雨連波濤。中宵屋漏數移榻，髣髴杜甫屋上卷却三重茆。朝來神色惝怳不得定，剪紙欲把驚魂招。或言淮徐以南，維揚以北，千里同惡風，山壓谷湧不休息。長空飛鳥斷行迹，胡商賈客泪霑臆。百歲老人詫奇特，天意微茫詎能識。吾鄉卑濕稱水鄉，前年急雨秋禾傷。此番風暴可無恙？西成還許歌豐穰。不然寧可吾廬獨受破，把茅猶得遮垣墻。迢迢南望天一方，何時消息到我傍？對案欲飲還停觴。晚天陰雲復四合，仰望空際心茫茫。

月夜汲中灃泉 泉在江心石簰之側

浮玉山頭月光起，金波鱗鱗漾千里。微風不動水無聲，短棹直入空明裏。江心有泉名中泠，尋源何處窮冥冥？珠沫難逢窟穴秘，銅瓶深墜蛟龍驚。千層濁浪名泉出，一勺清寒徹肌骨。歸拾松枝活火煎，地爐已熟江中月。月夜見珠沫起處，知是泉穴，然珠沫不常見也。

遊金山

一柱能防萬里流，此間勝概冠南州。半空日月窗前過，無地樓臺水面浮。歷亂帆檣京口暮，微茫煙樹海門秋。振衣直上留雲處，何許乾坤是十洲。留雲亭可以望海。

涵虚高閣勢堪憑，十五年前客共登。人事幾隨雲變滅？江流還作雪奔騰。目窮健鶻橫飛處，身立諸天最上層。對此茫茫百端集，輸他黄葉坐龕僧。

丁卯橋 許仲晦幽居處，墓在橋南

詩人丁卯橋邊住，此日還尋丁卯橋。幾點鷺鷗閒帶雨，一灣蒲稗晚通潮。空林盡處語山鬼，野徑斷時逢墮樵。不奈更求張祜宅，横塘荒草久蕭蕭。

陳少陽祠 宋太學生

宋代園陵草木荒，儒生祠宇獨靈長。堂堦日落松杉冷，奏疏霜寒史册光。肉食自來輕社稷，草茅終古係興亡。知公地下多遺恨，南渡君臣負李綱。

宗忠簡公墓

徑走澶淵遡上遊，渡河直欲復神州。晉元已作南遷計，諸葛空懷北伐謀。當日廟堂違奏議，只今樵牧護松楸。請看京峴山邊水，日落濤聲恨未休。

招隱寺

青蒼戴公山，寂漠招隱寺。鐘魚罷齋閣，藤蘿覆初地。幽澗咽雙泉，迴飈起涼吹。不見通隱人，彈琴緬高寄。唯有六朝松，依然落空翠。

得盧生有芑書却寄

三山古渡西津岸，忽得鯉魚長尺半。烹魚中有盧生書，言言勸我加餐飯。人生別離情日新，同心豈在長相見。賤子何以答綢繆，當食臨風倚增歎。朱方留滯薄寒初，故里伊人天一隅。多景樓頭向南望，白雲何處是姑蘇？

地震行

戊戌五月廿一日，秦中地吼如雷鳴。須臾震動數千里，砰訇恐是天根傾。臨洮鞏昌勢尤劇，雉堞圮壞無完城。伏羌郊外地迸裂，通渭城内山奔崩。人民廬井入九地，谿壑欻忽成丘陵。五臺呀然陷一角，南五臺山。下視千丈深冥冥。吾聞《春秋》記災異，聖人特筆昭創懲。山崩者二地震五，其事更異書無冰。唯時宗周弛綱紀，天遣災變相頻仍。方今聖皇位九五，經紀上下還清寧。滋液滲漉普煦育，熙熙萬類需生成。如何方輿偶缺陷，三輔遠近紛震驚。野人不識造物意，叩首直欲排天扃。伯宗有問絳人對，乘縵撤樂非無憑。況聞秦隴歲不登，敦煌郡外方屯兵。

寄汪漁隱松蘿昆仲

憶泛木蘭舟，湖波竹箭流。白隄遊女路，紅雨酒家樓。時序輕雲過，關山落日愁。因思虎林叟，雙鬢又逢秋。謂方舟兄。

夜

嚴城聞鼓角，客夜倍淒涼。節序催雙鬢，關河滯一方。孤燈當月澹，歸夢入秋長。漸覺金風冷，寒衣倘寄將。

懷施覺菴考功

高風下梧葉，離緒竟何如？遥憶遺榮者，時修種樹書。收枰空勝負，設卦閱乘除。倘念朱方客，秋潭獨釣魚。

甘露寺

蕭梁梵宇碧峰頭，萬里風雲眼底收。江北濤聲驚佛座，淮南山色入空樓。魚龍白日噴寒雨，鴻鴈高天叫凜秋。折戟沈沙休再問，茫茫興廢不勝愁。

高閣真疑坐九霄，鐘聲遠送海門潮。峰巔片石留三國，檻外長江咽六朝。何處雲煙辨吴楚，此間蒼翠壓金焦。老僧猶説孫恩亂，白骨青燐尚未消。

遊焦山作歌

昔年輕舟溯浮玉，焦山舊名。中流逆浪騰蛟鼉。同舟驚悸不肯濟，相望數里無如何。今來截江徑横渡，一舸放溜如擲梭。象山勢歷巖，焦山對昂俄。帆風忽轉睫，送客登陂陀。金銀佛寺隱蒼翠，懸崕萬樹交枝柯。瘞鶴舊銘字有無，三詔洞口垂煙蘿。入雲頗嫌衣袂重，曳杖不覺巉巖多。山巔有亭欻開豁，俯看千里惟洪波。長空遥遥飛鳥盡，下似隱見堆蠡螺。東流會合想滄海，西日經過應岷峨。斷霞餘靄散江面，但見江光一氣相吞摩。眼前佳景豈易得？轉惜壯歲淪蹉跎。十五年前總如夢，中間空見奔羲娥。名山招我須急往，今日差免山靈訶。吸江亭邊且高卧，人生遑復知其佗？天半拍手歌狂歌。

夜　發

古壘戍旗收，煙中起棹謳。風霜欺短褐，星漢入歸舟。鐙動江樓影，蛩吟野岸秋。往來常此路，欲白旅人頭。

雲陽驛

舟發雲陽驛，遥聞車馬喧。漁家船作市，戍卒佛同門。過眼江湖下，驚心歲月奔。寄奴征戰地，興敗與誰論？

王韓起見過時值九日

把卷思良友，天涯客正來。江鄉逢令節，陰雨罷登臺。貧賤甘吾道，文章讓汝才。悲懷兼別緒，欵欵話深杯。

落魄滯江皋，三年一布袍。長貧真到骨，衆論尚吹毛。摧抑名偏盛，艱難志愈高。撫時還慟哭，賈誼是吾曹。

台臣宗丈枉過不值却寄

海鶴天容老，翛然吾道尊。百年留此客，一棹到閒門。巾屐空相過，詩篇闕細論。思君若婁水，瀠繞白溇村。

辭　家

遠村荒雞聲，庭户光已白。遊子起束裝，云有南徐役。婦病尚纏綿，向我長太息。温語作好懷，勸我加餐食。苦無醫藥資，回汝舊顔色。欸欸别鄰里，依依對親戚。離顔如草木，霜露忽凋易。時序已晚暮，窮賤竟何益？

季子祠懷古

斜日延陵郡，秋風季子祠。荒庭飛野馬，老樹宿寒鴟。十字褒尼父，千秋並喜時。躬耕兼待命，懷古不勝思。

客途

溜溜水鳴渠，蕭蕭樹繞廬。年豐村有米，江近網多魚。菜把歸官市，樵薪上小車。客途聊記此，他日憶南徐。

獨立

獨立溪橋晚，霜寒日色昏。漁煙吹浦口，藜杖入松門。鐘動遥知寺，鴉歸自識邨。美人天外思，搔首竟無言。

寄周允武欽萊昆仲兼訊陳大樹滋

東坡四海一子由，我無兄弟誰與儔？平生求友過飢渴，中歲得遇錢唐周。大周便娟若處子，筆下能挽銀河流。小周病鶴癯而修，獨奏古音戛鳴球。相逢鬭險盤硬語，談笑直欲分鴻溝。我生屈强頗自負，放子何止出一頭。鵶軍得勝振旗鼓，隴山敗將慙復羞。酒醒夢斷忽二紀，崩波日月誰能留？虛名從古不可食，潦倒直似囚山囚。君家兄弟亦寂莫，鵬鳥見笑蜩與鳩。男兒一事差自信，不同陛楯呼伶優。今年我作南徐客，懷古獨上芙容樓。三山煙景落杖底，江光萬里囊中收。新詩束笋遠相寄，文采有媿珊瑚鈎。禾苗稂莠襍疆畔，煩君芟薙勤耡耰。故鄉相遇陳驚座，爲道故人方壯遊。

冬日偶然作

客途易增感，而又當隆冬。慘慘天欲雪，萬木鳴悲風。檐端噪饑雀，荒渚亂哀鴻。忽動衣食懷，俯仰慙耕農。辛苦集暮節，百念勞寸衷。寧無北門憂，要須厲固窮。非分豈所安，古賢多屢空。浮雲從空來，白日忽欲匿。登高極遠目，漫漫同一色。孤蓬隨天風，吹去渺無迹。梧桐伐作薪，靈鳥下求食。

遣興

冬夜已長江館寥寂，偶有所觸，寄懷於言，興到即書，詞無詮次。

黄葉滿庭門館閒，朝看去鳥暮飛還。眼前何物可相對？只有東南一角山。

滿天雪意雲陰陰，空庭何處來饑禽？啾啾黄雀莫驚避，人世那無謀食心！

才罷角聲聞鴈聲，漏聲相續短長更。荒雞又是惡聲起，一夜無眠直到明。

萬事忘來但咏詩，每從良友别妍媸。新辭一卷何人定？苦憶溪南辛敬之。懷同社諸子。

虚堂盡日鎖煙霏，朱老阮公見面稀。連蜷雌霓共誰讀？欲訪江頭余布衣。名京，錢唐人，時寓居京口。

從來臭腐即神奇，決擇鎔陶在我爲。何事爾曹談墨守？少陵詩法已多師。

杜陵豈是邨夫子？一任兒曹笑未休。崑崙河源不挂眼，轉道黄河是濁流。

瞽叟篋中冰雪吟，九疑高高浯水深。誰人洗却箏笛耳，一聽雲山韶濩音。

興寄那如奉禮詩，女蘿山鬼是吾師。時賢不識楚騷體，只賞天驚石破辭。

共憐獺祭驅材富，更説西崑體格卑。今古玉溪無定論，幾人誦述到韓碑。

端明學士渭南伯，兩宋才華此獨優。後人嗤點太容易，滄海何妨有横流。

何李詩篇復古人，後賢排擊日紛綸。憐渠但識虞山派，恐與松圓作後塵。

陽山隱君陳虎文，雕鎸金石早空羣。老來不受諸侯餽，終日閉門眠白雲。

大瓢山人工八法，鷙鳥飄風信有之。底事老年猶作客，嵩雲洛日苦相思。

鴛湖宗老方舟。波瀾闊，白浪長空湧不休。倘問永夫張。高格律，一聲孤鶴萬山秋。

海虞畫師獨往客，黄尊古。萬里遨遊一短笻。太華峨嵋真本稿，犖渠蟠屈在心胸。
二沈松陵推畫手，名屺懋，善竹；名咸，善蘭。一爲異物一衰殘。吴地于今無竹石，湘江空復有秋蘭。
已向三山探古蹟，興來還作蒜山遊。鸕鷀隊隊徒兒浦，葭葦蕭蕭胡豆洲。
鐵塔廟前江遶門，桑榆煙火數家邨。年豐好作雞豚社，共醉田家老瓦盆。
西風好趁下江船，直到鮮溪溪水邊。聞道今冬米價賤，野人飽飯過殘年。

賦得羅浮山贈宋澄溪僉憲

吾聞羅浮之山四百三十有二峰，峰峰矗立青芙蓉。兩山似離還似合，離合却在煙雨之空濛。峨峨鐵橋鎖天半，其下暗與地肺山川通。天雞夜半叫峰頂，海日湧出朱輪紅。仙人往來共遊戲，或騎喑虎騎蒼龍。隨以蝴蝶大如扇，更有雌雄么鳳鳴雝雝。世間靈境可想不可到，廣平先生收拾來吴中。志書廿卷巧搜括，時成《羅浮山誌》。人天靈秘歸牢籠。先生少歲稱奇童，忠孝門第聲隆隆。文章壇坫執牛耳，宦遊遍歷燕南趙北青齊東。抽身乞養就子舍，北堂長日春光融。晚歲遠遊適東粵，令子出守鄰南雄。春秋佳日每乘興，遇山水窟攜孤笻。白雲山名。縹緲呈變幻，靈洲瘦削環玲瓏。扶胥黄木浩無岸，天地蕩蕩開心胸。欲往羅浮涉溪水，賫糧逕溯朱明宫。酒田問紅樹，鶴觀訪白松。肉芝擷玉色，菖蒲采紫茸。軒轅壇邊住逾月，時聽仙童搗藥聲千春。漢時成仙有桂父，晉時得道有葛洪。常坐砂牀共談笑，議論豈與人間同。歸來問年正七十，軀體强健由中充。招邀朋舊作文讌，座上不數洛社之叟香山翁。唐東江吏部八十六，餘多七十外者。當筵娱賓試開囊與合，放出羅浮五色雲氣片片摇青空。我歌羅浮以贈公，從兹發軔追仙蹤。請公更乘莽眇鳥，遍歷洞天福地無終窮。

吴中櫂歌

湖上春風太作顛，湖邊女兒試春船。十三嬌小能摇櫓，一聲劃破水中天。
鵶黄楊柳罩漁磯，鴨觜船從港口歸。與郎鴛胆湖邊宿，共看鴛鴦對對飛。
浪暖桃花三尺强，五湖煙雨泛蒼茫。自是吴鄉生計穩，憑他三月下瞿唐。
官船峨峨來往過，看儂打槳聽儂歌。盡日風波共摇蕩，不知人世有風波。

竹嘯軒詩鈔卷十四

長洲沈德潛碻士

贈李碩夫三章 己亥

吾友素食貧，胸中富經籍。蓬蒿滿頹墻，浩歌出金石。循陔賦采蘭，時有好顏色。讀書養慈母，志願差已畢。

清門久零落，誰念故將軍？文孫能振起，筆陣排風雲。小心友當世，大論超人羣。名著淮海間，喤喤考鏞蕢。男兒足自豪，纓芾何復云！

結交在少歲，日月俄轉還。君今已四十，余髮尤頒然。明德互砥礪，如玉相摩鐫。往行諒能積，末路期無僁。終焉勤耘殖，良畝多豐年。

送人從軍

卜式輸家日，班超投筆年。一身能許國，萬里且籌邊。霜月窺龍劒，黄沙撲錦韉。遥知竇車騎，待爾勒燕然。

題楊大瓢《鄉思圖》

天風吹征蓬，飄然落中澤。行子離家鄉，越客今吴客。荏苒五十載，鬚髮皓以白。覆巢迹已遠，遼海事成昔。抱膝發浩歌，無端百憂集。清露墜高梧，涼月下叢荻。何限故鄉思，茫茫詎能識。

舟往吴江過聖將大兄故居

鴈汊才過又釣汀，片帆行處浪花腥。春回遠樹天邊緑，雲散諸峰鳥外青。終古人琴隨逝水，勞生歲月記郵亭。草堂寂莫封松竹，不忍重看處士星。

送徐龍友北上

天馬思歷塊，豪鷹志淩霄。吾友將遠行，展駕臨河橋。壯氣溢眉宇，興與山嶽高。左牽紫絲韁，右握鞘中刀。慷慨發浩歌，歌聲激寒潮。男兒志四方，宇内憑所遭。誰能戀妻子，低顔守蓬蒿。

訂交廿載餘，敦盤時間作。懷文耀黼藻，出匣露鋒鍔。風雲氣揚揚，星宿胸落落。一朝别我去，翱翔在遼廓。躍馬過大伾，顧盼渡河洛。從中州入都。願著祖逖鞭，豈羨陸賈橐。丈夫能自立，吾道任龍蠖。胡爲馬尾蠅，千里有所託。

蠙珠産淮海，球琳出殽雍。寶光照山川，終爲天室貢。當今正須材，蒐羅到菰葑。九天雷雨作，下土萬物動。之子英偉資，胸吞幾雲夢。郢斤自成風，羿彀豈不中。直上黄金臺，突兀壓儕衆。鄙人謀一身，賢達爲世用。盡雪處士羞，儒林有威鳳。

野泊懷李芥軒

渺渺江流漾淺沙，絲絲楊柳綰輕槎。愁邊細雨寒塘路，夢裏青山處士家。可向寰中遊五岳，還從門外覓三車。何時穩放鵝湖棹，共醉東園一畝花。

舟行蘭陵道中時清明日

清明佳節轉離家，白舫青簾向水涯。殘雨杏花江驛冷，春風楊柳酒帘斜。練塘煙火通官道，京口山川指暮霞。却羨龐公上冢日，鹿門妻子守耕畬。

和陳樹滋徐州懷古

沛豐千里莽從横，楚漢紛紜此鬭争。將相侯王寧有種，英雄豎子孰成名？山連芒碭雲常合，水繞彭門浪不平。戲馬歌風總消歇，荒原煙雨遍春畊。

聞浙西兵過

浙西戎馬鋭，有詔赴雲州。虓虎初離穴，饑鷹欲下韝。驍騰貪賭命，跳盪快封侯。敢道滇南遠，陰山戰未休。

兵甲江南過，星躔太白高。三軍嚴號令，萬里肅秋毫。雲合魚麗陣，花團雕錦袍。材官應努力，莫使聖心勞。

《春林散牧圖》爲李鹿山觀察題

春塘波渺瀰，春樹鳥吟唤。田功應候興，况逢官長勸。水次畊犁閒，煙中土膏散。隔林起商歌，隱隱南山矸。

汪南沙《泛海圖》

送者自崖反，伊人獨鼓枻。天水浮虚空，兩儀著何際。神仙亦尋常，誰能問身世。倘逢方子春，攜琴共遐逝。

春　興

春來踪跡倦朱方，偶到登臨意轉傷。折戟沈沙猶廢壘，斷碑荒草自斜陽。執蘭隊裏逢新序，啼鳥聲中憶故鄉。讀罷栩楊《離别賦》，豈須庾信始悲涼。

月魄偏于畢宿從，一春强半濕雲封。厥田下下淹三麥，其雨淫淫困九農。永夜鵂鶹矜鼓吹，平池科斗狎魚龍。寄言丙吉勤調燮，久矣揚州重挽供。

候鴈俱從關外飛，邊庭還復冷征衣。七旬終見苗民逆，萬里虚聞定遠歸。塞上臨風看玉劍，閨中對月憶金微。織皮聖世宜通貢，莫使天戈西極揮。

結綬連翩賦北征，春風頻送故人行。巢由稷禼無高下，廊廟江湖有重輕？叱御已聞過折阪，籌邊還欲請長纓。獨餘潦倒南徐客，閒向中田看耦耕。

懷謝立夫廣南

五嶺愁猿外，音書不易聞。春風一尊酒，憶爾在南雲。官舍修山史，炎方重古文。娵隅作蠻語，應笑郝參軍。

江南曲寄曾葉生

接得灘江信，歸期竟渺茫。料應風浪惡，不是不懷鄉。

朱樓隱垂楊，緑鴨眠芳草。他鄉佳景，多那似江南好。

同京口余文圻登蒜山，憩清寧道院，時春盡日

吴破魏時，武侯運籌山間，故名「算」，後改名「蒜」。宋武帝破孫恩兵十萬，在此山下

相攜笻竹上晴空，木末遥遥磴道通。鐵甕帆檣雙屐下，佛貍城郭亂煙中。運籌羽扇懷王佐，破敵長刀數霸功。事業銷沉山色在，底須吾輩别雌雄。

峰顛突兀睇無垠，吴楚蒼茫幾點塵。天地本來成逆旅，江山從古屬閒身。松門瘦石樵家路，瑶草金光道院春。慙媿玉皇香案吏，堦前暫作埽花人。

閒房小駐酌流霞，塵外知交雲外家。詞客瓢中惟白雪，道人袖底有青蛇。天涯渺渺憐巢燕，世事紛紛送落花。春去漫嫌時序速，六龍鞭後不停車。

觀劇

落花飄絮點歌筵，小隊蠻韃劇可憐。莫唱《雨霖鈴》夜曲，坐中還有李龜年。坐有舊歌者。

市樓南院委塵沙，樂府仍聞奏阮家。抛擲河山等閒事，臨春先有《後庭花》。弘光時阮大鋮

成《燕子箋》樂府進御。

贈舊歌者

誰遣何戡唱《渭城》？匆匆恰有遠人行。一聲乍起腸應斷，争忍聽他第四聲！

清尊紅燭眼模糊，如夢如塵話舊都。鼓吹燈船休再問，寒潮空到莫愁湖。

初夏三首

庭陰一花落，忽已朱明初。歸心逐天風，飛度吴城隅。家園紛草木，雨過緑有餘。含桃熟籬落，竹筍穿階除。遶舍白水流，糾笠聚新畬。閨人學飼蠶，料理筐與籧。唤女求桑柘，采采同勤劬。感時念遠人，林陰立踟躕。

勺湖秀雲木，蒼然自成林。念當孟夏交，鄰園共清陰。衆鳥悦情性，咬咬流好音。時來同志士，嘉會成盍簪。疏絃發古弄，新聲汰哇淫。追遊欣在昔，離羣感自今。忽忽付夢寐，悠悠懷所欽。試問五湖水，相思深不深？

怪石卧清池，耕父拾鴛瓦。舊是錢王園，僻在城南野。時偕童冠遊，春服興蕭灑。遠循榆柳郵，共入雞豚社。物我各有適，所得詎迺假。二載虚巾屐，時光逐野馬。不知二三子，還復追遊冶。故鄉足清娱，羈旅何爲者？

望海門

眼落鳥飛外，茫茫澤國東。江分山脈斷，天劃海門通。雲樹混元氣，波濤蹴太空。羊鶻曾殺敵，指點話奇功。鶻殺侯景于此。

同薄勺亭侍讀、魏懷舫憲副泛舟大江，登金山

徒兒浦畔快揚舲，十幅風帆破浪腥。鷗鷺不驚兵憲節，魚龍共識使臣星。薄祭告會稽山回。峰當返照千重紫，人立中流一點青。直上丹梯最高處，東瞻隱隱見滄溟。

追和陳月巢贈行詩卷

壬午歲，月巢陳丈南歸，欲結廬石公。消夏間，顧子天山作詩送之，同人屬而和之，高其

志也。今距十有八年，巖棲未遂，林泉笑人，而月巢行且老矣。暇日披贈行卷，不勝惘然。仍次顧韻，以堅其行。買山末路，以實前約，猶余所望於月巢也。時己亥七月。

掉頭離京師，相招有巖壑。十載違故鄉，恐負山靈諾。孤雲向岫歸，倦鳥望林託。仙籍留君名，秘簡未曾削。月巢少曾入道。林屋九洞天，應此鍊精魄。金庭雲爲牖，玉座霞成幙。《禹書》已荒忽，龍威緬猶昨。石公消夏間，雞犬聚邨落。蕩胸波渺瀰，窺户山岝㟧。此間足逍遥，詎識鐘鼎樂。如何日月邁，未采龐公藥。行藏兩茫然，前路難喻度。雖謝太廟犧，還媿玉京鶴。擾擾圂屠沽，踆踆走城郭。引領望六合，何處堪著脚？舊遊憶燕臺，立功想絶漠。彈指欲成翁，聚鐵恐鑄錯。余亦漫浪人，入世費斟酌。越邦飾宋冠，深井下短索。山木招斧斤，蠶絲受纏縛。近參五千言，至道在玄寞。韜精滅見聞，絶想得歸著。榮名馬耳風，厚實霜林籜。行從許邁遊，幽興頗不薄。願君酬息壤，終焉謝塵墣。妻孥一漁艇，雲林兩芒屩。鰕菜足五湖，煙波屢棲泊。臨風遲漁樵，相於把鉏钁。橘社互往還，芝田共耕作。神仙倘許求，爲我言厓略。

制府來

客述制府始末甚詳，因成樂府四解，志往事，儆後來也。

制府來，勢炎赫。上者罪監司，下者罪二千石，屬吏驅使如牛羊。千里輦重來奔忙，鞠𦝫上壽登公堂。制府賜顏色，屬吏貼席眠。破得百家産，博得制府歡。制府之樂千萬年。一解。

揚旗旌，麾三軍，制府航海清海氛。聲名所到，步步生風雲。居者闔户，行者側足。但稱制府來，小兒不敢哭。軍中隊隊唱凱還，内實百貨裝樓船。文武郊迎次，且不得近前。制府之樂千萬年。二解。

制府第，神仙宅。夜光錦，披墻壁。明月珠，飾履舄。貓兒睛，鴉鶻石，兒童戲弄當路擲。平頭奴子珊瑚鞭，妖姬日夕舞綺筵。賞賜百萬黄金錢，天長地久雨露偏。制府之樂千萬年。三解。

太陽照，冰山傾。黄紙收制府，片刻不得暫停。軺車一兩，千里無人送迎。婦女戟手詈，童稺呼其名。爰書定在旦夕，求爲厮養，厮養不可得。盤水加劍請室閑，從前榮盛如雲煙。制府之樂千萬年。四解

夜坐

向夜中庭坐，涼飔動短襟。星飛過水次，螢倦落墻陰。雲樹關離思，風濤折壯心。何來天外篴？嘹喨自成音。

計希深見過不值，寄詩訪橫山先生遺稿，奉答二章

田父扶犁出，幽人放棹過。叩門黄葉滿，留客白雲多。佳話傳樵牧，餘情繞薜蘿。媿虚賓主禮，惆悵送煙波。

先哲遊梁地，荒墳拜逸民。尊君甫草先生修謝茂秦墓。後賢過茂苑，遺稿問詩人。文采竟何益？子孫今更貧。因君能念舊，感激欲傷神。

古詩三章答計維嚴

青鳥天上來，銜書到我側。遺我古篆文，奥旨人莫測。耀豔綴文藻，纏緜寫胸臆。知有列仙人，愛我如飢惄。掌樂取牛鐸，引鍼在磁石。意足調自諧，神合氣不隔。斯理未易言，相賞詎形迹。

煙波隔東西，渺瀰百餘里。我家門前流，君家門前水。君乘五湖船，來溯葑溪偏。主人采山出，良晤竟無緣。波浪宛轉通，人生自相逢。相逢定何日？目斷雲烟重。思君如連環，輾轉無始終。

文章起頹波，滔滔蕩無底。行水遺其原，泛濫何時已？之子紹家學，清詞通妙理。已陟六代藩，言究《風》《騷》旨。導河自積石，治雍終弱水。大雅期復作，扶輪自茲始。非君誰與言？顧我將老矣！

江上題雪牀上人詩卷

江波上明月，風露霑衣襟。篷窗散卷帙，枯禪有清音。寒林秋磧動，煙岫孤猿唫。異響歸一聽，有得妙無心。静對忘語言，空明江水深。

舟行秦望山下

漾漾扁舟輕，泛泛寒潮廣。流盼欣近矚，迴轉得前賞。羣山龍蜿蜒，高峰勢雄長。樓觀或有無，雲煙忽來往。眺望傳祖龍，此事付惚恍。位尊人事盡，采藥足妄想。泛海力有餘，仙遊遇無象。雄略吊自今，山色緬猶曩。人生鳥過目，當境聊偃仰。擊汰起浩歌，前途入漭泱。

竹嘯軒詩鈔卷十五

長洲沈德潛碻士

送郭鶴立之延安庚子

置酒層崖敞别筵，當筵落日半輪懸。誰人嗚咽桓伊篴，有客飛揚祖逖鞭。險塞舊稱秦上黨，雄關遥接漢居延。於今幕府須參佐，好爲清時策備邊。

燕

是物宜高舉，何爲獨近人。往來尋善地，下上語陽春。鼎俎本無累，聰明豈誤身！茅檐依故主，知爾不辭貧。

過何將軍園四首

園在北顧山甘露寺下。依山石作障，穿江流爲池，沿隄百頃，雜植花木，人擬之韋曲山林云。

江山真第一，率府搆名園。石記三分國，很石今在園中。池通萬里源。鐘聲天際落，旗影望中翻。時許遊人到，花間駐短轅。

此地疑韋曲，同遊得鄭虔。松門雲啓閉，莎岸客沿緣。野鴨將雛小，行魚聚沫圓。風潭連百頃，頓異舊山川。

戎馬清時歇，亭臺勝地高。鹿銜新出草，鶯坐欲開桃。傍水揮金椀，臨風解錦袍。共誇休沐處，符竹有勳勞。

三載南徐客，千重北顧雲。尋幽從所好，得句張吾軍。陸賈慙無武，閻公本愛文。流連坐泉石，不覺已斜曛。

熟食日

總是傷心處，况當寒食時。一番江上雨，無限故園悲。魚菽虚盈几，棠梨自滿枝。邙山迴首望，腸斷杜陵詩。

和懷古二首

挂劒臺

高臺空想象，古墓亦消沈。千金季子劒，千秋季子心。

歌風臺

登臺歌《大風》，亭長作天子。韓彭安在哉？徒勞思猛士。

南徐寓中作歌六首

有客留滯江之涘，終日昏昏常隱几。眼枯見骨耳欲聾，去年落牙今落齒。中心煩冤誰能理？夜長不眠攬衣起。空庭有樹風怒號，感此怦怦淚如洮。我生弱齡遭破家，盜賊水旱頻相加。死喪接踵先祖逝，噩夢歲值龍與蛇。清時遺民守貞白，四十餘年人莫識。賤子未能述祖德，百憂填膺感今昔。

母兮鞠我歷勤苦，慈烏哺兒敝毛羽。驚風墮巢難奮飛，奄然物化歸黄土。烏雛夜夜啼向天，于今三紀如雲煙。宵來有夢牽衣泣，依然乳哺孩提年。

有弟丹脣髮如漆，髫年俊邁誰與匹？無端摧折棠棣枝，使我獨行至今日。鶺鴒原頭飛且鳴，人無兄弟難爲情。年年奠汝一杯酒，三尺土邊青草生。

小人無母誰我親？先子怙恃兼一身，恩勤鞠子傷形神。可憐生我不得力，陽和煦育成棘薪。褐衣藿食未終養，章服列鼎爲何人？天高此恨難重陳！

有獺有獺捕魴鯉，歸祭其先能反始。馬醫皂丐亦薦新，羔豚未享空爲人。寒食飄零大江岸，墓田迢迢隔鄉縣。老妻代我陳麥飯，回望南雲腸欲斷。

登金山塔

登臨猶未極，攬袂上浮圖。俯接魚龍氣，遥瞻瀛海隅。轉于天路近，頓覺此身孤。攜得玄暉句，山靈或可呼。

春莫集橋西草堂十二韻

五畝橋西宅，閒門雜樹交。紅垂櫻半熟，綠嫩筍全包。花氣移蜂穴，泥香落燕巢。陶盧真自愛，元叟戲稱聱。屨滿賓齊駕，筵開主命庖。青絲攜桂酒，玉手潔蘭肴。雅量逾三爵，清言豈載詖？字令阿買寫，詩付虎兒鈔。宴樂觀《需》象，棲遲玩《遯》爻。晚庭飛蠛蠓，虛牖織蠨蛸。江郭煙初暝，城樓鼓乍敲。歸途重分袂，纖月挂林梢。

櫻　桃

豈是成都種？離離一樹勻。顆含庭際鳥，紅照坐中人。異地方迎夏，故鄉誰薦親？風前無限感，不忍遽嘗新。

懷方東華廣南

忽憶家山好，天寒入廣州。三千六百丈，知爾上羅浮。里井多喬木，親交且白頭。廿年重一過，情重爲淹留。

物候冬春换，薰風又夏初。天涯滿新緑，遊子意何如？三江勞夢寐，百粵阻音書。莫使歸家晚，高堂欲倚閭。

題《蜀難記略》後

華陽沈公殉流寇張獻忠之難，幼孤豹文播遷於蜀，逾二十餘年始歸，作《蜀難紀略》，與吴梅邨《紀略》各異。

全蜀竟塗炭，皇天亦不仁。守官甘鼎鑊，亂世有君臣。板蕩遭亡國，兵戈剩後人。馳驅駹筰路，廿載歷風塵。

萬里歸來日，空招異國魂。君親皆至性，忠孝有危言。字積王褒泪，聲兼巴峽猿。聖朝求實録，良史在清門。

初夏，余江干招諸子文讌江樓，分得『山』字二首

數聲鶯老春才去，百尺樓高客共攀。座上酒堪澆六代，囊中句欲貯三山。文章久賤風塵際，

槃敦應聯吴楚間。最是清歌聽不得，何人樂府唱刀鐶。時余將還吴下。

人在孤雲去鳥閒，憑空直下俯元關。在鐵柱宫頂。緑侵衣袂巖前樹，青入窗櫺波面山。説劒晴虹流席上，撫琴哀鴈落江灣。景子鶴年彈《平沙落鴈》曲。閒身底用催歸速，一任潮聲向暮還。

孤兒行

孤兒苦難言，嗜人食茶蓼。長兄不見憐，今年將取嫂。

枯魚過河泣

魴鯉入肆，其目不閉，寄語河中魚，市價方騰貴。

别南徐諸同學

朱方浪迹已三年，簪盍萍逢賴衆賢。載酒市樓分小杓，鬭茶僧舍颺輕煙。離心飛動看黄鵠，歸計疏狂種石田。他日懷人屢迴首，知予吟望五湖船。

懷顧禄百

閒雲凝高天，靄靄被六宇。偃仰殊寡懽，眷焉慕儔侶。朱方予倦遊，燕臺子軒舉。念子英妙年，藻采翔鳳羽。宫懸重咸韶，明庭需鼎吕。懷寶違素心，衒玉同賈豎。所賴通門友，道合膺珪組。惓惓緘寸衷，無由通晤語。北望賦停雲，蒼茫久延佇。

家厚餘編修碧浪泛艑圖

不向君王乞鑑湖，一篷隨處逐飛鳧。白魚紫蠏青菰飯，便欲煙波作釣徒。

苕溪霅溪夾鏡明，浮玉鮑山如送迎。袨衬染雲艑載月，閒身較穩近蓬瀛。

具區遠近碧灣環，樵婢漁童往復還。讓爾澎湖船萬斛，龍涎影裏到中山。時徐澂齋編修出使琉球。徐係壬辰第三人。

虚舟從古少風波，紅蓼花邊白鷺蓑。我亦鮮溪閒泛宅，醉餘蹋浪和高歌。

題張翼庭詩稿

寒泉帶雪流，孤鶴霑露警。一編野緑詩，韋柳共淵静。感深理弗隔，興超塵自屏。石湖采蘋花，清吟泛煙艇。美人渺天末，悠悠碧雲冷。

補禽言

割麥插禾

割麥插禾，新婦下田，黄秧分科，歸來煮飯養阿婆。

於忽乎

於忽乎！白日落，青春徂。今日新婦他日婆，有花不看將如何？

稽古

稽古秀才不知書，帝字認作虎。

麥枯

麥枯麥枯，十日九雨爛麥鬚，收歸上場化麥奴。化麥奴，剩麥稃，悍吏下鄉催麥租。

咄咄怪

咄咄怪，東家兒郎太狡獪！眼中不見丁字形，腰間取印如斗大，咄咄怪！

追輓包人能

辭場南北舊争雄，鎩羽何堪逐斷蓬？終古高文天亦忌，王孫久矣哭秋風。

漬墨磨丹事已休，遺書不願所忠求。唯餘釣雪灘邊水，嗚咽寒聲遶墓流。

九日集陽山朱氏莊

黄葉聲中白鴈來，登高不用上層臺。一時兄弟聯吴越，四海文章屬草萊。雲外寺鐘催晚照，天邊嵐翠落深杯。故交未赴萸囊約，目斷籃輿首重迴。遲陳虎文隱君不至。説劒狂歌意氣真，豈須木落感蕭晨。坐饒白髮天容老，家有黄花主不貧。霸業銷磨餘故蹟，名山管領足詞人。酒闌預訂明年會，珍重尊前强健身。

登陽山絶頂

秦餘杭山不知幾千丈，箭闕嵯峨在天上。捫蘿陟磴身忽高，下界送眼難爲狀。羣山起伏遥相從，髣髴長老呼兒童。山沓水合渺無際，但見太湖隱隱環西東。青天微茫不在外，白日恍惚沈其中。峰迴境斷陰風呼，行人到此寒肌膚。老湫昏冥龍所都，往年投符禱甘雨，神物出没雄牙鬚。山川終古閟靈異，唯有句吴霸業歸虚無。章明妖夢占俱應，黑犬亡吴事前定。遠道奔亡悔已遲，山中枉殺公孫聖。風前憑弔空歔欷，何處鐘聲入清聽？此時日欲落，樵徑寒雲還。山腰諸峰若浮動，倏忽中斷青巑岏。左望館娃宫，右望鍾吾山。夫差冷魄何足唤，願爲赤松弟子采藥煙巒間，我雖老矣能躋攀。

遊大石在陽山麓旁有雲泉庵

卑由推鎮山，大石擅奇蹟。造物試摶弄，鴻蒙劃開闢。匪由五丁鑿，或是巨靈擘。峰横鳥側飛，崖懸枝倒植。一柱危結搆，飛梁險笻屐。陰洞吹寒風，終古翳昏黑。蒙密竹樹交，掩映化人宅。静憩依蒲團，問飫經香積。已虧隙中影，偶得喧餘寂。登陟緬曩賢，文采辨石刻。有吴匏菴、史明古諸公倡和詩碑刻。名山待人重，巖谷頓生色。事往目轉睫，清詞半湮沕。孰垂千載名？感歎情何極！

尋滴水巖

空巖擁歸雲，探幽屢迷誤。山徑落葉深，披尋得前路。隔林響淙潺，境轉寒泉遇。陰崖山骨穿，虚竇水脈露。羣沫下涓滴，歲久石疑蠹。中藏不息機，詎並奔流注。澄潭無纖埃，觀心静浮慮。神骨自淒寒，清境難久住。行逢晚樵還，共蹋蒼茫去。

爲杜雲川太史題《九峰三逸圖》一道士榮漣，一僧妙復，連雲川爲三

鳳鳥虞廷歸，蕭然侶海鶴。雅慕方外踪，净心脱纏縛。覈玄揖陵陽，談空契無著。道合情豈疏，形超理不隔。至樂難强名，林卧忘所適。緬爾出世風，展圖知寄託。想象九龍山，松雲靄綿邈。

送陸繩武廣文之望江

南山有好鳥，生爲鳳皇雛。秋風鎩毛羽，無由翔天衢。暫爲六月息，斂翮之古舒。大雷近江岸，學舍如舟居。吏隱位自兼，煙水樂有餘。所棲非梧桐，要與枳棘殊。何妨官獨冷，聊以讀吾書。

千里席片氈，一官分半俸。禄米雖無多，名位要足重。熙然詠春風，空堂列絃誦。時探魯壁經，擬作《奚斯頌》。肯緣官秩卑，放達示無用。君看千尺材，終須任梁棟。

夙昔締交遊，流連文酒會。襟抱囊宇宙，卷軸發光怪。珠礫品各分，道合在吾輩。一朝别我去，單舸泛江介。君行作師儒，我將老蒲稗。懷人登高臺，目斷千里外。何處是皖江，遥天累氛靄。

詠古二首

淮陰貧賤時，甘受少年侮。如何既封侯，羞與噲等伍。能忍功有成，滿假禍斯取。敧器貴挹損，此事鑒諸古。

從來有父子，然後有君臣。幸分一杯羹，斯語胡不仁！生我且不顧，功狗安足論？所以張子房，辟穀全其身。

竹嘯軒詩鈔卷十六

長洲沈德潛碻士

喜晤張子永夫辛丑

空塘停棹聲，孤邨訪主賓。三年重會面，丰采故如舊。貌瘦戰勝肥，家貧著述富。話言終日夕，多半屬耒耨。時止占艮背，无咎觀井甃。試問明堂材，何如散木壽？時永夫五十。鐘鳴羣動息，明月出巒嶺。疏林散浮煙，平莽接餘景。并坐玩清光，慮澹無可屏。人生幾會合？況此良夜静。因思後面難，轉惜前別永。坐久風露寒，空山孤鶴警。歲暮思故衣，老去思故友。生平喜結納，意氣期不朽。中道忽翻覆，乖暌復何有！種樹莫種棘，滋蔓恐傷手。唯餘敦信交，有孚自盈缶。君看南山松，青青最長久。

張石帆移居

幽人白雲懷，去住任卷舒。徙宅郙墅間，宛在城西隅。野水沿廢圃，蒲柳蔓荒墟。激流還植援，黽勉衛蓬廬。擷葵清露下，藝薤小雨餘。看婦夜織紝，課兒朝讀書。偃仰得所安，知止空百須。匪耽高隱名，卑栖罕憂虞。巢禽忘樹木，遊魚忘江湖。適己無外慕，飛沉俱晏如。

楊柳枝詞次宋玉才韻

麴塵縷縷颺春潭，野店官橋總不堪。吴娃貪綰同心結，只緣春色在江南。

白門幾樹昔曾攀？莫愁湖邊灣復灣。倘問前朝南院子，衹餘煙雨拂銅鐶。

汴堤風物畫難工，走馬歸來類轉蓬。記得垂楊千萬樹，飛花還繞舊隋宮。

豈是華林金碧叢？依樓自覺惹春風。一樣西川舊時種，不曾雨露近齊宫。

蘇州煙樹最消魂，鴈齒紅橋幾處邨？白傅詩中添半格，柳枝髣髴並桃根。

杏花邨中雨連綿，摇颺酒旗斜帶煙。柔條欲折不忍折，留繫吴孃鴨觜船。

初烘薄日春還淺，乍拂離筵態已斜。江頭多少無情樹，送盡行人不在家。

夫壻飄零飛絮同，東西南北逐回風。深閨隨處多棖觸，不獨紅樓眺望中。

玉門關外景無憀，不見臨風影動摇。唱徹梁元《横吹曲》，健兒何處挽長條？

澮煙憔悴豈堪攀？愁絶江南庾子山。瑟調制成新樂府，風前不用唱《陽關》。

菱湖曲

菱湖湖邊多種菱，女兒采采蕩舟行。菱角如鍼刺人意，菱絲似帶牽人情，西日欲落晚風横。晚風横，可奈何？歌一曲，《定風波》。

德清道中將入明府李公署

過盡南湖路幾灣？魚塘菱浦碧迴環。前期人指鳥飛外，竟日舟行桑影間。野老喧時農社集，亂雲深處訟庭閒。縣名恰與貧官稱，會聽琴聲響衆山。衙署在亂山中。

野老問答一首美德清李公

泊舟餘不溪，郇郇耕作早。同井復同遊，安閒到魚鳥。風土何以然？道旁問野老。野老向我答，皆因縣尹好。縣尹昔未來，農甿累不小。徵糧成陋規，官吏半中飽。誅求空雞豚，鞭朴連翁媪。李公一下車，救時展懷抱。火耗日以除，差科日以少。時當徵官租，里胥進機巧。維公秉獨斷，燭姦及纖秒。取足供天倉，羨餘概一掃。齋舍比僧寮，盤餐熟葵蓼。官瘦民已肥，吏閒俗不擾。善政難屈指，所舉正未了。我時行舟急，問答語粗曉。緬思野老言，濟物貴有道。居官無他長，不貪乃爲寶。維時雖清夷，四方或旱潦。苛斂貧到骨，家室常不保。安得百李公，爲時起枯槁。

挽張岳未

科名真累汝，遠徵作勞臣。伯有方爲厲，韋丹竟殞身。一棺歸故里，八口仰何人？媿我同磨鏡，空將絮酒陳。

哭方子膏民

前夜狂風吹，吹折瓊樹枝。方期吐榮華，遽同弱草萎。祖母哭無聲，老淚不能揮。嚴父强節哀，拊心涕漣洏。寡妻攜幼女，撫棺誓相隨。白日淡無光，飛鳥鳴聲悲。靈帷風蕭蕭，魂魄諒在兹。念子有世德，祖父仁且慈。累行日有覺，嗜善中不疑。根本既培植，條榦應華滋。而胡不永年？天意竟如斯！憶昔從我遊，彈琴或咏詩。時在童冠列，春風共遊嬉。今來人已亡，永無會面期。哭子非一端，念子非一時。盡我存者心，詎謂亡者知？萬事歸虛無，傷神空爾爲。

簡魏念庭憲副

火雲日燒空，旌節滯海外。陋壤無堂皇，僦屋成官廨。案牘紛相仍，炎天每冠帶。沙户十萬家，雕瘵望沾丐。時逢災祲年，糧粒等珠貝。足兵先足食，撫輯此爲最。救時策空籌，憂民病難瘥。近聞耳患除，蟻鬭分勝敗。政冗神清閒，形勞體舒泰。乃知《德充符》，注《莊》有神會。時以注《莊》十二卷見寄。

海東望江南，杳杳無涯垠。遠道遺雙鯉，傳書葑溪濱。憐我子桑病，知我原憲貧。分俸到蓬蓽，厚誼同指囷。固窮寒士操，念舊君子仁。殷勤拜嘉惠，感激用意真。更示新詩篇，命分玉與珉。高山忘崒嵂，深水忘瀟淪。若谷韋情難，况在綱紀臣。翹首雲海間，悠然見古人。

旱四首

夏旱連秋旱，陰陽嗟久訛。黄埃飛下隰，血淚滴枯禾。直訝火生井，誰看豕涉波。愁時虛有顛，無力挽天河。

三月閉雷聲，天公令不行。禱誇繁露術，憂切望雲情。孝婦疑遭戮，弘羊或待烹。宵來每翹首，星漢影從橫。

旱田過白露，得雨半無功。况值吐花候，偏生動地風。兼旬禾盡偃，萬畝粒將空。回憶祈年日，窮檐一哭中。

兖豫告災日，燕秦待賑年。如何古吴地，原野復蕭然。蒼赤唯存骨，强梁不畏天。安民先禁暴，專望大臣賢。

宋磁注水匜歌爲顧秀野太史賦

匜高四寸，腹徑三寸七分，口殺其腹之二。始掘地爲池，得古井見焉，共九器，俱毁敗，惟匜獨存。中實古錢，翠色如泥，迎風即凝。貯水，經久不壞。識者目爲宋磁也。

閭丘先生劇好事，古玩纍纍案間置。彝舟瓦泰連犧尊，敚目如遊賈胡肆。硯北還陳注水匜，形模渾朴無款識。依稀認得北宋年，似辨齊桓故銅器。傳聞得自古井中，瓶罌上下堆幾重。五銖之錢實滿腹，柔因井渫堅因風。羸其瓶罌匜好在，天意護惜人無功。水泉一勺久不壞，炎月清冷如嚴冬。錢王秘器人罕覯，越窑奪却千峰秀。此匜聲價共低昂，鄭旦夷光孰妍陋。晶瑩滑澤識官窑，宣和以前靖國後。政和間，因定磁粗陋，京師燒造，名官窑。汴京離黍艮嶽亡，塵劫茫茫逢北狩。小物流傳天地間，何年入井藏深甃？土蝕苔侵千載餘，一朝光采重璠璵。主人齋閣静相對，挹水磨丹日注書。争似西京晉靈冢，重淵空躍玉蟾蜍。

秋懷五首

破屋黄茅卷夕風，千畆禾黍偃西東。哀哀寡婦愁無利，契契勞人詠有饛。轉餉即今連塞下，算緡自古重吴中。催科撫字煩良牧，莫使荒原叫鴈鴻。

蘭臺空署赴輪臺，詔遣從軍萬里來。食禄自應持正論，至尊終是重良才。不教天遠投魑魅，更許兵屯闢草萊。想象高秋望京國，一時回首白龍堆。

王師屯戍幾經年，帝子臨戎赴極邊。稽顙虚傳唐突厥，轉輪遠過漢居延。廟堂赤芾憂勞外，郡邑牂羊涕泪前。聞道西安正氛祲，秋風萬井少炊煙。

秦川凶歲困租庸，况值防秋急挽供。搜粟正除都尉爵，畜羊已授大夫封。不須匡救安磐石，自有勳名上景鐘。媿我貧居依稼穡，難將碩畫佐司農。

天兵南下若雷奔，直過澎湖氣欲吞。重臣已復安平鎮，設險還防鹿耳門。萬里波濤昏日月，九秋風雨動鯨鯤。寄語八閩諸將士，豈容海島有孫恩！

不信

十年謁帝向承明，厨傳蕭然襆被輕。金馬門前方朔餓，太常齋日稺卿清。即今雞肋還餘味，自昔鱸魚可煮羹。不信輭紅塵土客，青山無地許歸耕。

懷南徐諸子

海岳菴前結古歡，歸來每憶舊詩壇。百年身世知音幾？兩地關河會面難！南國霜清吴苑晚，西津木落大江寒。何時更躡三山頂，萬里登臨眼界寬。

和顧十一太史重葺秀野園人日題壁四章

拂袖歸來鬢欲蒼，頭銜不署校書郎。西清東觀前塵夢，鹿柴魚梁舊日莊。僧寺梵鐘仍到座，鄰家雞犬每過墻。畦丁花藥栽方遍，堯韭青青間禹糧。

料理林園又一時，重來魚鳥識前期。無窮身世看棋局，幾許悲歡入酒巵。鄴下舊遊懷異物，西堂得句憶連枝。巡檐忽值梅花發，人日春風合詠詩。

遍躡山巔並水涯，常攜布韈與青鞋。仙凡隔處輿難盡，猿鶴棲邊境自佳。能以壯遊追杜甫，還將志怪補《齊諧》。即今穩卧高齋日，萬里風雲動曠懷。

吴下詩壇孰與齊？選樓人物緬林栖。丙丁甲乙分標格，范揭虞楊入品題。招隱每依叢桂畔，醉吟時到夕陽西。邇來轉欲藏文采，悟得郊原斷尾雞。

大墻上蒿行

蒿根託古墻，那得如人長。讀書求功名，那得爲公卿。君心願封侯，但學曲如鈎。如鈎恐不足，黄河有九曲。

旃檀林

悲周氏女也。女太倉人，信佛氏教。不字，出家香象菴。婬尼引强暴亂之，不從，爲所殺。金多欲寢其事，州守李廉知之，置以法。遠近以貞尼稱之。沈子重其烈，惜其爲尼也，作樂府三章，以記其事。

栴檀林，奉世尊。歸菩薩，教生成。正果死，當入甘露門。周女信其説，志欲超根塵。不作人間配，薙髮離慈親。離慈親，朝法王。法王舊弟子，沈溺慾海無慈航。静室日演秘密法，此間可以登天堂。涇與渭，不同流。淫與貞，疾如仇。摩登貪婬復好殺，昏夜乃與强梁謀。從我由爾，違我由爾。從我爾生，違我爾死。佛門不肯輕貸爾。

崑山之玉，可碎不可玷；百鍊之剛，可折不可卷。平。可憐空中妙蓮花，片片摧落霜刃間。揮金飽里正，里正代關説。伍伯及胥吏，合掌大念佛。齊聲自刎頸，佛門那肯貪婬復好殺！賢守不愛錢，曖昧得知之。發奸具款伏，一朝械杻何纍纍！師子林，師子牀，如何送我歸圜墻？我生何罪歸圜墻，我佛救我登天堂。

妙蓮花，終古青。烈女死，顔如生。停尸七日，七日晝夜無飛虻。四衆共羅拜，設位迎神明，幡幢寶蓋來宫庭。墓門樹，女貞青青常不枯。樹無連理枝，枝有單栖烏。栖烏夜啼，聲聲啼向天。生前未返哺，至今含恨在九泉。人生有倫理，空用朝法王。寄言世間女，終身只合守閨房。

竹嘯軒詩鈔卷十七

長洲沈德潛碻士

侯氏三忠祠迎神曲 壬寅

天門高，呀然開。儀肅肅，神靈來。神靈來，太常公。披朱衣，冠芙蓉。激雷電，斷金鐵。排趙嬈，擊曹節。掖庭危，邊疆敗。公直言，攖螫蠆。經百折，歷九死。死握拳，生嚼齒。靈在天，欣同類。揖楊左，肩周魏。靈既來，升華堂。羞燔炙，達羶薌。靈安坐，奏清徵。颯金飈，寒衆體。修肸蠁，忠孝門。聚星辰，光乾坤。

右祀太常公諱震暘

坎其擊鼓，廟庭之下。俟我雲車，迎我風馬。車馬繽紛，通政降只。飛龍玄螭，牙角從只。血痕斑斑，心憤痛只。論伸冤獄，力折强藩。運丁陽九，龍馭升天。銜鬚受刀，决脰報君。精衛填海，身腐心存。卞壼授命，盱眕從死。不辱門風，是父是子。辭鈞天所，來饗齊明。絪絪緼緼，達以精誠。鴟梟妖狐，伏而不鳴。

右祀通政公諱峒曾

鬼雄前隊操戈殳，髑髏纍纍血模糊。飛車兩旁黼絳旗，中有義士髯而鬚。髯而鬚，侯季子。地老天荒，鐘鏞遷徙。（從）[一]廣柳車内藏忠臣，事敗連駢棄東市。升玄冥，謁帝扃。上帝謂，而忠貞，相隨而考而兄，出入玉闕金庭。被髪翩然，娭遊下土。周覽城郭，心悲離黍。後車載美人，冠帔何容與？當年巢破卵不完，連娟修眉殉其主。神靈風雨飄颯如，酹神清爵神來乎！

右祀太學公諱岐曾

校記

〔一〕《歸愚詩鈔》卷一此詩無『從』字，疑此處爲刊刻之誤。

清明日南園懷古集古帖字

緑楊如畫草如煙，輕暖輕寒二月天。閒上溪橋送春目，亂雲紅樹夕陽邊。

風花高下散春晴，鶯飛燕語可憐生。如此光陰應中酒，百年能有幾清明？

遊女行行問花竹，春衣下照春波緑。一聲陌上緩緩歸，還度前朝舊歌曲。

漁歌五章題《漁樂圖》

娶婦生兒總在船，開筵雜坐五湖煙。濁酒瓦盆同一醉，憑渠高卧夕陽天。

我儂家計問煙波，醉後何妨便唱歌。不種官田辦租賦，那知世上有催科！

捉船運漕去聲。走淮流，商船民船日夜愁。獨有漁船無用處，鸕鷀閒放蓼花洲。

漁家女兒雙髻丫，鬢邊斜插蕪青花。不怕江湖相音率。欺得，白頭浪裏響魚叉。

獨木橋邊榆柳邨，橛頭船傍舊柴門。看罷老牛閒舐犢，也含餅餌飤兒孫。

羅浮蝶詞和同學顧嗣宗

四百峰頭五色雲，翩躚鳳子錦爲文。深閨莫便矜穠麗，空貯箱中金縷裙。

雲綃霧縠舞僊僊，擅得嘉名七洞天。朱明洞，一名胡蝶洞。從古修眉受謡諑，漫矜丰格最便娟。

故鄉縹緲近蓬萊，來傍吴宫舊館娃。曾與麻姑作仙使，等閒肯上美人釵。

林花落盡始飛翻，深鎖金籠未是恩。知爾夢魂難忘處，蠻煙蜑雨海邊邨。

略同么鳳鍛毛衣，輸與青寧自在飛。文采可憐真累汝，石樓何日帶雲歸？

飼鶴散人歌 爲尤在京賦

散人逃名入巖谷，散人采藥尋杞菊。三旬九食不關心，飼鶴惟謀鶴糧足。松門深處雲冥冥，起卧手把浮丘經。放鶴招鶴還跨鶴，天風送汝遊玉京，超遥笑指瓊田青。

題祖山人雲響圖 善琴

山人夜登匡廬山，排雲直上香爐雙劍之峰巔。忽聞山間白雲作，聲響恍惚驚霆漱玉來空天。疑是雲之聲，不聞他山嵐氣鳴淙潺。疑是泉之聲，但見滃然萬頃凝浮煙。雲中有泉泉入耳，是雲是泉得琴理。歸來寫入三尺桐，千疊雲泉座間起。

復旱

日出未出如血紅，火雲燒天蒸毒風。下田亦作十字坼，上田禾苗等枯蓬。黄衣道士窮法術，訛言天意當乾封。去年荒旱苦乏食，縣令啃血鞭耕農。蜂喧蟻屯不肯靖，九死那惜罹凶終。愚民可懲亦可閔，仁者終願全哀鴻。今年旱魃復爲虐，天高難問真夢夢。傳聞金壇溧水間，蝗蝻過處田俱空。義興百里染沴氣，老耆憔悴連兒童。往者湛恩下南國，截漕十萬防災凶。出陳易新有良法，要令江左無疲癃。黠吏飽死窮簷餓，官長何必皆瘖聾。養鸇驅爵豈天意，轉瞬赫怒回宸衷。夜深不眠坐待旦，海嶠月出天之東。仰首商聲誦雲漢，忍令彫敝丁吾躬。

星霣行

東方明星光爛爛，西行百丈疾於電。芒角射地櫪馬驚，劃然有聲起天半。疋布横空亘銀漢，半明半滅光不散。或言晃朗天門開，或言天狗聲如雷。或言天欃或枉矢，紛紜議論何有哉？今皇涵育徧八極，要使萬類如提孩。何爲垂象示修省，祥桑雊雊同妖災。天官之書理難測，回斡彼蒼君相職。

九日登君山

秋興莽牢落，江光混窅冥。客中逢九日，木末坐孤亭。狐兔罔嵐窟，魚龍几席腥。一杯澆楚相，吾欲問精靈。

集九賢堂贈任翼聖、高滸文、儲定伯、于爾喈、向之、主人蔡方山，兼以志别

我乘白黿泝荒江，江流浩浩山蒼蒼。暨陽城邊一長嘯，天地容我羈人狂。故交别離已三載，訪舊驚看鬚鬢改。高堂置酒會衆賓，屈指坐間某某在。任生老手文章雄，醖釀六籍光熊熊。高生儲生氣相伉，位置欲闖逞。西京上。二于擲筆鏗有聲，左顧右盼縱復横。主人蔡生富文藻，朱鳳摧隤羽毛好。相逢大笑披襟懷，酣呼跌宕傾尊罍。感君意氣與君友，笙匏異器聲相諧。男兒窮達自有命，但須胸次空纖埃。江湖無用五石瓠，廟堂有待千尋材。誰能低眉折腰向權貴，舉動齪齪令人哀。日晚霜風動江口，當筵忽聽蛟龍吼。醉來起舞鐵如意，仰看高天燦星斗。欲别惜别難分手，爲君更盡尊中酒。明日伯勞燕子東西飛，千里江雲重回首。

送陳樹滋

更異他時别，愁懷知萬端。存亡悲骨肉，去住慨艱難。辭葉哀楊晚，移枝烏鵲寒。故交或念

汝，珍重向長安。

和周萩亭客窗秋思 華亭人

石枰精舍道人家，衰柳枯荷水一涯。争似扁舟圓泖上，秋風秋雨采蘋花。

城外秋山幾點横，九峰棖觸故鄉情。如何十載長安客，不憶華亭鶴唳聲。

泛碧浪湖泊道場山下

泛泛碧浪湖，乍離峴山亭。吴興太守段康建亭於山，名顯山亭，後改峴山。荷蒲無故色，寒林有餘青。驚鱗潛水草，沙鳥立雲汀。但憐空翠過，幾忘舟楫行。青山與白塔，隱隱如相迎。已覘墟落近，漸識炊煙生。野叟作吴語，相顧殊有情。涼月誰共對？郇酟易爲醒。明發入雲去，遥尋清磬聲。

遊道場山 如訥禪師證道於此，故名

吴興山水窟，道場峙西南。孤塔出雲表，上摩天蔚藍。杖策入初地，問法叩花龕。空中聞妙香，旃檀雜優曇。噴流灑飛雨，斷坂支危嵐。崩奔崖谷暗，渟著空青涵。傲睨快胸臆，登頓凌巉巖。遥山矗起卧，湖波鏡開函。神往境自超，象勝興能耽。願言采靈藥，雲際攜長鑱。

下道場山至何山 有何楷讀書處

度嶺辭法雲，穿林入煙樹。古籐罥布袍，洑流濕芒屨。何山隔幽谷，盤紆引修步。野鳥名自呼，鷩麐類相顧。峭蒨難爲狀，明秀實天聚。中有古石臺，高人讀書處。已耽仁者樂，去聲。亦慕顔子庶。感興緬往躅，遊目諧新遇。亦知暫時留，眷戀何能去？隱隱遠鐘聲，回首雲間路。

登弁山絶頂望太湖 有白雀寺

我登吴興城，遥指弁山高。今來弁山巔，衆峰皆兒曹。陰崖渫雲霧，峭壁走猿猱。聖師昔談蕩胸浩煙波，五湖環周遭。滅没洲嶼失，襟帶吴越經，白雀今還巢。已謝上嶺危，復歇登亭勞。交。一氣何混茫，變幻隨昏朝。龍威渺難即，鴟夷不可招。長嘯激天風，萬竅俱鳴號。

山中曉起見白雲初吐

山鳥早喚人，攜屐引山步。山容净如沐，蒼翠沾曉露。虚巖雲氣生，縷縷上輕素。飄忽散清風，遥空詎久住。幻化亦何有，賞愜隨目遇。欲往尋幽人，恐失林間路。

民船運

天旱河流乾，糧船難運行。官府日捉船，挽漕輸神京。虎吏奉符帖，遠近皆震驚。商船斂錢送，放之匿郊坰。民船空兩手，點之充官丁。大船幾百斛，中船百斛盈。江干集萬艘，一一標旗旌。五月發京口，六月停淮城。七月下黄流，八月指濟寧。口糧半中飽，枵腹難支撑。黠者盗糧粒，愚者時呼庚。太倉急轉輸，王事有期程。運官肆榜笞，牛羊役窮氓。夜月照黄蘆，白浪聞哭聲。願汝停哭聲，努力事遠征。大農有賢者，惠汝如孩嬰。

百一詩

食爲民所天，重穀本王政。吴民下下田，況處繁華境。年來旱潦餘，十室九懸罄。而何姦牙徒，手握貴賤柄。一石一兩奇，賈直市中平。出洋四倍之，囤户互相競。海洋紛寇賊，毒惡類梟獍。有天無地處，劫掠逞剽輕。金多闕糧粒，蘖芽未敢横。一朝通内地，種類交手慶。姦牙爾何心？豢寇奪民命。官司無如何，伍伯空伺偵。此輩本幺麽，夙秉貪饕性。同爲版籍民，豈不畏甲令。敢爲民食蠹，根柢那可問。如癰匿腸肺，詎識毒氣盛。久久終潰决，軀體受其病。斯意當語誰？令我憂心怲！

海濱斥鹵地，煎熬利經商。富國兼富民，天産逾蠶桑。不知始何人，重利輕更張。府海殊管仲，析利師弘羊。正課日漸增，四倍於尋常。羨餘三十萬，進獻同輸將。商竈俱受困，剜肉難醫瘡。急公鬻家産，甚者罹桁楊。官征盡纖秒，私販走遠方。出没山谷間，蔓沿江海旁。其始拒捕捉，其後爲探囊。我聞有元季，嘯聚於淮揚。士誠無賴徒，驅迫成陸梁。當今盛明世，國憲昭煌煌。莠民雖易薙，要須慎周防。内本而外末，理財有紀綱。勿用聚斂臣，恐令利源傷。鹽筴何足云？請陳大學章。

丁糧盛蘇松，難與他郡較。供賦民力疲，況復增火耗。每兩五六分，七八漸稍稍。近者加一餘，官長任所好。捉輕兼捉青，官奪吏乃勦。争先植其私，百私並尤傚。贏餘囊橐充，正供逋欠告。緬昔康熙初，大臣秉鈞要。政簡民力肥，黍苗陰雨膏。云何四十年，萬室困淩暴。充腹尚不給，焉能顧庸調？天家闕財賦，浚削竟何效。官司懼失職，加耗議讙噪。救焚用膏脂，炎炎看原燎。善政利漸復，積弊期迅掃。閶闔一何高，排雲聽誰叫。

南方多暴客，殺奪爲耕耘。韡刀裹紅帕，行劫無昏晨。事主訴縣官，縣官不欲聞。朱符遣悍吏，按户拘四鄰。保甲及里正，鋃鐺入公門。鞫讞恣撻辱，需索空雞豚。盗賊實遠颺，株累連衆人。縱虺虐鰕鮰，主者何不仁。前年中丞公，志欲窮其根。峻法緝湖寇，遠慮防海氛。一從彈核歸，若輩彌紛綸。遂令湖海間，屯聚如飛蚊。吾思牧民術，先威而後恩。治弊用重典，古人之所云。霜雪既已加，相濟在春温。鋤誅豈常用，盗賊亦平民。

芳蘭鉏其根，賤於水中蒲。士人虐其類，輕於市中屠。炎炎當路人，金多崇體軀。遇士故無禮，棄之等泥塗。士流亦戇直，敢非其大夫。所以士與官，鑿枘兩相殊。近聞窮廬子，冠裳而纍俘。官長大嫚罵，虎吏傷肌膚。李樹代桃僵，絶命於非辜。林間一鳥死，百鳥聲喧呼。同類爲舉幡，蒼黄走街衢。官長赫然怒，謂此梗化徒。誓將一網盡，那復分龍魚。王制選造士，允爲邦國儲。儒行貴自重，文章砥廉隅。兩者均失之，厥咎歸誰歟？江河日東趨，頹陽日西徂。摧折已自今，後日將何如？緬懷申屠蟠，搔首空躊躕。

舟次詠懷二首 時五十初度

天地冰霜候，風濤漂泊身。匆匆逢五十，欸欸話悲辛。同及門諸子。蒿蔚憐衰草，泥沙困涸鱗。篷窗把郫酒，遣興轉傷神。

孤舟去住輕，野宿就荒城。遲暮易增歎，雲山空復情。微軀慙救過，儉歲拙謀生。百感難成寐，長天旅雁聲。

竹嘯軒詩鈔卷十八 癸卯

長洲沈德潛碻士

千佛幢歌爲諸襄七母夫人賦

千佛幢，誰刺繡？諸家節母矢苦心，十年之功始成就。峨峨青蓮座，上坐兩足尊。像顯滿月面，慈開甘露門。四佛七佛總一佛，三十二相爲同身。天花德雲，上下絪緼。纓絡寶蓋，飛揚飄翻。優曇之華迦陵鳥，栴檀婆律森祇園。旁列阿難曁天女，下連鬼伯水母形紛綸。想當刺繡時，青燈夜明滅。深林響凄風，棲烏叫寒月。絲絲縷縷發志誠，盡帶空閨眼中血。天竺峰前時供養，祥光百道流禪窟。福田利益母不言，默佑遺孤得逢吉。遺孤承母教，發憤成通儒。摘髭銀案間，聲名動清都。千佛名經可操券，顯揚聊欲酬勤劬。子爲小草，母爲春陽。奉以鼎養，鼎養詎可償。奉以多壽，多壽壽而臧。欲知母氏無疆算，請看選佛場中千佛幢。

觀劇二絶句

朱門自昔擅豪華，轉眼翻成落晚霞。恨殺《霓裳羽衣曲》，已曾破國又亡家。

管寧白髮歸遼海，蘇武全家出漢關。邊馬一聲朋舊哭，可堪回首望雲山。

訛言行

烏啞啞，狗觫觫，狐狸跳踉坐高屋。訛言一夜傳滿城，城中居人半號哭。雞聲角角，鼓聲斷絶，扶男攜女出城闕。縣官來，太守來，榜示彈壓不肯止。荒邨深處依蒿萊，訛言煽惑犯王法。唐虞盛世何爲哉？探丸惡少紛成羣，帶刀放火行劫人。平沙古岸荻蘆渚，白日往往沈冤魂。告縣官，縣官謂言：『唐虞盛世，安有此？』告太守，太守謂言：『訛言煽惑當誅汝，汝曹奔竄自送死！』愚民吞聲淚如泚！

謁孝陵二十韻

大業開江甸，真符啓帝王。九州紛割據，一劒掃欃槍。將帥風雲合，乾坤日月光。酬庸頒誓誥，定禮徧要荒。湯沐隆濠府，梯航會建康。治功仁欲浹，遺詔語難忘。丹寢江流繞，金燈鍾阜藏。鬼神朝法駕，龍虎護雲房。一自炎精失，俄看寶祚亡。閟宮來牧豎，隧道走牛羊。華表傾雙闕，穹碑卧兩廊。聖朝尊盛烈，御筆焕天章。聖祖有『治隆唐宋』御筆。典守仍宫監，儀文倣奉常。草茅登殿陛，稽拜肅冠裳。靈氣開珠匣，龍形儼玉牀。虬鬚唐帝子，隆準漢高皇。謁高帝御容。異代原陵舊，春風茀草長。初無麥秀感，似有黍離傷。王氣銷南國，空巖並北邙。徘徊松柏路，斜日下紅墻。

秦淮雜詠

六代南唐，勝朝興壞，前已見《金陵詠古詩》矣。秦淮風物，觸興成詩。事皆瑣雜，不復倫次。

六代江山久寂寥，勝朝宫闕亦煙銷。衹餘燕子憐春色，依舊銜泥過内橋。

賜第中山寵舊勳，於今華屋亦埃塵。東西園裏無人到，時有流鶯怨晚春。

不數迴風唱麗娟，懷寧一曲萬人憐。天荒地老渾閒事，留得新聲燕子牋。

十四樓空煙雨寒，居人猶説馬湘蘭。紅妝季布誰能識？楊宛張回一例看。

鼓吹燈船續舊京，當年楚客氣峥嶸。清辭欲下銅仙淚，曾聽前朝煞尾聲。合肥龔尚書芝麓續燈船鼓吹之勝，命客賦《再聞燈船鼓吹歌》。楚人杜于皇長句擅場，合肥顧夫人以百金贈之。

横波寫出楚江春，詩句蘼蕪字字新。國破家亡趙承旨，多情應爲管夫人。金陵周氏藏顧横波畫蘭，上有柳蘼蕪題句。顧係合肥龔尚書夫人，名眉生。柳係虞山錢尚書姬，名是，字如是，蘼蕪，小字也。

紫金山翠石城東，望裏牛羊夕照中。此日通天臺畔過，並無沈炯哭秋風。

褒鄂勳名重李家，後賢縱酒是生涯。醉中閒却攜鋤手，嬾種東陵子母瓜。中山靈壁後人，俱隱於酒。

緑楊影裏撥琵琶，小隊蠻妝學内家。前代興亡誰解惜？更無人唱《後庭花》。

流寓詞人錢飲光，兩雄並角杜于皇。百年儒雅消磨盡，何處荒墳吊夕陽。

長板橋南舊酒樓，昔年曾此記觥籌。主人莫訝容顏老，已到秦淮十度遊。

贈王耘渠丈兼道别

昔年相遇秦淮樓，樓頭買醉澆牢愁。今年秦淮復相見，落拓依然縱談讌。髭鬚白盡兩頰紅，興高奪稍羣英中。酒酣耳熱肝膽露，豪情右盼還左顧。先生少主文章盟，使筆直使秋空鷹。跨海欲掣掉尾鯨，意氣魁壘山嶽傾。豫章干雲世難用，龍泉貫斗衆眼盲。一官如泥等閒棄，鳳鳥肯逐羣雞鳴？杜陵老去依幕府，醉後登牀傲嚴武。青鞵萬里歸去來，滿徑蓬蒿守環堵。回空那及猗氏盈，名塞滄瀛竟何補？唯餘愛才一寸心，結交忘年到爾汝。酒間誦我新詩篇，爲言逸興凌雲煙。低昂奮袖時起舞，淮樓四座停歌筵。我生厄塞殊自憐，途窮迴車年復年。一人知己可不恨，何況推奬逢高賢。爲雲爲龍未可定，東西南北安得相周旋？春花落盡辭鄉久，歸心觸撥濃於酒。東風知我重離羣，當筵吹折秦淮柳。前途彼此兩茫茫，天邊明月分清光。遥憶君家著書處，金壇山下松花香。

梅花樓文讌，時重五前二日

山間雲作牖，木末石爲樓。酒置王珣宅，人來柳惲洲。家綸翁編修。蒲葵方令節，湖海總名流。何處《梅花落》？聲聲笛韻幽。

雜坐鳥巢外，披襟嵐翠中。一尊懷霸業，半嶺受天風。泉石言俱妙，漁樵道亦同。涉江來日事，蘭槳興何窮！

觀插蒔

黄梅旬日雨，溝塍水瀰漫。農家勤插蒔，田畯不須勸。新苗立泥途，糾笠聚疆畔。微風曳漣漪，青青動波面。媿我手足閒，感彼筋力健。連年五行乖，窮民遘癲旱。况復官長峻，填寡亦宜犴。《韓詩》「岸獄」，作「犴」。今當暘雨若，虎吏兼遠竄。頓忘身家累，但適種藝願。阡陌滿生機，油然在轉盼。何處起歌聲？前村緑楊岸。

吴小仙《雙松醉仙圖》

半天雲雷卷中起，龍吟虎吼空堂裏。誰掃雙松勢千尺，吴生小仙醉時墨。几席陰森失豪素，上拂玄冥真宰怒。林間中酒一丈人，頽然高卧忘其身。松風滿壑吹不醒，一卧直欲三千春。何時起來松下更飲酒，笑問乾坤無恙否？

北郭尋徐幼文故宅

名流舊日此棲遲，滿隝煙雲獨到時。十子聲華隨逝水，半郈瓜瓠上疏籬。蜀山避地青田鶴，洛郡飛纓太廟犧。更惜松楸迷處所，秋墳誰聽鮑家詩。吴人張習云：北郭未遂首丘。

重過柏堂懷樾亭上人

古柏長青青，枯禪已云逝。書卷滿流塵，竹閣晝常閉。病餘煮藥鼎，依然置堦砌。人生皆暫合，彼此如附贅。萬有歸虛無，誰能固根蔕？老淚不須彈，爲轉華嚴偈。

題家勉之孝廉《空江待渡圖》時公車北上，命工寫圖，屬題斷句

春江鴨緑柳鵝黄，欲渡前汀望渺茫。爲待津亭舊相識，煙波何處少輕航。

萬樹桃花千載紅，仙源雲水隔空濛。中流一葦如相引，便是蓬池有路通。

采菱曲

東家采紅蓮，西家采紫菱。蓮花比儂豔，菱絲繫儂情。移船出浦遲，纖手弄漣漪。心心期薢茩，秦人以菱爲薢茩，與邂逅同。貪看鴛鴦飛。水清菱花香，水濁蔆角鮮。采清不采濁，斯意儂

自憐。湘藕同心生，芙蕖守紅死。異蒂連紫莖，纏綿亦如此。女伴笑相逢，隔船兩招手。相約並船行，相憐暫相偶。采得折腰紅，歸家持贈郎。清歌終一曲，明月滿迴塘。

苦熱三首

赤烏萬翅張雲霄，祝融施鞭火龍驕。熱氣毒淫飛鳥墜，海枯山焦豈天意？晝長難食夜難寐。嗚呼！世間非無峨嵋積雪匡廬泉，安得驅之俄頃來眼前？

清涼之國變燻灼，炎官操權一何虐！南山女妭稱旱怪，風雷起處向空拜，倏忽火雲燒天外。毒風卷地飛黃塵，發狂大叫心如焚，道旁暍死多行人。

河渠乾枯井泉竭，吳中癲旱兼酷熱。空堂揮扇汗如雨，農夫煎熬心更苦。連年荒旱可奈何？血淚不救田中禾。而況炎天萬里運橐駝，酒泉郡外方橫戈。

晚蟬

抱葉聲聲咽亂蟬，平林静處晚涼天。無情蕭瑟絃中韻，不盡空濛柳外烟。孤館坐深殘雨後，行人悽斷夕陽前。漢廷幾許貂冠客？飲露清宵讓汝賢。

石湖煙雨圖

柔櫓聲聲泛杳冥，篷窗開處浪花腥。龍拖急雨來天半，失却吴山數點青。

釣竿箬笠足平生，冒雨衝風舴艋輕。忘却狎鷗亭畔路，忽聞煙際寺鐘聲。

挽宋南園文選

纔復銓衡舊，重爲出塞行。虎頭空異相，馬革足平生。淚下三邊卒，魂歸萬里程。知公遺恨在，絶域未休兵。

主聖容孤直，臣勞砦獨賢。聲名重參選，心血盡籌邊。清論朝班上，遺棺雪嶺前。乘槎有歸日，未及漢張騫。

憶昔論文日，城南坐小樓。把杯當七夕，分手竟千秋。時乙未七夕，不數日，南園從軍西上。白雁飛空到，黄雲望欲愁。大招吾有作，何處是秦州？

京口余江干六十

囂塵何礙隱人居？馬牧聲名衆不如。負重那甘同蝜蝂？蠹書只合學蟫魚。句高丁卯詩篇後，降比庚寅覽揆初。六十轉添腰脚健，未須兒子舁籃輿。

芙蓉樓畔昔飛觴，别後相思阻一方。寄去格詩懷舊雨，傳來生日近重陽。入雲老鶴高逾健，浥露寒花晚倍香。千里古人曾命駕，可容交誼讓奚康？

會面依然道貌肥，穩身制就芰荷衣。感時不羡鵬將徙，教子惟安鷁退飛。令子一石讀書，不應舉。白日黄雞歌古曲，長鬚赤脚守閒扉。相招京峴山邊隱，晚節何煩列壑譏。

晚秋雜興

亢陽連四月，凶歲歷三年。恭遇成湯世，難回覆閔天。西風動茅屋，荒草滿原田。黄雀虚求食，飛鳴亦可憐。

蓬户炊常斷，朱門廪亦空。已判離骨肉，無處鬻兒童。井邑徵求裏，牛羊涕淚中。誰能師鄭監，圖繪達深宫。

淮泗交流處，長隄古漕河。沙平停筊楗，澤涸走黿鼉。轉運千艘集，逋亡萬指多。時運河水涸，以民船挽漕。官吏交迫，棄船逃歸者甚衆。天倉需玉粒，南顧意如何？

知交徂謝後，頓使寸心灰。舊篋存三賦，新辭詠八哀。秋飈涼病骨，落日上高臺。莽莽環瀛内，誰人解愛才？

安邊資重鎮，防寇及深秋。應有金城略，能紓玉座憂。西戎連種類，諸將拜公侯。何日旄頭落，龍庭兵甲休。

北闕須才畯，山林士氣增。蒐羅到麻葦，曲直中鈎繩。周變逃名苦，孫弘對策能。虛聲應共雪，莫負璽書徵。

卅載儒冠誤，千金敝帚尊。有詩酬歲月，無意數雞豚。鑿枘人情忤，艱虞吾道存。何須計通塞？送老任乾坤。

矢音集

序

古來君臣遇合，庶績凝，而萬邦乂，相與形諸永言，以彰一德之治。若帝庸作歌，而皋陶賡歌；成王遊卷阿作歌，而召公遂歌，其最盛也。後如漢武之《柏梁》，宋孝武之《曲水》，唐太宗之《望海》《喜雪》，玄宗之《花萼樓》，宋仁宗之《賞花》《釣魚》，明宣宗之《憫農》《減租》，史册艷稱。然皆君有詠歌，臣工偶和，又皆臣依君韻。罕聞君和臣詩，臣下復從而賡和之，且積成卷帙者。有之，自少宗伯沈歸愚先生始。

先生爲諸生時，姓名已聞九重。迨入翰林應制，命和御製消夏詩，深愜宸衷。召對時，惜先生博通晚達，嘉先生風格老成，遂同魚水契合。五年之内，晋秩列卿，敕和殆無虚日。中間用先生韻，而先生仍和御製者，十居三四。此歐陽氏所云『聖賢相遭，萬世一遇』者也！辛未冬，先生祝皇太后萬壽，赴京，陛辭時，皇上製詩序以賜先生，因取全稿釐定重刊。而以敕和詩别爲一集。起《消夏十詠》，後及巡行嵩洛、省方吳會之作。題曰《矢音》，屬予序之。

昔穆修稱韓愈《元和聖德詩》《平淮西碑》、柳宗元《雅章》《鐃歌》，制作如經，聳唐德於盛漢之表。竊謂韓柳之詩，誠足鏗鏘金石、鼓吹軒陛，而先生隨所攄寫，皆寓古大臣忠愛之忱。和『詠柳絮』而念萬姓之無衣，和『駿骨圖』而慮權奇之隱伏，和『觀打魚』則思物命之宜留，和『各省告豐』則恐文具之無實，和『擘藍御筆』而陳山左鴻哀，和『豆班集』而籌金隄蟻穴，如此之流，未易枚數。先生因事納規，皇上虛衷善受，賜詩云：『笑予結習多難遣，嘉汝臨文不忘箴。』君臣之間，兩無猜嫌，此又韓柳當日未聞膺兹隆盛者也！前予《西湖志》纂就，附先生名進呈。蒙皇上賜詩代序，兼文綺之錫。今又挂名簡末，何其幸歟！退老田間，玉堂天上，想望主臣一德，亘古殊榮，不啻神往於虞廷成周之世矣，猗與盛哉！

乾隆癸酉冬月玉笥傅王露題

矢音集卷一

長洲沈德潛碻士

恭和御製《消夏十詠》元韻

荷

艷質凌湖鏡，幽香透水窗。盈盈明隔浦，采采涉清江。瀉露珠無算，摇波影自雙。鳴榔何處響？花外聽摐摐。

蟬

逸韻響松篁，閒園日正長。噪林喧處寂，移樹定中忙。斂翼含疏雨，殘聲曳夕陽。幾先能早避，窺伺任螳螂。

扇

摇動驅殘暑，如過斑竹叢。闔餘還入袁，開去便生風。丁緩機相亞，元規塵欲空。南薰更披拂，和與萬方同。

蛙

雨餘蛙倍閙，同類和應齊。盛怒疑虓虎，長鳴異木雞。柳邊波拍岸，煙外草平堤。皷吹晨連夕，相看月色低。

螢

熠熠波心度，空明點碧澂。坐衣幾欲潤，映字豈須燈。墻角倦時墜，林端聚處增。雨過光不濕，自照爾偏能。

冰

頓覺青蠅散，空堂爲置冰。雕鏤工莫就，炎暑氣常凝。蠶種從知幻，山形未許憑。懷清差自信，因熱竟何曾。

雨

久旱得靈雨，歡呼動遠村。豐穰已有兆，禱請在無言。林潤禽聲樂，池平蛙吹繁。晚涼添霽色，新月破黄昏。

月

雨後銀盤上，清光信可遊。金塘波灧灧，雲漢影悠悠。鵲遶驚還定，螢飛澹不流。襟懷同止水，涼氣已先秋。

瓜

瓜區紛采摘，覆葉帶清香。片削盤盛翠，涼生齒濺霜。東陵風自古，西域貢俱良。何幸逢君賜？分甘正席嘗。

蛩

草際吟蛩起，羣知秋信歸。報寒聲尚早，吊夜韻還微。白日澹幽砌，輕飈入暮幃。此時驚嬾婦，織素識先幾。

敬和御製《討源書屋恭瞻皇祖御筆》元韻

玉泉山色滿林園，磵水依然夾道奔。花亞雕闌紅破萼，苔侵釦砌緑添痕。龍飛鳳舞欽皇祖，春露秋霜感聖孫。一月萬川澄印處，周情孔思見真源。

恭和御製《落葉詩》元韻

嫋嫋風前可自由，霜凋萬木那能留。空村堆去添寒色，斷澗飄餘礙淺流。忽露鳥巢唯覺瘦，頓逢山骨欲驚秋。不須送遠兼懷舊，極目平林惹暮愁。

秋郊忽漫比春紅，又見霞光一餉空。卷去有痕歸野燒，飛來無際逐征蓬。打窓似聽三更雨，平砌方知五夜風。識得化工遷轉意，生機正在雪霜中。

摇落偏驚宋玉心，閒庭隨處積還深。雲依疏樹稀留迹，月到寒林不受陰。鋪却石牀僧未掃，封將樵路客難尋。最宜隴首亭皋畔，獨立支笻聽遠音。

望裏槭槮氣象殊，南山豈獨萎夫須？青袍處處逢寥落，紅樹年年换有無。林下聲乾聞步鶴，枝頭霜冷想棲烏。此時回憶三生夢，金谷春園一萬株。

淮南木落感如何？楓岸紛紛下最多。閒共雲衣回古洞，遠兼雁影度滄波。餘情未了還棲榦，瘦質當辭不上柯。惟有廣寒宮畔樹，依然羃䍥俯星河。

天無黯澹不成秋，臨水登山幾許愁？瑟瑟聲中粘蠟屐，蕭蕭影裏點漁舟。美人黄土憐嫱旦，賓客西園念應劉。應姓，古人平仄俱收。一片拈來悟榮落，滄瀛三變看浮漚。

恭和御製《紙鳶》元韻

剪紙爲鳶雜素繒，入雲無跡勢凌兢。清明佳節仍兒戲，楊柳遥村漾綵繩。野鸛盤回争展翮，牧人操縱試麾肱。戾天也足逍遥趣，不羡圖南海運鵬。

恭和御製《柳絮詩》元韻

花事闌珊又一巡，紛紛落絮點江津。枝間婉轉難辭樹，陌上回旋欲餞春。乍止忽飛輕似霰，疑無還有澹于塵。朝來倘過郵亭路，好罥臨岐送别人。

瞥眼春塘長嫩稊，碧空又見景低迷。悠揚素質非秾矣，旋轉微風異籜兮。輕粉糝將陶令徑，閑雲綴却白公隄。劇憐雨後歸沾滯，也逐紅芳入燕泥。

塘邊仿佛着微霜，穿過珠簾上玉堂。聲臭色香俱寂莫，東西南北忽顛狂。遊絲並舞相隨緩，戲蜨争高一例忙。點入硯池清不滓，縈迴筆墨亦何妨。

輕陰漠漠靄霏霏，撲面須教捉麈揮。作陣每兼楡筴小，化萍還覆鯉魚肥。陽雲樓上因風入，灞水橋邊送客飛。只是裝棉虚想象，聖心對爾念無衣。

迷漫流眄目難窮，無限離心付太空。淡質故應烘薄日，輕身自合受和風。已憐老樹栽司馬，更看飛花捉小童。吹向玉皇香案過，纏綿還繞朵雲紅。

恭和御製《遊潭柘岫雲寺》元韻

鑾輅經山曲，來過秖樹園。香林原有域，雲氣欲爲門。松老蟠鱗甲，峰低列子孫。聖人觀物化，妙悟在忘言。

木石皆聞法，猿猱許結隣。潭涵雲月影，柘閲古今人。竹裏經聲静，風前磬韻頻。西山多佛刹，清净此誰倫。

聖祖留題處，驪珠顆顆懸。丹泉流座下，翠嶂合窻前。風逆旃檀氣，春生忍草煙。祖師禪已透，不碍火中蓮。

從臣跋馬日，名刹小淹留。爲問黄梅事，還參白足流。俯看羣鳥背，高上一峰頭。欲識伊蒲饌，齋厨或許投。

虚室閒舒卷，晨煙與晚霞。坐收千叠翠，不設四圍紗。悟得湟中鹿，何愁井裏蛇。繙經遇六卍，難字試侯芭。

碧雲僧眼净，翠巘佛頭濃。收入光明藏，常清冰雪胸。遲人峰朵朵，送客水淙淙。谷口回車騎，猶聞煙外鐘。

恭和御製《桃花寺八景》元韻

湧晴雪

白雲忽有聲，檻泉湧巖穴。地靈想神鑿，脈動疑石裂。淙淙復幽幽，濺沫韻清絶。春月桃花飛，潭中漾紅雪。

小九疊

飛流憶匡山，不滓比清霅。層層下石罅，玉龍走鱗鬛。倒影浸劍峰，芙蓉欲抽匣。對此彈冰弦，琴心付三疊。

吟清籟

蒼虬挺石骨，蟠屈煙霞外。龍馭駐松陰，風雲此交會。空際落驚濤，清音動蘿帶。静聽忘語言，悠然總天籟。

坐霄漢

軒牕俯高空，得意灑宸翰。積翠涼几席，山雲入帷幔。趣隨萬象足，韻落九天半。簪筆侍玉皇，置身傍霄漢。

雲外賞

禪林結縹緲，恍在諸天上。疑逢海外山，蓬壺與方丈。不須話無無，到此神蕭爽。有得在無心，超遥寄玄賞。

滌襟泉

止水不起波，虛明涵空天。自昔無嘉名，晦跡香林前。譬彼巢許流，名因帝堯傳。静對一披襟，澄懷並淵泉。

點筆石

名山不厭奇，坐石代吟席。點筆一峰頂，收拾千重碧。化工鑄有神，仙骨斲無跡。天才羅古今，詎論斗與石。

綉雲壁

過雲開錦綉，浣花句誰敵？雲來石俱動，雲去石還寂。雲石兩相忘，變易仍不易。欲攬盤龍山名形，更上千仞壁。

恭和御製《土木堡》元韻

巡邊龍馭歷荒城，懷古因憐少保名。智並飴甥繕兵甲，權符漢祖乞杯羹。忮遭同列生前謗，論定今皇身後榮。此日沙場成沃衍，久將耕鑿換榛荆。

恭和御製《落花詩》即用落葉元韻

芳華開落竟何由？欲喚春歸聽栗留。燕蹴繽紛下瑶席，魚吹吞吐漾寒流。五更風雨疑逢劫，三月池塘似報秋。惹草縈沙無定態，杜陵江上可勝愁？

紛紛墮白與飄紅，鈴索聲停鳥下空。有迹乍依垂帶草，無歸旋逐斷根蓬。青鸞帚掃千堆雪，紫麝奩消一笛風。誰說吴兒同木石？黯然如在别離中。

除是維摩不動心，鬢絲禪榻感還深。輕衫拂處人方淡，小扇承邊樹欲陰。香色已空餘寂寞，因緣未了費追尋。如何塞外春光斷？更起新龢羌管音。

天雨漫空散曼殊，人間榮瘁只斯須。縱隨流水香還在，直到成泥艷始無。陌上草茵稀見蜨，門前柳綫暗藏烏。明年依舊勞青帝，又遣芳葼發故株。

最傷心事竟如何？花片紛於離緒多。以我蕭蕭愁獨影，送君去厺點清波。三生石話稌鮮日，六曲屏描黯澹柯。一別郍能重上幹？恍如踪跡斷銀河。

落葉蕭森紀往秋，一番又復撥閑愁。緑雲漸見迷征騎，紺雨徐逢送客舟。高閣微吟斷腸李，武陵虚憶問津劉。觀空悟得無無旨，今古天人共一漚。

奉敕題黄公望《山居圖》，恭和御製元韻

畫師如將，將兵兼正奇，大癡富春山居之圖世所知。蘭亭右軍神到候，生氣坌湧何淋漓！此卷興會不相亞，筆所欲赴神先之。岡連嶺複勢合沓，偶然忽斷便有雲相隨。想其解衣磅礴處，著墨飛動奕奕軒鬚眉。上追右丞雪江幅，同音笙磬夫何疑？聖人得此屢評品，探抉亭毒窮端倪。江山萬里入毫楮，大造在手非關思。敕命小臣題紙尾，迫窘詰屈安能爲？昔年曾跋富春卷，今閲此本俯仰生齎咨。天章雲漢敬賡和，秋蛇春蚓敢望岣嶁山尖碑？

御製云『我欲壽之以佳作，德潛筆墨猶能爲』，末云『試評此畫得所否？更須紙尾揮韓碑』。臣自顧庸弱，難稱期許，竊媿恧焉。

奉敕恭和御製《生秋詩》二十章，用元微之《生春》詩韻

何處生秋早？秋生雲色中。奇峰初斂態，薄縠不禁風。影入空江净，鱗遮淡日融。星榆連月桂，掩映自成蘴。

何處生秋早？秋生玉露中。珠垂楊柳月，銀瀉芰荷風。杯裏三危潤，盤中五色融。霑濡到小草，偏近玉階叢。

何處生秋草？秋生霽色中。金翻鴉背日，塵掃馬蹄風。鐘鼓晴初報，郊原暑乍融。豐年暘雨若，暖潤稻花叢。

何處生秋早？秋生流火中。霧消炎海瘴，氣引雪山風。商意侵河鼓，離光退祝融。撫時思結佩，擬擷紫蘭叢。

何處生秋早？秋生紫禁中。漏聲傳短晷，琴韻謝薰風。昧谷咨羲叔，經筵侍馬融。西郊方大獵，狐兔滿榛叢。

何處生秋早？秋生江路中。鷗閒沙渚夢，漁醉柳塘風。碕轉嵐光近，帆飛曙色融。琵琶催送客，瑟瑟荻花叢。

何處生秋早？秋生野墅中。陂塘澄止水，葵菽守淳風。砧杵因時搗，炊煙著霧融。農談過

隣曲，臺笠聚叢叢。

何處生秋早？秋生斷岸中。蓉裳宵泫露，柳綫曉梳風。磵隱芳蘅秀，波涵澹照融。隔溪誰弄笛？聲出亂煙叢。

何處生秋早？秋生梧色中。半庭疏漏月，一葉墜驚風。金井牽絲冷，高岡向日融。鳳儀天下仰，棲息碧雲叢。

何處生秋早？秋生雜卉中。種多俱得露，香冷遠含風。過候蜂黄淺，傾陽蛺粉融。東皇長作主，素序有芳叢。

何處生秋早？秋生鳥思中。鴛飜荷葉雨，燕掠蓼花風。水宿波光冷，枝鳴霽景融。定餘還入夢，寂寂翠雲叢。

何處生秋早？秋生池榭中。筵邀帝子駕，幔卷楚王風。夜看銀河轉，吟催蠟炬融。省郎方直宿，小立紫薇叢。

何處生秋早？秋生稚戲中。瓜分半輪月，螢撲一簾風。騎竹鞭絲軟，擎荷燈燄融。瑶階森寶樹，舞采若爲叢。

何處生秋早？秋生人意中。胸襟涵爽氣，塵坱滌清風。序以天時轉，心將物理融。荷衣蕙爲帶，不入少年叢。

何處生秋早？秋生半睡中。神遊古槐穴，世接上皇風。手帙慵將墮，爐煙熼欲融。聲聲啼絡緯，任爾薜蘿叢。

何處生秋早？秋生曉鏡中。鬢蟬開薄霧，釵燕動微風。黛映遥山翠，光憐暖玉融。芳心争向日，笑指露葵叢。

何處生秋早？秋生綺户中。琴絃張素月，舞袖起涼風。影對銀屏冷，顔憑玉液融。鳳仙堪采摘，艷比去年叢。

何處生秋早？秋生古寺中。觀空潭水月，無礙塔鈴風。花散諸天寂，燈然一室融。堦前真趣在，忍草發寒叢。

何處生秋早？秋生客思中。樓頭千嶂雨，驢背五更風。夢易聞鐘斷，愁難借酒融。關山行絶險，到處説蠶叢。

何處生秋早？秋生濛雨中。衣霑誰見迹？窓灑自因風。蘿屋煙難散，瓜疇土自融。伊人勞想象，宛在露葭叢。

蒙恩給假，御製五言長律送行，恭和元韻紀恩

濡滯驅征幰，寧云賦遂初？君恩深惜去，臣老不中書。跡欲辭丹陛，心仍戀屬車。寵光榮祖父，歡喜到鄉閭。常矢涓埃報，幾忘鬢髮疏。園葵勤手植，向日近前除。

蒙恩給三代封典，御製五言律嘉獎，恭和元韻紀恩

獺祭難忘本，陳情出帝鄉。先臣躬守素，聖主詔焚黄。天澤邀頻沃，春華得再揚。鄭公忠孝里，恐負白雲堂。

瀛臺賜宴恭和御製元韻

天家池館集鳴珂，大有頻書際太和。豈比漢京陳寶鼎，還同周室得嘉禾。飛樓縹緲緣雲上，羽旆飄揚拂樹過。六十餘年承祖德，明良盛事在賡歌。

沿隄匼匝翠雲稠，傍水亭臺紫氣浮。柳外橋通仙島近，竹間泉繞玉階流。倒看天影憑虚檻，背指花開轉畫舟。不用更騎遼海鶴，蓬壺只在苑西頭。

涼秋藹木尚便娟，玉座深深籠瑞煙。日射氍毹暖瑶席，風飄迷迭散芳筵。雲罍酒賜公卿洽，上手賜大學士以下十一人酒，臣德潛亦與焉。糺縵詩成海宇傳。好譜柏梁新樂府，歌聲按自李延年。時樂人演柏梁賦詩故事。

内官傳命小遲留，賚予恩深總莫酬。捧出天文如近日，頒來錦縠正宜秋。彎環鮮藕初辭水，

蹬刺銀鱗乍上鉤。更遣棹郎徐打槳，荻花傍艦似滄洲。

恭題御筆畫梅後，御製即用臣德濬韻，仍題畫上，重命賡和

瘦到十分清到骨，孤芳獨受九重知。貌將姑射仙人態，傳出西湖處士詩。么鳳自隨羣玉樹，都梁合逗上林枝。從兹冷蕊沾膏潤，敢道槎枒已後時。

奉敕題龔開《駿骨圖》，恭和御製元韻

開，字聖與，號翠巖，宋末淮安人，隱於畫者

古人千金市駿骨，翠巖所際非其時。匡山一角海水沸，伏處那有青雲期？憑仗秃筆寫胸次，千里超躍應雞斯。西戎馬。胡爲不寫豐腴寫羸憊？辱奴隸手往往鞭捶之。蘭筋銅骨眼未見，俗賞但解珍毛皮。稜稜並露十五肋，久虚棧豆常羈縶。鬱勃每從境遇出，神妙忘却經營爲。嘗聞紙鋪兒背代几席，室無一物吁可悲。杜陵野老賦瘦馬，兩人寄託並是人中奇。平湖詹事有語不敢吐，高江村自跋不能賦詩，祇録少陵《瘦馬行》。氣怯力薄難爲辭。一朝得邀聖人顧，天葩揮灑縈神思。權奇滅没慮卑伏，塵外賞識關織司。南城泥滓無汙辱，東郊苜蓿添華滋。披圖硉矹慨

遭遇，方今渥窪龍種悉受天家知。

恭題《御畫擘藍》，即次御製元韻

擘藍譜入羣芳中，兄視園葵弟山薤。養成木本挺磥砢，霜雪交侵常不壞。味甘差可佐稼穡，性淡未須埒薑芥。一經御筆賜描摹，窮檐風物饒生態。安得山左偏地生？劚取充饑萬民賴。蚩蚩肉食厭肥醲，此品未嘗何足怪？蔬族也，北地有之，近代入《羣芳譜》中。

恭和御製《今秋各省告豐者甚多，既慰以懼，并示近臣》元韻

九宇奠一人，位尊任迺臣。航浮索引國，顒顒望區處。皇心慰懼并，叠見告豐者叶。文具亡其實，聞諸古人語。太平仗粉飾，美言竟何補？山左多灾祲，深宮入聞覩。吴越米告無，哀鴻籌綏撫。常平議豫儲，足食先通賈。閭閻苟不充，空言慕鄒魯。天意本至誠，降康蘇困苦。有秋驗禾廛，四方慶多取。羣工慎黽勉，虚文戒誇詡。敢以匪懈躬，易行儕編估。飲冰勵清節，報主庶其可叶。勿負勤政朝，我皇敬作所。

恭和御製《三月二十九日作》元韻

林間葉接鶯巢緑，梁上泥香燕啄紅。青帝回驂炎帝届，一方送喜萬方同。時金川平定。序當甘雨霑濡候，人在光天耕鑿中。况是青門寵行邁，潞河好趁布帆風。

矢音集卷二

長洲沈德潛碻士

恭和御製《過潞河》元韻

始旱繼以潦，秋來水餘漲。補助仰神倉，蓄洩倚保障。既退猶未平，滔滔況方壯。聖人經潞河，觸目增悒怏。稻田苟歉收，農夫無下上。歲薄缺饔飧，民貧輕禮讓。美言飾豐亨，玉卮總無當。九重時蹙顰，夙夜廑吾民。勿與水争地，疏鑿享其利。報賽慶有秋，君心庶少酬。

恭和御製《過三河縣道中作》元韻

傳聞畿輔漲河流，天意回餘望有秋。憂樂帝心方得半，封章莫報十分收。

平田白水朱明日，棲畝黄雲涼露時。道上不愒耕者腹，宫中方展聖人眉。

恭和御製《恭謁孝陵》元韻

佳氣皇陵厚，中朝帝業鴻。作京仍冀北，入統自關東。大武開文德，曾孫溯祖功。寢園隆薦鬯，觸緒緬英風。

恭和御製《恭謁景陵》元韻

六十年仁愛，寰瀛永不忘。敬承知子啓，聖德識孫昌。繼緒懷垂統，傳心實見墻。松楸瞻拜處，灑淚浥壺觴。

恭和御製《詠松》元韻

萬松並倚孱顔，磥砢高出雲間。材大自逢匠石，不愁偃蹇空山。

恭和御製《雲林石室》元韻

石窟谽谺一徑通，幔城隱映碧煙叢。秋空巖磴寒雲白，天遠平蕪晚照紅。自足憑高望瀛海，上盤絶頂見海。何須訪道上崆峒？宸章題後榮光起，朗徹田盤上下中。

恭和御製《半天樓》元韻

流丹聳翠出諸天，襟帶能收勝概全。雲物每思窮遠望，樓居不擬駕飛仙。二儀分割中央境，萬古微茫下界煙。何處寒林傳梵唄？清湍白石證深禪。

恭和御製《水碓》元韻

溪流淙潺赴層曲，邨農藉此舂塲穀。桔槔依樣勢旋回，杵臼和鳴機自熟。南方巧製到邊陲，能補前民尚象遺。精鑿簸餘留棄粒，黄雞啄取向秋肥。天顔睹此逌然喜，輪逐清湍轉無已。却憐廡下賃舂人，一逸一勞分彼此。

恭和御製《雨中過易州》元韻

月行從畢豕涉波，侵曉淋浪雨不止。橋陵展謁有期程，奉常職司肅經理。一人不惜冒雨行，千騎百官度泥滓。唐宗手自結雨衣，典祀烏容此例彼。行宫望裏入蒼茫，長短郵亭記道里。候人已報過易州，敕勿蹂轥傷平疇。下民墊隘已堪閔，郊原除道何須周？封疆重臣體此意，勿以煩擾妨交修。我皇時巡匪創舉，祖德載世貽孫謀。從臣僊矣行少休，明發助祭逢徂秋。

恭和御製《詠雁》元韻

霜染楓林天宇清，隨陽朔雁破空鳴。能縈塞北征夫恨，還觸城南少婦情。度水每兼黄葉影，呌秋常和白猿聲。稻粱憐汝殷勤覓，稍喜田禾報有成。

恭和御製《燕昭王故城》元韻

睥睨荒涼不可尋，汶篁移植緬寒林。至今感慨悲歌者，猶識千金市駿心。

恭和御製《安肅縣詠菘》元韻

秋末挑來蹋地菘，桑邱安肅地名仿佛遇豳風。大官也進郇家饌，知是王心道味充。町畦一帶繞清渠，種得青菘畫不如。莫怪野人安澹泊，味無味處味偏餘。

恭和御製《詠雪浪石》疊東坡韻

東坡仇池之石疑雲屯，壺中九華分卑尊。後來復得雪浪石，摩挲晤對忘昕昏。宛然孫知微畫皆活水，跳波蹴浪瀠繞煙雲村。尺寸中有萬里勢，如接太行與孟門。定州太守閱一載，海南遠謫傷清魂。仙人騎鶴一去竟不返，高陽仍見留雲根。名園修整復舊觀，此石妥帖位置拂拭莓苔痕。我皇嵩洛時巡偶經此，往跡憑弔堪評論。却嗤牛僧孺李德裕空愛名，侈汰似鑄金蓮盆。段文昌既貴，以金蓮盆濯足。何如端明遭讒被黜足自樂，宵人君子千載昭然存。

恭和御製《九日幸旺泉導醴亭登高》元韻

中山發鑾輅，時值霜露稠。已比先王觀，不慮吾何修。奢儉省風俗，豐歉覘田疇。前行經旺泉，水利應諮求。壅之成一綫，疏之環四周。昔壅今已疏，利導稱安流。經畫仰廟堂，大學士高斌爲總督，時承命經畫此水。灌溉資鋤耰。作亭於高阜，可以揚遠眸。嘉名錫導醴，如醇味傾投。我后此駐蹕，旌罕飛崇邱。《虞典》協時巡，《卷阿》詠來遊。維日當重九，佳辰菊花秋。丹楓醉寒林，白雁投滄洲。潭空魚龍偃，天掃雲煙浮。曠哉寰中景，邈矣象外搜。已窮千里目，無須上層樓。宸衷别有寄，念兹敷政優。教養苟後時，遇寒而索裘。萬方一人心，民懷急須酬。詎比戲馬臺，觴詠空淹留。

恭和御製《真定隆興寺》疊舊作韻

隆興大佛昔所聞，七十三尺羣稱尊。貞觀以後屢椎鑿，朱邪氏，周世宗。成毁亦復憐空門。開寶之年復鎔鑄，到今大衆瞻慈雲。豐碑屹立宣象教，仗大智慧超回輪。恒河沙數心偏歷，救世浩浩同蒼旻。姬孔之教莫與儷，信心頌述何紛紜。大君巡行詣嵩洛，翠輦經此逾秋分。森嚴豹尾衛七萃，飄飄旂影昭三辰。齊民填駢覩雲日，齋閣憩息頤心神。召彼大吏詢疾苦，閔此萬億顛連身。今年中收尚歉薄，滿車滿篝空有云。豈無桑扈誤啄粟，亦聞瓦甑時生塵。即今麥苗乍茁土，蹂轥應禁從行軍。蠲復補助詔屢下，勿令口惠心不存。象教度人秖有説，朝家發政行其真。絲綸佈告揭日月，拊循羣牧窮研論。事天以誠應如響，豐年會取倉中陳。無須稽首乞佛力，旋看萬類俱回春。

恭和御製《題隆興寺畫壁》元韻

隆興古寺傳千春，殿廡忽現無邊身。至人中立環擁護，立而侍者皆應真。迦陵仙鳥貝多樹，曼陀花雨飛祇園。一身變幻外生死，静想欲探造化源。金蓮湧地色逾净，莊嚴妙相超常倫。一百八顆珠在手，四十二章經可傳。想當閻浮洲始闢，七步已作人天尊。左驂青獅右白象，兜羅綿手舒法輪。蠻君鬼伯亦競進，聽談寂滅拱一人。彤幢絳輿駕翩反，餓餓饕饕還侁侁。羯肌梟女跪受戒，摩伽陀主咸來賓。剪髭斷臂雪没膝，皈依悲涕紛紜紜。有鬼餒而亦求食，一滴甘露充饔飧。嗚呼變相誰所作？畫師能手下筆親。此中大意本無著，寓詞一一皆空言。昔聞道子工畫壁，揮灑恍遇如來禪。題詩嗟異有坡老，風雨筆快無鉛丹。此畫已入道子室，能事詎止窺其藩？惜無題識昧姓氏，幸逢睿鑑通幽玄。趙州畫水有吴筆，此間相去百里無疑焉。賞心時得隨喜福，無盡燈看長明然。開元有畫堪印證，還憶洛水之北圖玄元。

恭和御製《九月十有二日，途經趙州，小憩柏林寺，閲殿壁吴道子畫水舊蹟，召扈蹕文臣梁詩正等刻晷聯吟，禁用水部字》元韻

駕駐郭城驛，時邁及九秋。招提訪寶繪，勝賞停前騶。墻屋粉堊完，鉛墨煙雲稠。唐代傳最古，道子體更遒。胸次通天一，指下揮陽侯。直空蜀川孫，知微畫活水。郇數松年劉？畫平遠水。左壁陰霱霱，文水。右壁風颸颸。武水。圖成須十日，毫端回萬牛。坐覺方蓬裂，恍見鵾鵬遊。妙從環中孕，奇入象外搜。層層千頃幻，叠叠萬里收。出山蒙方始，入窗習坎侔。天吴遞變怪，罔象紛傾投。琉璃映空似，綺練成霞不。疑連大圓鏡，堪馳太乙舟。細纔盈一觴，曠若窮八陬。怒時飜地軸，静藏偃蟠虬。勢欲蹴岡巒，響疑叶琳球。晃朗思扶桑，縹緲懷崑邱。忽然踴躍得，久矣經營求。初落千鈞筆，如卧百尺樓。縱腕神欲助，論價縑難酬。永作梵宫鎮，巧括造化愁。宸藻酌天瓢，睿想凝遠眸。競緑調烈懦，茹吐平剛柔。賡颺媲虞廷，萬國迎和休。

恭和御製《趙州道中作》元韻

南經槐水駐旌旂，夾道歡呼萬衆填。到處黄童連白叟，並看堯顙與湯肩。棘城要地通無極，縣名。杭稻秋風喜有年。觀我觀民天子德，記言記動侍臣編。

恭和御製《免江南積欠二百七十萬，及浙江本年正供三十萬，兩省在京臣工具摺謝恩，詩以賜之》元韻

武王勤時邁，成王謹有密。我后實兼之，政治敢暇逸？税斂九宇貢，厚薄那能一？江浙天下重，民艱未休息。皇朝百餘年，四聖並撫恤。浮賦既屢減，財力稍稍出。積欠猶纍纍，分别示蠲䘏。兹當南巡狩，首春行啓蹕。慈寧周甲辰，斯祜歌有秩。丹詔下十行，寒谷吹暖律。浙江復見年，嘉爾民風質。江南除夙逋，旱潦遘癲疾。概焉煦仁風，蔀屋歸清謐。天澤不受感，皇心行以實。從兹南服民，盈寧庶可必。動能協衆心，上下逢元吉。

恭和御製《河間道中示直隸官》元韻

巡行河間道，萬民夾路觀。室家幸保聚，城郭俱繕完。農知服先疇，士媿踰短垣。往者灾祲降，村落少爨煙。賑救切皇躬，何殊己饑寒。於今饒起色，勉爾臨民官。武健可弗尚，要使民俗敦。聖朝休養餘，嚶咻猶匪難。感物務推誠，操己惟潔蠲。仰體九重意，圖易先思艱。行看獻王郡，起化聞雅絃。

恭和御製《江南意》元韻

茘子江瑶各擅奇，合不兩傷分兩美。清嘉明麗今古聞，吴越山川有如此。風塵不到江以南，六馭昔未停騑驂。觀民設教得閒暇，名勝不礙窮遐探。雪後梅叢花小綴，平山堂下，揚人種梅成林。春林漸聽嫩鶯啼，誰人不愛江南意？

恭和御製《恭次皇祖示江南大小諸吏詩》韻

聖祖昔南巡，萬國皆干掫。訓示大小臣，開誠爲析剖。元氣留兩間，四紀如未久。今皇幸南服，重兹文教首。安民先知人，勗爾衆人母。秀使敦《詩》《書》，樸使依壃畝。一羊戒九牧，秖須策其後。刻深必擾民，成規在遵守。久久官民洽，柔克宜燮友。祖烈勿變更，風俗躋仁壽。皇言昭日月，羣工幸無負。

恭和御製《題釣魚臺》元韻旁有漂母祠

婦人一飯識英雄，把釣城隅劇困窮。略比磻溪懷壯志，不同嚴瀨起清風。到頭鐘室烹走狗，前事杯羹棄我翁。此日淮流響嗚咽，似哀名將遇凶終。

恭和御製《維揚覽古》元韻

露筋祠已過秦郵，一路垂楊罩客舟。岡勢縈紆林不斷，波光杳渺塔疑浮。十年夢覺司勳杜，四韻詩傳太守歐。爲問紅橋修禊後，有人高會續風流。

恭和御製《初登金山》元韻

驚濤萬叠一螺青，齊魯風沙頓改形。絶頂松杉巢鸛鶴，半空樓閣駐仙靈。森嚴劒佩千官從，浩蕩江天六御停。指點東流到瀛海，徒兒浦外杳冥冥。

恭和御製《遊金山寺》用東坡元韻

春明有夢十載餘，君賜歸田遠塵海。此行從駕來南徐，江山面目依然在。西津渡邊石陂陀，一葦直溯江之波。宛如蓬壺境縹緲，重樓飛閣層層多。六師移處悉徒楫，仿佛周王于邁日。波心忽見騰鯉魚，鱗甲黄金尾蒼赤。入舟知是聖世瑞，豈比鰲身映天黑？到山日午光晶明，山頭猿鶴恬不驚。猿鶴忘機泯情識，仁風涵煦偏民物。小臣隨蹕依名山，頹齡猶喜腰脚頑。宸章敬誦情曷已？觀於海者難爲水。

恭和御製《自金山放船至焦山》用東坡韻

金山山水夙所耽，方蓬宛在江之南。焦山對峙兩相抗，北固形勝聊參三。放舟東下送遥目，或如伏象如眠黿。三十餘年重經此，與山靈遇心銜憨。戊戌、己亥，俱留宿山寺。到山徑路半難識，巖下不改蛟龍潭。舊詩依然在頹壁，朗誦一過餘清酣。老僧問名憶往事，石上惚恍三生談。古鼎歆雲位佛座，殘碑瘗鶴留花龕。樊圃春菘澹不厭，曹溪冷水嘗偏甘。江山無限任攬取，不酬以值誰言貪？東坡金焦每還往，謝却世味吾能堪。朱方一棹便許到，何須深處留茅庵？

恭和御製《試中泠泉》元韻

嗜茶成癖性禀天，如酒渴者直欲吞長川。夙聞江心有泉聚靈秀，窟穴乃在浮玉之名山。名山名泉兩美合，高士品後人争傳。銅瓶下沉深汲取，不比阿耨達水虚稱泉。大瓢酌取置瓦鼎，地鑪活火松枝然。緑雲玉乳沁靈腑，臞仙更擬成茶仙。杜牧之自號茶仙。身輕兩腋風欲起，便思招陸鴻漸、呼玉川子，九龍山前共品之。鐵花巖下何足比，人生樂事郁有此？所恨過江不逢李雲卿，莫尋揚州二妙南泠水。

恭和御製《過常州府城》元韻

五兩初停駐御艫，周巡雉堞路縈紆。三山雲隔方離楚，十字碑留已入吴。撫字固煩官長責，耕桑休薄兆人愚。轉移舊俗勞宸慮，季子遺風問有無。

矢音集卷三

長洲沈德潛碻士

恭和御製《駐蹕姑蘇》元韻

省方萬類慶昭蘇，老幼扶携共宴娱。未向湖山看越絶，先逢蕃庶騐吴趨。清嘉里巷風誠慣，充實倉箱語恐無。有待龔黄勤保赤，可知睿慮半憂愉。

恭和御製《虎邱寺》用東坡韻

平田突孤峰，層叠見嵐嶺。入寺方登山，古蹟認陰井。魚腸破石飛，光與清霜耿。鳥雀不敢譁，何况蚪鼉黽。清池通海源，汩汩出古礦。霸主志併吞，戰伐逞雄猛。葬餘白虎踞，精魄妄馳騁。後來仙鬼吟，倡答語凄哽。迄今溯前塵，轉睫電光頃。後山眺平遠，一片蒼煙凝。靄靄松杉合，澹澹天水永。崑虞二山兩點青，百里指煙景。遥林晚鐘聲，夕照歸鴉影。心得憺忘還，山童向予請。

恭和御製《駐蹕靈巖》元韻

五雲忽起硯山中，殿閣蒼茫接梵宫。上界恩膏隨露滴，下方疾苦與天通。重重松影凝空翠，浩浩湖光浴日紅。聖主巡遊聊送目，平田千頃念南東。

恭和御製《遊支硎》元韻

雨餘春山開，露此嫵媚色。空翠隱見間，攬之不可得。支公古道場，疏峰轉奇特。泉奔壑走虬，雲覆林疑羃。昔年屢眺覽，梯危上椒極。自從覊春明，夢魂斷消息。今來如故交，一一尋所歷。鶴去亭空留，閒雲卷無迹。

恭和御製《賜臣沈德潛詩》元韻

歸來遊泳硯山春，三載瞻雲誼倍親。帝許林泉就閑客，臣爲歌嘯太平人。選言恐落元和後，前席難忘宣室陳。老去敢云頹晚節？寸心竊比耐霜筠。

二月光風浩蕩春，省方萬衆許相親。已辭青瑣儕畊叟，重見黄衣識聖人。淮浦桃花靖波浪，臣迎鑾淮浦。天章雲錦叠鋪陳。渾淪元氣難賡和，中律應慙嶰谷筠。

恭和御製《鄧尉香雪海歌》元韻

鄧尉西去山名吾，吾家山，一名馬家山。風土淳樸疑皇初。居民秖解種梅樹，以花爲業言非誣。春來千邨徧花氣，沁徹心腑神俱舒。置身巔崖眩雙目，連縞積素難形模。茫茫浮天混一氣，不見崖岸相縈紆。木元虚賦道不到，清芬冷艷非同途。羅浮山下有此景，么鳳恍惚來吴趨。前年天都眺雲海，翁鬱雲氣晨光餘。今年家山攬香雪，花光萬頃饒清娱。仙風逸韻總高致，兩地縹緲無差殊。我皇巡行布仁惠，堯鐏舜樂歌成需。用李濯《廣達樓賦》語意。登山愛此晴際雪，洗滌肥膩還清疏。林逋但種三百樹，此間郍數孤山孤。山農競觀雲日表，梅林謳送聲音吴。小臣賡颺乏理趣，只愁見笑於樵夫。《長楊賦》語云，士有不談王道，則樵夫笑之。

恭和御製《宴準噶爾夷使》元韻

六龍南服正巡方，即叙西戎仰帝光。魋結陪臣修覲禮，鴻臚大典肅朝常。戴包列席歡鑾語，花柳垂筵際仲陽。看偏吴民輸愛戴，歸途傳諭白狼王。

恭和御製《姑蘇覽古雜興》元韻

子札延陵去，終身遠故鄉。如何禮讓俗，忽作鬭争場？篡國身能蹈，稱雄志不忘。梧宫凋落後，香草恨茫茫。

孫堅真有子，兵到避英雄。志鋭渡江日，身輕射獵中。有謀迎漢帝，遺命霸江東。墓道今難問，三泉枉下銅。墓在盤門外，宋代被發。

絶艷鶯花地，曾爲短簿園。石頑頭不點，鶴化磵空存。雲際飄旛影，苔邊印屐痕。舊聞狂夢晋，石上舞蹲蹲。明代張靈，字夢晋，衣朱衣，於千人石上作天魔舞。

屈指蘇州守，韋郎白樂天。姓名今古重，不獨爲詩篇。簡淡治能久，風流政可傳。後來五馬客，若箇替前賢。

志在安天下，希文出處真。廟堂争去就，邊境靖風塵。俎豆名山舊，褒崇聖藻新。言遊道南後，正氣有誰倫。

停雲聞有館，文待詔徵明。才子亦名亭。唐解元寅。水竹辭徵辟，沈處士周。枝山薄府庭。祝京兆允明。畫圖留粉白，書卷襲鴉青。文苑兼高隱，邦人尚典型。

周謚忠介，順昌。文謚文肅，震孟。諸正士，清節有同稱。名教荷已久，艱危避豈曾。顧謚端文，憲成。高謚忠憲，攀龍。逢後勁，楊謚忠烈，漣。左謚忠毅，光斗。泝先登。誰作東林傳？應推哲匠能。

恭和御製《靈巖行宫即景》元韻

離宫花氣透𧄍䅿，風日晴和草木酣。遥望具區天水合，青青螺髻鏡中涵。

静境初停玉輅塵，萬幾清暇亦通神。東南耕鑿俱籌徧，更念空山覓句人。御詩中注：沈德潛住此山下。

下方廬井萬家稠，香水爲溪瀉碧流。遥指煙波無繫着，安閒只有釣魚舟。

恭和御製《范文正祠》元韻

憂樂關當世，千秋俎豆新。危言中朋黨，直諫重彝倫。參政風常在，讒人骨已塵。夏竦諸人。空山攢萬笏，如見立朝身。

恭和御製《白雲泉和白樂天韻》

石竇涓涓滴乳泉，老僧相對日閒閒。清池只供山中飲，不許白雲流世間。

恭和御製《法螺寺》元韻

取徑如螺曲，回旋深復深。石危疑欲落，樹老已無心。古佛静堪對，寒泉細可尋。有僧師島可，倚樹發幽吟。

恭和御製賜臣沈德潛《山居雜興十首》元韻

身共閒雲返，何須更卜居。柳非陶令宅，草似武侯廬。漁釣仍前業，松篁護舊墟。畦邊堪種葯，帶月自携鋤。

智慧衰年斷，中懷寡所聞。閒同負耒者，共聽勸農文。竹釣潭心月，鐘傳嶺外雲。當前隨領取，物我底區分。

人堪稱漫叟，地亦號愚溪。雜卉開還落，春鶯歇又啼。小園隣許借，借汪氏山園。幽徑客常迷。老去誰爲伴？空懷饁餉妻。

已別珪璋侶，還依山水真。煙霞新述作，木石舊鄉隣。仍給巨源俸，旨賜在籍食俸。能安樂武貧。從茲携杖屨，瀟灑撰佳辰。

自天傳帝語，如水見臣心。薇蕨供昕夕，耰耡入詠吟。門前新漲滿，砌畔古苔侵。時有南風拂，知彈虞舜琴。著屐尋山去，行行隨所宜。松雲已成癖，和緩郍能醫。硐斷崕傾處，風饕雪虐時。忘歸宿巖竇，笑倒里中兒。

吳山幾踏遍，又渡淛江船。春采天都藥，秋餐華頂煙。青蓮詩絶唱，孫綽賦流傳。歸製探幽什，遥呈御座前。

自號讀書傭，忘機近海翁。新詞招野父，舊夢侍春宫。隱異盧鴻乙，憂嗤馮敬通。茫茫懷古意，直欲溯洪濛。

嵐影參差見，泉流斷續聽。品花成小史，相鶴注遺經。客到忘賓主，心空入窈冥。神遊之楚澤，鼓瑟遇湘靈。舊典試地。

擾攘憐螳臂，荒唐笑鼠肝。飲泉之子潔，在澗碩人寛。存問天同覆，賡吟句未安。蒙恩堅晚節，古道憶師丹。

恭和御製《賜紫陽書院》元韻

地近聖人居，品冀千人俊。肄業恒於斯，禔躬勤以慎。比草遠賫蕬，擬香佩蘭藺。勿俾異説行，要使前修振。鹿洞緬宗風，明明古人訓。有孚自盈缶，不恒恐貞吝。嚴辨取與介，熟審去就分。耀錦失藴蓄，炫玉召瑕釁。諸生勿自劃，羽翮期千仞。諸生勿躁忽，萬里貴日進。願言誦天章，遊泳文明運。

恭和御製《煙雨樓》用韓子祁詩韻

時光何必景溟濛，一櫂鴛湖迤邐通。橋畔徑迷垂柳緑，波心樓帶夕陽紅。半空笑語疑天上，四面煙霞入鏡中。不用長竿釣鰲去，此間身已近鮫宫。樓下有釣鼇國題額。

恭和御製《吴山大觀亭歌》元韻

西湖三面名山多，我登大觀亭子歌。高歌吴山一峰紫陽頂，玲瓏洞穴疑是千蜂窩。青紅金粉遍祠宇，諦視半屬乾陀羅。離明有象勢炎赫，鎮以坎卦高巍峩。以石列坎卦，鎮火灾也。當年丁仙蜕骨去，野鶴冲舉辭青螺。傳聞風清月明仍到此，仙踪荒幻誰嗔訶？其前羅刹之江江外海，一氣汹涌真無加叶。沖瀜泱漭失厓岸，倒浸星宿沉羲娥。疑是伍胥文種之魂猶鬥戰，馳驟白馬驚蛟鼉。壯哉千里決雙眥，心胸磈磊相蕩還相摩。枚叔《七發》語未暢，淋淋白鷺形猶訛。題詩青崕終欲磨，何如且登大觀亭子歌高歌。

恭和御製《錢唐觀潮歌》元韻

廣陵之潮天下奇，枚乘《七發》形容之。二十年前駭心目，壯觀事後常縈思。海門憶得龕與赭，海水騰空此間瀉。眼前恍惚湧雪山，夢裏依稀奔白馬。今來護蹕臨江波，至尊翠葆颺晴和。從臣結軫漢方朔，武士連騎唐常何。春潮不與秋潮敵，况是飛輪未盈魄。月望後潮勢乃壯。無聲暗長江漸平，難撼天根勢衝激。濤頭忽隨江折三，江勢三折，因名浙江。一綫剽疾難留淹。須臾怒奪險隘入，突起欲没遥山尖。陰雲迷漫衆籟作，馮夷擊鼓助海若。陽春景色疑回冬，天地俱青氣森索。銀城層疊憑空來，追隨素蜺入紛成堆。漂溢洶涌勢逆上，馳驟萬馬奔驚雷。砰砰硍硍復磕磕，紞紞沌沌輕巇巇。佛鬱盛氣忽一噴，雺灑淋漓如雨沛。長鯨出没鬐鬣掀，鳥身鹿首來飛廉。驪龍破浪率種族，來朝我后揚其髯。百靈效順聖人意，道旁踴躍歡聲沸。從今江海永不波，强弩射潮可無事。

恭和御製《表忠觀》元韻

王八朱三輩，誰能識大倫。東南矢臣節，保障藉斯人。三世堂筵舊，千秋碑碣新。竇融知順逆，忠孝後先鈞。錢氏以忠孝稱。光武詔竇融，許其忠孝誠慤。

恭和御製《岳忠武墓》元韻

報國忘軀矢血誠，誰教萬里壞長城。十年憤積龍沙遠，一死身嫌泰岱輕。自願藏弓惟弱主，何來叩馬有書生。墓前鑄鐵頻頻斫，婦竪於今恨未平。鑄秦檜夫婦、万俟卨等像。

恭和御製《陸宣公祠》元韻

正論當時忌，孤忠後代傳。文章關治亂，祠宇護雲烟。祠在孤山麓。諫草披忱上，醫方避禍編。裂麻曾慟哭，直道緬前賢。

恭和御製《登六和塔作歌》元韻

半空欄檻挂紅日，踏雲攀登不暇逸。追隨六御仰層穹，豹尾森嚴護清蹕。妙香氤氳上界聞，到此恍惚疑前因。拍空茫茫接天水，蕩胸浩浩屯煙雲。江流回折勢一鎖，静鎮濤瀾纔貼妥。赭龕門户指在東，富陽湍瀨廻於左。龍象周遭玉座前，觀空不礙安深禪。明當放舸渡江去，認取於越山蒼然。

恭和御製《雲棲》元韻

竹隨幽境密，泉與素心澄。屈折同猿度，崚嶒舍杖登。松間負苓叟，牕裹放雲僧。念佛捐千偈，蓮池不説偈，以念佛爲宗主。觀空有七能。繩牀留破衲，矮屋點明燈。誰續蓮池法，超然最上乘。

恭和御製《閲杭州旗兵》元韻

堂堂陣列山容立，肅肅旗翻電影明。金甲忽傳天子令，錢唐共耀羽林兵。治軍嚴整李光弼，撫士仁慈种世衡。此日詰戎懷祖烈，肇基王業不勝情。

恭和御製《湖心亭》元韻

亭臺無地遠涵空，水鏡煙開有棹通。三面揔圍山遠近，獨缺州城一面。四隅莫辨水西東。魚跳瑶砌疑濺雨，燕入珠簾巧避風。來往請君遥送目，方蓬縹緲景難窮。

恭和御製《天竺寺》元韻有上中下三天竺

松作禪關石作林，詩僧結伴快招尋。橋過合澗曲方曲，路轉鷲峰深復深。一佛地分中上下，三生緣話去來今。有三生石，李源話三生處。何當桑下聊棲宿，聽徹清泠山水音。

恭和御製《觀采茶作歌》元韻

雀舌嫩緑雲老，一旗一槍品恰好。南高龍井最擅名，采茶人走空山道。青裙縞袂各携筐，競上巉巘擷鷹爪。歸來文火續續添，土銼香生勤焙炒。上等先充官府租，山家留得知多少。品泉品茶雖有經，此事毋庸太探討。我皇貢茗不求佳，後蔡前丁枉機巧，民間辛苦深宮曉。

恭和御製《謁大禹廟恭依皇祖元韻》

祖德尊前聖，由來執大中。平成萬古事，勤儉一王功。窆石神靈閟，稽山展謁崇。後先其揆一，兢業代天工。

恭和御製《謁明太祖陵》元韻

鑾輅巡行應八方，鍾山展謁奠椒漿。欽承家法高千古，聖祖謁明祖陵，書『治隆唐宋』扁額。敬禮前朝重一王。僭亂削平興禮樂，政刑苛察襍申商。龍蟠虎踞空形勝，厚德由來是鉅防。

恭和御製《登報恩塔作》元韻

青雲在其上，飛鳥在其下。摳衣躡級躋重重，縱目遐瞻總無暇。高標特建緣報恩，明公主報母后恩，因建此塔。半空日月疑可捫。登臨俯仰感身世，誰後來者誰前人？長江宛如衣帶流，耳畔但聽風颼颼。一氣那復窮神州，吾生役役何時休？觀空直作無無想，消得慈恩杜甫愁。

恭和御製《高資港》元韻

書生謀國真迂拙，逐燕高飛禍亂經。豎子典兵乖重任，長江失險喪全軍。血流港滿何堪見？鬼語天陰不忍聞。爲問周公歸地下，可留面目對周文？

恭和御製《三月晦日作》元韻

偏聽漁唱與農談，回蹕時逢月盡三。水勢遠涵天下上，山形背指地東南。淮揚加惠通商賈，吴越經心足稼蠶。最喜皇州消息近，四郊好雨報飛甘。

恭和御製《過淮安》元韻

舟過八寶田，風利百餘里。淮城臨清流，環環抱城雉。隄岸東郡郭，萬井低於水。水勢倘横決，民命曷依恃？茭楗易以石，籌畫賴有此。從來治河者，苟安失經理。聖心本乾斷，決策臂使指。徙民非人情，惜費豈天意叶？爰命行水臣，欽承發諭旨。浮言勿揺惑，積誠顧堅矣。永永固金堤，莫令容穴蟻。

恭和御製《觀打魚》元韻

洪澤湖水呑長川，中多鰷鱨魴鯉鰱。湖濱以魚爲耕作，家家男婦撑漁船。破煙侵曉漁人集，乂響榔鳴萬鱗急。横施大網截中流，盡族難逃無一失。人生嗜慾寡應早，飽後安知味美好？聖人取物留有餘，肯使羣靈生意少。我皇覽此詔罷之，茂對育物乘其時。

恭和御製《閲豆班集隄工》元韻

河濱夫役點唱齊，鳩形鵠面來師師。河臣董率下楗石，勿見小利趨權宜。去年霪霖汩下土，宣洩不及歸墟遲。未熟季馴防河議，頓令螻蟻攻金隄。低窪之處半漂没，可憐廬井淪塗泥。天家發倉屢賑貸，猶聞鴻雁聲啼饑。方今脩築利堅久，歸仁高堰差同之。内府金錢肯惜費，要令凋瘵回華滋。要令凋瘵回華滋，爾民幸生聖人時，臣工甚毋相視嘻。

恭和御製《過宿遷縣》元韻

聖王切救民，聞灾即降旨。鍾吾屢加賑，凋瘵未能起。河滑菜色者，知是誰家子？鳩鵠失人形，衣裳缺完縷叶。鑾輿出狩回，首夏適過此。觸目動閔憂，命官亟經理。拯䘏稍後時，哀鴻恐遷徙。大吏吁來前，蘇枯責在爾。守令承顔色，任爾指臂使。爾苟飾虚文，愚民曷賴矣？加賑徧郊畑，勿分遠與邇。皇言同覆冒，官吏無虚美。徒矜供帳華，詎得天心喜。勤民以事君，臣職當如是。方今麥漸熟，可免食蒼耳。蒼耳子可以救饑。戴君如戴天，歡呼道旁跪。更冀黍稷蕃，爲爾歌寧止。

恭和御製《題文徵明小像》元韻

天章嘉與舊吴儂，儒雅風流夙所宗。正士抱才憐未遇，聖人觀像儼相逢。歸來穩種陶潛菊，老去清標和嶠松。後學亦知堅晚節，可能遥繼白雲踪？

恭和御製《賜司業顧棟高》元韻

老年穿穴百家書，應共鄒生鄙叟裾。天子窮經需碩學，司成貳職特新除。桓榮稽古遭相似，與弼辭歸品略如。吴與弼以徵召授庶子，自度無用世才，因辭職歸。此日近光邀寵賚，寧云歲晏執華予？方言奏對語仍吴，貌似龍鍾神自腴。民隱直陳憑賈誼，君恩錫類重顔烏。五經已信紛綸貫，多士應從門軔趨。歸傍二泉還著述，始知山澤有真儒。

恭和御製《正月十日小宴重華宫，示大學士内庭諸臣》元韻即席

重來瑶闕從羣仙，瑞雪初消景倍鮮。歌誦虞唐真幸矣，班聯風雅亦欣然。旨命和詩者東坐，餘西坐。魚旟牧夢占豐歲，松鶴天書賜老年。林壑已安仍戀主，潞河歸棹敢云端。日麗風和是令辰，賜來珍饌命重申。宸章紀勝高唐律，樂府聯吟見漢人。時演柏梁聯句故事。十葉蓂還開舊莢，一枝梅已綻新春。銀花火樹逢轉眼，又聽千門笑語頻。

恭和御製賜臣德潛《叠重華宫小宴》元韻

禠褷健步擬胎仙，聖藻頒來翰墨鮮。同德君臣歌樂只，太和風物覩熙然。正當錫宴聯吟日，預計躋堂祝壽年。八閱暑寒重入覲，羲和催馭不妨遄。日感君恩十二辰，中心藴結莫能申。素諳吴苑畊桑課，常作堯天歌詠人。北地真看民共樂，南歸還與物皆春。觚稜他日重回首，五色卿雲入夢頻。

恭和御製《上元燈詞》元韻

雪消月滿净高空，燈影熒熒息晚風。共識太平真有象，兒童也解説年豐。
塔影層層光焰舒，火中果見幻芙蕖。人工幾奪天工巧，曼衍魚龍恐弗如。
碧瓦金波映欲流，紅燈齊挂緑楊樓。香車寶馬匆匆過，若箇行人不舉頭。
高燒寶炬散輕寒，到處秧歌唱未闌。元夕九州人共樂，料應翹首望長安。
九衢三市罷周巡，此夜金吾亦解人。荒服宴餘看火樹，歌呼不異帝堯民。時宴西藏貢使。
踏燈可繪夜遊圖，略似南邦鬧瑟竽。帝念繁華應返樸，不忘兩浙與三吴。

樂事同民續往年，漸看郊野景暄妍。歡娛爲協三陽泰，警惕常行六畫乾。

恭和御製《上元後日小宴羣臣并命觀燈》元韻

乍逢一葉歛仙蓂，詔宴臣工佩響停。即席詩成慙李白，當場雅奏陋秦青。明良交會君臣洽，盤俎頻頒椒飶馨。三爵油油時欲暮，漸看海鏡挂圓靈。

當年餅餤噉紅綾，此日同觀内苑燈。鮑老舞邊聞笑語，秧歌聲裏慶豐登。懸橦度索呈千戲，火樹銀花幻數層。歸向故鄉誇父老，御園遊宴竟誰曾。

恭和御製《賜别南旋》元韻

潞水冰開曲遶隄，隄邊黄篾久相傒。已辭鳳闕餘依戀，又賜天章惜解携。盤澗棲情孤棹遠，觚稜回首五雲睽。江湖廊廟原同視，敢謂高飛雲鶴齊。

矢音集卷四

長洲沈德潛碻士

恭和御製《漢昭烈廟》元韻

泝原赤帝系唐堯，正統分明大義昭。織席竟膺皇帝綬，樓桑早兆貴人謡。風雲將帥多滕灌，魚水君臣得管簫。英爽終應依故里，神歸莫憚劒關遥。

恭和御製《涿鹿行宫》再疊舊韻

近依三輔推雄城，時巡六御安駈行。地圍雉堞天險固，風開夙霧晴霞明。豐年有慶婦子飽，廉讓風行家室好。祁寒暑雨鮮怨咨，俗朴民醇泯機巧。軒轅於此禽蚩尤，諸侯會合風雲稠。盛王初不廢兵革，要使逆獍無遺留。西陲小醜負天德，試看一鼓鯨鯢收。神威遠振達區外，輸誠朝貢狼牙修。《南史・梁武帝紀》：狼脩國遣使。

恭和御製《過泰山再依皇祖》元韻

乍從山寺移龍罕，又見崇巖傍馬頭。春暖芙蓉雲外湧，天開宮闕日邊浮。一杯水瀉自成海，九點煙分各認州。仁祖昔年曾駐蹕，覲揚此日聖孫留。經過齊魯青難斷，約略天門天際頭。近壓徂徠巖翠擁，遠收碣石鏡光浮。仙踪何必尋三島，眼界真堪隘九州。欲慰南邦黎庶望，屬車未得久遲留。

恭和御製《再依皇祖示江南大小吏》元韻

治安貴懷柔，匪獨嚴巡掫。聖心保赤殷，再三用誠剖。江左鮮盖藏，當爲計長久。前年灾沴行，牂羊賦墳首。九重澤洊加，君王而父母。上感穹昊仁，穎栗栖田畝。處豐思去奢，保泰籌善後。皇祖有明訓，臣工宜永守。防弊先英明，化導宜爕友。古稱政所急，要使富且壽。《家語》：『政之急者，莫大乎使民富且壽。』兩江億萬靈，勗哉往任負。

恭和御製《洪澤湖恭依皇祖詩》韻

浩浩洪流蕩碧虚，長隄添築爲淮徐。路人但識觀魚樂，湖係打魚之所。聖慮防民也化魚。

恭和御製《叠韻賜臣沈德潛詩》

淮浦重沾帝澤春，宛如孩幼遇慈親。舊叨香案緗書吏，今擬桐江把釣人。韻語自天勤訓誨，民艱匝地敢披陳？杖朝也沐君王賜，奏對憑携五尺筇。

恭和御製《雨中遊平山堂》元韻

雨濕平山添潤澤，君王弔古此間遊。續栽楊柳羣嗤薛，歐公種柳一株，去任後，人謂之『歐公柳』。後薛嗣昌亦種一株，自榜曰『薛公柳』，人笑而伐之。首唱風詩共紀歐。西閣漫空仙徑失，紅橋罨畫翠煙浮。聖心不喜笙歌沸，一路精藍象外搜。

恭和御製《自瓜洲放舟至金山》元韻

時邁興歌適海邦，維揚乍過下輕艭。四圍煙霧開朝日，一柱峰巒障大江。戍客懸旗影揺漾，榜人擊楫響錚摐。上方適與皇心合，宫館明明洞八窗。

恭和御製《登金山疊舊作》韻

攀緣更上碧峰尖，山水俱耽仁知兼。望遠直窮江海合，憑高倍覺性情恬。天飛花雨空中下，蜃吐樓臺象外添。李白不湏尊謝朓，驚人聖製韻重拈。

恭和御製《金山疊舊作》韻

一點中流螺髻青，到山面面見真形。周防戍堡雄孤嶼，擁護離宫肅百靈。東望海雲朝旭麗，妙空巖爲覩日出處。北來化雨翠華停。此時鴻雁俱安宅，那有高飛入杳冥。時旨赦積逋及本年所過地丁，又召試上下江多士。

恭和御製《遊金山寺》疊蘇東坡韻

東南地陷名歸墟，萬里長江入瀛海。障川賴有柱石功，矗立中流儼然在。從來佛教尊乾陀，巍峨名刹臨洪波。空堂禪定鐘磬寂，古洞龍出煙雲多。君王于邁烝徒楫，猶是往年巡幸日。操舟有説懷先皇，舉念無非爲蒼赤。魚龍此時水底匿，那有鯨鼉映天黑？朱方父老心眼明，舟中遥拜神不驚。黄衣者聖群争識，簞食壺漿獻微物。小臣九載還故山，老耄猶比兒童頑。小言矢音興未已，品泉欲汲中泠水。

恭和御製《自金山放舟至焦山》疊蘇東坡韻

詩人山水性所耽，好山多在江之南。金焦對峙尤擅勝，遊踪不厭再與三。邇年老病廢笻屐，有如緄裹三眠蠶。春來金山遍探訪，一洗幾載山林慙。更從浮玉放孤艇，茫茫東下輕蛟潭。冥心夷險竟一視，中流歌嘯餘高酣。乘風劈浪覽煙景，與客卷霧開飛談。到山入祠拜古逸，尋僧歷寺經花龕。老僧還識舊顔面，憶我瀹茗知泉甘。今來仍似野人野，夙嗜不異貪人貪。羇蹤塵海付前夢，心醉雲壑差能堪。他時倘鼓涉江棹，叩關更擬來松庵。

恭和御製《登城霞閣》董其昌題，俗名三義閣

塔勢凌霄漢，霞光照巷衢。一人臨道院，千慮重民劬。直上涵虚閣，如披無逸圖。雲山連百疊，饑饉念三吴。漢高得天下，分會稽爲吴郡，與吴興、丹陽爲三吴。已值年豐稔，猶聞衆籲呼。詔書頻振卹，真覺后來蘇。

高閣名三義，斯言出路衢。君臣重天澤，割據共艱劬。百戰從軍令，三分限地圖。匡扶藉諸葛，譎詐恨東吴。合食原非分，同袍更失呼。杜陵微意在，託夢與髯蘇。三義閣之稱，君臣同坐，由兄弟之説誤之也。

恭和御製《遊寄暢園》元韻

溪名得自五噫鴻，闢徑爲園屈折通。松竹交陰山色外，亭臺倒影水光中。因仍祖業風華古，抒寫文心點綴工。人是第三泉第二，味經司空係丙辰探花。清虚如在廣寒宫。

恭和御製《聽松庵竹鑪煎茶》疊舊作韻

汲取巖間第二泉，竹罏文火手親煎。色香自貴蒙山頂，時序從知穀雨前。蚓竅聽餘風送響，松濤瀉處鳥驚眠。寺僧携出名人畫，披攬煙雲神理全。九龍山人王紱畫《竹罏煎茶卷》。御賞中泠第一泉，惠山茶具又重煎。聖人遊豫三宵上，天藻流傳六載前。辛未巡狩，已有《煎茶二詠》。從駕正逢紅雨落，歸田敢就白雲眠。卷中補入《卷阿》什，異代君臣歌詠全。《竹罏煎茶詩》明初人首唱，今上和之，書於卷端。

恭和御製《汲惠泉烹竹爐歌》疊舊作韻

九龍山泉天下聞，一水岐出方圓分。惠山泉有方圓二池。清能徹骨味不薄，鐵花以下難爲羣。明初老僧性孤癖，不辭水厄超根塵。以竹爲爐代磁瓦，其制古質輕華文。後先諸老各題句，三百餘載流清芬。吾皇巡幸兩經此，僧携小物雲堂陳。空門亦自念祖澤，水木原本情彌敦。洌泉貯彼古瓦鼎，活火添以枯松薪。啜餘清風生肘腋，品後静念祛紜紛。盧仝七碗太多事，韋昭代酒何足云？敕幾清晏聊翫此，聖人秉正行微權叶。命工製造準模式，竹爐大内今常存。金根再過迹已往，鑾旌疊詠詞逾新。羣工賡和齊斂手，瓦缶敢謂天家珍？帝庸作歌更念遠，海宇飢渴多窮人。

恭和御製《駐蹕蘇州》元韻

六載欣逢聖主巡，玉鑾重駐大川濱。無年乍轉豐登象，有識羣依怙恃親。風俗近華終少實，市廛疑富半憂貧。省方此日殷勤諭，望爾居民漸化淳。

恭和御製《觀蘇城閭閻之盛不減昔年，既以慰懷，兼成是什》元韻

從來造化有全功，歉歲旋看土穀豐。沴疫已消逢泰象，闤闠無恙慰宸衷。顧占易卦水風井，不詠詩篇大小東。更望官胥毋浚削，要令元氣四方同。

恭和御製《寒山千尺雪》疊舊作韻

西山一路多名山，寒山忽見飛寒泉。寒泉一落勢千尺，誰從雲際探靈源。淙潺共訝有聲雪，

是泉是雪難言詮。當年高人巧疏鑿，欲結後世巖中緣。聖人龍馭適經此，聽雪静對清泠淵。沿緣更欲攬全勝，已窮幽壑攀重巒。作歌表明趙氏地，汶陽哪許人争田？時有欲認作山主者。留雪不放出谷去，有如處士藏山然。更聞點筆作畫貯高閣，樂山樂水，聖人餘興時在煙雲間。

恭和御製《遊華山》元韻

龍池路瀠洄，沙水相掩映。尋山不厭迂，無須求捷徑。前行指僧寮，適此静者性。松杉並蕭疏，岫嶺互綿亘。驚人石欲飛，穿竇泉疑迸。舍輿陟層級，賈勇等超乘。香臺静堪登，竹閣虚可憑。萬境羅一心，何人共争競？已輕形骸累，獨結煙霞興。欲覓青蓮花，更上青雲磴。僧言求入道，先使障礙净。不化而自行，信有西方聖。儒墨雖異途，亦展中心敬。

恭和御製《拈花寺》元韻

鍾吾本仙山，亦建化人宇。一氣杳渺間，花宫在爾許。磵壑騰魚龍，背面分晴雨。苟非采樵夫，誰人遠探取？今皇歷磴級，乃造旃檀所。空中天花飛，雲外湖波吐。上有翁子臺，朱買臣讀書臺。妄自慕鄒魯。讀書雜功利，殞身竟何補？宸遊偶經過，箴戒聞天語。更上最高峰，名箬帽峯。曠懷黄鵠舉。

恭和御製《鄧尉香雪海歌》疊舊作韻

馬家之山舊名吾，巡幸二月清和初。仲春之月，時和氣清，見平子《歸田賦》、謝詩『首夏猶清和』，言四月猶二月，故下句云『芳草亦未歇』也。後『四月清和雨乍晴』句，相沿誤用矣。此間以花爲衣食，號梅花國非虚誣。居民藝花順花性，調護陰慘歸陽舒。商丘昔年此泐石，宋巡撫犖。香雪海字存形模。清芬著人心沁腑，香氣數里猶縈紆。高高下下揔晴雪，行人幾欲迷其途。香凝雪積滙疑海，有似江漢同争趋。吾后敕幾暫閒暇，眺覽乃在勤民餘。送香别韻足静挹，帶雪泠艷供清娱。花光雲影連五湖，震澤亦名五湖。浮天吞岸何差殊。聖藻作歌賞花海，羅浮村景無復需。微臣往時屢經此，邇來抱疾孤笻疏。今春從駕未登陟，帝許養静同雲孤。北來諸臣拍手笑，笑我瑟縮真傖吴。他年入林卧香雪，願比種花之叟畊田夫。

恭和御製《觀打魚歌》元韻

魚鑾打魚爲事業，鼓行向前不敢怯。君王之心天地仁，矢魚而觀豈所悦？挺叉設網環周遭，波心激浪羣魚跳。鱗鬐未烹神暗泣，鯤鵬那得同逍遥？四方觀者走相即，如從壁上觀項籍。紛紛沓沓聲歡呼，南山之南北山北。鋪陳魚具何人斯？帝命撤網生全之，仁民次第兼愛物，無湏進諫勞減僖。

恭和御製《入浙江境》元韻

仙仗徐看遠六門，眠蠶時節喜春温。乍過平望招商市，又近烏程賣酒村。序若雨暘生氣轉，民安耕鑿古風存。天家恩澤重重沛，孔僅無煩細校論。

恭和御製《題煙雨樓》元韻

從駕曾登煙雨樓，鴛湖仍向鏡中遊。六年勝地邀龍馭，兩處嘉名讓秀州。處州、沔陽州皆有煙雨樓，此處獨勝。漁唱夕陽聲自遠，雲停天末意俱留。君恩久許無拘繫，不愧江湖浩蕩鷗。

恭和御製《題林逋詩帖真跡用卷中蘇軾書和靖林處士詩後》元韻

千年長占孤山曲，梅樹繞山苔蘚緑。春風一夕湖上來，樹樹枝條綴寒玉。山人吐語摠冰雪，清氣泠然洗凡俗。舊跡留遺直至今，淋漓墨瀋堪旁燭。揮毫想見襟抱開，著紙驚看意態足。詩求神韻不賞詞，書貴鋒稜豈誇肉？天家珍此逾拱璧，書後佳篇並編録。處士先成白雪吟，端明亦奏陽春曲。貞心共比嶺頭松，高節同標巖下竹。蘋祠合祀兩名賢，庭砌補栽陶令菊。

恭和御製《觀采茶作歌》元韻

時逢穀雨茶婦喜，曉來忙把銀鈎理。大姑小姑連袂觀，茶歌遠近聲喧然。南高山麓龍井路，緑片金英生處處。世人同貴雨前茶，炒焙莫憚身勤劬叶。雀舌鷹爪纖手挑，筐盛入市乘芳朝。羽林徐駈豹尾至，馬前拜舞呈金鑣。固知芹曝情非僞，能識聖人勤恤意。貢茶前史嗤蔡丁，至治當思味無味。

恭和御製《岳武穆祠》元韻

南渡君臣盡反常，小朝廷議揔乖方。長城自壞讎難復，歲幣甘輸國不光。就義固應同抉目，披丹原弗惜屠腸。權姦三世同脩史，秦檜及子熺、孫塤同修國史，禁修野史者。遺臭誰令姓字芳？

恭和御製《過靈隱至韶光》元韻

雲向鷲峰起，松隨鳥道盤。半崖垂練帶，一路蔭明玕。霧重山花濕，林深鶴夢安。曉風迎御幄，拂拂動旌竿。

恭和御製《過紫陽書院》疊舊作韻

鹿洞有遺規，恪遵在良俊。表正影不偏，司教貴敬慎。剖璞分玉珉，擷芳判賫蘭。耄年忝講席，宗風懼弗振。讓能得學者，允愜至尊訓。檢討臣廖鴻章，御詩中許之。幸學煥天文，明示祛悔吝。問道泝正傳，秉性識定分。名利苟縈懷，一罅開鉅釁。氣静息九淵，志高翔千仞。曷哉體聖言，詣力庶日進。加以百千功，乘兹三五運。

恭和御製《萬松山房》元韻

罨畫煙嵐護磵房，萬松深處露清光。千巖秀氣到山聚，一塢風聲入檻涼。密密龍形齊露甲，層層針様揔垂芒。此間衣袂俱成緑，静對幾難辨雨暘。

恭和御製《登最高峰望江》元韻

松濤滚滚兮長虬吟，石勢稜稜兮奇獸鬥。三山縹緲，低於一螺。五州微茫，小於一囿。盤盤磴道寧辭勞，漸覺所歷身逾高。寶華嶢嶢相拱峙，鍾阜隱隱如羅苞。襟江介之遠汜，對海門之回潮。俯視不知深，横瞻難計里。倒景移而沙明，驚濤拍而岸圮。緬忠武之戰功，韓世忠。致金人之遁矣。金人開黄天蕩而遁，即山下相望數里。天半倏忽來長風，嘘吸萬象開心胸。江流倒卷勢起立，馮夷擊鼓聲隆隆。舳艫往來住戙楫，窟穴驚駭騰魚龍。翠旂陟處足遐眺，坐收絶景兹山中。山川曠蕩不足動宸慮，惟喜四郊麥畦雨霽宜耕農。

恭和御製《秦淮歌》元韻

江左消沉龍虎氣，方山斷後餘荒埭。至今妄想笑秦皇，疏鑿之功傳世世。溶溶一水通長淮，遠絡雉堞沿巖隈。澄波浩蕩赴江去，永免泛濫爲民灾。風流六代留陳跡，桃葉渡頭江令宅。朱門水木最清華，遥映青溪半篙碧。前朝形勝標鍾陵，岧峣天塹開金城。高樓十四夾街市，蛾眉天際揚清聲。繁華轉眼成虚擲，盛世民風返耕織。燈船鼓吹偶相聞，依約中秋與寒食。前代四時皆有，今只中秋寒食。遊豫無煩發浩倡，翠旗晴拂柳風涼。瞻雲一路歡童叟，但聽衢歌即樂方。

恭和御製《石城歌》元韻

石頭下瞰形勢利，半壁江山作東帝。水面樓船飛渡來，金陵忽見降旛出。宋齊迭篡誇戰争，遠略襄漢包南荆。白符鳩憐道濟死，石城謡誚褚淵生。六朝宫報依重巘，歆忽興亡孰稱善？前明定鼎旋遷移，燕子飛來驚瞥眼。山巋巋，水宛宛，撫今弔古何能免？萬堞周遭繞御舟，斜陽緩棹蓬壺晚。

恭和御製《泛舟長江夕景》元韻

大江晝静波無風，丹樓紺宇摇晴空。迢迢吴楚望不極，金山翠湧江之中。聖人顧盼無不可，鳳艒疑從天上坐。巘邊戍堡略分明，洲畔玉沙遥瀢淹。此時日光方晚春，魚尾百道明霞紅。焦巖如螺點青翠，海門一氣長天同。石簰相近蘭橈轉，隱隱江南黛痕淺。一片蒼煙是潤州，隔江燈火林中辨。

歸田集

自序

予歸田時，年七十有八。耳目瞶眵，心思窘竭，與筆墨無緣矣。然不與外事，終日枯坐，難遣歲時。於是復親典籍，興到時，成一文，遠近因有乞文者，可應者應之。論是非，不論工拙。序、記、傳、志外，以嘗發潛闡幽、誅諛責佞，一本中心所欲言，而趨險途、入側徑者，尠焉。第以老年荒落之人，同於已枯之井、枝頭之幹，欲求言語妙天下，如易牙之調味，衆口咸以爲甘，不可得也。積之既多，欲舉而摧燒之。既又思魚無弗惜鱗，鳥無弗愛羽。久經抽思乙乙，結撰有季，而遽使之歸無何有之鄉，中不忍也。行遠烏敢言？聊記日月之遷流云爾。

乾隆丁亥正月，沈德潛自序，時年九十有五

歸田

寵賚御製

侍郎沈德潛，以能詩受知，因命校勘御極以來詩集。既竣事，念其年將八袠，許之歸老吴中，賦此以賜。

清時舊寒士，吴下老詩翁。向每誦新句，猶然見古風。行歌非杜誤，晚達勝郊窮。三載春卿署，扁舟故國鴻。還朝嘉爾信，毓德啓兒蒙。德潛侍諸皇子講讀，前年請假南還。慮其年老，將不果來，後竟如期赴闕，朕甚嘉焉。辭老思蓴碧，遺榮解組紅。豈能頻强起，且以風謙冲。近稿經商榷，相知見始終。

侍郎沈德潛予告南還，進呈紀恩四律，依韻賜之

已週花甲擧春官，玉署皤皤冰雪顏。道在心期耽素帙，老來歸計指青山。烟波應共聞琴鶴，詠賦休疏馳字鵬。命德潛有所著作，寄京呈覽。高尚特教還故國，清標終惜去朝班。

年來朝夕值書廬，兒輩詩文啓迪餘。故事舊傳榮祖帳，鄉風好在足蓴魚。靈參藥劑供延壽，賜帛衣裁稱遂初。德潛將行，賜之人參、宫帛。爾自一舟歸浩盪，望窮潞水暮川虚。

君職臣司祗一欽，得將餘事寄賡吟。笑予結習多難遣，嘉汝臨文不忘箴。欲擬元音崇澹泊，相商時調去艱深。近稿曾命德潛校正。此行試問生涯處，香水寒山適静愔。

林下優遊樂薜蘿，依依老景任婆娑。善教故里成通德，詎止幽人詠碩邁。儘有烟霞爲供養，正賒歲月入謳歌。許卿望九還康健，祝壽重來拜玉坡。

果親王

送歸愚沈先生予告南歸序

歲己巳春二月，少宗伯長洲歸愚沈先生奉詔致仕。上親製詩，以寵其行。優老之典，蓋綦渥哉！中朝士大夫莫不羡先生如二疏之歸也，獨予慇慇有不忍舍先生者。蓋予從先生遊，已三載於兹矣。

先生爲江南醇儒，績學數十年，於書無所不窺。作爲文章，海内皆奉爲祭酒。先生賦性冲和，與人交，終始若一。禔躬持論，悉軌於正。出其所藴，可以亮工熙績，原未嘗專以詩鳴也！然先生之性情，則於詩爲最近。《書》曰：『詩言志。』《記》曰：『温柔敦厚，詩教也。』先生之志，澹泊自甘，而宅衷又復淳朴，其得於風雅之旨者爲既深，上自三百，以至漢魏六朝、唐宋諸大家，無不甄綜薈萃，以究其旨歸。故發爲詩歌，高潔雅健，而神味獨在町畦之外。先生之詩，乃先生之性情爲之也。

先生困於諸生者四十餘年，在人方有慨於其中，而先生處之晏如。及年六十有六，始舉於鄉。明季，成進士，改庶常。未十年，洊歷禮部侍郎。人方爲先生慶，而先生處之淡如。則不以窮達顯晦易其志，優而遊之，饜飫而旨之。宜其詩之可以信今而傳後也！

聖天子重先生詩，賜拜賡和，遠近傳爲盛事。瀕行時，奉命編摩御製詩集，儒臣之寵，可謂千載一時者矣！

予知先生之歸也，泛具區、涉鄧尉，扶杖逍遥，益多吟咏。以視香山洛社，何多讓焉！予受詩於先生，方幸稍稍有得。今先生歸矣，予又何以爲情耶？方先生陛辭之日，依依戀闕，上諭以後十年己卯，來祝萬壽。當是時，予將撰杖以迎，仍奉所業以就正焉，是則予之所翹企者也。是爲序。

恭和御製元韻

晚達緣詩遇，蕭蕭白髮翁。一時歌主德，千載仰高風。盛世寧耽隱，清才不諱窮。身爲珠樹鶴，目送海天鴻。歸路愁分袂，陳編憶啓蒙。舟隨隄柳緑，鞭指暮雲紅。名遂心偏澹，恩深意倍冲。他年還入覲，曲宴聽三終。

再得長律四首

先生垂老上瑲除，此日承恩賦遂初。最羡九重親灑翰，却勝七十早懸車。中朝禮制尊耆舊，壯歲詩名遍里閭。料得五湖歸隱處，依然空載滿船書。

乍聞歸去轉凄凄，多少青編仗指迷。三月春風想伊闕，一窗霽月隔濂溪。蒲輪他日書還聘，筇杖當年手自攜。兩岸桃花紅勝錦，送君安穩遂幽棲。

布帆無恙挂風輕，老去詩篇倍覺清。更蒔園花添竹樹，且除庭草豁紫荆。小樓向日懸宸藻，別塢探春集友生。難老知君有仙骨，千秋賀監並高名。

玉鳩輕曳返家山，親切君恩許就閑。著作早看登鳳閣，夢魂依舊戀鵷班。舟回鄧尉千花外，人在吴門一水灣。後日詩章倘相寄，好風應趁雁飛還。

皇長子

歸愚先生南還詩以送之六首即用題韻

華組辭丹闕，巾車返白扉。落花隨祖席，柳絮點行衣。霽月幾時對？春風此日違。清時蒙渥澤，真羡二疏歸。

詩篇多古意，講習重師模。自識恭如魯，《説苑》，魯有恭士，行年七十，而益加恭。何妨語帶吴。杜詩『賀公雅吴語』。吟風歸虎阜，釣月向鶯湖。應念承提命，於今未破愚。晚達同高適，冲懷類賈堅。評詩三品外，獻賦十年前。灑翰承天眷，尋芝列地仙。絳紗諸弟子，才俊孰争先？從先生遊者多登顯仕。山水縈情性，知君有宿盟。浮邱占鼎氣，台岳擲金聲。地豈扁舟隔？詩還八詠成。青鞋從此始，老筆又花生。唱罷驪駒曲，臨岐且駐驂。河看灣九九，花想徑三三。鄧尉臨清鏡，包山冪翠嵐。問誰隨几杖？拈筆畫江南。竟櫂扁舟去，翛然十畝閒。别深伊我惜，詩就倩誰删？恩重琳瑯錦，名高鵷鷺班。中公舊事在，他日望重還。

再賦長歌一首

先生吴下老名士，胷懷瀟灑澄如水。晚歲詩名達九重，賡歌宛有虞庭風。朝廷制作多稽古，先生白髮紆珪組。玉堂容與宛神仙，争看落筆人如堵。官從黄閣署春卿，贊襄典禮惟寅清。隱侯著述兼詩筆，既濟文章劌老成。書齋圖籍資探討，明經蔡義何嫌老？幾年風雅得源流，筆不停披時起草。往時暫假歸吴郡，還朝恰似秋鴻信。入對天顔喜有加，榻前慰勞垂清問。宸章次第命編摩，事竣承恩捧帝歌。御集命編次，既竣，上親製五言排律一章書賜，以榮其行。廣德懸車傳故事，楊尹遺榮未足多。郊居賦就飛花柳，織簾舊隱今存否？櫻筍江鄉勝事饒，就中好著磻溪叟。十載相期手指輪，安車定到五湖濱。辭朝行，上諭以己卯萬壽，卿當再至。天語春温，真儒臣曠代之遇也！他年重向春風坐，一笑相看白髮新。

皇三子

辭榮竟自賦郊居，華髮蕭然繼二疏。此日東門看祖道，争傳優老有天書。
淡淹風中漾曉寒，孤帆一片指江干。緣堤楊柳行行緑，白傅詩成倚棹看。
承恩賀老快遨遊，萬卷圖書聚小樓。最是洞庭山色好，笠湖舟勝鑑湖舟。
書帷幾載坐春風，惜别歌驪意未窮。天語丁寧期不老，安居他日聘申公。

附紀恩陛辭恭呈四律 臣沈德潛

蓬藋數載貳春官，趍侍承華道孔顔。身老蹉跎難稱職，主恩優渥許還山。此行就日辭丹鳳，敢擬臨風放白鷴。五夜夢魂餘眷戀，早朝猶入紫宸班。

傳來天藻下衡廬，異數猶頒去國餘。寒士舊曾依澗壑，詩人老矣注蟲魚。遺榮疏廣同歸里，解組知章並遂初。應有白虹千丈起，賜書光氣燭空虛。

皇言披閱倍心欽，糺縵卿雲共朗吟。法祖敬天隨感觸，勤民求士入規箴。登臨岱頂山俱小，泛涉瀛洲瀆未深。一十三年宵旰意，金和玉節總愔愔。

輕舠一葉返煙蘿，回首紅雲憶馺娑。常諭鄉鄰天子聖，不忘痌瘝碩人邁。太平日月扶笻杖，無恙筋骸足嘯歌。萬壽五旬臣望九，還期隨衆拜鑾坡。

歸田餞送

奉勅和韻

户部尚書蔣溥

歸去依然是達官，鬢毛未改舊時顏。天留健筆歌昭代，帝許初衣返故山。風格清於淩漢鶴，性情逸似出籠鵬。詩壇一額傳佳事，千載名高供奉班。

天閶紅日啓周廬，知遇頻邀賦咏餘。殿角每依温室樹，苑西容釣錦鱗魚。神功奏凱登歌後，御藻開函校字初。次第田間相告語，太平盛事紀非虚。

耆舊中朝夙所欽，春闈猶記日聯吟。清談共剪中宵燭，莊語交陳在位箴。鴛鷺高班恩並渥，枌榆舊社誼俱深。他時雲樹遥相憶，一爲援琴頌德愔。

江邊小築指煙蘿，水色澄空樹影娑。賀監重承明主詔，考槃新紀碩人薖。最宜吴苑寬閑地，難忘虞廷糺縵歌。珍重加餐十年事，珮聲還聽到鑾坡。

兵部尚書梁詩正

垂紳幾載共趨官，松菊今怡老去顔。黄髮從容辭帝闕，青蛾迢遞向家山。特承宸藻褒耆碩，滿載恩波狎鷺鵰。洵是儒生稽古力，鏡湖一曲詎能班？

壯歲栖遲守敝廬，策名已是杖鄉餘。貞心合作凌雲榦，健尾終爲跋浪魚。吴下風騷推最久，天邊知遇寵方初。年來試檢賡颺製，富過長楊與子虚。

去住多爲朝野欽，禮優曾記昨年吟。丙寅秋，德潛乞假歸吴門，御製詩以餞之。耑歸偶許尋遊釣，亟返猶時望誦箴。臣迹忍隨天共遠，聖情直與海俱深。草堂此日盧鴻住，何限鳴琴想德愔。

宫帛攜還映緑蘿，紫團如鳳尾娑娑。銜恩再矢瞻雲日，養素無煩賦軸薖。雅會重聯誇洛社，賜詩頻詠應漁歌。遥知每飯難忘處，清夢時耑到禁坡。

刑部尚書汪由敦

十載清華歷幾官，數承優眷接温顏。授經身健勤趨直，許國心誠再出山。指丙寅請假重赴闕廷事。分擬飛同栖禁鶴，却容間比出籠鷴。耆儒自荷天心鑒，喜動同時聽漏班。

高懷那肯問田廬，文力詩才健有餘。早厭時趨驚蛺蝶，別裁古調掣鯨魚。晚成尚及懸車日，宦達仍如伏案初。白髮終邀明主遇，不教長歎夜窗虚。

星雲糺縵世同欽，授簡嘗教和御吟。盡出瑶編容遍讀，自緣丹扆愛聞箴。文章爾日酬知切，風雅平生用力深。竹簟暑風多勝賞，詩筒遞處想愔愔。

不須種柳更披蘿，書帶堂前鳳羽娑。車服何心誇里閈，烟霞寧衹傲槃邁。紫團採綺蒙珍賜，寶繪仙毫入睿歌。直自漢廷疏傅後，再將盛事紀鑾坡。

左都御史劉統勛

幾年丹禁領仙官，香案身依得駐顏。特許歸田辭北闕，應憐托興在東山。朝衫舊著袍□〔一〕鶻，里第新開客是鷴。多少篇章供睿賞，豈惟傳頌滿清班？

聖藻宣來徧直廬，紀恩垂和出幾餘。皇情尚睠南飛鶴，佳句仍傳北上魚。獻頌纔聞烽静後，授經已見學成初。却思晚遇終殊遇，不羡相如賦子虚。

曉日瑶階拜賜欽，奇珍種種入謳吟。和調齒髮知逾健，被服光榮好自箴。已覺驪珠揮把握，何嫌霜鬢照清深？吴江烟雨蒲帆轉，古調成餘得静愔。

御筆金文映緑蘿，常瞻鳳翥羽娑娑。詩壇縱老鋒猶鋭，耆壽方長興逾邁。某樹某丘隨步屧，一裘一葛樂弦歌。重來擬上南山祝，却杖看升玉殿坡。

校記

〔一〕此处挖版，空白。

吏部侍郎介福

十載青雲佐禮官，恩承禁近侍龍顔。光依日月螭頭筆，家在滄浪夢裏山。乞與鑑湖尋釣侣，許扶鳩杖看籠鸍。芸窗幾許含毫者，學圃香濃讓馬班。

一束書曾入直廬，清詞獨奏萬幾餘。南宫仍許親風雅，東觀勤教辨魯魚。晚直每隨蓮漏永，曉雲常侍曙光初。葵忱自矢酬知遇，豈是桑榆願久虚？

編次奎章心倍欽，花磚影裏得閒吟。青箱業富詩成史，丹扆文呈頌亦箴。杖履常摧春色滿，安閒難遇主恩深。驪珠顆顆懸歸舫，欸乃聲中頌德愔。

還丹錫予駐煙蘿，宮錦文裁紫鳳娑。鄧尉梅開高士宅，具區水繞碩人邁。遂初已服掉頭去，獻壽重來稽首歌。祖席東門攀賀監，風流長此話鑾坡。

刑部侍郎錢陳羣

福地清時冰樣官，天家終惠駐蒼顏。方資化雨培嘉樹，其奈高雲戀故山。乍脱韁羈回老驥，漫裁書札寄飛鵰。吴趨父老來相迓，白髮詞人供奉班。

衡宇春風對結廬，臣陳羣、臣德潛，邸寓同巷。過從每愛自公餘。早朝同引千牛仗，强飯還憑雙鯉魚。敢以文章論報稱，直教風俗返元初。皇恩特許重來約，千里蒲輪諒不虚。

老践容臺凛式欽，惟將本性托微吟。進文張泳邀真賞，舉筆歐陽獻古箴。爝火有明依日月，細流不擇益高深。時上命德潛恭校御製詩集。居然晚遇抽身早，辭拜尊官笑尹愔。

清夢依稀指遠蘿，輕帆歸路影婆娑。寢興要自酬明聖，姓氏何妨挂澗邁。溪畔偶成招鶴咏，山中新譜采茶歌。蠶眠稻熟昇平事，會見風謡到掖坡。

工部侍郎嵇璜

十載遭逢佐禮官，蒼然鬚鬢映商顔。風流江左推安石，文筆朝端數巨山。仙骨争看儕野鶴，閑心不復羡籠鷴。一帆載得恩波去，悵别同時供奉班。

光騰雲額賁精廬，好在桑榆暮景餘。欄角水生看鬬鴨，橋頭月落過乘魚。千人石冷攜壺晚，萬笏峰高策杖初。舊侶祗今誰未達？相逢應賦夜窗虚。

拜恩稠叠紀恩欽，垂和幾餘發睿吟。昔歲假旋頒紫誥，兩年課讀重清箴。推敲暫爾留詩老，淳古由來愛德深。儘許田間呈雅什，不同家令瘦愔愔。李義山詩『沈約瘦愔愔』。

鄉夢常時到緑蘿，抽簪此日樂婆娑。靈苗久餌增神采，宫錦新裁耀澗薖。有約趨朝同上壽，重來獻頌美賡歌。從兹晚遇人人羡，盛事真堪紀玉坡。

内閣學士觀保

白髮簪毫玉殿官，寅清拜手侍龍顔。鑑湖荷寵還初服，天藻分光燭故山。心跡高同雲外雁，文章清似雪中鷴。菊松三徑皆恩賜，應憶通明侍從班。

吴淞煙水漾精廬，春色逍遥杖履餘。晨露青蒲閑鬬鴨，夕陽翠荇静觀魚。鎔裁詩體親風雅，模楷鄉園返古初。好與漁樵談帝德，開窗相對碧天虚。

經授蘭宫夙望欽，陶賡時向殿中吟。龍頭姓氏頻紆眷，黼扆篇章當獻箴。老去定知詩律細，歸時尤覺主恩深。只今緑樹陰濃日，容裔扁舟静裏愔。

種竹分花翦碧蘿，披風聽雨任婆娑。探微畫壁連書幌，陸羽茶寮滿澗薖。筍笠虎邱從遠眺，漁莊鷺脰足清歌。玉觥還待期頤祝，鳩杖行看出幔坡。

内閣學士嵩壽

夙夜寅清佐禮官，詞壇領袖尚蒼顔。十年荷橐依香案，一棹歸篁指舊山。稽古久看榮組綬，乞身還聽狎鷗鷳。到家盛事從堪數，白首初登供奉班。

七衮依天到直廬，綆深猶自惜三餘。即今逸興同翔鶴，每憶恩光檢佩魚。柳岸風摇帆引遠，松門蔭合月來初。採芝不羡商顔客，萬頃湖光映碧虚。

清華侍從職惟欽，韻事濡毫時一吟。九列功名承帝眷，三休才分恪官箴。賜來歲月閑中好，徑入烟霞曲處深。高會耆英風尚在，鄉園歸卧正愔愔。

望裏吴山長薜蘿，近修初服任婆娑。田廬歸去榮疏廣，詩派傳來擬謝薖。尚憶鴛鸞同待漏，偶逢煙水足行歌。雅音賦就南山什，拜獻還看上玉坡。

少詹事金德瑛

贈言豈獨徧同官，宸翰頻頒慰別顔。賜與壺中新日月，占來杖底舊湖山。瞻雲夢合縈丹鳳，如水心宜對白鷴。恩遇歸途人艷説，諸生十載位通班。

詔許歸田出禁廬，于今老矣七旬餘。庾郎春雨常懷韭，張掾秋風不爲魚。報國尚期垂白後，致身難忘受恩初。五湖便是賡吟地，槖筆從教陋子虚。

二疏遺躅古同欽，老景清標入睿吟。詩豈窮人前語妄，榮因稽古後生箴。鷗馴聖澤烟波闊，草識春暉雨露深。此去江南图畫裏，幽栖山澤似楊愔。

乞得閒身返碧蘿，龍樓欲別更婆娑。已傳鄉信先魚鳥，未肯臣心冷軸邁。靈壽齊眉扶鶴髮，熏絃應律動驪歌。還山倘就郊居賦，早晚封題達禁坡。

贊善張若澄

承平林下有閒官，松柏精神秋鶴顔。一紀朝衫趨帝闕，八旬笻竹近吴山。雲中抗手騎黄鵠，煙際乘風縱白鷴。漁火楓橋侵曉泊，聽鐘猶誤趁鵷班。

金填姓字出蘧廬，海内人矜晚達餘。朱邸頻年依玉葉，白頭含笑謝銀魚。兩階孚格廻戈日，三禮寅清報政初。頃爲廟堂宣鼓吹，平生雅志竟無虚。

容臺清德贊堯欽，蟋蟀秋陰叶誦吟。臣職丹青輝聖藻，宸衷海岳納良箴。榮沾黻佩初衣適，惠逮參苓帝澤深。黄葉郫莊門巷古，奎章充棟日愔愔。

一葉吴舠繫緑蘿，故林猿鶴足婆娑。稻畦松徑開圖畫，橘刺藤稍綉澗遖。荷芰衣裳聯舊社，桑榆歲月愛行歌。祇承天語褒耆碩，絶勝詩壇谷與坡。

歸愚少宗伯予告還里詩以送之

齊召南

鑑水歸狂客，都門祖仲翁。人間誇晝錦，天語欸春風。著作神猶旺，登臨興未窮。名曾鐫琬琰，恩自冠鵷鴻。虞典書賡載，桓生歎所蒙。帆開湖草碧，窗對曙霞紅。隨地堪行樂，延年在抱冲。他時仙笈上，端可繼韓終。

竟得辭榮禄，翛然見此翁。我披耆舊傳，君有古人風。好句思偏壯，遺經解不窮。晚成憐馬援，高退比盧鴻。笠澤扁舟返，柴門老樹蒙。書韜宫錦紫，樓揭賜箋紅。愛聽羣鶯囀，争看獨鶴冲。從兹鄉飲酒，長奏樂三終。

陳悳華

萬卷胸羅最洽聞，東陽才地久空羣。三唐泒正名流服，八咏詩傳衆口芬。獨振宗風追雅頌，别裁僞體辨猶薰。即今紺髮尊耆舊，猶向騷壇壯一軍。

銛鍔終難匣底藏，昔年暗索得干將。戊午余典試江左，翁雋第二。晚香原愛陶家菊，碩果交推陸氏莊。人似香山真澹宕，筆如玉局想汪洋。近來更喜同經席，並挹爐煙禁籞傍。

十年通籍到彤墀，歛歷春卿鬢已絲。冰雪文留一卷在，松筠節荷九重知。螭坳蓮撤歸家候，鳳閣藜輝落筆時。睿藻頻頒光玉軸，恩榮不數謫仙奇。

年過懸車晝錦還，柳堤陰罨水潺潺。得尋釣舫鷗盟遂，交羨仙裝鶴夢閒。璐㞎低徊情戀闕，龍文炳蔚寵歸山。具區巾履應難老，况得丹砂更駐顔。

雷鋐

已許愚溪買小邱，春深何事久淹留？應知戀闕情無那，玉册猶煩細校讐。晚達如公寵望奇，一腔忠愛報殊知。西陲凱奏皇心豫，正是儒臣退沐時。卅載湘蘭寄遠情，相逢疑夢入西清。垂楊影裏茶煙熟，記取亭前水一泓。閒步西堤傍碧川，袷衣朱履望如仙。今年秋色誰相領？人在石湖香水邊。迢迢潞水束輕裝，收拾烟霞貯滿囊。漫道扁舟祇載鶴，天書萬叠燦縑緗。雁蕩天臺願不違，攜歸到處遂初衣。公與二山夙有遊約。遊篇十載從容紀，帝里蒲輪早欵扉。公奏明歲赴祝萬壽，上諭待十年來京。

周長發

南宫典禮秉《周官》，養得松喬不老顔。卿月人皆崇洛社，屏風我欲畫香山。並趨祕省依銅鶴，廻憶明湖對雪鷴。辛亥同修《浙江通志》。詔許懸車還鄧尉，交推貞白是仙班。

十載簪毫著作廬，雍容退食午陰餘。金盤沁齒曾分果，冰署留賓亦解魚。手振元音歸正始，輪扶大雅溯黄初。品題詩格邀宸藻，名士風流信不虚。

自笑才非周伯欽，詞科徵辟舊聯吟。溪山不改狂奴態，藥石時聞老友箴。放艇波浮松浦闊，尋花路入米堆深。引年底用丹砂訣，三秀餐餘似尹愔。

裳集芙蓉帶蒻蘿，峰登縹緲一婆娑。相逢舊雨仍開徑，信有清風獨在薖。紺髮方瞳尊魯殿，緑蓑青笠聽吴歌。他時還作孤山約，香雪同探瑪瑙坡。

程景伊

華髮蕭蕭佐禮官，容臺三接近天顏。幾年講席趨丹地，一日芒鞋踏故山。鵷侶尚懷珠樹鶴，鷗盟已指碧溪鷴。吴門歸去人争羨，曾到蓬萊第一班。

詩翁奉詔返衡廬，賜詩有『吴下老詩翁』之句。雲漢天章校視餘。投老好栽三徑菊，乞身豈爲四腮魚。觚稜夢繞登車後，笠澤人歸放櫂初。遥憶香山遊釣處，尋邱問壑稱恬虚。

隱侯夙望一時欽，行邁光華入睿吟。鰲禁詩篇依敕旨，敕内廷諸臣和韻贈行。龍樓悃欵效規箴。先生有留别諸皇子詩，多規勉語。章身文綺承恩渥，益壽靈苗荷德深。歸領詩壇誠不忝，御賜扁額曰『詩壇耆碩』。總持大雅自愔愔。

家住清溪傍緑蘿，還鄉疏傅任婆娑。一朝風雅歸江左，先生方選國朝詩。百歲耆英在澗薖。晚節香如高士畫，上賜御臨文待詔墨菊。太平閒共老農歌。十年再踐重來約，相遇金鑾待月坡。

歸愚年先生予告歸里，同人餞别，敬拈御製『清時舊寒士，吳下老詩翁。向每誦新句，猶然見古風』二十字，分韻成詩

得清字　陳鍔

春華易雕落，松柏揚菁英。世愛致身早，疇則保令名。君達既已晚，君歸一何榮！白首登廟堂，雅頌歌休明。恩遇古希有，不獨高爵並。誠哉稽古力，足以勵後生。詔許遂初服，古道羅公卿。挂席際首夏，潞水盈且清。回首五雲表，眷戀餘丹誠。重到有後期，記取歲在庚。祝天子萬壽，矍鑠爲國楨。

得時字　楊大琛

賦手騷情結主知，懸車恩許卧茅茨。白公耆社吟詩日，賀監明湖載酒時。斜日潞亭飛柳帶，晚風笠澤采蓴絲。片颿此去江雲隔，人在青山係夢思。

翽鳳明廷列羽儀，天容老鶴養高姿。溪山緣好孤筇健，仙佛身兼絶代奇。梅雨園林還棹後，松風庭院聽笙時。文壇十載忘年友，欲折將離意故遲。

得舊字　涂逢震

笠澤烟波向空走，滴翠浮青環嶺岫。行春橋畔詩翁歸，山色湖光兩依舊。緊昔吴下老吟壇，僞體别裁掃昏瞀。十年翔步鳳凰池，執簡承明天所授。金蓮夜撤下丹墀，玉珮晨趨縈紫綬。典禮三千漢代儀，嗢喈十二元和奏。龍樓預教星未殘，經義疑難勞擊扣。年過懸車念故山，恩隆疏傅相先後。洛社耆英屬老成，帝許逍遥錦衣晝。都門祖餞萬夫榮，一舸風帆去何驟？十年穩卧更重來，太平天子正萬壽。不扶鳩杖拜彤墀，八十八翁自天祐。

得寒字　楊　勳

碧蘿老屋舊盤桓，聖主深恩許挂冠。鏡水飛觴娱賀老，弓衣織字慕都官。攤書自愛松聲静，高枕誰驚鶴夢寒？一髮青山歸去好，也應回首望長安。

十載瑶林集孔鸞，《考槃》方遂碩人寬。名流復入枌榆社，老手還登李杜壇。御筆展來花雨濕，征帆颺處麥秋寒。他時寫作屏風樣，蓑笠香溪把釣竿。

得士字　鈕汝騏

碧落侍郎仙真官，織簾先生巘穴士。二公無乃公前身，出處先後何相似？憶昔高蹈葑溪時，門開雙樹籬六枳。醉墨朝濡閂鴨闌，高吟曉徹吹簫市。主盟騷壇五十年，愛才有奴詩有婢。荷衣初脱蘭省旁，江沙幾破青鞵底。是時春榜稱龍虎，人擬歐崔及二李。就中豈無韓退之？白髮簪花吾老矣。夫惟大雅故不羣，振袂揮毫紫宸裏。朝嬰夕側資輔導，益贊皐歌成喜起。手植南宫桃李花，得人還與貞元比。桓榮既蒙稽古力，賀監每懷高尚軌。一朝温詔許還山，賚予靈苗暨文綺。天章璀燦日星輝，羣公繼和紛宫徵。明良際會自古難，進退端期善終始。晚達何人退急流？名山那復兼青史。靈鞠才名或遜初，安仁拙宦未知止。誰能七十始登朝？八十懸車尚鯢齒。主恩深重信如山，臣心不斷應如水。春帆夏發秋渡江，迢迢望闕三千里。趨朝有約十年來，閉户著書寬歲紀。會養腰脚恣登臨，天台黄山坦如砥。蠅頭細寫《遠遊篇》，散髮歸來興未已。我家東吴西浙間，青箬緑蓑安素履。釣絲長拂爛溪灘，一葦姑蘇猶尺咫。三年遲我遂初期，每聞吴語心亦喜。西湖風月五湖煙，不從公歸直竪子。

得吴字　孫慶槐

淮陰南下即句吴，滿載秋風八尺蒲。帝許閒身持大雅，天留碩果淑吾徒。容臺地望寅清久，東觀儒紳禮數殊。舊雨幾人還惜別，倩誰繪出二疏圖？

得下字　儲麟趾

榮名類炙輠，遭遇如噉蔗。去來兩浮雲，寸心觀整暇。先生非今人，惟古與方駕。經術後匡劉，詩篇入陶謝。抱器甘晚成，躍冶耻速化。白首被主知，有秋大田稼。延之宣室中，位以春卿亞。一朝解纓組，吴山看桑柘。逸翮尋故林，軒東税茅舍。守谿師老子，筮《易》得謙卦。殊榮疊賜詩，舊雨連牀話。緑樹彌江皐，歸帆此南下。

得老字　馮成修

扶輿清淑毓良材，大器何須致身早？落筆千言風雨飛，青瑣闥前常起草。一代文章歸鼓吹，聖朝禮樂資論討。容臺協贊矢寅清，承華輔導良師保。雞籌報曉漏聲寒，九重垂念儒臣老。一朝恩詔賜歸來，宸章日月摛華藻。烟雲滿目送行舟，吴宮花樹韶光好。彼都人士得津梁，吟風弄月舒懷抱。

得詩字　遲逢元

風漾晴波畫鷁遲，舳稜回首感恩私。御爐香惹歸田袖，彩筆春題入社詩。桃李新陰連鎖院，烟霞清夢到天池。自慙昔接鵷鸞翅，難附青霄振羽儀。

得翁字　蔡揚宗

乞得身歸畎畝中，君恩今古幾人同？舊推德行超羣輩，新許詩壇獨此翁。校罷御函青瑣闥，捧來天筆紫微宫。懸知櫂入吴江夜，清夢還依殿角東。

包山故宅未蒿蓬，先人敝廬在縹緲峯下。震澤中央一葦通。橘柚成園陰杳靄，湖天相蕩氣鴻濛。探奇我舊來林屋，選勝君曾到石公。躡屐重遊如有興，平安爲報與隣翁。

得向字　裘曰修

兒時熟公名，未嘗識公狀。初疑不得並世生，把公詩卷生惆悵。揭來承明廬，忻喜過夙望。長身鶴立飄銀髯，争識朝端丈人行。帝闢四門詄蕩蕩，金墀玉圯排雲上。賡句嘗移御座蓮，談經每放宮門仗。蓴鱸一日動鄉思，巃嵸平生有微尚。聖明詔許返初衣，寮寀人争開祖帳。清和四月天氣佳，南下扁舟趁新漲。尚方宣賜悉珍奇，宸翰新揮迭酬唱。他時更待伏生來，天子憑軒問無恙。晚達如公古亦稀，乞身不藉扶筇杖。鑑湖一曲寧足言，香山九老誰多讓？百年從此任徜徉，越水吴山隨所向。

得每字　陳大崘

愛此矍鑠翁，古人風味在。敦樸不矜奇，汲古耄無怠。行藏符道轍，微妙得心解。七十登玉堂，聖主虚懷待。青宮聽絃誦，黄閣佐鼎鼐。移履步容臺，正氣肅寮寀。桃李植門墻，網羅盡珠琲。睿藻命揚榷，浩浩遊淵海。欣際修文日，仁兵方奏凱。予告得抽簪，返璞兼韜采。高隱鮮榮名，入世塵恐浼。何似遂初衣？仕止兩無悔。春明共連鑣，問字不嫌每。氣合投漆膠，臭同佩蘭茝。一朝悵分襟，後會何年載？此去百花洲，煙霞應不改。

得誦字　方世儁

十載承明廬，高辭叶雅頌。抽簪還故山，書笈戒傔從。臣職塵露微，君恩海嶽重。是時金川平，偃武示不用。鐃吹摐金石，里耳或驚哅。再拜趨丹墀，天章展吟誦。臨分賡載歌，飛箋過沈宋。澒洞塵海深，濡沫遊魚縱。朝衫藏篋笥，野艇繫婁葑。樹結林扉陰，雲入山衣縫。永言戀猿鶴，歸休庶無訟。

得新字　張鏐

儒臣遭聖主，天藻送詩人。三篋聲名久，五湖鰕菜新。杖朝留後約，憲老仰前民。吴下繁華地，需公表縉紳。

得句字　舒瞻

春草春波春又暮，驪歌一曲當筵度。至尊特重老詩翁，七十懸車頒杖屨。憶昔霓裳詠大羅，姓名許向仙曹附。數年踪跡悵分攜，予出宰淛西。一笑相逢舊情愫。城南方擬日追尋，遂初忽著興公賦。天子親裁祖道詩，都人競覓青門句。囊中幾卷石渠書，蕭然遥向吴閶赴。吴閶門外昔遊頻，依稀記得經行路。香雪層堆鄧尉花，銀濤倒浸靈巖樹。天隨郀墅半煙蘿，石湖池館餘鷗鷺。檀板銀燈總等閒，一船鰕菜留人住。公歸趋趄信江風，蠶豆櫻桃恰供具。料理琴尊甪里鄉，達官况味仍寒素。泉石天教作主持，人文誰不歸鎔鑄？方公通籍已暮年，七遷旋佐春卿務。此日抽簪返故山，精神風物都如故。主恩高厚一身閒，直令千古驚榮遇。惟予相别輒相思，夢中無那關河誤。夜深長望老人星，百丈光芒斗南駐。

得猶字　凌　鎬

十年簪筆玉京遊，詔許還鄉恩遇優。瀟灑輕裝隨去馬，淋漓御墨滿歸舟。别時櫻筍方逢夏，到日蓴鱸正及秋。乞取閒身真自在，湖山風月任夷猶。

垂老懸車志竟酬，賢哉疏傅更誰儔？幾年報國文章古，此日歸田杖履遒。緑野羨公先託足，青山媿我未回頭。何如拂袖相從去，商略漁樵當遠猶。

得然字　出科聯

憶昔屠維歲，同班燒尾筵。尋春過上苑，簪筆侍花磚。有榜名龍虎，傳聲比管絃。惟時均尚齒，相視少隨肩。院長師兼友，君王喜且憐。臨軒命揮灑，落紙染雲煙。飲鎬魚莘尾，遊阿鳳傳天。頭銜仍玉局，優異撤金蓮。稱體頒紈綺，開函授簡編。擢英憑五字，拜爵每三遷。原隰看花發，參苓采藥鮮。門多千里駿，人識九方歅。並命參樞務，殊恩表隴阡。謍葬假歸，誥封四代。還朝專禮秩，入告悉顛連。望重台星列，身依少海邊。進蒿名早辨，食鮑誡從權。老性宜薑桂，高情矢潔蠲。詎慕漢陽禪。春闈能拔萃，試士儼登仙。北斗勞翹企，東山有夙緣。本懷曹劌鄙，先生素不肉食。景憶穹窿畔，神遊峕崿巔。陳情思解組，有詔許歸田。文炳符於虎，身輕略似蟬。籠紗尋往句，抱甕汲新泉。幸忝金蘭契，追陪杖屨前。分榮瞻鳳藻，念舊溯鵷聯。境判仙凡矣，心同飢渴然。臨岐思渺渺，對酒舞蹮蹮。征旆雖難挽，安車豈久懸。重來聞後命，有待耄期年。

得見字　程景伊

東陽吾老友，年齒逾絳縣。菰蒲六十秋，鬱鬱困文戰。遭際幸晚成，玉堂荷天眷。聖人垂衣裳，文德方布扇。風雅契性情，惟貴能下賤。天章命繙閱，校訂每稱善。今春詔還鄉，詩壇老耆彦。我朝百年來，優禮真罕見。三接五雲多，恩榮一時羨。布帆幸無恙，好趁樵風便。先生多勝情，遊屐殊未倦。赤城黄海間，高吟好攜硯。承華予晚入，接武意良忭。惆悵遽言歸，城南一尊餞。遲遲繞朝策，欲贈還眷戀。此去兩相望，吴舠速如箭。

得古字　周　燾

四月薰風扇微暑，豐臺芍藥花徐吐。東門祖餞遺榮人，送者如雲觀者堵。共言清時重儒術，先生文學今規矩。晚登高第已黄髮，早列崇班在丹籞。鶴禁牙籤校典索，玉堂彩翰輝藻黼。一朝辭位歸其鄉，故山猿鶴爲儔侣。聖主尊賢禮數優，宸章炳焕照九宇。在昔西京傳二疏，圖畫高踪見遺譜。有唐昌黎送楊侯，某水某邱釣遊所。先生接武在熙朝，稠叠隆恩並今古。余從座末奉壺觴，雲散風流别如雨。離亭高處望輕帆，一葉冥濛去南浦。

得風字　陸　秩

花旛初過含桃風，膽瓶乍試將離紅。晨興掃徑遲嘉客，春官之貳今詩翁。翁詩流播五十載，佳句或達甘泉宫。協洽大科得宿老，卿雲葩鬱光熊熊。至尊文思軼三五，儒臣泚筆工磨礲。每奏一篇天一笑，坐令名譽傾褒雄。官曹屢遷遍華省，鼎銘三命滋益恭。要從大雅鑒清素，詎緣小技憐雕蟲。前年翁歸返江滸，焚黄墓所榮褒封。重來輔導侍少海，叩擊經義聲鐘鏞。文章報國分應爾，敢以老髦矜匪躬。臣意未申荷帝眷，詔下終始蒙帡幪。宫商叶應須律體，魚水夙契孚宸衷。萬金良藥補元化，五色文錦聯縫總。明良遇合在天上，方策所載誰能同？鏡湖未須乞於越，緑野漫自誇高嵩。蓴羹飽啖注雌霓，郊居樂事傳吴中。我從西湖共書局，幾回剪韭烹秋菘。十年丹地共載筆，蘭荃盈室蔪蒿蓬。告歸倏度五寒暑，班聯趨步常忩忩。一朝離筵判南北，燕雲吴樹難相通。他時國老祝萬壽，行看鳩杖隨夔龍。朋儕會合溯往事，茆齋還酌醍醐融。

奉送歸愚少宗伯予告歸里

諸錦

袁淑俳諧集，孫通長短書。金蘭輕薄俗，水木澹清虚。二老論心候，三商聽𢈔餘。辭榮吾所羨，好駕短轅車。

光禄最能詩，子大先生。留題絶妙辭。與公同解組，共樂太平時。兄弟遂初服，農桑有素期。他時予去國，相約采江蘺。

竇光鼐

詩人投老謝朝官，祖帳臨風醉别顔。萬卷圖書歸白髮，十年榮禄付蒼山。姑蘇月下從飛鶴，香水溪邊逐浴鷴。可憶金章拜恩日，九華春殿曉催班。

論文真面識匡廬，篋笥時開退直餘。猶憶春闈燒畫燭，相期碧海掣鯨魚。體經麗正親風雅，道在窮研見古初。此日臨岐一惆悵，青門柳色暮陰虚。

遺榮知足古賢欽，獨放扁舟倚棹吟。曾向承華陳舊訓，每依玉扆獻王箴。香山老去詩名在，賀監歸來道氣深。定識洞庭仙路近，不勞委羽訪羊愔。

一自衡門耽荔蘿，江村竹徑老婆娑。詎知歲晚蒙天睠，又借優恩返澗薖。光氣應隨十行札，煙霞並入五雲歌。御製詩有『儘有煙霞爲供養』之句。皇心終惜違賢達，後會還期拜玉坡。

朱佩蓮

冰銜合署侍郎官，老去依然陋巷顔。清水出泉終到海，閒雲作雨便還山。田無陽羡堪謀鶴，亭有滄浪好放鷳。此日莫誇唐賀監，送詩勅和滿朝班。

江南文伯老蓬廬，晚達人看六十餘。一日春風驚走馬，三年南省羨垂魚。授經藩邸能持正，試士闈燈不負初。獨仗主知善終始，片帆煙水縱凌虚。

才命應過蘇舜欽，九華春殿互酬吟。和聲時奏鈞天樂，聖德能容鳳扆箴。宫綺稱身歸路穩，仙苗含舌引年深。後期還約盧躭鶴，萬壽來朝待瘦愔。

松柏年來附女蘿，退朝花底立婆娑。衣香白傅歸蓮社，琴韻歐公寫澗邁。回首玉山雲霧客，縱心木瀆采樵歌。我家卜宅五湖近，他日從公種藥坡。

英　廉

自我歸京華，五年兩送君。昔别越三秋，今别當幾春。薄宦艱良覿，歲時猶相聞。今君返江湖，何因見垂綸？人生有離别，徒以滋愴神。人生無離别，何以見情親？以我慨分袂，念君惜離羣。歸舫渺千里，誰聞謌《停雲》？

曹錫寶

一行温綍許辭官，夢寐猶依聖主顔。十載殊恩同覆載，百年舊約踐溪山。文章聲價傳銀管，出處心期寄白鷗。歸與鄉人宣德意，扶攜鳩杖話朝班。

談經人比鄭公廬，風雅靈光魯殿餘。任爾蚍蜉撼大樹，直從瀛海掣鯨魚。別裁具眼千秋後，獨契無聲太古初。《竹嘯》一編流播遠，元音窅窅入清虛。

稽古真教萬乘欽，明良堂陛共賡吟。承恩特許兼三舍，報國常思著九箴。秘殿夜寒紅燭永，御溝春暖碧流深。歸田稠疊蒙天眷，不羨黄冠詔尹愔。

煙月横塘蔓薜蘿，釣遊踪跡好婆娑。萬峰獨立看山帶，一杖横拖訪菜邁。余堯臣園，名菜邁。圖畫龍門九老會，風流工部《八仙歌》。應知當寧關情切，早寄詩篇達玉坡。

錢載

十載承明出入徐，將登八帙詔懸車。雲章下和言恩什，蓼帛先頒賜翰初。今日所蒙稽古力，子孫顧自有田廬。聖心惠養儒生厚，老侍郎歸衆不如。

吴匏庵後幾名德，汪鈍翁餘誰作家？報國文章時論在，還鄉富貴少年誇。重來萬壽期天語，到及吴江采藥華。聞道東遊須渡淛，一笻秋指赤城霞。

林玉藻

禮樂三千客，星霜八十翁。依然趨闕候，不改授經風。宦達寧忘老，詩工未諱窮。來欣隨社燕，歸許逐冥鴻。聖製齊懸象，羣傾類發蒙。校讐秋葉落，點勘夜燈紅。高尚吴狂監，元虚左太冲。好承明主惠，早爲訪韓終。

盛　錦

傳經三載侍青宫，乞得閒身上釣篷。四海盡知名下士，九重親唤老詩翁。帆移别浦琉璃浄，花照離筵芍藥紅。到及江南梅雨霽，青天看放白鷴籠。

都門供張集鳴珂，疏傅當年較若何？知足心兼知止定，賜書榮比賜金多。分行鵷鷺臨風憶，話舊漁樵載酒過。八十轉添腰脚健，赤城黄海縱行歌。

王延年

鳳城四月正暄和，迢遞雲帆下潞河。祖帳青門車幾兩，漢廷疏傅校如何？

親承鳳詔下彤墀，攜載縑緗就道時。惜别何須折楊柳，豐臺紅藥是將離。

幾年駸歷貳春卿，典禮容臺重老成。更是談經勤内直，果然夕側與朝嬰。

魚水君臣見始終，天章雲錦耀歸篷。道旁太息争傳看，吴下詩翁是此翁。

巋然耆舊魯靈光，雛鳳階前日舉觴。想得到家朱夏候，藕花菱芡滿江鄉。

雲龍徵逐幾經秋，一别行踪水各流。何日訪公臨頓里，緑尊絳燭話綢繆。

陶善圻

名士飄翩躋達官，賡颺昕夕覲天顔。已同虞代明良德，詎數淮南大小山？儀舞欲隨聞樂鳳，恩深漫羡出籠鵰。爲勤輔導陪儲貳，不逐羣寮進退班。

春卿奉詔返田廬，正是懸車合退餘。少尹高情耽水樹，季鷹幽興託蒓魚。文章華國辭年老，道誼還淳挹古初。績學半生官十載，達人原自識盈虚。

入官永矢寸心欽，餘事還將寄詠吟。讀聖製高千里目，進新詞當九州箴。寵榮轉覺心神肅，謙讓偏邀眷注深。退食仍安儒者素，故交酬對只愔愔。

解組遺榮傍緑蘿，修余初服自娑娑。蒼茫蒹露勞洄溯，晻靄雲山任軸適。陶養性情披卷籍，敷揚明盛入詩歌。自憐未得同歸去，策蹇馳驅隔鳳坡。

胡寶光

黄髮承恩十載餘，詩翁名字冠寰區。直同白傅居廬嶽，不羨知章乞鑑湖。獨抱遺經傳弟子，更憑餘論著《潛夫》。籬邊野服花間杖，會看屏風繪畫圖。

一帆春水到江鄉，竹徑蓬門日正長。獨立蒼茫寫懷抱，閒乘煙雨課耕桑。玄言浄業皆堪學，鐘鼎山林兩不妨。車笠舊盟今有幾？如公真比魯靈光。

汪　庻

竟爾遺榮去，扁舟下潞河。身輕華綬解，裝重賜書多。雲物歸吟管，風花入棹歌。太湖三萬頃，浩蕩泛恩波。

帝重承華選，端儲倚國琛。忘家臣子分，安老聖人心。釣弋尋前侶，遊歌話禁林。應憐問業者，天末望雲岑。

高　晋

長洲少宗伯沈公道器淵泓，大年純嘏。遭逢聖主，禮遇有加。始則典清要於秩宗，旋且侍東儲而輔贊。宸章奎藻，供奉校讎，身依日月之光，心繫林泉之勝。遂抽簪致仕，陳疏乞休。上以嘉惠耆臣，綸音報可。中官馳道，捧出彤華、宫帛、靈蓡，賚予稠疊。皇朝憲老，抑何敦典優崇若是，詎非曠古殊遇哉！

沈公樂志歸田，藎忱戀闕，進呈《紀恩詩》四章，述異數也。天子萬幾餘暇，灑翰和之。并敕在廷同官，依韻繼和。想國門飲餞時，整駕歌驪，名篇競響，蓋不知其凡幾矣。晋以弇鄙之胸，未嫻聲韵。伏覩沈公被盛代之殊榮，作熙朝之人瑞，敬摹睿畫，授之雕鐫。鐘吕鏗鍧，瓦缶殊難比律。然觀至道之世，泰交之隆，亦瑣瑣微吟，樂爲賡紀者。况晋主筴邗城，沈公還旌吴會，剪江而渡，錦纜必經，得以藉手蕪章，面受大賢鍼砭，顧不幸歟？

夫漢家二疏，朝廷以年老予告歸里。至今讀史者慢然望古而遥集，以視沈公之幸際太平，其較二疏更爲何如者耶？謹序。

都亭折柳稡千官，拜疏晨辭咫尺顔。璽札傳宣垂北闕，蒲輪詔允老東山。五湖煙水浮青雀，三徑松風飼白鷴。仰見聖朝隆憲乞，不教聯步侍臣班。

南省深嚴近蘗廬，貳卿猶自惜三餘。試成瑞柳分蒐駿，賞徧名花敇釣魚。燭燼金蓮天語久，鈴鳴銀索月升初。皇儲恩遇都前席，詎羡相如賦子虛？

青宫仔弼庶僚欽，睿藻紛敷日校吟。江上拂衣休沐地，山中拜草太平箴。餌參行藥臣心拙，束錦歸田帝澤深。玄暢樓欄高百尺，松筠蒼翠晝愔愔。

林屋遊仙捫石蘿，紺瞳霜髩須婆娑。隔江拱斗連珂里，倚杖肩雲詠澗薖。老輩文章騰秘省，同朝祖帳疊長謌。九重異數親酬贈，想見黄封下鳳坡。

翁　照

片帆潞河來，相值在泲水。知公予告歸，南雲指故里。敬讀御賜詩，千丈榮光起。載賡洵一德，眷注情無已。遭逢媲虞唐，進退善終始。公歸有程期，我老失準軌。離筵布南池，杜老咏詩處。鳴蟬緑陰裏。無計更挽留，去去波如駛。但愿南風狂，維解舟還艤。

憶昔初識公，其歲當壬午。两地合雲龍，僑札通縞紵。吴門與暨陽，來往互賓主。矻矻商古今，硜硜訂出處。龍躍終升天，雲散難作雨。遥遥兩地分，間隔寒與暑。雲龍今復合，情深逾昔者。叶。齒增易驚惕，道進無違拒。相期同惜陰，晚節師侃禹。

送公歸去來，悠悠返荷屋。作社赴雞豚，約伴同樵牧。弭棹香水溪，采芝硯山麓。誰識衮冕儔，依然抱黄犢。道充輕禄位，天定歸淳朴。我將還故林，老去愛雲木。三十三山間，結廬卧空谷。公能復來過，江皋路應熟。念舊話前塵，草堂夜同宿。

張錫爵

昔年文待詔，六旬得歸畊。歸來三十年，遭逢世承平。杖藜出遊山水窟，婦人豎子俱識衡山名。猗與歸愚翁，十年位春卿。寅清典禮兼豫教，夙夜勞勩抒丹誠。聖皇許還山，恩禮優渥重老更。御詩與畫並堂額，上藥宫錦，寺人捧出褒耆英。炎風一舸返南國，依然管領千叠吴山青。詩壇此日有宗主，老筆欲掣横山鯨。化誨里門並通德，抒寫王路歌《由庚》。從兹優哉遊哉忘歲月，高名老壽何減文先生？噫嘻，高名老壽突過文先生。

王達尊

黄麻宣詔許辭官，林下重逢一解顔。珠樹鶴歸依鑑曲，石樓雲卧隱香山。風塵伏櫪慙羈馬，天路開籠羡放鷳。惟抱寸丹常戀闕，松窗清夢列仙班。

供奉聲華到直廬，抽豪摛藻故紆餘。一林梧竹棲威鳳，萬壑雲濤縱巨魚。仙骨自推登碧落，雄才直突過黄初。宸章披校星辰繞，藜杖飛光燦碧虚。

一代詞宗海内欽，文章報國日長吟。雲龍遇合賢臣頌，水鏡披陳大寶箴。浩盪放懷鄉路近，□□回首帝城深〔一〕。還家敢傲林泉樂，天語生涯適静愔。

歸愛山窗翳薜蘿，笑摩銅狄拂娑娑。素心風雨偕昕夕，逸志煙霞寄軸薖。勝事二疏觴酒樂，高踪四皓《采芝歌》。十年釋褐蹐卿貳，鶴髮承恩老幔坡。

校記

〔一〕此句兩字脱，潘務正、李言點校整理本爲『觚稜』。

何熠

曼卿夙世是仙官，不藉丹砂駐玉顔。謁帝舊離荼磨嶼，乞身仍傍米堆山。陸機書札傳黄耳，李昉園亭畜白鷴。清夢應知常戀闕，曉雞聲裏聽催班。

趨侍承華直禁廬，窮探經史惜三餘。精專直比斤攻木，原本何須獺祭魚？疏廣金分歸第後，東坡燭憶拜恩初。至今館閣鴻文在，豈獨詞華重子虚？

恭讀天章寤寐欽，一時颺拜繼賡吟。才華過似龍文鼎，忠愛陳將鳳扆箴。解組不嫌臣迹遠，賜閑尤覺主恩深。引年自有長生訣，底用餐霞學尹愔。

御筆騰輝映竹蘿，家園携杖日婆娑。太平有象惟耕鑿，至樂難名在軸邁。勞我長隄防蟻穴，羡公空谷答樵歌。蘇門若箇傳風雅，應有斜川號小坡。

莊大中

卿雲布紛郁，八表澄煙霾。耆儒翊文運，獻賦翔玉階。煌煌大述作，音與韶濩諧。摛毫侍霄幄，結夢依巖齋。天子念疏傅，鶴髮娱丹厓。宸章寵行色，祖帳排天街。息鞅莳水湄，翛然欵荆柴。暇日理琴策，良時接朋儕。東吴足泉石，洒落雙青鞋。造物秘清福，幽討彌復佳。卓哉沈夫子，雅尚聞江淮。豈翳絲竹歡，正聲絶淫哇。鎖闈擯茁軋，詞館嗤優俳。方當粲經術，高岡矢噰喈。歸來闡墳典，攤卷凈几揩。古香日鬱蟠，俗嗜酸鹽乖。末學窺數仞，觀海乘枋簰。敢希戴崇列，肯引侯芭偕。龍門長聲價，沾溉曷涘涯？顧持瓦釜鳴，仰溷冰雪懷。

許門徐德音

乍聞辭老疏，足可勵頽風。知止漢疏傅，康强衛武公。詞壇兼洛社，花墅傍吴宫。天子題詩送，千秋賀監同。

聖皇推宿學，寵禮冠蓬萊。奉詔收和璞，衡文得楚材。胸真納雲夢，句早挾風雷。自此還朝後，清華晋曲臺。

歐公知貢舉，文體斥艱深。今典南宮試，仍聞正始音。葠苓歸藥籠，冰雪矢臣心。賢士乘時用，蜉蝣出以陰。

尚思丁卯歲，三徑半爲墟。孰枉高人駕，翻停長者車。目存憐寡鵠，噓沫及枯魚。直欲將絲繡，平原恐不如。

南轅消息近，穩放五湖船。幾見遺榮候，翻然衣錦旋。連朝望車騎，此日傲神仙。倘肯重過訊，還能煮石泉。

歸田投贈

禮部侍郎歸愚沈先生予告南歸序

顧詒禄

鱗居大海，本有道以上沉；雲在太虚，仍無心而舒卷。仲翁歸里，祖道幾人？賀監還鄉，鏡湖一曲。慕先哲之知止，樂晚節以閒居。主戀臣依，進難退易。少宗伯歸愚先生，可謂遇之至盛，儒之極隆已！

先生龍虎之才，蘭蕙之臭。衆資問禮，並號籛聃；士倚談經，咸稱申伏。辨百家同異，崇賈董而不棄曾王；析四始源流，黜齊梁而獨宗漢魏。珠淪碧海，玉韞荆山，先生固盡泯怨尤，士類幾欲焚筆硯，迨謝夷吾之器備，束帛遥徵；杜正藏之才多，軺車特遣。芙蕖霧夕，最賞尚書；光範門前，羞陳宰相。黄金館廢，虚憐市駿之媒；白石灘寒，更憶搴蒲之侣。矢咏歌於邁軸，守衡泌以棲遲。有琴有書，願已畢矣；一丘一壑，吾將老焉。否泰相乘，風雲忽會；鹿鳴南國，鵬擊青天。趨鵷鵲以鳴珂，立蓬萊而染翰。旋吟柳絮，上愜楓宸。虞永興，石渠東觀之英，宜官學士；張燕公，鼉鼓崇牙之筆，遂長翰林。入侍起居，每記言而書動。屢承顧問，時酌古而準今。語或夜分，坐常席接。歲逢在子，士論於鄉，掌文士之衡。適荆襄之地，栟櫚杞梓，無材不蒐；珊瑚琅玕，有寶必售。渡沔口，俯晴川，萬里江山，尋霸圖而煙滅；千尋樓觀，攀仙跡以雲悠。楚才固雄，使命不辱。乍還冰署，即主武闈。負劍提戈，羣歸桃李。清霜皎日，益勵公忠。甘泉驂乘之必從，博望浮楂之與載。繼掌詹事，復晋參衡。喬木鶯遷，一歲歷三階之貴；南山豹變，六年躋八座之尊。不假左右爲先容，實合明良爲一德。而情深堂斧，念切松楸。傳酷舒哀，待表辭於棲鳳；祭豐養嗇，思著訓於瀧岡。

天子恩深，追封四世。儒宗望重，執紼千人。孚然諾於明廷，帝嘉其信，導孔顔於儲貳。身教母言，遂副秩宗，兼參密勿。贊三才之幽顯，均五禮之質文。西狩東巡，必諮宗伯；南郊北社，悉訪春卿，先生彌凜履滿思謙之箴，愈深以人事君之義。恪恭陳寵，輒薦秘書。儒雅孫弘，長開賓閣。召鄭元而布算，因質難疑。引戴崇以升堂，未聞絲竹。洪罏普鑄，朗照無遺。當文體之卑靡，操南宫之藻鑑。蘭栽艾剪，緬敬輿之主大科；雅正鄭删，慕歐陽之知貢舉。卓乎復古，翕然起衰。乃士安抱疴，每多佚志；偉長寡欲，絶少宦情。擬學初明，未忍表臺思去；恒懷逸少，難云誓墓投閒。

九重察其隱衷，一旦成其雅尚。賦詩贈别，寶墨淋漓。賜綺酬庸，仁風披拂。龍光譽處，期以再來。水旱陰陽，許之入告。抽簪辭闕，争羡季鷹。飛蓋擁途，圍看潞國。銀魚玉珮，無非稽古之榮。名遂功成，長作太平之老。籃輿畫舸，到處逢迎。越岫松江，隨時登泛。目空富貴，望若神仙。圖如晦於瀛洲，久作玉堂佳話；畫放翁於團扇，近傳吴下美談。

詒禄交媲膺融，情同愈湜。撫孔章之劒，重感欷歔；碎子昂之琴，深勞惋惜。素邀中郎之賞，莫遂杜陵之愚。艮止坎流，早識行藏之妙。周田孔壁，竊多亥豕之訛。狂簡何裁，津梁在邇。欣執鞭於司馬，覩一代之文章。幸得御於李君，親天下之模楷！

喜沈歸愚宗伯予告歸里

彭啓豐

津亭佇望錦車還，葵映丹忱芝餌顔。祖帳回頭榮黻珮，鄉音滿耳悵關山。瘦吟標格翔黄鶴，高卧滄洲放白鷴。拜捧驪珠燭霄漢，殊恩曠古耀鵷班。

秉志寅清踐直廬，勤繙詩史補三餘。掄材已茂中阿草；錫宴還同在鎬魚。湛若太空涵萬有，澹然心地慕皇初。睿褒賢達全高尚，出岫閑雲返太虛。

杜老詩名海内欽，揮毫天上和清吟。詞華不炫《長楊賦》，獻納兼陳丹扆箴。時振鏜鏞諧律吕，妙探山水契高深。江湖遥望紅雲近，譜叶勳琴象外愔。

奎章絢采耀岩蘿，回首觚稜夢駊娑。每念新恩縈殿陛，無忘舊隱樂槃邁。南園煙月携筇杖，甫里葑菰入棹歌。欣托比鄰來往熟，和陶聯社繼東坡。

商　盤

東吴士論推耆舊，北闕皇恩荷始終。共喜煙波歸賀監，不須冠蓋慕蕭嵩。山中宰相三層閣，花下神仙九節笻。更有天都清興在，待看六六碧芙蓉。

青門祖帳舊曾聞，許赴閒鷗野鶴羣。晚節不殊梁太素，内人原識沈休文見沈約本傳。九旬鄭重還朝約，百濯茵葍竟體芬。長奉四香居士戒，一身仙佛總難分。

蔡書升

皓首青雲未覺遲，桓榮稽古遇偏奇。角巾歸里人爭羨，捧得君王餞送詩。

花發長安媚白頭，傳經甲觀足風流。生平自有名山業，日下重開八詠樓。

無限雲山絢錦衣，檣烏一路送君歸。休嫌減帶東陽瘦，今日腰圍戰勝肥。

冠簪從此付煙霞，筆冢書巢自一家。好在草玄亭上客，一灣秋水坐蒹葭。

金門受賜早歸田，日暮懸車手一編。榆筴滿庭長不掃，任教人說沈郎錢。

握手京華憶昔年，新詩唱和總雲煙。高文典册今充棟，難續明堂寶鼎篇。
華簪短褐隔雲泥，山水清音定不迷。記取館娃宫畔路，還應同步小橋西。
蘿薜風清徑不蕪，一枝筇杖出天衢。夔龍邱壑忘形久，寫入睢陽九老圖。
縹緲峯高翠接天，具區寒浪遠浮煙。相期不負梅花約，取次同登載鶴船。
心跡雙清葑水灣，塵埃不到軸薖間。比鄰尚有彭司寇芝庭先生，壁立南天萬仞山。

韓騏

侍從承明已十年，一囊書畫賦歸田。名卿翰墨皆酬遇，盛世山林亦養賢。稽古久蒙宸藻賞，遂初尤覺主恩偏。葑溪南畔煙波闊，菱葉荷花佇釣船。
五月炎風驛路長，歸人心地覺清涼。軟紅離席花間騎，淨緑扁舟柳外塘。家有賜書承聖學，客來吟社頌時康。待傳好事湖山遍，布襪青鞋舊侍郎。

周準

出岫閒雲有返時，儒臣特許遂栖遲。致身隨著立朝概，皓首寧忘故國思。洛下難專耆老會，南中争誦杜陵詩。三吴吟社幾零落？認取東陽是總持。

扁舟直下大河濆，伴侶相隨鷗鷺羣。已見遺榮就巖穴，還應謀野課耕芸。琴臺晚景林端現，笠澤寒濤天際分。那用鑑湖求一曲，煙波繞舍總氤氳。

王 愫

昔推藝苑探奇士，今作林間勸稼人。器大固應成晚節，望隆時復被温綸。不將庶績羈黄髮，始慰秋風憶紫蓴。試問古來簪組客，誰能掉首軟紅塵。

坐擁圖書不厭貧，衆緣謝却樂天真。開筵醉月飛觴羽，攜杖看山岸角巾。問字子雲傳後學，得仙弘景繼前身。辨香廿載傾心切，可許龍門一問津？

邵 臨

五色天章千里船，白頭賀監遂初年。半空流水銀河下，一片閒雲研石還。重振敦槃非口業，白居易詩『些些口業尚誇詩』。永摩圭璧是心傳。寰中洲島高情在，時將有天台之遊。鳩杖遨遊即地僊。

錢　襄

十年簪筆列鴛行，異數頻增翰苑光。白髮承恩誇僅見，青山入夢興難忘。帆移笠澤蒪流膩，杖倚銅坑樹着霜。一曲鑑湖千古勝，自今休說四明狂。

賜閑特許返林邱，蕙帶荷衣歲月遒。一代詩壇推領袖，當年白社並風流。碧螺峰頂看題壁，黄葉村中認選樓。聞道赤城饒勝迹，何人同泛李膺舟？

集杜　韓佩祥

才大今詩伯，如公復幾人？濁涇清渭何當分，雕鏤詞采徒紛綸。別裁僞體親風雅，但覺高歌有鬼神。通籍逾青瑣，文章實致身。豈無濟時策，持以奉吾君？獻納開東觀，春官驗討論。天子正前席，風騷共推激。心跡喜雙清，欹枕江湖客。閬風玄圃與蓬壺，神仙中人不易得。乞歸優詔許，從此具扁舟。冠蓋滿京華，親戚擁道周。聖情常有眷，札翰時相投。東下姑蘇臺，庶遂平生遊。先生有道出羲皇，託身白雲歸故鄉。先生有文過屈宋，行酒賦詩殊未央。春日鶯啼脩竹裏，謝安舟楫風還起。江村野堂争入眼，雲白山青萬餘里。似君須向古人求，玉壺冰鑑懸清秋。萬事盡付形骸外，長歌短詠還相酬。

朱玉蛟

稽古同桓榮，知足師二疏。廟廊方倚重，簪裳遽投除。安車出國門，九重詔耆儒。車聲何轔轔，祖餞盈路隅。不爲好爵靡，而無盛滿虞。冲和適情性，養真課耕鋤。晴山朝氣爽，静牖花香舒。對花還抱孫，樂意時軒渠。

十年侍軒皇，辛苦霜滿顱。一朝旋故林，角巾遂其初。榮沾贈行篇，天言面嘉譽。纏綿眷契深，永懷鄭均廬。

朱受新

歸田詔許指吴城，稽古由來有盛名。天子賦詩親贈别，侍郎解組願遺榮。抽身重接靈巖翠，把臂寧忘舊雨情。從此垂綸攜小友，具區月白釣船横。

畢永仁

十載依丹禁，經幃作侍臣。位高酬學古，恩厚許尋真。夢結煙霞境，衣銷京洛塵。最欽天語重，今代一詩人。

太液春波暖，承恩返故鄉。聲華傳北郭，詞藻嗣東陽。宅畔香溪碧，林端硯石蒼。更期探洞壑，黄海肆徜徉。

李　果

鸞鳳儀明廷，小鳥翔寥廓。毛羽雖或殊，志趣各有託。君昨侍承明，術業奥以博。十年進秩宗，晚遇超古昔。叶。看雲戀舊山，當食念藜藿。賀監許抽簪，飄然返林壑。顧我安邱園，頭白忘寂寞。

稱詩遡南雅，漢魏迄李唐。何有宋與元，力能抉毫芒。長歌奏帝前，揮灑流墨香。洪瀾號江海，粹質侔珪璋。伏誦聖製詩，元音盛洋洋。君臣洵一德，賡歌慶明良。

鄙生守遺編，未能得根柢。常恨遠古人，不得共千載。如君識獨堅，論辯實知己。竹溪邀我過，席門爲君啓。相對輒夜分，焚枯或酌醴。論交垂五紀，久敬如初始。京洛寄鯉魚，我方事樵採。相思情則深，引領遙相待。

施大智

傳聞理歸裝，遠道思漫漫。攬衣登高原，日望車馬還。山川高且深，春半氣尚寒。有客從北來，爲君問平安。一朝喜攜手，追道平生歡。朗吟冰雪篇，臭味猶芝蘭。寒山何蒼翠，香水流潺湲。願言共君子，澗阿詠《考槃》。

張　曾

昔侍先祖側，齗齗聞説詩。先生後進列，風雅互主持。於今三十年，日月如奔馳。先祖成古賢，音塵渺難追。先生躋卿貳，蒙恩乞身歸。賜詩顔其堂，五雲垂光輝。閒身魚鳥狎，采筆風雲隨。詩壇有正聲，耆碩良可師。余久失先訓，述祖虚清辭。還期指迷誤，軌轍無兩歧。行當侍杖屨，尊酒懷曩時。依然坐高酣，先祖讀書處名高酣亭。長嘯臨清池。

天藻騰輝寵近臣，蓬廬今許乞閒身。恩深雨露當三月，老占湖山近八旬。領袖騷壇分雅鄭，逍遥蕙帶淨緇塵。此時定憶張平子，寂寞蘇臺獨送春。

宋　普

歸田矍鑠不嫌遲，出處悠優吾黨師。高尚每懷臣素志，乞休未忍帝先知。鸞龍班遠辭朝日，荷芰香清返棹時。卻憶明光頻奏對，幾回飛夢繞彤墀。

終身不辱在歸真，脱卻朝衫换角巾。水掬香溪纓再濯，峯題縹緲句添新。拔釵已失同心侣，載酒還來問字人。顧我衰頹同繭縮，空懷室邇愧比鄰。〔一〕

校記

〔一〕右李果、施大智、張曾、宋普詩，據人民文學整理本2185—2186頁所收録補。

王之醇

拜捧天章出禁闈，故鄉遥望思依依。硯山仍熟松花飯，竹裹還成薜荔衣。樵客往來饒野興，羲皇夢寐見天機。暮春料得閒無事，童冠逍遥共詠歸。

陸觀潛

疏廣歸田日，桓榮受賚辰。行舟輕似葉，天語暖如春。已遂江湖興，還尋洞壑真將爲赤城黄海之遊。他年訪申伏，文獻屬斯人。

少宗伯歸愚師予告南還，詩以志喜

百韻　王鳴盛

奎壁經星拱，人文奕葉昌。雕鎪窮物象，麗藻發光芒。正始思隆古，沿流迄盛唐。岧嶢懸泰華，鏗戛叶宫商。絶調殊難續，么絃或轉張。清真歸聖代，道德起今皇。天遺醇儒出，人欣國士揚。家聲追八詠，妙筆具三長。少壯披金簡，丹鉛徧石倉。心源通鹿洞，道味發縑緗。腹笥便便富，牙籤一一裝。門齊通德鄭，説並解頤匡。鎖子神仙骨，毫尖錦綉腸。西京宗賈董，東洛配曾王。詩格尤無敵，元音此未亡。清淳尊漢魏，綺艷薄齊梁。白雪高能和，黄金揀最良。别裁標甲乙，風骨細論量。龍象光恒在，蚍蜉撼不妨。材應鐘杞梓，價定壓琳瑯。雄長珠槃會，逢迎甲第坊。春風吴苑柳，秋雨秣陵檣。刻燭三分短，題襟百韻强。同心聯縞紵，比調奏笙簧。盛世鴻文重，徵書鳳味將。金臺紓短轡，玉殿賦《長楊》。滄海珠偏剩，豐城劍自藏。已栽松滿徑，判集蕙爲纕。投老身全隱，逃名譽更彰。上林搴杏秀，秘閣借藜光。乍槖螭坳筆，還趨鵷序行。三霄分瑞露，九醖飫仙漿。肅穆瞻丹仗，從容侍殿厢。中書時撤燭，常侍許登牀。皐禹賡歌洽，君臣形迹忘。鏗鏘音獨奏，寵異數非常。天語承彤陛，星軺入楚疆。陶甄皆竹箭，樂育及湖湘。試院浮鵝渌，還朝騁馬駉。鷹揚徵拔萃，豹略策邊防。赳赳雄才出，桓桓武烈襄。臣勞看盡瘁，主眷更無方。鈐索傳鸞詔，金泥帶御香。綸扉參密勿，宫扇浥清芳。尚憶青燈下，俄登紫閣旁。九遷加紱冕，特達比珪璋。鶴髮清如許，龍顔喜莫當。對揚詩萬壽，既醉酒盈觴。回首家山遠，驚心丙舍荒。驅車旋錦里，削石表瀧岡。君父恩交罄，忠良動必臧。容臺新册命，禮制夙精詳。日麗雙貂珥，鴻飛九罭裳。前星光炳燿，少海水汪洋。儒雅傳韋孟，衣冠數夏黄。共知稽古力，合受湛恩瀼。北闕求賢詔，南宫選佛塲。玉衡平似水，冰鑑凛如霜。桃李收門下，參苓入藥囊。真材能別擇，奇士盡騰驤。耆碩千秋彦，詩壇百鍊鋼。宸章何璀璨？銀牓更迴翔。賜出鯨波湧，擎來鳳翼颺。達尊誠冠絶，不朽在巖廊。矢報依天闕，辭榮戀故鄉。特恩成雅志，臨去轉神傷。五色縑教賁，三椏藥與嘗。云亭期從輦，水旱許封章。盛事光昭代，都人詑道旁。陶公神武隱，賀老鏡湖狂。便擬尋丹井，應須劚筍昉。扁舟浮笠澤，三徑返柴桑。綦占東山墅，橋連緑野堂。謙爻能自牧，坤道有餘祥。俾爾昌而熾，知公樂未央。清言思晋世，薄俗化吴閶。師道今山斗，宗工孰頡頏？摳衣紛接席，負笈走相望。欵欵春風度，温温化雨滂。人倫推郭泰，經義訪張蒼。一顧名隨重，千金價定償。騂騮邀剪拂，干鏌拭晶鋩。小子青衫客，躬耕練水莊。詩才歌委巷，賦或類俳倡。鼓翼搶鳩鷟，拳毛羨驌驦。勿諼薖與軸，豈食鯉兼魴。不謂收葑菲，還期簸秕糠。句慙何水部，音賞蔡中郎。謬列羊劉座，聊同籍湜僵。卷波黐酒格，活火瀹茶槍。割啖牛心炙，追陪鴨觜航。名偏藏夾袋，瓦乃許香姜。高會朝郝鄮，朋箋入笥筐。分曹忻鍛鍊，逐隊共趨蹌。聞説編《皇雅》，旁搜到西陽。姓名多著録，清濁擬分漳。澹泊存冰雪，喧啾斥沸螗。朱絃憐蘊藉，紫色誚披猖。樂府商玄鳥，鐃歌漢白狼。儻容讐校末，手録付青箱。

李繩

皓首詞章荷主知，投簪詔許謝彤墀。東門冠蓋新恩渥，北斗樞衡舊望馳。雪徑亂峰安石屐，漁舟一笛鑑湖詩。今朝快接春風席，淞水蒓香對酒巵。

故山無恙指靈巖，潞水長堤挂客帆。蘿薜夢中依禁漏，芰荷香裏脱朝衫。角巾蕭散儕猿鶴，椽筆評題剖玉瑊。先生時選《國朝詩集》。聞説探幽儸境好，聞將訪天台、黄山諸勝。擬隨杖履陟峥巉。

吴德基

位歷春卿矢自公，歸來仍作老詩翁。南園阡術奚囊裏，北闕觚稜午夢中。楊柳陰垂三徑雨，芰荷香散一溪風。從兹眠食皆君賜，剡曲逍遥興味同。

泉石風清孰與分？堂開緑野蔭榆枌。往還自適忘機鳥，舒卷無心出岫雲。盛事詞林傳故典，閒身漁釣狎同羣。從知别有麒麟閣，管領詩壇策上勲。

陳魁

詔許抽簪返故林，儒臣真荷主恩深。十年知遇喧朝野，一棹煙波睨古今。朱老阮公尋舊社，天光雲影入長吟。耄餘蠹簡猶穿穴，任爾旁人誚湎淫。

隣墻過酒滿園香，與客談諧各舉觴。耕鑿安閒懷帝德，龍鸞翔躍仰天章。硯山嵐氣添蒼翠，震澤波光接混茫。從此尋真忘歲月，紫芝采采欲盈筐。

洪　均

先生稽古並桓榮，白首登朝侍聖明。夙夜講幃親黼座，寅清典禮重春卿。十年霄漢摛文藻，一念林泉謝宦情。疊賜宸章恩獨渥，片帆如葉向南行。

林下何曾忘禁垣，笑言眠食總君恩。雕鐫梨木仍添稿，秀茁蘭芽恰抱孫。先生歸，增刻卯辰詩文集，前兩月生孫。筇杖湖山吟獨往，草堂圖史道彌敦。光庭重得親函丈，立雪依然細討論。

褚寅亮

南極星還自日邊，臨軒親賜遂初篇。蓴鱸正自思千里，咳吐仍傳達九天。清夢尚縈温室樹，薰風重拂廣陵絃。總持詩酒飄蕭髮，白社風流勝往年。

恩深詎在列朝班，水自無心雲自閑。伏勝經中多古字，謝公屐外有名山。質同朽木慙雕我，身近承華已鑄顔。從此侯芭頻入座，問奇兼讀《太元》還。

徐　尚

白頭入仕歷春卿，疊賜宸章重老更。契合君臣千載遇，辭榮朝野一時傾。尋芳每卸宫袍出，遊岳還攜蠟屐行。更喜蘭蓀添秀茁，好憑温嶠聽啼聲。將歸，恰有抱孫之慶。

顧惪懋

乾隆己巳四月，吾師歸愚先生予告南還。天子賜詩，有『嘉汝臨文不忘箴』句。甚哉，知臣者莫若君也！先生主盟騷壇四十餘年，詩之工，海内共知之矣。至於忠愛惓惓，因詩道意，務以開廣謨猷、補益家國者，世顧未之知也。夫君臣遇合，詎在辭章？而世以文人目之，不且以相如、子雲待先生乎？謹製古詩一章，補贈行諸吟所未及。

吾師江左儒，晚成負大器。皓首初登朝，數載春卿貳。吟壇久主盟，休明賴鼓吹。宸章疊倡酬，國文納微意。主聖臣故直，箴規何所避？涓塵補海嶽，高深總不棄。年老戀故山，遂初殊未易。天子閔老臣，賚予禮優異。賜詩慰謙冲，尤重在讜議。江湖懷廟廊，封章許郵寄。方今世承平，倣佛唐虞治。古人亦有言，朽索馭六轡。西川喜罷兵，遠人孔勞勸。東土雖告豐，閭閻尚蕉萃。回首吴越間，糧粒猶告匱。聖主念民瘼，撫綏倍周至。老臣去國餘，同憂如在位。蕙茝紉衣裳，忠愛發詩思。永矢豈弗告？報國夙所志。勿云事外人，泉石耽幽契。

袁景曹

位登卿貳許投閒，年老無煩藥駐顔。十載風塵存素服，一生著述有名山。常懷授簡趨丹陛，敢謂開籠放白鷴。知與端明同戀闕，曉鐘聲裏夢催班。

供帳依然值野廬，輕裝知是飲冰餘。如天主澤頒龍藻，似水臣心却饋魚。驛路鳴蟬新蜕候，家園籬豆綴花初。詞林盛典誇榮遇，吾師榮遇載詞林盛典中。詩解窮人語竟虛。

賡載歌餘朝野欽，咸聽鳳咮答龍吟。殿廷已繪豳風景，襄贊曾陳玉斧箴。歸去秋山千叠遠，掉來香水一篙深。他時倘叶盧鴻奏，載鼓幽琴頌德愔。

竹屋青青繞荔蘿，牙籤取次日摩挲。聲華世自推壇坫，痳瘄身常戀軸邁。老去久忘甘蔗舞，興來還唱越謡歌。七言健句今誰敵？戰馬奔騰直注坡。

陸羽豐

手捧絲綸出帝畿，南雲渺渺望嵩扉。都門供帳楊侯出，剡水乘船賀監歸。鑪貯賜香焚篤耨，編開樂府誦妃豨。客來漁釣爲忙事，同上溪頭舊石磯。

黄　裳

回憶諸生秖十年，春卿歸里興飄然。送行文字青宫授，惜别絲綸秘殿傳。後起競邀評月旦，藏書還仗飽漁畋。到家圖繪添新景，野鶴殘僧共一船。

薛觀光

異數從天降，殊榮亘古難。龍章褒啓沃，鶴市許盤桓。寮友携尊餞，都亭夾道看。二疏同不殆，爛熟笑矗官。

翰苑清華始，青氊花甲過。何妨終抱璞？忽見驟鳴珂。上下交成泰，明良賡載歌。大廷袍笏滿，黄髮重番番。

文義歸荒幻，狂瀾障使東。呈材來楚地，典禮試南宫。一洗楊劉體，還希賈董風。得人百年計，豈比樹椅桐？

簪紱初投日，雲山高卧時。娱賓常設醴，結社更裁詩。正己推鄉望，成人答主知。粗材猶未朽，重受露華兹。

毛枝模

年老懸車在知止，仕宦不止車生耳。古語。先生獨契聖人心，疏廣辭榮聊足擬。歸來重整舊詩壇，吴下詞人奉敦對槃。鶴鳴得主初無怨，鷗侶尋盟應不寒。黼裳被體非吾有，來往枌榆把尊酒。時爲鄉鄰説《孝經》，欲使澆風化敦厚。

六十韻　吴　翀

碩儒逢盛代，應運佐平康。瑞氣生威鳳，孤標挺豫樟。品高尊柱石，望重肅珪璋。博雅多蒐討，聲華少頡頏。杜家真有庫，曹氏竟成倉。豹霧山中隱，驪珠海底藏。寧同鵬鳥息，肯逐鶯鳩搶。巨製等身富，精思入腕强。真醇除軋茁，闔肆擺雷硠。大力騰龍虎，羣材媿蛣蜣。諸生推祭酒，歷試冠膠庠。圓石投旋合，方輪滯不忙。鴻文宗兩漢，韻語叶三唐。天趣原超卓，孤懷寄慨慷。幽噫懷正則，淳澹倣河梁。微旨深含藴，長歌接混茫。别裁歸正始，大雅斥岐旁。溯自元音杳，偏由僞體張。曹劉誰緬想？陶謝任淪亡。大歷嗟空谷，香奩逐艷妝。四靈逾斲削，七子競蜩螗。雜出徒爲祟，横流孰作防？推頹今日甚，撑拄我師當。晚歲登科甲，高名動廟廊。太和盈宇宙，文教訖要荒。夔典崇昭代，薰風奏聖皇。宫懸調律吕，樂府播鏗鏘。古鼎羣欽寶，豐城忽吐鋩。鐘鏞列東序，球玉在西房。屢給彤廷札，叨陪黼座旁。休明資斧藻，聞譽出班行。晉秩超階級，恩綸叠煒煌。衡文憑玉尺，拔俊實珠囊。得士恒空冀，書勳每紀常。崇先滋拱木，錫類準瀧岡。感遇榮三世，陳情泪兩眶。思親聊拜墓，卜地且迎暘。乞假非因沐，遄征敢不覆。覲顔彌有喜，受禄正難量。宗伯勤典禮，青宫效贊襄。寅清率曹屬，保傅領春坊。忱悃常書笏，蒓鱸偶憶鄉。引年憐老髦，得旨許徜徉。鳳藻頻頒予，瑶函命訂商。錦衣裁取稱，大藥劑惟良。仍冀趨金陛，何須集芰裳？公卿均餞送，歌詠滿縑緗。一德真咸有，二疏差足方。清颸看袖卷，積軸買車裝。北闕紅雲遠，東山白日長。聽鸝欣鼓吹，養鶴覓粻糧。梧月留疏影，荷風納晚涼。尋僧還結社，話雨復連牀。絳帳生徒盛，青編指示詳。負轅慚局局，捫籥恨倀倀。放眼觀瀛海，澄心辨濁漳。鑄顔希造就，御李快翱翔。鹿洞遺條目，南豐示瓣香。愿依朝與夕，敢頌壽而臧。南極星輝耀，應垂緑野堂。

家宗伯予告南還有作

祖　禹

詔許歸田帝語温，十年進退荷殊恩。桓榮自合崇更老，疏傅何須念子孫？宅近滄浪纓易濯，屐登山嶽壁堪捫。吴中耆舊今誰屬？定指吾家有達尊。

老來樂志在林泉，桑梓羣瞻地上仙。俛仰嘯歌真自得，取攜風月浩無邊。琴南硯北推高韻，臣倡君酬憶往年。猶有餘忱時戀闕，觚稜回望隔雲煙。

王　雅

君賡臣唱朗元音，賜綺酬庸禮遇深。向日傾葵應有戀，行雲出岫本無心。文章作合非縻爵，山水相邀自脱簪。寵賚總憑稽古力，長將盛事播詞林。掌院大學士奉勅撰《詞林典故》一書，中載家宗伯榮遇，備詳。

所尚

老年膺上第，十載擢春官。客許工辭賦，君憑策治安。懸車輪自定，返璞玉仍完。異數人爭羨，天章衆捧看。

瀆上茆堂在，歸田興若何？課耕憑古籍，戀主託高歌。舊雨縈懷久，名山入夢多。廉泉與讓水，挹取日經過。

執中

帝憐高尚許歸真，上藥扶衰賜老臣。酬唱載賡魚水合，箴規時獻腹心親。堂開平野來新燕，社繼香山約舊隣。暇日相將攜短棹，鷺蓑閑挂五湖濱。

吴下詩翁换舊銜，依然踪跡傍松杉。夢魂還入黄金殿，事業難忘白木鑱。晨灌園葵向初日，晚聽樵唱起靈巖。近聞采葺新篇什，綺麗纖濃一例芟。

藻

身履秩宗職，心依湖上峯。許辭宣政仗，來聽館娃鐘。得句憑長嘯，尋幽託短笻。相期全晚節，爲指嶺頭松。

士駿

寅清典禮領曹司，預教時看上玉墀。一德許全歸老願，九卿和就送行詩。挂帆沛水逢朱夏，策杖靈巖采紫芝。自是太平傳盛事，豈同張翰憶蒓絲？

喜歸愚師予告旋里

錢大昕

通籍清華紫籞深，乞身歸老解朝簪。文章巨手唐燕許，山水前盟漢向禽。綸閣容臺談往事，赤城黄海入新吟。飄然杖履經行處，不改當年煙月襟。

絲竹東山閲歲時，白頭重話主恩私。遂初早已辭中禁，清俸猶煩給度支。層閣静聽松籟遠，平泉細譜藥苗滋。五湖煙水明如鏡，好鑒蒼蒼鸞鶴姿。

鄭廷暘

不作螭坳戀，初衣暢遠襟。優遊九重命，泉石五湖心。道自同疏傅，機將息漢陰。聖情知暫許，未免待爲霖。

江上蓴鱸好，秋風引興歸。誰言珠樹鶴，不向帝城飛。舊史墨猶漬，孤琴絃可揮。怪來驚照乘，宸翰焕岩扉。

爲隔春明路，郵筒問訊疏。忽聞歸棹速，瞻覲樂何如？卷軸隨身軫，香粳御廩儲。析疑容末學，茵席侍無虛。

歸愚師予告旋里疊荷殊恩恭呈二律

王廷魁

欽承豫教侍青宮，天許投簪錫予隆。領袖蓬瀛偏退讓，主持風雅轉謙冲。有御賜『道存風雅』匾額，及『蓬瀛人瑞』之勅。情依禁苑觚稜側，身在吳山煙月中。一似鑑湖歸隱後，家家團扇畫詩翁。

雨屐霜篷到處留，赤城黄海試遨遊。春卿秩領儀曹肅，清俸恩頒族黨賙。晋秩尚書，在籍食俸，使親族共沾天澤。山長宗風傳鹿洞，詩篇御序重天球。掌教紫陽，御賜『白鹿遺規』匾額，又賜《歸愚詩鈔》御序。先生依舊安儒素，布襪青鞵狎野鷗。

恭呈家大宗伯四律

培　生

晚歲方通籍，旋看領六郎。持身惟正直，報國在文章。得士南宮盛，掄材楚地良。公餘最清燕，宸藻許評量。

詔賜投簪日，番番白髮新。都門榮祖帳，吾道重儒臣。未許巢痕掃，從知龍性馴。片帆煙水闊，浩蕩五湖春。

幽興原無已，名山汗漫遊。赤城躋玉闕，黃海揖浮丘。境以穿雲迥，詩從鑱石留。何妨挂靈壽，直到鳳麟洲。

風度朝端重，聲名海外馳。中臺推領袖，大雅獨維持。飼鶴分天粟，鋤雲種玉芝。硯山景物好，深荷主恩私。

黄山遊草

黄山遊草

長洲沈德潛歸愚

冒雪錢唐江行抵富陽

湅雲凝結天茫茫，山勢合沓江湯湯。飛廉滕六作遊戲，送我迷漫馳帆檣。鬖髿連綿不肯止，睇望皛淼無紀壃。千巖積素形仿佛，掀篷寒氣侵肌骨。恍逢海上蓬瀛間，白色鳳麟銀作闕。閑身疑入清虛宮，一片心神總超越。錢唐已遠天欲暮，煙火依稀富陽路。此時雞犬寂無聲，獨枕寒潮伴鷗鷺。

經七里瀨謁嚴先生祠

亂峰束清流，千折景明麗。先生栖其間，遊釣適我意。故人爲天子，何與狂奴事。三公亦浮雲，惡有一諫議？范史空矜張，所重禄與位。我來謁古祠，清風披薜荔。仰視箕潁心，冥鴻想天際。釣臺留遺踪，崚嶒俛無地。下視舟行客，茫茫總名利。

謝皋羽墓

丞相已成仁，遺民剩一身。西臺曾慟哭，古墓不逢春。朱鳥魂應返，嚴祠地許鄰。高吟晞髮詠，山鬼亦傷神。

水碓

水勢觸輪鳴，溪流藉不平。桔槔依様轉，杵臼自傳聲。袖手身都暇，營心機漸生。因憐五噫客，勞苦滯吴城。

自七里瀨至烏石灘作

玄英宅已遥，釣臺尚堪攬。輕帆入清湍，漾漾風微颭。江狹千曲紆，山逼兩涯斂。沙明礫可拾，翠映波疑染。鷗鷺各爲羣，眠立雪分點。戍柝傳喧喧，津鼓聞紞紞。峰合路欲窮，境轉仍瀲灎。篙師與灘争，利便忘夷險。一折復一灘，撇捩服其敢。怪禽啼叢木，炊煙上崕廣。無營景俱恬，有得意彌慊。建德昔名邦，雲外指黮黕。長吟懷謝公，今古同所感。

述興

老去翻然賦壯遊，錢唐風物漫勾留。一千里外煙霞客，三百灘邊舴艋舟。流水桃花隨所遇，青鸞絳節豈難求？此行期與容成晤，直到天都峰頂頭。

夜泊聽雨

入夜蓬窗罨散絲，深更殘溜滴遲遲。夢餘忘却空江畔，猶認春明聽漏時。

紫陽山謁朱子祠

昔年子朱子，讀書紫陽峰。肩承程周緒，孔孟日再中。致君本誠正，樂道隨窮通。邪正不兩立，宵小羣相攻。占遁守恬退，行藏斷諸衷。至今小山名，仰止如華嵩。我來講學地，瞻拜攄虔恭。自慙讀公書，理境猶未融。研摩干禄學，缺略反己功。行當勵耄年，還思鼓衰慵。

自梁下至潛口作

東風掃積陰，天許遊名山。輕身上籃輿，屈折循溪灣。郇郇放桃花，含笑何嫣然。籬落散雞犬，蔀屋動炊煙。是時土膏潤，舉趾來中田。三農有好懷，相見開歡顔。語言未盡通，指趣依約間。具言歲時和，兼逢長官賢。覩此風俗淳，愈念民依艱。行行赴潛口，處處翻濤瀾。地與人名符，退藏義所安。前途失平坦，遥指千煙鬟。

自潛口行三十里宿山家

一路灘聲迎，一路灘聲送。紆回入亂山，崎嶇步難縱。嵐嶺四圍合，罅隙疑引縫。境轉心目開，仍見天宇空。平疇花竹間，人家業耕種。漲滿筏急流，溪喧碓常動。前行日下舂，四野煙光重。野猿發哀吟，鷩禽起奇哢。橋斷涉水行，融和已消凍。行行投山家，蘿屋傍巖洞。遇我如故人，摘蔬饋清供。静坐憶所經，一燈恍如夢。

度石碪嶺

谷深沸淙潺，山亂圍合沓。緣山臨無際，注目氣先讋。徑仄趾不受，石礙頂欲壓。覓路穿高雲，盤盤百千級。同行肩難並，後進履防躡。磴危碎石支，沙崩古槎接。亦知垂堂戒，尋幽願深入。到頂身屢疲，趨下目轉睫。半途不退悔，踰險終寧帖。寄語學道人，用志慎毋怯。

宿茅篷

抱影山齋宿，虛巖斷衆紛。峰高遲上月，閣敞淡栖雲。鸛鶴息還警，風泉静更聞。老僧話桑梓，儒墨許同羣。悟千上人俗本吴江。

浴湯泉

清泉孕丹砂，嘉名著巖壑。陰陽燮温凉，大造司槖籥。養晦明夷同，交融既濟若。盈以藴其美，虛以出其惡。能盈復能虛，終古常不涸。予懷矢日新，潔躬在疏瀹。氣蒸雲上浮，性定流不躍。物生厭清寒，我心忌熏灼。惟茲中和德，調劑無偏著。願言滌塵煩，清心契沖漠。

慈光寺

盤盤躡磴上慈光，知是先朝選佛場。四面金容具圓滿，三層寶閣入微茫。鳥鳴山樂同聲和，木放蓮花隔院香。老衲劇談興廢事，空門也復感滄桑。四面佛及木蓮花，明神宗敕賜。木蓮花，山中只一本。山樂鳥，山外亦無。

慈光寺懷普門和尚

黃山亘古來，吟詠始太白。蒙茸氣鬱盤，奇奧未探歷。後賢踵事者，面目略能識。前明普門師，遠道來滇僰。馴擾豺虎心，追躡猿鳥跡。積誠通人天，九重召前席。慈寧疊賚予，敕建香林域。一心役百靈，到處剪荊棘。巖壑獻奇巧，高深徧筇屐。盡洩兩大閟，造化難愛惜。乃知空門中，具此大願力。移之衛孔周，經世多劈畫。往事感塵沙，兩毀於火。清名重今昔。一覩木蓮花，令人念遺澤。

發慈光，一路經老人峰，緣天都峰趾，過斷凡橋，上木梯，至文殊院宿

欲窮升仙境，言别金仙宅。取逕傍嶮巇，穿松入蒙密。盤盤路忽高，十步三憩息。巖深谷虚牝，澗瀉泉噴激。經過老人峰，傴僂似迎客。峩峩陟横雲，境界頓開闢。沿緣天都趾，仰睇蓮花葯。崖裂容一人，磴仄礙雙屐。扶掖憑山僧，駏蛩勢難隻。尻高首偏下，穿洞行匍匐。入井復出井，牽綆用全力。支木接斷橋，梯空上危壁。到頂地平坦，舊締化人域。千峰總圍抱，一氣周冪羃。造化理所無，到者人方識。辛苦茍未經，奇快何由得。彌勒許同龕，留此桑下迹。

老人峰

羣峭攢高青，巔崖立石叟。見我老人來，雲端爲招手。

上小心坡

盤陀入層雲，側足陟碕礒。平生凛冰淵，小心匪今始。

登文殊臺作歌

天都峙其左，蓮花拱其右。硃砂頫於前，玉屏環於後。其餘臚列如兒孫，或起或伏或仰首。我時象獅二巖石名。擁衛高巃嵸，下臨無極混溟濛。山半忽起雲蓬蓬，疏松奏樂鳴天風，身世恍在虛無中。我欲招容成、揖浮丘，試問丹經寶鼎將何求，無爲清静亦得成仙不？青鸞白鳳杳無迹，放眼天外雲悠悠。孤筇獨立最高頂，寓言朗誦《逍遥遊》。

天都峰

黄山天下奇，天都峰之特。絶地九百仞，陡下如斧劈。勢疑塞高空，體許鎮地脈。四面總換形，不改性正直。無心拔衆上，衆自莫敢敵。通體斷寸膚，萬石怒分坼。虯枝蟠千年，蒼蘚積五色。石室開曠朗，甘泉流罅隙。或云仙人都，軒轅此遊息。浮丘與容成，飛行無留迹。斯理果不誣，長生歸有德。胡爲學仙人，空聞鍊金石？

登蓮華峰

天公弄狡獪，産兹石芙蓉。外瓣叠攢簇，中竅環玲瓏。始進本曠如，漸高體難容。緣莖上千級，穿孔攀百重。梁危俯懸流，梯接凌虚空。屈伸抱崖石，絶壁難支笻。四體失所司，目眩心忡忡。力盡到巔頂，四顧風雲通。左右指江海，一氣冥濛中。始知黟山峰，華嶽争長雄。豈惟藕如船，笑問昌黎翁。

黄山看雲海歌在文殊臺作

老夫新從人海回，又到黄山看雲海。天公知我性好奇，頓使羣山態俱改。夜來宿霧收，曉望朝霞鮮。裊裊一縷雲，倏上遥峰巔。俄然峰峰合，瀰漫相連延。青螺欲定忽欲動，層叠湧出兜羅綿。遠近平鋪總一色，浮天吞岸那得窮其邊？橫空洶洶浩無迹，恍惚驚濤互冲激。鏗鍧鞺鞳聲不聞，溦溁茫洋勢何極？白銀空闕杳渺間，疑是蓬壺方丈仙人域。木華有語道不到，鄒衍荒唐詫奇特。須臾微陽穿漏天風來，解破白衣絢金碧。我時登臺眺望如望洋，晃朗真堪蕩胸臆。往事追憶東坡翁，登州羈迹爲寓公。蜃氣收時見海市，自信人棄非天窮。我今亦得見黄海，生平夙願天能從。作歌漫繼玉局後，有無變幻聊相同。歌成雲歸海旋散，仍見高天杲日光曈曨。

下百步雲梯，過蓮華溝，穿鰲魚洞

山轉路滅没，險逾川中棧。斗然遇雲崖，直下足難踐。已累百步梯，誰數九折坂。探奇志勇猛，前進不敢嬾。氣鋭力副之，崎嶇亦平坦。迴合望欲迷，凹凸勢莫鏟。行過蓮花溝，一線蚰蜿蜿。是日雲煙凝，四望失巉嵯。策恐支虚沙，足防滑蒼蘚。高步躋危岡，怪偉忽在眼。有境窺門垣，無底入甑甗。呀呷疑吞人，僂行敢驕蹇。漸穿巨鰲腹，神定體幾瘖。飛鳥斷踪跡，樵者見亦罕。行當逢容成，丹臺路匪遠。過此爲煉丹臺。

登光明頂放歌黄山最高處，宜中秋玩月

陟萬仞兮層巔，忽空明兮景無邊。千峰萬嶺兮俱在下，天都蓮華秪許齊其肩。我遺世兮陋蟻壤，坐平臺兮睇莽蒼。俯一氣兮無垠，收萬象於盈掌。攬全歙兮玲瓏，跨宛陵兮西東。池陽兮堆阜之形似，廬江兮衣帶之混濛。指匡山於天末兮，疑有五老隱見於雲中。嗚呼，人生溷濁兮苦羈束，百年一睫兮如短燭。浮雲變幻兮忽有無，安得日擾擾兮隨蠻觸？何如掃除一切兮心與天

遊，升高望遠兮身世俱浮？置身黟山之絶頂兮，便如鳳麟海外之神洲。於時青鸞兮迎客，白鳳兮翔留。似聞浮丘阮仙向我笑，謂我三千年前居此爲同儔。何當載美酒兮清夜，坐明月兮中秋？此山此月兮足千古，詎必更尋玉京深處開瓊樓。

宿師子林

巉巖師子林，樵者始能尋。奇秀到庵盡，荒寒引境深。松龕静夜火，菜把道人心。高卧清無夢，山雲入户侵。

卧龍松在文殊院道中

老松當澗卧，横榦皴蒼鱗。撫之悚然敬，如遇隆中人。

迎送松在小心坡

兩株相迴盤，客過互相向。送迎古今人，羡爾能揖讓。

破石松在一線天

松石兩相爭，松怒裂崕石。不知始何年，想象自開闢。

登獅子峰望石筍矼

奇巖搏象形，雄踞高巘嶙。發興登其巔，餘勇賈未窘。後顧氣混茫，前瞻境虛牝。到眼驚喜並，荒幻見石筍。刺天攢千戟，迸地出萬菌。破碎互相糅，逼迮遞徐引。覩此靈奇質，衆類覺窘蠢。物象隨人名，俚俗半堪哂。鬼工險莫加，天匠巧欲盡。而胡六六峰，轉使嘉名隱。跡高人莫知，箕潁樂肥遯。維時罡風來，壑谷吼聲殷。愜心願少延，佇足防未穩。下阪屢迴矚，眷戀猶不忍。

登始信峰

陗峰斗然裂，下瞰無底淵。危杠支斷厓，偃松兩厓連。攀松度危杠，直造峰之巔。定空庵名留丈室，鳥巢此栖禪。平視五供峰，仙掌疑擎天。俯視散花塢，四序春芊綿。仰視石筍矼，萬株立我前。收攬有獨得，分取人無權。境界到始信，難向塵中傳。何當偕白猿，高枕峰頭眠。

憩雲外峰趾度數嶺至皮篷以杉皮爲篷

我從雲中來，又尋雲外路。稍稍憩雲根，盤盤局微步。黯黯穿荒榛，喧喧聞瀑布。山花媚遊人，徑仄不暇顧。少焉逢坦夷，短筇且停駐。迴瞻峰頭雲，是我經行處。澗泉趨正絶，涉水濕芒屨。何來午鐘聲，星星空際度。撥雲問香林，蔥鬱娑羅樹。山僧松圓孫，耕厓係程孟陽後人。猶餘詩人趣。相遇不言禪，默默得清悟。前行逐孤雲，更向巉巖去。

擲鉢禪院

鉢盂峰下舊禪關，白石青林面面環。諸佛畫圖傳好手，先朝經卷鎮名山。僧出明神宗賜《華嚴經》及仇英畫諸佛像傳看。香臺散食禽齊下，竹柴開籠鶴自還。活水源頭流不盡，天教送客響潺湲。

桃花溪

桃花峰直下，下有桃花溪。溪水去無盡，花林望欲迷。塢深時見鹿，邨斷不聞雞。爲憶虞山叟，空懷結屋栖。牧齋欲買山栖息於此。

出黄山作

六六奇峰向我迎，穿雲涉澗一身輕。歸來笑答同人問，真箇懸崕撒手行。

遊蘭亭用右軍序中字成詩附遊會稽詩

遊目山陰地，風流仰昔賢。能同觴詠趣，豈感歲時遷？品類咸齊矣，情懷此快然。臨文相契合，不異永和年。

放情九宇内，春暮集同羣。大化在不舍，至人曾有云。聽觀隨所遇，述作寄斯文。俯仰形骸外，無爲慨與欣。

老至興不倦，和風此暢遊。清湍長激激，林竹每脩脩。崇有終爲妄，樂天得自由。古人期可悟，異世與同流。

越王臺

臥龍山巔越王臺，重重磴級躋崔嵬。人民城郭雙屐下，山光湖影千盤迴。當年沼吴憑越甲，忘却請臣與請妾。鴟夷逋遁文種誅，烏喙秖堪共危急。無疆再世旋淪亡，春殿繁華惟一睫。我本姑蘇臺畔人，偶來於越踏煙雲。霸圖消歇名山在，倚杖峰頭吊夕曛。

南鎮

周禮會稽推首望，大神作鎮鎮南方。位同炎宿垂朱鳥，德秉離明祀赤璋。寢殿閟宫常肅穆，雲車風馬每騰驤。吾皇報饗勤咸秩，總爲蒼生祝降康。

禹陵

於越當年朝玉帛，苗山終古禁樵蘇。平成得所還天地，功德相兼合典謨。龍輴不須歸夏邑，寢園自合併蒼梧。漫因窆石滋浮議，博辨由來是陋儒。

吼　山 山經開鑿後轉成奇巧

舟許穿山入，晨偏幻夕冥。水光涵澹白，石骨露空青。錐鑿飜天巧，玲瓏訝地靈。鳥閒常傍客，魚定每聽經。前哲能耽隱，陶石簣先生隱居於此。名巖樂改形。來遊難遽別，棹轉幾回停。

陽明書院

觀人取大節，疵類在所捐。魯公篤忠貞，成仁重丘山。豈以二氏學，苛責俾無完。峩峩文成公，出身當險艱。瀕死觸逆奄，决機禽叛藩。一戰平八寨，餘威讋羣蠻。忠可貫金石，力能靖烽煙。至今中天閣，書院名。英風留几筵。奈因良知學，多口交詆讕。吠影旋吠聲，童昏狂且顛。持論貴平允，出入毋黨偏。公應悔講學，衆應戒求全。術業縱未純，建竪終不刓。寄語陵轢人，甚勿逞譏譏。

問賀監故宅

季真老去乞閑身，天子裁詩賜舊臣。歸里黄冠寄高尚，鑑湖一曲全其真。放翁作歌吊狂客，艇子往來隨所適。菱租魚市足逍遥，道士莊前尋故迹。到今湖水半湮淪，誰問前民往時宅。我亦清時遇聖明，賦詩餞送許歸耕。四明湖畔思前事，今古相關無限情。

黄山，天下奇絶境也。欲遊者久，苦無暇。己巳夏，蒙恩歸里。明年春，正由淛西詣歙州，攜笻屐、裹糗糒，凡明秀荒詭之處，約略俱到。識黄山面目，並識黄山性靈。既以歎造化之秘於此盡泄，而又感君恩之賜閑，得以允踐而歌詠之也。同遊者，周子迂村。得詩三十四篇，遊會稽詩九篇，亦附於後，均屬迂村點定。德潛識。

台山遊草

台山遊草

長洲沈德潛歸愚

蕭山舟夜同葉義山作

西興鐘鼓歇，烏榜泛江波。星斗窺牕入，峰巒避客過。清言謝煙火，幽夢繞雲蘿。明發山陰道，懷賢訪澗阿。徐笠三同學。

宿古能仁寺

地溯許詢宅，門當秦望山。齋禽生意滿，補衲道心閑。食力安耕鑿，援儒慕孔顔。我來同野鳥，一宿便飛還。

秦望山

富貴無窮願，惟求不死方。高峰望瀛海，仙藥想窮荒。山鬼貽嘲笑，真人竟渺茫。只餘徐福市，開國近榑桑。

舟　曉

推篷靄濛濛，涯岸那能辨。煙際棹聲來，兩船不相見。

筏　渡

急溜陷平沙，横渡筏爲亂。津逮一睫間，何須分彼岸。

嵊縣道中記一路所見

山作屏風樹作門，盤回細路傍雲根。霜林焰焰翻鴉舅，潩隴青青長稻孫。沙水渡邊還問渡，炊煙村外又逢村。松篁深處聞鐘磬，擬叩人天兩足尊。

宿大佛寺有述

誰將五丁力，開巖成堂皇。鑿石肖古佛，形倍鄭鄰長。見者悚然驚，委體投空王。我來晚棲宿，齋鉢分餘糧。相接有老僧，自云來楚疆。少歲嘗從軍，曾受刀箭創。垂老投佛門，拜經十五霜。聞言感精誠，苦行貴有常。夜深宿僧寮，一燈耿孤光。殷殷梵放聲，夢寐俱清涼。明當陟雲表，回首空蒼茫。

新昌道中

穩坐籃輿似御風，秋山看遍瘦玲瓏。此身自分真無事，盡日白雲紅樹中。

青羸烘斷暮雲橫，一路流泉送客行。眼底化工收不了，松林又起畫眉聲。

宿清涼寺

歸鳥投林候，尋煙到上方。台山中接引，寺爲台嶽接引處。覺地此清涼。倦借石牀穩，饑添飯甕香。夜猿來就煖，知是避風霜。

質瞿上人欲參五台，不果。相距數年矣，以圖索題，成長句付之

五台炎月凝冰雪，欲往從之挈瓶鉢。心堅勢阻未果行，夢想曇鸞舊津筏。清淮數載又新昌，圖畫依然天一方。不到清涼神已接，此間心地足清涼。五台，名清涼山，今上人住清涼寺。

度滕公嶺同行者，葉君義山、析塵、質瞿二上人

昔度平靖關，高嶺半煙霧。今上滕公嶺，嶺頂不知處。十步三憩息，拄杖屢回顧。峰變陰晴

雲，林雜古今樹。諸山四迴環，未午疑日暮。崕傾向人落，礫裂勢欲怒。路半力已疲，境轉氣仍怖。老我攀藤行，山僧入雲呼。力窮終陟岡，度險得坦步。石屋無一人，惟留白雲住。遥遥山外山，疊疊馬奔注。欵語問山僧，何處天台路？僧言汝堅心，應真行可遇。天台路在前，只須驀直去。

宿萬年寺 時海光上人遠出

八峰勢合沓，中結青蓮宇。誅茅東晋年，曇猷溯初祖。興寧至天禧，乘除亦已屢。前朝復中興，於今盛徒侣。觀空超人天，談經散花雨。我來亦齋宿，愛此道場古。解帶圍古松，携筐擷香葅。雙澗遠汲將，九曲近酌取。泉名。頤神兼洗心，世諦除縷縷。所慳問法緣，未逢老尊者。君出我轉留，誰賓復誰主？此義更須參，華嚴多活語。

度萬年寺後嶺，穿林涉澗，緣岡踰嶺，二十餘里，至石梁

出雲復入雲，度嶺還上嶺。遥山千圍合，環抱下疑井。局步耻後怯，鼓勇赴前猛。涉澗流方激，穿林光欲暝。是時秋氣高，萬樹微霜凝。丹砂間點漆，錯雜類文錦。遊目奇已過，醉心趣旋

領。輕身降平陂，横從辨畦町。覓徑得荒庵，萬松庵。叩門乞苦茗。迴憶攀陟餘，險夷變俄頃。前聞輕雷聲，殷殷路修永。行將度石梁，漸入仙人境。

石梁觀瀑

巨靈用全力，兩崖忽分斷。放出三白龍，夭矯互鬥戰。莫窮水之源，直下急於箭。巨石不容水，水怒力逾悍。水石兩相争，倒躍勢撇漩。如傾萬斛珠，噴灑濺崖岸。匯合赴一門，迅疾激雷電。俯看奔髤馬，仰睇掛匹練。久坐心骨寒，乍驚耳目眩。石梁跨穹窿，劒脊險逾棧。猿鳥亦回踪，客子敢輕竄？過此逢仙真，堪使凡骨换。雲裳許裁服，芝草當餐飯。津逮有何人？渺焉悵雲漢。

石梁曇華亭有賈平章像，雖傾萬斛泉不能洗山靈之辱也，作二斷句嘲之

平章夙昔侫瞿曇，遺像於今共一龕。勸爾莫須驚怖甚，此間不是木棉庵。

内官辱國建旌忠，旌忠寺祀奄人王振。先有平章祀碧峰。自是佛門多福量，任他荒穢總包容。

斷橋

石橋跨巔崖，中間兩分坼。瀑布從空飛，直下千餘尺。行人把古藤，下視失顏色。來往總難過，相望空脈脈。

登華頂

崑崙遠脈趨南東，蜿蜒磅礴天爲工。靈氣團結聳天柱，台岳上與星辰通。回環聯絡八百里，中藏千朵萬朵靈奇峰。就中一峰號華頂，位當華蓋乃是神仙宫。其高萬有八千丈，蔽日干雲勢無兩。霓裳羽節時經過，玉洞金庭斷塵坱。御風列子庶可行，我亦胡然把笻杖。升崕曉日光初暾，纖雲掃盡無翳昏。目光所到窮涯垠，四山重重互圍裹。巒嶺巑巑攢空旻，宛如蓮鬚蓮瓣相擁簇，中央蓮臺突起群稱尊。東望太末，西眺括蒼，南瞻雁宕，北睇錢塘。一杯杳渺指瀛海，此中洲島何微茫？收之一一在襟帶，何須鄒衍摇吻談荒唐。我將陋燕昭，嗤漢武。想域外之遊觀，失當前之近取。神仙只在靈臺中，底羡身輕長毛羽。今年我攬黄山奇，旋經天台上匡廬。別有匡廬九華與武彝，羅浮離合并九疑。名山有路終可到，安能喧局甕裹儕醯雞，青鞵布襪行攀躋。

華頂觀日月同度十月朔

五更陟層巔，爲觀海日出。曉星猶動摇，微雲漸開豁。空中千道紅光流，近蒸兩潮遠十洲。玫瑰靺鞨匪一狀，變幻金蛇紫色窮雙眸。一痕吐出浮淡白，陰精將死餘殘魄。纖阿微露光晶瑩，羲馭旋升勢炎赩。車輪上湧，來從東瀛。赤金鎔汁，圓靈所傾。雲際恍惚天雞鳴，海波吞吐疑有聲。蟾蜍走匿歸瑶京，萬山照耀栖鳥驚，六合内外皆光明。或云陽月之朔歲一度，萬八千丈之峰入煙霧。行人觀者空往還，百歲老人難一遇。我來恰逢天氣清，自是天公默相助。古來日月如合璧，五星如連珠。章蔀紀元之會誠有諸，後人不見疑虛無。請登天台華頂看奇景，親見玉兔踆走翔金烏，心胸開豁毋拘墟。

天柱峰

帝�南卑，特教聳一柱。巔頂雲煙中，恍疑入天路。

國清寺

五峰圍合處，古寺繞溪流。智者燈常在，寒山蜕尚留。野雲凝佛座，空翠入經樓。覺路忘喧寂，無煩入冥搜。

瓊臺望雙闕

山形如缺瓜，峨峨倚天半。插根清泠淵，陡削天匠鏇。欲上無梯級，鳥路懸一綫。行人緣綫升，有足不敢健。猿挂憑攀藤，蝸旋疑陟棧。終焉上層巔，攬奇遂初願。兩峰劃然開，雙闕峙對面。宛如龍門鑿，亦似伊闕斷。放眼千青螺，重重裹峭蒨。此中列仙人，踪跡多變幻。寸心果精堅，鶴駕行可見。何處天姥峰，夢魂餘眷戀。

寒巖

突兀萬仞岡，一獅踞其頂。狰獰欲搏人，象犀勢俱屏。旁有石象石犀。寒山昔宴坐，三年等俄頃。至今蟠膝處，石上留餘影。虹梁跨彎環，下視氣深迥。横飛瀑如練，倒掛藤疑綆。晴空蓄風雷，白晝幻昏冥。人生塵土胸，到此庶一醒。野猿時嘯羣，孤鶴忽聞警。試讀寒山詩，清言發深省。朱夫子謂：『寒山詩，有唐人道不到處。』

過赤城

三面盤回見赤城，微風初散曉煙橫。山靈不忍輕離別，一路明霞送客行。

建標雲際望中賒，遠蒺楓林共鬬華。却笑興公空作賦，不曾親見赤城霞。

喜晤齊次風少宗伯

赤城已過訪雲林，蘿屋欣逢舊盍簪。賜藥養閑千載遇，對牀道故十年心。弟兄師友天倫樂，麯蘖詩書道味深。明日清溪悵分手，河梁遊子憶高吟。

天台萬年藤杖歌

天台老僧贈我萬年古藤杖，磥砢夭矯難爲狀。斷根削枝瘦骨存，龍性由來體倔强。把持卓地聲鏗然，羸老扶持神亦王。此藤曠古全其天，風饕雪嚙逾精堅。嶰谷之竹亦後起，冥靈大椿讓爾先。結根抽條不知是何世？應是循蜚疏仡之代軒羲前。老夫老去却忘老，不藉扶笻振枯槁。興高遠出尋名山，仗爾梯空入縹緲。人生當著幾兩屐，一杖吾生差足了。因念窮檐老耄空皤皤，扶携無藉疲癃多。孔光忝受靈壽杖，有負君賜工婞娿。吁嗟乎，安得四方老壽頤天和！

過金地嶺記所遇

層巒千迴折，陡下忽平坦。洄洄松根泉，蒼蒼坡間蘚。藉蘚挹泉流，酌取泠然善。何來一老僧，龐眉手自撚。問僧年幾何？行將三大衍。年百四十。示我養生方，無爲順仰俛。忘身並忘心，數自莫能管。大藥在偶逢，苓术肖龜犬。服之屏營爲，亦足壯關鍵。熊經與鳥申，古語術空緬。最下鍊金石，伐性適自殄。語罷超然行，忽近旋忽遠。我欲往求之，雲路迷深淺。

庚午秋九月十九日，爲台嶽之遊，匝一月。有敕賡和御製，於郵遞聞之，旋歸，未盡山之名勝。然譬諸於人，眉目並見；譬諸於衣，裘領已挈也。台嶽高厚深渾，甲於兩浙。猶黄山奇秀詭幻，甲於江南。予一歲兩遊其地，並以詩紀之。在造化爲傷惠，在予爲傷廉矣。詩二十九章，點定者，亦周子迂村。德潛識。

南巡詩

恭頌《南巡詩》三十章 謹序

欽惟皇上至仁法祖，大孝同天，讀《易》而著《省方》，頌《詩》而勤《時邁》。順億兆輿情之請，允督撫奏牘之陳。大沛絲綸，巡行江浙。循聖祖之舊典，奉太后之安輿。赦江南北連歲積逋，貸浙東西本年正供。當三春韶煦，發萬乘和鸞，先歷燕齊，遞經吴越。力崇節儉，毋煩驚擾閭閻；首重農田，勿許踐傷牟麥。入境則蜀岡邗水，月占二分；經行則鐵甕金山，江流六代。天平虎阜，一峰萬笏稱奇；鄧尉靈巖，香雪銀濤共繞。適浙而六橋三笠，賞花選佛名區；渡江而禹穴蘭亭，競秀争流勝地。已而石城虎踞，鍾阜龍蟠。緬宫闕於前朝，依稀金粉；謁園林於英主，蒼鬱松楸。白叟黄童，載道而瞻雲日；琳宫梵宇，稽首而祝慈寧。既民隱之諮諏，自天葩之揮灑。登臨憑弔，盡入歌吟；畊鑿蠶桑，悉歸陶冶。矧黄淮交會，決排疏瀹，尚勞睿算周詳；且部勒森嚴，龍虎鳥蛇，正賴聖謨指授。疇洛司牧，慶讓兼施。裒對敷天，德威遠播，此我后之一遊一豫，寔下民之以助以休者也。臣迎鑾淮海之邦，從駕鵷鸞之末，蒙恩優渥，並德高深。長懷戀主悃忱，竊效康衢謡頌。敷陳斷句，略盡上平下平之音；參錯七言，不拘一東二冬之敘。

詔許巡方頒九重，蠲除逋賦慰三農。繼承聖祖勤民事，五色雲中下六龍。

虔諏吉曜發鑾輿，日侍慈寧問起居。萬國歡心天下養，喜聽祝壽徧田廬。

駕過燕齊又魯邦，民風漸見近敦厖。詔令司牧先寧静，莫便驚他緑野尨。

境入江南景物新，郊原又是一番春。柳梅各自舒顔色，也復欣欣待聖人。

九曲驚濤是濁河，鳳艒南下水無波。君王顧盼揮新句，不唱宣房瓠子歌。

去年下相被沉灾，元氣摧殘尚未回。膏澤不妨重疊下，要令鳩鵠上春臺。

迎駕黄河古岸邊，聖顔重睹已三年。殷勤天語垂清問，不減當時食與眠。

君恩稠疊到山林，天樣高高海樣深。身似露葵甦小草，只存一點向陽心。

一路長隄駐御舟，緑楊城郭古揚州。君王不重繁華景，只賞平山與選樓。

江流如練静波光，瓜步才過望杳茫。轉瞬風帆登彼岸，黿鼉不用駕爲梁。

潤州形勝接滄溟，閲遍名山三點青。閑命内官窮乳竇，銅缾煮月試中泠。

九龍山名。遥望似眠蠶，第二名泉試往探。題罷竹罏前代卷，榮光千丈起茆庵。惠山寺僧藏明初《竹罏煎茶詩》三卷，乞御筆題詠，上從其請。

望亭過後雨瀟瀟，隨路耆童拜帝堯。聽罷吴儂岸旁語，郵籤早報萬年橋。

今年春月峭寒中，勒住梅花雨又風。此日齊開香雪海，果然天子即天公。

虎邱鄧尉與靈巖，男婦瞻雲從轡銜。歸去盡談天子聖，茆簷籬落語喃喃。

獻賦陳詩格律諧，豐貂文綺下天階。厖眉還有番番叟，掛得長生養老牌。

隨從鵷鸞共祝鼇，主恩頒禄就閑時。更堅聖世眠雲意，賜和山居十首詩。

鴛鴦湖影碧灣環，幾日舟行桑柘間。御幄開餘蒼翠入，雲間遥指浙西山。

西子湖名花月區，中央臺殿似三壺。聖人更許民同樂，讌飲歡歌侶大酺。

紫陽峰頂石爲梯，遠望濤頭雲影齊。聖世馮夷俱效順，不須强弩射潮低。

令下旗飄繡甲明，進如江海止長城。我朝王業基威武，肯使行間弛五兵。

齋心拜謁禹王陵，遊泳蘭亭興欲騰。道接夏廷安汝止，筆超禊帖又多能。

於越回時春漲肥，朱方過後駕帆飛。中流安穩桃花水，直泝金陵燕子磯。

臨幸南都萬姓瞻，六朝餘習在閭閻。秦淮河畔垂楊外，依舊人家上畫簾。

勝代荒基蔓草寒，孝陵松柏尚丸丸。我皇展謁承前志，常使龍顔守内官。明祖御容如龍，内官至今守之。

長干墖高高入雲，俯看江海氣氤氲。皇情宣暢揮長句，飛落天葩下界聞。

行宫召試費推敲，濟濟羣才出草茅。看取卑栖斥鷃鳥，乘風飛上上林梢。

高堰長堤束怒濤，天然壩名。開後漲滔滔。省方指示平成策，不許浮談廢舊勞。天然壩開，不免以鄰爲壑矣。詳見上諭。

仍渡黄河返翠華，喜看麥浪趁風斜。青沂處處安畊鑿，不種郊原五色花。

祖德能承奉厚坤，歸來告廟奏雲門。仁風孝治真千古，海寓人人頌至尊。

歸愚詩餘

歸愚詩餘序

詞者，詩之餘。詩所難言，假閨房兒女子之語。通之於《離騷》變雅之義，其辭益微，其旨益遠。

自開元天寶，以及五代十國，作者衆多。元老若韓、范、司馬，理學若朱仲晦、真希元諸公，亦皆爲之。其始多芊綿綺麗，繼變爲激昂慷慨，再變爲曠逸高超。不着色相，愈進而愈工矣。國朝擅場，推梅村、迦陵、竹垞三先生。然而狀山川之險峻，闡忠義之幽微，一事一物，動關理道，或亦未之及焉。宮傅沈公素不填詞，今夏忽爲倚聲，用以滌暑，半月成四十餘闋。大約激昂慷慨，曠逸高超之作居多。其賦黄山、盤山諸闋，峰巒森秀，奇詭奥深。題武穆、忠肅兩墓，嘆長城之壞，究周内之寃，咏落花而念榮謝之無常，過邯鄲而嘆盛衰之一夢，逢七夕而信智巧之徒勞，撫時見道，無不中律吕、分清濁，氣足力全。至其風神駘宕，揺曳多姿，欲與周、柳争衡，孰知爲望百歲老人筆哉？

憶在髫年，見竹垞先生與趙秋谷贊善填『我』字韵詞，相戒必用成語。竹垞先生有句云：『數天下英雄，使君與我。』贊善因而閣筆。公之詞出，而海内詞家並當棄戈却走，退避三舍也已。

乾隆丁亥七月望日小姪顧詒禄謹序

歸愚詩餘

長洲沈德潛歸愚稿
長洲顧詒禄綬堂閱

瑶花慢 遊盤山

漁陽城北，一路風沙，滯行人笻屐。蒼山遠望遮暮雲，舊是田盤棲佚。高風夙契，到明發直躋峭崒。覽瀑泉下繞松林，雲氣上縈禪室。經過舞劍臺邊，緬唐代勳臣，未曾湮忽。南塘憑弔，詩寄託，並寓破倭功伐。戚繼光有《盤山》詩。三層巔頂，見萬里長城蟠屈。環中外，四海爲家，共戴一人首出。

邁陂塘 黄鶴樓懷古

大江濱，龜峰迤邐，飛樓高建涯岸。凌空四面無邊際，江漢合流瀰漫。循級上，恰望見，晴川傑閣標巍觀。天風噫氣，駭水怪上騰，奔濤起立，頃使兩目眩。　江中墓，舊葬禰衡洲畔。鸚鵡洲已汩於江。曹瞞玩若蜓蝘。遞移黃祖戮狂生，亂世負才罹患。閑流盼，緬昔日，仙真跨鶴翔霄漢。秋空天半，討仙棗亭虛，盧生夢醒，中有呂仙盧生像。黃鶴可仍返。

步蟾宮 送劉繩遠

長安邸寓聯吟諷，恰相似，應劉沈宋。故園念動賦歸來，不及待，春風破凍。　一杯千里離情重，復會合，好憑宵夢。前途若箇唱陽關，自有青山遠送。

百字令 遊黃山

已過潛口，又崎嶇磽確，天都徐歷。試向硃砂泉水浴，漸入慈光香積。經斷凡橋，穿巢雲洞，深井探靈脈。文殊院名高聳，梯空飛上危壁。　明發雨後堆雲，平鋪黃海，六六峰難覓。雲散更攀千百丈，直造獅林巔極。江海溟茫，匡廬隱見，一一收膚臆。匪夷思慮，未來那許知識。

江城子 十月朔，華頂觀日月並行

庚午九月晦日，之台山華頂。寺僧謂明日可看日月並行，然有微雲即不見，山僧亦有遇不遇也。朔日四更盡，上絶頂。雲影浄，初見海天俱紅，頃之，月魄一痕徐上，如輪紅日旋踊，與魄相接，魄即掩。又頃之，雲上華頂。二日晨，雲霧漫空，對面不見人矣。奇景無心遇之，事亦偶然。

初冬朔日駐台山，四更闌，陟層巒。遊目遥空，雲浄海天寬。漸見紅光千百道，鋪水陸，徹坤乾。

須臾殘魄上東偏，湧金丸，掩微弦。可知日月合璧匪虚傳。倘遇雲遮無可見，偶然耳，亦天然。

滿江紅 岳武穆墓

嶺近棲霞，古邱隴，盡忠武穆。經百戰，併力朱仙，金酋降伏。孱主竄身甘納貢，賊臣賣國持鈞軸。小朝廷空費十年功，罹荼毒。

金牌召，軍民哭。万俟黰，風波獄。痛長城萬里，一朝傾覆。跨蹇西湖良將退，空棺絶塞荒皇辱。幸松楸，北向不生枝，忠貞木。

前調 于忠肅墓

土木變生，議南遷，徐珵議，後改名有貞。于公揮斥。立景帝，社稷有君，練兵殺敵。秦檜欸金羞獻納，叔申謀鄭同籌畫。料也先，無計敝中原，讐爲德。　故君返，一人力，奪門功。羣姦策，有貞石亨輩。誣遺迎王子，喪元殘骼。熱血一腔剛正灑，墓田千古神靈赫。彼石徐，竄戮殞同遺，空殘賊。

賣花聲 學山園懷舊

婁水小林巒，谿壑迴環，間携笻屐暫遊盤。歌扇酒旗，懷往事，前後悲歡。　憑弔舊詞壇，曾駐鵷鸞，唐東江選文於此。文章聲價亦摧殘。王氏弇園寥落盡，更悵荒寒。王元美弇園相近，今無可問矣。

消息 秀野園懷舊

秀野閑園，亭臺花竹，佳名羣噪。韓孟雲龍，歐蘇師弟，遠近舟車到。詩酒泳陶，性情淪浹，彼此初無枘鑿。卅年來，黄金散盡，不移易，中心好。　大雅云亡，高風難續，砌級漸滋蓬藋。甲乙丹黄，虞、楊、范、揭，久矣停搜校。任氏西華，柳家周六，柳州子名。老自閑門却掃。舊遊客，重來眺覽，慨焉憑弔。

一剪梅 白堤花市

七里山塘傍水涯，紅艷家家，緑蔭家家。曲闌磁盎貯英華，宇内名花，海外名花。　金童玉女買流霞，滿載輕車，分載香車。村農衣食此間賒，不種桑麻，須種桑麻。

百字令 石田翁墓

瀰漫湖水，認陽城紆折，石田翁墓。當日幽居名有竹，不願聲華流露。卜遯初爻，辭名卿薦，信烟霞眠寤。荆關董巨，從心豈獨趨步。　老去色養慈親，徧延鄰姥，陪侍歡朝暮。八十哀親旋奄忽，分付子孫清素。犂雨鋤雲，藝菘剪韭，奕代勤農圃。遺安先澤，世人斯意難悟。

金縷曲 滄浪亭懷蘇子美

宵小讐君子，借祠神，毫芒小失，中傷端揆。一綱張羅無遺漏，吴下先羈子美。買屋宇，錢王舊地，亭築滄浪憑高望，睇遥山，城外浮空翠。携妻子，住於此。紅蕖紫芰紛厓涘，石碁枰，往來白鷺，旋飛旋止。賦鵩也如長沙隕，文藻至今不死。箎李定，拱辰蟲蟻。後代亭荒經屢葺，緬清風，高節同蘭芷。章惇寓，有誰齒？惇亦寓南園。

摸魚子 石公山

洞庭西，好山無數，石公推擅靈秀。當年陟磴盤空上，萬象玲瓏奇構。峯欲走，看風衖斷雲，老字天然皺。皆山中奇景。而峭壁上皺成老字，名天然老。山根通透，似蛇鬭蛟蟠，龍堂象窟，一一縱騰糅。移山石，短李輦歸津竇。李紳遺牛僧孺。翠巖漸次椎掊，汴京艮岳瑶臺續，朱勔逢迎遺殞。千載後，看霧滅煙消，勝地仍依舊。重來老叟，尋公姥傳聲，有二高石，俗名石公、石姥，呼之似應。月陂留影，讓我卧雲否。

采桑子 錢家磡觀杏花

米堆山畔錢家磡，杏樹成叢。開趁東風，色映湖流訝許同。　賣花聲遠人難到，斷磵淙淙。曉霧濛濛，孤客閑行紅雨中。

玉闌干 張永夫墓

靈巖山下詩人墓，『詩人墓』三字，逸民陳陽山書。只剩弓餘數步。岫邊時有白雲來，晨昏向，荒堆擁護。　何人澆酒羞蓀荭，憶生平，慣安清素。不須更唱鮑家詩，自家詩，空山韶濩。

宣清 元夕御園賜觀烟火

春月初盈，玉露初零，天家賜觀火樹。竪長竿、放出銀花，挂綵繩、垂將瑶圃。海上仙山，空中樓閣，佛門窣堵。又礮聲，震襄陽，驚飛鴉雀無數。　時雅樂和鳴，羽林排列，紅雲環衛處。頒御膳飶椒，元宵粔籹，滿金盤，令與席羣工饜飫。熄鼇山，鼕鼕三鼓。聚班聯，齊齊拜舞。歸懷果餌，比割肉東方，遺細君、並邀恩遇。此紀祝釐，時與讌。

臨江仙 任城太白酒樓少陵南池

城上高樓賓主聚，謫仙意氣凌空。把杯便欲蕩心胸。眼中窮汾濟，座右合雲龍。孔巢父諸人。　城下南池勺水地，杜陵句奪天工。聲華渭北與江東。詞壇無鼎足，憑弔有吴儂。

百字令 玉泉觀魚

白雲生處，喜清淪泉水，潛涵靈脈。中有遊魚千百箇，一任堂堂策策。或比鵝黄，或如嵐翠，自合稱金碧。天機活潑，從來不避生客。　早晚得食齋厨，静聽課誦，水畜通禪寂。江湖轉遜此安閒，佛地那容繒罭。堤畔掐花，塘邊走馬，何似觀魚適。更看鳶飛，太空真覺無迹。

柳梢青 冷泉亭

天水空明，寒泉一道，深潭奔赴。試問斯泉，何年冷起，那知年數。　亭中静坐觀心，覺此處，清冷他處。對面奇峯，既已飛來，幾時飛去？

金縷曲 七里瀧至釣臺懷古

已遠錢唐路，泛清溪，紆餘屈曲，高峯回互。七里波光青山映，迤邐釣臺徐赴。名利客、掉頭不顧。舊是客星逃名處。有梅家仙女同情愫。妻爲梅福女。野雲迹，冥鴻趣。九重徵召難留住，信巢由，牽牛洗耳，語非虛寓。天子故人尋常事，范史矜張鋪叙。三代下，一人獨寤。後有遺民臺上哭。謝翺。到没身，臺畔堆丘墓。仰清節，逐高步。

解珮令 王岡齡園居

古楓江宅，小停雲館，又移徙、梅家橋左。手自鋤園，植海外、名花佳果。化石松，屈蟠磥砢。畫師文沈，詩師王孟，會精神、藝林稱可。喜讌嘉賓，每分付、河干留舸。白頭翁，座中惟我。

前調 家澹所蒼茫獨立圖

鍾張遺則，縱横變化，破方板，時蹊消盡。老境工詩，筆蛟蛇，句求深韞。一家中，弟兄兼藺。不追温李，不追蘇陸，每心遊，浣花身分。獨立清陰，妙手寫、衣冠須鬢。兄笠舫近多韵語。

恐難描、自然風韵。

前　調　觀奕

松林水閣，丁丁聲響，看簾櫳，主賓相對。黑白平分，靖紛囂，精神交會。筭周天，度歸局內。　手握星辰，心分吴越，入深潭，逐蛟淵外。一着争先，比勝敵，欲回疆界。歛空枰，苦心安在？

南鄉子　寄贈程在山

雲外結林亭，栖佚閑園忘利名。高望六浮湖半角，盈盈，客到常留共醉醒。　闉闍静而貞，禮聘名姝得寧去馨。和就新詩呼檢點，卿卿，徐淑秦嘉並有聲。

增字漁家傲　江干聞笛

夜静江干停短艓，玉兔騰空，驚起蛟虬蟄。無岸浮天星宿濕，聲韃鞳，隣舟篴又聽徐擫。

五調八音凡幾叠，裂石穿雲，助以風蕭颯。老我身閑同老衲，心寧貼，應知遷客神俱讋。

全用强韵。

卜算子 盧生夢

仙枕付癡人，一枕去邯鄲夢。貴賤榮哀頃刻間，已了平生夢。　人世夢勞勞，夢裏誰知夢？不比盧生有醒時，只恐終身夢。

賣花聲 落花

不怪曉風顛，際晚春天，魂消黯淡夕陽前。以我離羣江畔客，送汝便娟。　片片逐清川，餘艷迴旋，也同天上葬神仙。只恐明年榮又謝，依舊情牽。

空中傳恨，色相俱鎔。

臨江仙 秋柳

幾樹殘蟬聲未歇，疏枝摇落江濱。春初攀折送征人，於今無可折，張緒失風神。　何處笛中吹樂府，多情遷客驚聞，漢南憔悴黯消魂。老年尤易感，觸緒揔蕭辰。

浣溪沙 茉莉

南粤瓊田冷艷枝，荼蘼已謝放遲遲。佛桑相對襯嬌姿。　花市每珍全盛日，美人却愛半開時。晚裝卸後有餘思。

前　調 紅梅

姑射仙人冰雪肌，略施顔色暖春時。籬邊玉蝶卧横枝。　分綴孤山添遠韵，乍醒卯酒暈餘姿。羅虬那許比紅兒。

前調 蒓

秀野留賓煮紫蓴，季鷹風趣已因陳。戊戌歲，秀野太史煮蓴讌客。越今丁亥，已五十有一年矣。清湘今又采湖濱。牽引越娃柔比髮，烹調吳豉滑沾唇。秋風歸棹竟誰人？

減蘭 素心蘭

國香稱祖，又有清風超衆媍。獨抱幽沈，色澤無從滓一心。太初質地。宛然上古人相遇。臭味和諧，忘象忘言了不猜。

殢人嬌 螢

名火清泠，韜光熠燿。入簾幙，輕身甚巧。坐衣覺潤，映書同燔。遇小扇頻揮，兒童戲嬲。繁雜天星，腐忘春草。無營戀，終無煩擾。人矜角勝，禍歸身蹈。媿微藐昆蟲，暗飛能照。

前調 蟬

抱葉身輕，吟風聲夐。噪槐柳，同羣和應。喧中轉寂，暑中偏清。覺夕照移時，餘音猶賸。變化一時，遷移無定。喚窗下，午眠人醒。清宵飲露，空林息影。料漢殿貂冠，聞風知警。

采桑子 蠹魚

芸編知是君巢穴，未泳波流，難侶輕儵，乙字相逢恐是鈎。　栖託字中誰識字，雖異蝤蛑，略近蚍蜉，白腹成仙有此不？相傳蠹食三『仙』字可以成仙。

蘇幕遮 張鐵橋畫

卧羅浮，羅浮第一峯名鐵橋。睎九野。點筆通靈，萬象歸鑪冶。不願畫人惟畫馬，兼畫蒼鷹，神俊難追者。　佩蒼龍，披褶袴。共見歌呼，起舞旗亭下。劔俠畫師君獨霸，莫認粗豪，世外遺民也。

臺城路 朱白民寫竹

白民胸有千竿竹，高懷對人揮灑。意在筆先，腕施空際，張素草書融會。雨露風晴，認與可流傳，仲昭嫡泒。鳳躍龍騰，外間空作意顛怪。　華花山雲卧著述，有素書百卷，餘藝連綴。遊戲通靈，淋漓潑墨，肯使天機窒礙。廬山面目，苟身在山中，形神難繪。寫竹傳神，在竹枝以外。

清平樂 送春

年年春去，春向何方去？若箇能尋春去路，分付暫時停住。　行人戀戀餘春，不知春可懷人。想象春能意對，明年還汝東君。

風中柳 夏日

土潤霉蒸，曉起喜逢晴旭，小平池，風過起縠。燕忙鶯寂，梅黄菖緑。護吾廬、幾莖新竹。三農插蒔，正值溝塍水足。步高阡，生機滿目。紗巾葛帔，浩歌鼓腹。共悠遊、太平清福。

柳梢青 久雨信宿外孫章光重齋

久雨沈冥，寓齋留滯，難赴林坰。日自藏紅，溪惟添白，山不能青。　書長閒坐空亭，聊檢點茶經水經。倘停霔潦，便呼歸棹，一葉艃艇。

解珮令 家菽園之真州掌教

鼇峯粤秀，兩番山長，陶成了，幾多纓紱。今又維揚，放艇向，長江前發。睇遥青，真州一抹。　到佛貍城，訪求文藻。柳屯田，清詞艷雪。既任傳經，應指點，鳶飛魚躍。自消停，曉風殘月。

前　調 送同年許均寧歸里

十年吴苑，三番邑宰，歷任長、元、吴三縣。劑慈嚴，可蘇民瘼。解組投閑，大半爲，觥觥嶽嶽。衆懸懸，共懷獨鶴。　羈旅安安，去留綽綽，豈欣慕，纍纍若若？寂寂寥寥，歸去後，門堪羅雀。好探尋，孔顔真樂。

鵲橋仙 七夕

離多會少，情長宵短，雞唱便逢初八。天孫應許謝羲和，恰喜閏初秋秋月。　月淡星稀，痴童騃女，乞巧正當佳節。巧人因巧轉多愁，只合望牽牛賜拙。

祝英臺近 范文正公書韓文公《伯夷頌》

昌黎文，文正筆，高仰伯夷節。色正芒寒，三者是三絶。一時題詠重重，晏殊文彦博富弼蔡襄，徐遞及、伊川程明哲。　中分別，笑看遺殞秦詩，檜有『韓范許論心』句。秋壑爲同列。賈似道有題名。黑白薰蕕，衆口議分割。不知直判忠姦，皎如明鏡，使觀者、凛然昭揭。

大江東去 即《念奴嬌·赤壁懷古》

大江東去，是孫權舊壤，父兄英傑。年少周郎圖大計，曹操强兵輕發。千里舳艫，一江濤浪，先計孫劉，烈火燒能絶。東南風驟，煞時灰燼煙滅。從此六郡精堅，鑄山煮海，北向堪撻伐。末路稱臣，遞修貢獻，甘備東藩列。仲謀豚犬，與景升兒同轍。《詞綜》謂觀黄魯直書東坡此詞，與別本畧有異同，此從《詞綜》本。連轉戰，吴蜀難分優劣。

解珮令 詠懷

聖人施澤，一同天眷，覺衰年，盡泯磊砢。日上安眠，問砌下，花開幾朵？夢醒餘，來經駊娑。不營内養，不求藥裹，抱微疴，易容痊可。年耄無朋，向緗篋，披尋偏夥。古之人，可能許我？

附録

八秩壽詩

恭祝宗伯沈夫子大人八十壽序

國家重熙累洽，文治昭彰，休明之運浹於遐邇。而名山大川之氣盤礴鬱積，久而不能掩，則天必篤生大儒，以維一代之治。使其學業所發揮，炳炳琅琅，照耀宇宙，直接古人於千載上。然猶必老其材，厚其遇，大顯其文章德業，以陶冶當世承學之士。俾奉爲圭臬，而國家之人才遂以振興於勿替。

吾師少宗伯沈歸愚先生，所謂維一代文明之治者也。先生早歲力學，究心於道德仁義之旨，潤澤於詩書禮樂之訓。其得於心而攄之於言也，淵淵然、浩浩然。凡四始五際之選，悉抉其原而窮其委。蓋自漢魏以降，風雅之遺代有作者，而獨集大成於今日。先生之文章、先生之德業，爲之故無意於工，自不能以不工，而非絺章繢句者可等量而齊觀也。夫以先生之德之文，固宜受知於聖主！不數年間，晉陟卿貳。宸章御翰，褒寵疊加。世之論者，方以是爲先生榮。而先生天爵自高，樂志田里，神明不衰，杖履日以安吉。眺黄海、陟台嶽，超然有抗青雲、攀白日之志，此其興趣爲何如？而得於天，而全於身者，豈尋常之識可以涯量者哉？

歲在辛未，先生主紫陽書院講席。抉經之心，風示學者。和平温厚，滿座春風。又明年壬申，先生年八十，昶等私念謏聞樸學，得出門下，長奉教澤爲幸。而又念先生應世而生，則不敢私爲己幸，而竊爲天下幸。《易》曰：『視履考祥，其旋元吉。』《書》曰：『天壽平格，保乂有殷。』今先生履純蹈和，粹然盎然。而平康正直之德，通於三極。由是享期頤，臻上壽，皆足以徵平昔涵養之深。而國家有道，靈長之慶，亦於斯可卜也。至其品望在鄉閭，聲名在四宇，詞章學問在簡册，有書之不勝書者，故推本於生甫生申之意，與國家雲漢作人之化，爲先生祝嘏之辭。一切神仙荒幻之説，不敢陳於尊長之前，懼浮也。

乾隆壬申十有一月望後二日，門生王昶拜撰

恭祝少宗伯歸愚沈先生八十榮壽

少宗伯歸愚先生壽登八十。先是，於十六年冬，赴都祝聖母皇太后六旬萬壽。上久眷念老臣，聞其來，益喜。温綸寵錫，至再至三。復以時方嚴寒，特命春和錦旋。陛辭之日，上親製詩文以寵其行，並錫壽禮九種。王公卿以下，祖帳都門，詠歌盛事。凡深山窮谷、耆老柏儒，莫不歡欣踴躍於天子隆禮之盛心、儒臣稽古之榮遇也！

夫古來之登大位、享大名，而躋大年者，蓋亦少矣。文名莫盛於韓柳，詩名莫盛於李杜。而或絀於位，或絀於年，有不能兼者。惟香山之老，名位與年皆無所絀。然而年少登朝，乞身强健，早歲之声華已著，晚年之遭際亦不甚隆。未有苦心力學，積久彌光，年既尊，而神明倍朗，身已退，而眷注彌深，如先生者也！

先生年二十餘，受知學使者，補邑庠生，名已籍籍矣。每試，輒冠其儕。四方學者無不知先生名，請業者趾錯於户。而屢躓場屋，識與不識，莫不爲惋惜也。既杖鄉，猶未遇。元年丙辰，特開博學鴻詞科。當事者雅知先生，薦於朝，又不遇。先生怡然就道，不稍稍介意，識者咸服其器量焉。

戊午，登賢書。己未，成進士，入翰林，時先生已六十有七矣。壬戌，授編脩。癸未，上特試翰林，先生名列高等，一生之受知自兹始。遂自編脩，不二年，擢宫詹，晋閣學。上睿知天錫，萬幾之暇，留心文翰。先生每奏一篇，必稱善。屢召至上前，作詩唱和，賜坐、賜茶。頻移晷刻，詢問家事，如家人父子。賡歌喜起之盛，不是過也。

先生以葬事乞假，給三代誥命。既還朝，召見慰問，晋宗伯，命爲皇子侍書。先生晨入暮出，不少懈。正言正色，同事者交重。戊辰會試，任總裁，得人極盛。

上深念先生久勞，不欲重違其遂初之志。己巳歲，因賜歸里。宸章寵錫，有『嘉爾臨文不忘箴』之句，蓋先生忠厚醇篤，受上殊眷。所進詩篇，必隨事納忠，有當世所未盡知者，上特爲先生表之也。其他扁額詩章、參苓藥餌，隆恩異數，不可勝紀。

辛未南巡，賜先生在籍食俸。蓋先生之事上也至誠，上之待先生也至厚。

海内之士，仰望如斗山，願見如飢渴。而適際懸弧八十之辰，形神如故，杖履悠然，豈非今古所難能而罕遘者哉？吴中諸先生將旅進致詞爲祝，爰引鄉黨尚齒之義，不以基爲不文，而屬之序。

竊謂先生之文，仰望如韓柳；先生之詩，仰望如李杜。而爲國大臣，嘉猷入告，亦有無愧於樂天者。至於林下蕭閑，屢蒙存問，更有如謝傅之登山、潞公之在洛。爾耆爾艾，爾熾爾昌，必有以垂裕於無窮，而樂天又或未之逮也。異日百年就見，禮軼羣寮，有非先生莫屬者。

回思六旬以前，孤燈掩映，一榻琴書，於先生何加損焉？而有志之士，聞風興起者，當復不少矣。上之壽先生也，禮極其備，恩極其周，誠欲以壽先生者壽一世。

余今年八十有九矣，學慚經術，筆愧空疎。於先生之抱負藴蓄，未能追步一二。惟覩聖代之隆儀，先生之夙昔，有不禁鼓舞於不自知者，何敢以不文辭也？敘而陳之，庶足侑此一觴也夫！

年家眷弟東籬韓孝基頓首拜撰

恭祝少宗伯沈老夫子八十榮壽序

乾隆壬申歲冬十有一月十有七日，爲我師少宗伯沈公八十壽辰。人之揚觶稱觥者，謂公文章之華國也，詩歌之賡颺也，取士之公明也。貴而不驕，耋而好學，未嘗以爵與齒先人而自荒於嬉也。此數者，公備有之，而非根本節目之大者。蓋公之大者，不苟以立節，不激以處衆，不欺以居心。三者合而幾於有德，天必相之。故難老之壽，無意求之，而若可操券而自得。

公少歲，清門零落，簞瓢屢空，絶無所干於人。既爲諸生，久挫場屋，老而艱遇，能孤子自守，於分所不當得者，避之若浼。而凡高明之家、炎灼之地，欲邀一至而不可得，此公介石之貞也。人有負己者，弗與校，曰：『我何功德及人？彼非刻薄者流也。』有傾軋己者，旁觀亦爲不平，而公泰然安之，曰：『我必有闕，即無闕，彼久當自悔，何抑鬱不平爲也？』此公寬和之實也。自輿臺行路、朋舊戚屬，以至上而師長，凡一言一動，不敢違其心以應之。而於君父之尊，尤必隨在盡職，以勿失乎因事納忠之義。今天子賜公詩云『嘉汝臨文不忘箴』，又云『當前民瘼聽頻陳』，則公之入告我后，其有關於國計民生，而不欲使人知者，有曲盡其勿欺匪懈之誠者已。具此三者，而又學行交脩，宜其發爲詩文，足以傳世行遠；奉命典文，足以爲國樹人。且人爵既從，益修天爵。所由位躋九列，謙冲如寒素時；年躋八帙，倍惜寸陰。所由因文見道，不以講學名，而克踐其實也。人見其淡於宦情如二疏，九重隆禮如桓榮，歸田餞送如賀知章，在籍食俸如楊少尹、謝文正，而抑知公之愿學者，乃在無求之袁安，退讓之婁師德，存誠之司馬君實，有矢之一心而惟懼失墜者乎？

今年春，皇上預爲公稱壽，寵錫有加，海内並以爲榮。國治等雖身羈京國，未獲躋堂稱祝，而區區之忱，不能已於言也。因表公生平大節，書之屏幃，以代熾昌臧壽之頌焉。

賜進士及第、翰林院脩撰，受業門生梁國治頓首謹撰

恭祝予告宗伯、資政大夫歸愚老先生八秩榮壽

長洲歸愚沈少宗伯，道器端凝，學術醇茂。遭遇聖天子特達之知，年近七旬而登朝，六載而躋卿尹。寅清典禮，豫教東宫。夙夜勞勩，用攄報稱。既而陳請引身，上嘉惠耆儒，曲成雅志。賜賚優渥，御製詩章送行。鑾輿南幸，恩禮有加，特命在籍食俸。洵可謂明良之嘉會，千載一時者矣！壬申歲仲冬月十有七日，爲宗伯八帙榮壽。天子先期賜以衣帽、靈參、宫帛等物，並序其詩，稱『歸愚叟』，謂『可追步李杜』。至是誕辰，遠近卿大夫咸捧觴以頌大年。而余於宗伯，辱忝一日之知，誼當有祝嘏之辭，以爲序。

余惟古今來，史册所載文學侍從之臣，以才華上結主知者，代各有人。顧或徒以文采敏贍爲長，未必著公忠篤棐之節。則上之所以遇之者雖隆，下所以自立者猶薄。其或學優行端，卓卓表見，苟非遭際休明之運，則發之也不光，論者尤不能無憾於時命之相左焉。宗伯自爲諸生時，律身接物，悉軌於正。言滿天下而無口過，名滿天下而無怨惡。暨乎參贊密勿，輔導儲貳，靖共匪懈，一以誠敬爲本。斯其根柢氣象之間，固足上希古純臣風範。視夫僅以文人自命者，未可同日

語矣。故能孚契宸衷，一德靡間。天語鄭重褒奬頻仍，曰『詩壇耆碩』，又曰『學有本源』，蓋其行之立、學之成，與遭時之盛，若相待而萃於一人。自昔所稱三達尊、三不朽，宗伯兼而有之。若夫始而優遊膠庠，幾五十年。直竢已逾花甲之後，乃發名成業而昌大其學。蘊愈久，積愈深，其出之愈益大且遠，則遇之至奇，尤爲亘古所不易覯，夫豈偶然者哉？繼自今，宗伯以園綺之年、申伏之學、香山洛中之重望，歸然爲士林領袖。于以提唱斯文、接引後進，俾學者群相勉爲敦行好古。吾見人才蒸蔚日起，而佐熙朝太平之會，將於宗伯乎，是賴其所繫非淺鮮也。今日之捧觴祝嘏，要不獨宗伯一人之慶幸云爾！

余曩者奉簡命總制兩江，已心識宗伯之學行。及其捷南宫，余實昌言於在廷，指爲老名士，遂選入詞館。其在初爲庶常，余又嘗忝司教習，竊自喜心賞之不謬，得以附於知人之鑒，亦與有榮焉！故特推明其行己立朝之概，受知膺遇之隆，以是爲難老頌。至於蘭玉盈階，添籌未艾，一切躋堂介雅懿爍艶赫之詞，兹不復泛爲覼縷云。

龍飛乾隆十七年，歲次壬申，仲冬月，賜進士出身、光禄大夫、太子太保、兵部尚書，兼都察院右都御史，總督江南江西等處地方軍務，兼理糧餉，操江加二級紀録五十次、又軍功加一級紀録二次，年家眷友生尹繼善頓首拜撰

八秩壽詩

奉祝歸愚少宗伯八秩

溧陽友人史貽直

具區三萬六千頃，洞庭横側環峰嶺。靈巖巍峙郡西南，俯瞰湖山多勝景。高人中有趙宧光，山要小築讀書堂。誰歟繼者風流擅？碧落仙官沈侍郎。侍郎登第逾花甲，館閣長將元白壓。供奉宣來玉殿頭，詞源汩汩傾三峽。遂以文章受特知，帝庸作歌臯和之。《瀧岡阡表》東門帳，再去君恩總不移。翠華昨歲臨江早，道旁詩仰承宸藻。十首山居御墨鮮，獨舉籃輿憐一老。祝鳌今者謁春明，元夕元晨叠唱賡。燈火正看霑在鎬，奎章還爲慶長庚。潞河春水明如鏡，夾隄花柳紛輝映。歸到山中三徑開，故人洛社誰同詠？老夫七十鬢如絲，九載中書伴食遲。回首臯比同講論，羨君只是問奇時。鶴性松身友麋鹿，天錫湖山養奇福。時巡他日競迎鑾，皤然定有經師伏。我得從容扈蹕來，香溪過訪掃莓苔。悠遊杖履相攜去，踏遍溪邊樹樹梅。

小詩恭祝歸愚宗伯先生八秩

北平弟黃叔琳

天留一老大江南，日下重來駐玉驂。歷境晚甘同啖蔗，入朝春宴與傳柑。赤城黃海孤笻健，華髮蒼顔六籍酣。恩遇揔由稽古力，長教芳史作佳談。聖序新頒寵孰齊？翻憐申伏秪卑棲。文峰學海窮巔際，鶴性松身重品題。錫命三章同潞國，著書千卷埒昌黎。從兹上壽稱平格，歲歲天書下紫泥。

恭祝歸愚先生八十

弟錢陳羣

聖代延英冠古今，先生簪紱復山林。七旬登進瞻堯彩，十載賡歌和舜琴。吟杖笑依紅日近，釣綸静與白雲深。歸田仍復頒天禄，魚水君臣契此心。

介壽璇宫詣玉京，重來耆舊是長庚。儒臣乍進千秋鏡，聖主先稱八表觥。天際雲霞開晝錦，山中歲月屬春卿。鳳麟洲伴逍遥客，吴苑今逢地上行。

里言恭祝歸愚老先生八十並正

松泉汪由敦

鬱欝嶺頭松，矯矯雲間鶴。貞姿倚雲霄，高情寄林壑。盛名稱優遇，奎文序新作。螭陛晝從容，鷗波遠寥廓。繾綣賦别情，鄭重舟來約。棹遲冰澌開，帆趁春潮落。感恩意何限？觚稜夢猶昨。遥計覽揆初，老梅才破萼。安燠羡賜衣，生徒介康爵。更結山水緣，稍解文字縛。鱗老骨逾健，步穩性自樂。把臂盼辰年，伏生仍矍鑠。

恭祝歸愚少宗伯大人八十壽

南沙蔣　溥

鸞輅南臨屢問咨，林居正值太平時。烟霞興引初開墅，奎壁光懸有和詩。山長琴書花遍雨，水鄉杖履鶴來儀。共言名德能傳世，晚節優遊百事宜。蓬萊重到慶璇宫，侍宴承恩玉殿中。著作仰邀天筆序，年華行見地仙同。捧將賜物雲凝翠，檢得歸程杏吐紅。那必松喬誇服食？芙蓉顔自駐春風。

小詩恭祝歸愚老先生八十壽

錢塘梁詩正

鶴性耽蕭閑，雲踪習還往。先生起東吴，碩學承天賞。頌追周廟音，歌叶虞廷響。收身邱壑間，楓宸結遐想。門生又故人，殊遇古莫兩。祝嘏復登朝，八十携藤杖。優禮荷聖慈，嘉賚出禁帑。仙毫一再揮，制序更書榜。又張潞水帆，隨路春駘蕩。骨相松石堅，眼界溪山廣。難老帝所期，重來人競仰。五湖波拍天，影汎文星朗。

壬申春送歸愚先生南還並以祝壽

合河孫嘉淦

雪鬢松顔骨格清，明時楨幹本崧生。神同櫟社能無用？遇比商山覺更榮。南極熊熊開壽讌，東風習習轉歸旌。江村三月春光好，草長鶯飛别有情。

恭祝歸愚先生八十壽即送還山

拙脩弟嵇璜

靈巖山中沈夫子，詩壇宿老誰與比？七十成名歷省臺，歸去五湖逐煙水。昨春迎駕江之濱，天子賜詩稱故人。浩歌爲和香雪海，山居十首長留春。重來争羨歸愚叟，一卷新詩陳拜手。仙毫洒落重題詞，李杜高王未曾有。今年八十宜杖朝，璇題捧出松鶴標。尚方珍賚豈彈述，榮光邱屋騰雲霄。東風拂拂楊柳陌，冰泮長河挂帆席。宸翰殷勤惜解攜，何况塵中望仙客？一尊相屬陳繾綣，愿少苦吟還健飯。山中老樹方著花，我心宜與君俱遠。

恭祝歸愚先生八十壽

學弟董邦達

海内文章重典型，三年别夢隔柯亭。容臺舊迹依卿月，帝座殊榮待客星。菰葉横塘耽浄退，蘋花秋水折芳馨。夔龍强健身如昔，不借仙人五嶽形。通德高門揭遂初，花間行樂擁籃輿。白公結社惟招友，永叔歸田更著書。經進詩篇天藻重，方滋山水世緣疏。林園遥指稱觴日，獨羨雲龍任卷舒。

恭祝歸愚老伯八十壽

芝庭彭啓豐

玉皇案吏今煙客，聖謨洋洋垂典册。世知仙籍久題名，那識先生仙在骨？昨歲乘輿遊黄山，捫蘿陟磴蠟屐閑。又向天台躋華頂，坐觀日出滄海間。黄山松蓋天台杖，杖不挾兮松作障。方瞳紺髮步如飛，八十精神同少壯。去冬謁帝蓬萊宮，從容侍宴恩彌隆。瀛洲舊曹重握手，絳紗高弟來趨風。旋歸仍伴漁樵侶，一鶴衝霄澹客與。壺中甲子日月長，偓佺之屬時語語。圖成五嶽當卧遊，香山洛社爲同儔。肉芝彩焕菖蒲熟，把酒看添海屋籌。

里言奉祝歸愚年老先生八秩

弟莊有恭拜稿

佀佀廊廟心，落落江湖性。南北分轍轅，兩塗豈相並？陶鑄感天功，洪鑪特造命。憶公入承明，懸車近致政。槿苦朝華披，菊喜晚香盛。績學契宸衷，幽光表高行。教胄協中和，典禮別緯經。安步十年餘，不改冰霜勁。土音達民艱，娓娓動天聽。疏儀矢素襟，坦坦離世穽。趨朝日三接，歸田時問訊。呼曰『歸愚叟』，引與故人並。此遇古今無，此福天地吝。公何脩致然？余曰引篤敬。請看八十翁，上壽稱巨慶。筋力禮不衰，謙謙終日竟。一飯不忘君，百年奉朝請。寄語中外人，好作人倫鏡。

里言四章恭祝歸翁宗伯老夫子八秩榮壽

受業錢大昕

通籍清華紫籞深，乞身歸老鮮朝簪。文章巨手唐燕許，山水前盟漢向禽。綸閣容臺譚往事，赤城黄海入新吟。飄然杖履經行處，不改當年煙月襟。

底用頭銜署達官，天留耆碩領詩壇。高承沆瀣中霄露，獨掣鯨魚大海瀾。供奉拾遺光燄在，椒園竹里嘯歌寬。元音偏得楓宸賞，特灑雲章序簡端。

絲竹東山閲歲時，白頭重話主恩私。遂初早已辭中禁，清俸猶煩給度支。層閣静聽松籟遠，平泉細譜藥苗滋。五湖煙水明如鏡，好鑒蒼蒼鸞鶴姿。

清時文獻百年中，大老聲名山斗崇。堂擬安陽名晝錦，社開洛下泛荷筩。德星南極依卿月，仙籍東華注木公。共説經師應上壽，申公伏勝古今同。

恭祝宗伯歸愚先生八秩大壽

虞山王應奎

典型未墜儼靈光，五豆筵開值履長。詩史千年承杜老，德星百里仰吴閶。鑑湖已賜逍遥地，馬帳仍趨弟子行。浩蕩轉思鷗伴侣，雲深水闊是家鄉。

半生聲譽滿江東，晚節能邀主眷隆。花到春深剛爛漫，松當雪後轉青葱。禄頒西郭千秋少，見《南史・謝朏傳》。物賜南薰九錫同。此日光榮誰不羡？却忘枕蓆卅年中。

生平動履返敦厖，抒寫鴻文鼎可扛。大老於今雖有二，吾鄉陳司業見復文行相同。殊恩自古却無雙。翠華待訪愚公谷，緑草還盈茂叔窻。希尹設教生並世，比隣不免寸心降。宋鄭希尹居帶城橋，見《吴中紀聞》，今先生亦居此。

鳳羽卑飛斂翮時，傅天隨處仰光儀。沈詩任筆千秋業，鹿洞鵞湖當代師。戀主夢猶懷北闕，明農身自餉東菑。躋堂何用申情愫？折取寒香贈一枝。

恭祝宗伯大人八秩大壽

姪鄭廷暘

樂超貧富窮通外，禔集温柔敦厚中。人號詩壇舊名士，帝稱吴苑老詩翁。不營田舍爲家計，但掇民艱達睿聰。後樂先憂成始志，立朝真有大儒風。

至尊引重軼臣鄰，大耋歸來致問頻。燈下猶觀夾注字，座中常接布衣賓。甄陶士類多高舉，登選詩人使不湮。令節陽生逢進斝，九如朝野慶生申。

恭祝歸愚宗伯八十大壽

汪方芳佩

熙朝崇儒重經術，天府歷歷羅文昌。沈公筆力健於虎，騷壇自昔勇莫當。垂老春闈始一第，柯亭劉井声華翔。承明出入一十載，鴻文宇内垂寒芒。屢持玉尺量佳士，龍蟠鳳逸邦家光。殊恩錫類賁泉壤，顯揚有表同瀧岡。帝子詩文資啓迪，編摩宸翰揮堯章。尊鱸之興忽焉動，遂初一賦還吴閶。九重優渥眷耆舊，紫參宫錦酬賢良。臨軒惜别詔嘉許，林泉樂趣兼耕桑。王公祖餞徧輦轂，舉似疏傅堪齊行。遄歸三逕喜無恙，筍鞋椶杖芙蓉裳。桓厨鄴架恣幽討，磨丹漬墨綿星霜。有時素侣相過從，窮究墳典吹笙簧。有時搜奇訪古跡，赤城黄海驂鸞凰。詩書山水結素癖，如耽嗜慾難相忘。年來甄陶四方士，人倫模楷韓歐陽。提獎亦或逮閨閣，雕蟲末技勞遊揚。之無畧識慚詠絮，學唫露砌啼寒蛩。皇甫一序寵華衮，有爲之前美益彰。登龍未備弟子列，靈巖聖水徒相望。天開壽域届長至，正逢雲物書嘉祥。愧無筐篚獻芹曝，鶴南一曲隨飛觴。九如十有成縟語，壽民壽國期方將。帝許十年重赴闕，方瞳緑髮身康强。伏申諸老不足數，卓哉盛事超軒唐。

八十述懷

沈德潛

雪滿天地，有客叩門。負戴素交，挈榼攜尊。壽我八十，禮意殷勤。謂我久客，十年京塵。面目未改，依然天真。觴酌勸我，情同飲醇。酒半賦詩，高歌有神。四座温温，寒月生春。早年失恃，中年失怙。無父母兒，心摧腸腐。終鮮弟兄，睘睘踽踽。晚歲喪妻，孑身撑拄。中懷欲白，向誰告語？形影周旋，惟我與我。叶。賴古聖賢，晤對居處。身在中吴，心遊東魯。白首致身，遭唐虞帝。謂臣不欺，超遷卿貳。褒封四葉，天章屢賁。十載賜閑，授禄衡泌。

自慙衰年，報稱無地。永矢廉隅，晚節益勵。擊壤歌衢，泳遊聖世。

飛光逐人，烏過電掃。童心嬉嬉，問年耄老。學道無成，著書難了。厚實何須？榮名匪寶。唯有寸心，守拙辭巧。巧拙兩忘，棲神渾顥。笑彼仙遊，茫茫蓬島。

鳥思故林，魚思故淵。自別葑溪，廿有五年。蘿屋荒隤，鼠雀互穿。父祖世守，神明在焉。童時釣遊，夢寐縈牽。今母難日，中懷悁悁。願言盖茀，仍來息肩。歸老於斯，悠然樂天。

九秩壽詩

恭祝沈大宗伯九十大壽

自鴻章謬分紫陽書院講席，始得隨侍長洲宗伯歸愚沈先生。先生至誠樂易，與人交，不立崖岸。好賢樂善，孜孜惟恐不及。詩若文，擅名海內。越四十年，未嘗以名宿自居。位列六卿，年登大耋，退然如老書生，無幾微改乎常度。其訓率書院諸生也，勤勤懇懇，教其所不能，而勉其所可。至苦言至戒，或寓於欵曲周密之間。昔人所謂平時想望風采，如龍門之峻，朗出天外，及一被接納，又恨造之之晚。噫，如先生者，真其人歟！

今歲十一月十七日，爲先生九十初度。書院諸生，以鴻章侍先生七年，宜有一言壽先生。鴻章復之曰：先生之壽，非先生一人一家之私慶，盖祖宗盛德之所涵濡，而聖朝之嘉祥也。古之以文章自見者，其人不必皆富貴老壽，而富貴老壽兼而有者，或不足與於文章之事。以是歎造物之賦予不齊，而人之全而得之者之難也！先生以儁偉絶特之才，博通經史，該貫百家。豐之千言，不見其有餘；約之數語，不見其不足。如風水相遭，無意於爲文，而文之至者生焉。其所爲古今體詩，天子業以『陶鑄李杜，伯仲高王』許之矣。而《文鈔》之出，識者尋繹推闡，謂其與詩異流同源，具美兼善。信乎，先生之在今日，爲文章之總萃，無疑也！先生鄉舉時，年已六十有六。自入詞館，致位卿貳，先後僅隔七年。天子灼知先生宿學重望，恩禮隆備，一時，在廷之臣無與比倫。洎乎予告南還，天眷彌篤。既命在籍食俸，復俾晋秩尚書。先生耄耋之年，頻膺異數，神明逾盛，視聽不衰。或躡屐以探幽，或支筇以攬勝。富貴老壽，並集一身。毋論近今，即自古以文章著稱，其可以與先生比跡者，誰乎？

夫文章之盛難言矣。有昌黎文公，而唐之文始盛；有廬陵、眉山兩文忠公，而宋之文始盛。蓋一代之文章，非有名人鉅公出而倡導，不能使天下之人争自濯磨，以共襄一時之盛也。然間考時代，昌黎、廬陵、眉山諸公之生，距開國時或百餘年，或五六十年。惟我聖朝積累深厚，作人之化，沉浸淪浹，宗工碩儒，接踵代興，而先生含章挺生，應期而出，斯文之統始有所歸。

溯世祖撫臨中夏之初，僅僅三十年耳。較之唐宋，豈不相遠乎？抑先生生年在康熙癸丑，惟時詔諭三藩歸朝，滇黔實始倡亂。九重之上，命將出師。宵旰不遑，兵革未盡偃，瘡痍未盡復也。而宇宙間渾厚清淑之氣，已合而鍾之於先生，以昌聖朝奕禩文明之運。含淳飲和，至於九十，年日益高，文章日益富。承學之士翕然師宗，而先生巋然如魯靈光，以一身係天下之望。太平嘉瑞，孰過於斯？而謂先生之壽，只一人一家之私慶已哉？

國家景運方隆，人文日盛，竊意先生以文學振起一世，天必永錫難老，以長育成就天下之人才，此天下之人所共願望而致祝者。鴻章熟觀於天人之際，而知先生之壽，殆繩繩乎其未有艾也。書院諸生相顧語曰，是言也，博而質，切而不誣。鴻章於是敬書之，爲先生無疆之祝。

年家眷侍生廖鴻章拜撰

恭祝大宗伯歸愚沈公九十壽序

年晚虞東顧　鎮

維乾隆二十有六年，歲次辛巳，恭遇聖母七旬萬壽。敷天大慶，盛典舄奕。海内耆英碩德，夙有位望於朝者，航牽車引，雲集京師，鰲祝慈壽，不懈益虔。天子嘉之，慰勞有加。又擇其年最高、德最劭者九人，與現列侍從之王大臣十八人，爲三朋九老之圖。各賜鳩藤杖一枝，及幣、帛、薰爐、如意等物，寵以帝歌。天章璀璨，一時簪韋，企望風采。下至輿隸婦孺，街傳巷説，莫不熟九老之名，思得一見爲幸。而吾鄉大宗伯長洲沈公爲之冠！

公爲諸生久，擅名詞壇者垂數十年，四方名賢士夫無不知長洲沈先生者。顧遇省試則躓，年逼古稀，始以春秋魁江左。其遇合之艱若此！

明年成進士，入詞垣，受聖天子特達知。屢主文衡，登館閣，侍直上書房，遂副秩宗。不十年而躋卿貳，又何駛也！積久而光，其固然乎？

當公偃蹇青衫、呼唔一室，里巷之士目笑而去之。甚者揶揄詆訕，摇手戒子弟勿復效其所爲。一二素心人，雅知公者，亦相顧太息，以爲命也。如何矣？

公嘗爲鎮言，乙卯丙辰間，詔開鴻詞科。入試，被放。戕舟南下，抵黄河渡，遭風覆溺，呼吸危殆。倖脱軀命，而行篋所攜，蕩滌無餘。此時百念俱灰，自恃亦復無望，何怪世之紛紛哉？已而官京朝，歷顯宦，予告旋里，加尚書銜，食俸，恩禮殊絶。向之齪齪者，復驚詫歎羡，以爲天上人，而不知績學稽古之報，天之所以誘掖斯人，俾知向勵，而於公固不加毫末也。

鎮初識公於郡城之春風亭，適丙辰罷試後，興寄浩落，無幾微侘傺之色。後公宦寓寄園，鎮浪迹都下。昕夕過從，或方食而起，或將寢而忘。折輩忘年，娓娓不倦。乙丑之役，鎮再被剥放，公爲不食者累日。其敦尚古道，純篤懇至如此！既歸里門，形迹疏闊。辛未冬一覲光儀，忽忽十年。復得謁晤京邸，商量舊學，感念疇曩，懇懇懃懃，如在寄園時，初不覺公之年已八十有九也！憶自戊午，幸托驥尾，鎮時年甫及强。至甲戌通籍，而髮已種種。今復數年，白首郎署，形神益非。而公康寧强固，貌晬而神腴。碩果不食，固國家元氣之所培結，而亦公之貞操德履充實而有光輝之效也！

抑聞白傅香山之會中，有李元爽者，年百三十餘。而公昔遇湯雲山於江夏，又過其十，公其出李、湯之上乎？過此又十年，慈壽益崇，而公以百齡老臣來致釐祝，榮寵又當何如也！明春，爲公九旬大慶，鎮以匏繫，未得旋歸，弗克預賓朋之末，奉觴致嘏於公之歸。乃略叙三十年來知遇之奇、離合之迹，以致其私，而因以爲公壽。行且解諸塵鞅，退守田廬。耕鑿之餘，操小舟一葉，從公於九峰三泖間，爲汗漫之遊，公其許之乎？

九秩壽詩

果親王

歸愚先生九帙，寄詩遥祝，用前贈答元韵

重親道範倍依依，杖屨皤然出帝畿。圖畫共推諸老首，道途群認列仙稀。俸餘糧粒能添鶴，池有芙蓉好製衣。多壽請看庭下樹，蒼松手種已成圍。

小齋隔歲共飛觴，謦欬紛沾六藝芳。高第材多還問字，顔端卿。外孫頟類早成章。章光重。於今回憶風雲合，自昔嘗依摯鄭旁。留得簡編探逸韵，昌州真有海棠香。昌州海棠獨香，李淵材以爲佳郡。

得失何分雞與蟲？胸懷坦蕩想環中。絧韜盛服仍涵錦，雪壓仙飛更晚紅。潞國声名馳外服，知章恬退播高風。十年預擬稱人瑞，應許輕身上華嵩。

皇四子

奉送歸愚先生南還，預祝九十大壽

飄然拂袖又南還，不逐紅塵紫陌間。談藝書堂懷往事，懸車鶴市近名山。文章共信千秋業，圖畫新添九老班。在籍九人，先生居首。歸去杖朝逾十載，賓朋齊慶紫芝顔。

恭和大宗伯歸愚沈公九十詠懷之作即以介壽

古越傅王露

遺榮止足重鴻儒，不爲移山始號愚。帝友一星環紫極，卿雲五色捧金烏。久欽天語崇耆碩，真見恩光集晚途。好景天然成好句，笑余火急效追逋。

編摩越絶到臨安，横槊看登大將壇。别去已成丹頂鶴，歸來仍詠素心蘭。珠簾待卷寧辭晚，廣厦頻依欲庇寒。此日丹鉛重點勘，西湖依舊水雲寬。以《續纂西湖志》請正。

一編初奏便承恩，錦綺頒來暖勝暾。座榻遠陪公路浦，丁丑春訂余迎鑾淮浦。佛廬虚待湧金門。今春假館於問水亭，公不復至。鵷鸞天上寧無侣，雞犬雲中亦有村。二老閑堂今好在，過溪橋名，亦稱二老。往事待重論。宋辨才退居龍井，適清獻趙公致政歸，稱二閒人。因楠閑堂久圮，今重葺。

屈指論心三十年，不須榮路話從前。别裁風雅詩稱聖，供養煙雲骨是仙。勝擅瓊臺並瀛海，肩隨柳陌與花阡。春光九十方重數，誰道人間歲月翩？

恭祝九袠詩仙謡爲歸愚尚書壽

嘉興弟錢陳羣

我昔奉使踰崆峒，跋馬一望淩虚空。廣成遺躅不可見，但見積雪飄長風。又曾頓足渡渭水，蟠谿激流波瀰瀰。三千六百釣已往，石壁深阻林障裏。紆轡走瑶池，八伯不可追。高睇歌白雲，王母一頷之。曼倩小兒身是膽，蓦渡紅泉真竊忝。觚稜重直又十稔，喜揖雪髩吴興沈。文思天子光昭回，近臣珥筆來鄒枚。漢廷禮數慎師傅，曲宴往往相追陪。天瓶書，松泉筆，吴興晚遇乃復出，九重温語互甲乙。芒寒色正五緯呈，粲粲繁星誰與匹？引年稽首賦歸歟，春明祖道開東都。我亦示疾請懸車，後翁一棹返敝廬。翁每放船訪長水，我亦挂帆過鲟里。春遊或借僧紹冠，夜泊或共鄂君被。祝釐昨歲走皇都，一雙賜杖趨金鋪。耆英赴會二十七，同時獻壽來嵩呼。長安門下士，黃散列棐幾。捧觴爲翁壽，二十六年，翁以祝釐至京。初度日，館閣臺部諸弟子置宴公祝，肴饌甚盛。予亦叨陪京師，稱爲佳會。聞者輒歎美。翁乘安車我駟馬，踏雪冲寒各南下。便邀連揖近毗陵，艤舟亭邊迎鳳舸。東風二月正花時，夾岸謳歌士女嬉。少焉有旨同召見，頃刻傳示新裁詩。一時從臣動顏色，争看自天雙賜額。德潛曰『九帙詩仙』，陳群曰『香山耆碩』。臣本蓬萊舊散仙，翁是香山老詞客。商彭祖，衛武公，前身仙裔今詩翁。翁年長我一十三，長眉廣顙如瞿曇。天台黃海多躡遍，名泉寶刹供幽探。與翁十年再入香山隊，雙眸了然耳不聵。天子欲有問焉：『來就翁？』翁辭不敢，曰：『臣請扶鳩密勿陳清對。』

奉和大宗伯歸愚先生九十詠懷之什

蘊村阮學濬

山斗儀型式大儒，三吳振鐸矻羣愚。璇題天錫雲中鶴，問字人看屋上烏。世味無侵唯道味，岐途不涉總康途。文章聲價環瀛貴，乞與雞林了夙逋。日本國乞先生叙文。

當年珥筆傍長安，一老争雄李杜壇。謂前輩王洲、南華兩先生。同調只今留碩果，論交自昔愛芳蘭。漫誇啖蔗餘佳境，畢竟喬松耐歲寒。瞥眼搏沙成聚散，大千世界獨公寬。

臚雲名第晚承恩，稠疊温綸麗曉暾。禮樂三千趨紫殿，琴書一束出青門。葵忱尚繫芙蓉闕，屐跡重過欏稏邨。父老殷勤頻向問，金鑾佳話好詳論。

期頤僂指樂餘年，海内人倫孰更前？介福定徵仁者壽，聚觀仍是玉堂仙。用東坡詩語。當筵顧曲精分刌，計日尋梅度術阡。我欲從公陪杖履，從容嘯咏興翩翩。

壬午仲冬恭祝歸愚尚書九十大慶

寳應後學喬　億

山中曳履上春臺，九十高閒衆所推。靈壽一枝天上落，詩仙兩字日邊來。今春，上賜公『九衺詩仙』額，杖亦賜品之一。風標矍鑠期頤外，佩芾雍容水石隈。不盡家山樹桃李，殿廷梁棟有掄材。

日長至後日華新，海内知公載誕辰。九老會推台背客，客，冬祝慈寧萬壽諸臣。上擇其年高有德位者，繪九老面，公齒居第一。十年歸憩秩宗身。氣凌仙嶠緣雲上，心繫觚稜入覲頻。精悍少年俱不逮，天教長占五湖春。

等身撰述重璵璠，歲月叨逢不世恩。製序已超雲漢表，和章翻出帝王尊。試看夷夏芳名遍，頃歲，日本國臣乞公作詩序，公嚴華夷之界，却之。合與高王異代論。御賜公序有『伯仲高王』之譽。高謂青丘，王謂漁洋。截斷衆流誰得似？江河萬里自淵源。

國老承恩久賜閒，吴中遊歷幾追攀。秋風黄葉靈嵓寺，春雨梅花鄧尉山。恨别漫歸塵海内，夢思如在閬風間。今來祝嘏傳相待，輕舉從公未擬還。

敬頌宗伯老夫子九十大壽次述懷原韻

受業門生李　繩

人瑞熙朝起鉅儒，巖棲友教鑄顏愚。清聲遠徹鳴臯鶴，耄歲長懷繞樹烏。蓋代風騷扶大雅，前身仙佛悟同途。稱觴小至梅舒蕊，勝挹芬香處士逋。

皓首車徵束帛安，飄蕭鶴髮領詞壇。賡歌奏協薰風瑟，輔導香漸晝省蘭。輔導儲貳，漸染芝蘭，本蔣儼書。橐散賜金疏傅老，詩哀舊集孟郊寒。北郭詩人遺集皆師訂定。引年那用祈靈藥，道味涵胸薖軸寬。

林泉穩臥總君恩，額賁龍章煥曉暾。僊窟海邊探謝屐，名材輦下集韓門。《矢音》集名。夢戀瀛臺樹，大老人傳葑水邨。私幸卅年侍絢履，耆英盛事共評論。

風雪趨朝憶去年，捧歸靈壽玉皇前。漁樵隊裏安初服，簪紱圖中冠列仙。在籍九老圖，師居第一。宠並一湖榮鑑曲，優叨三錫表瀧阡。萊衣自昔傳佳話，繞膝忻看舞袖翩。

恭和長洲老夫子九十詠懷元韵兼祝大壽

受業門生王廷魁

熙朝領袖數名儒，歸老何妨谷號愚。玉殿賡歌濡彩筆，斧邱餘慕感馴烏。十年簪組依天闕，一棹煙波薄宦途。春到銅坑頻探勝，丰標人説是林逋。

壯歲才名壓建安，暮年榮遇勝登壇。家餘清俸閒調鶴，秩領儀曹看握蘭。經術早同劉向著，吟情還異孟郊寒。三吴風雅歸耆碩，鷗鳥忘機天地寬。

東山眠食總君恩，雲海曾誇看浴暾。疏傅高風辭鳳闕，李膺清望指龍門。絳紗坐擁青衫客，蠟屐行吟黄葉村。僞體别裁追正始，選樓風雨細評論。

春明優老會耆年，重聽嵩呼玉案前。辛巳冬，師祝皇太后萬壽，上集九老會。煙客每懷天子聖，詩翁常作地行仙。壬午歲，賜《九衷詩仙》匾額。課農緑野頻占歲，錫類黄封更表阡。今日稱觥隨杖履，喬松千丈鶴翩翩。

恭祝教忠夫子九十詠懷原韻

受業門生顧宗泰

緑野林泉屬大儒，優遊不羡北山愚。心依魏闕懷丹鳳，夢繞瀧岡感素烏。告假葬親，御賜詩云『瀧岡表阡罷』，又云『孝烏或致焉』。藜杖花時扶遠徑，籃輿雲外訪幽途。巨源清俸供家食，負郭無田少夙逋。夫子嘗云：『余家無數畝田，不似淵明，猶慮田園之蕪也。』

蓋代風騷溯建安，詞宗碩望重詩壇。北遊高躡田盤石，南下遥搴楚澤蘭。甲子典試地。歌和瀛臺多樂愷，韵賡玉案異清寒。陶鎔李杜傳天語，看掣鯨魚碧海寬。

告歸歲月總君恩，台嶽攀躋瞰海暾。登華頂觀日月同度。高異知章邀鑑曲，榮同疏廣祖都門。草堂幽近香溪渡，林屋清依葑水村。時有瓊函雲外至，天章藻耀細評論。御詩每寄夫子校閲，賜詩謂『别後詩裁經細檢』也。

喜届庚辰介壽年，摳衣重覲玉坡前。人來蓬島稱天瑞，會領香山冠衆仙。九老會中夫子稱首。歸老探梅兼放鶴，閒居枕水更通阡。即今九袠真康健，祝嘏萊階戲綵翩。

恭祝大宗伯沈公九秩榮壽

蔣　棨

九老圖中九秩仙，頒來顔額自堯天。心依北闕矢葵藿，身住東山輟管絃。詩畫舩移葑水畔，雞豚社結巎村前。餐霞自具留侯骨，何必洪崖共拍肩。

尚書原是文章府，藥籠今多參與苓。客到飲醇春滿座，人來立雪夜談經。卻嫌舊雨頭先白，獨對名山眼倍青。官職詩名兩無礙，問年更指老人星。

復園嘉會還如昨，彈指圖成三十秋。戊午歲寫復園圖。頰上添毫果維肖，胸中有樂自忘憂。

雞林能辨無雙句，鶴髮應推第一流。九十更聞腰脚健，匡廬鴈蕩願遨遊。

敬步長洲沈師九十詠懷元韻

門生葉　鑒

不騖聲華君子儒，幽居何礙谷名愚。教深士立門前雪，愛好人兼屋上烏。少陵云：『丈人屋上烏，人好烏亦好。』風雅三唐裁僞體，文章兩漢别殊途。酧將筆債無休日，難遇馮驩棄舊逋。

春卿聲望重長安，匪獨詩登李杜壇。胄子授經親禮樂，同朝接論近芝蘭。高翔鶴性隨雲遠，

静養松身耐歲寒。賜物頻加還晋秩，澤流應共海天寬。

玉尺掄才報主恩，懸車心尚捧丹暾。鱄鮃秋水環家宅，桃李春風徧國門。點次韵言吟月社，

扶攜朋舊夕陽邨。鯫生夙受孫陽顧，情切追隨聽講論。

黄海看雲憶往年，於今矍鑠倍從前。八旬已受天家賜，九老羣推地上仙。舊雨談諧來北郭，

明農步履越南阡。教忠堂上稱觥日，遠近欣逢旟旐翩。

恭和歸愚夫子九十詠懷元韻

受業吴德基

金和玉節是醇儒，自晦頭銜轉號愚。聲徹九皋聞老鶴，恩覃三世感哀烏。文章則古稱高格，風雅於今得正途。奉詔詠梅邀睿賞，起二語云：『百年鐵骨風霜鍊，一點冰心天地心。』謾云超逸數林逋。

琢硯溪邊容膝安，神遊李杜緬詞壇。小山承盖懷叢桂，香水環門溯澧蘭。采取庾清兼鮑俊，收將島瘦與郊寒。江河萬古流無盡，掣卻鯨魚溟渤寬。

晚達常懷聖主恩，榮光照耀似晨暾。民依欵欵陳天闕，堂額重重賜素門。報國量才憑玉尺，明農歸里偃江邨。倘逢好手傳圖畫，疏傅風流合並論。

八旬又届一旬年，入覲親承玉几前。杖履新傳九老會，蓬瀛舊是十洲仙。心依北極形歌詠，家近南園繞陌阡。童冠追隨羣唱和，先生風度自翩翩。

恭和歸愚叔父大人九十詠懷韵

姪天中

海内文章仰大儒，自標書屋署歸愚。曉風葑墅鋤雲水，秋雨梧宫聽烏烏。歷下前賢畏後進，